彩雲国物語

十四、黒蝶は檻にとらわれる

雪乃紗衣

角川文庫
23035

目次

雪のように真っ白な花びらが、あとからあとから散っていた。

踏むのが躊躇《ためら》われるほど美しい、一面の花の絨毯《じゅうたん》。その、夢のような光景の中で。

『滅びるなら勝手に滅べ。私の知ったことか。どうでもいい』

固く凍りついた双眸《そうぼう》で、相手は無関心に言い捨てた。冷たいという言葉さえ当てはまらない。その表情にも、声にも、何の感情もこもっていなかった。文字通りの、どうでもいい。

その言葉を聞いた時、彼は少し笑ったように思う。

仕方ない、と思った。見捨てられたことに、これといって感慨もわかなかった。

わかりました。ただそれだけ答え、彼の許《もと》を去った。

……そうして彼の一族は、本当に呆気《あっけ》なく滅んでしまったのだ。

＊　＊　＊

彼の一族を滅ぼし尽くした王は、彼を見て切っ先をおろした。

「……子供か。選べ。命か？　それともこの一個の桃か？」

差し出されたつやつやとした桃を見て、一人生き残った彼は、桃を、と答えた。

生きたいとは思わなかった。彼の一族は、もともとあまり生に執着のない者が多かった。

そのせいもあって一族の数もひどく少なかった。殺戮《さつりく》の覇王に一昼夜で滅ぼされるほど。

王は目を細めた。冷淡な双眸の中に、ほんの僅《わず》か興が閃《ひらめ》く。

「命より、桃か。食べ終わったら殺すぞ」

「いえ、食べません。埋めます」

命を欲しいと思わなかったから桃を選んだだけだったのだが、そう告げたあと、それはいい考えのように思えた。

その桃を植えれば、いつか一本の桃の木になり、たくさんの花を咲かせ、こぼれおちた実はまた芽吹き、そうして四季は巡り、遠い遠い未来のいつか、満開の花散る桃林となるだろう。

見渡す限りの桃の花が一族の墓標となるのなら、そう悪くもない結末ではないか。

彼は微笑した。悪くはないどころか、うちの一族からすれば、なんて気の利いて、らしくない、幻想的な墓標だろう。自分にそんな感傷があったなんて、驚きだった。

……雪のように降りしきる、あの真っ白な花吹雪を見たからかもしれない。

あのとき、生まれて初めて、花を美しいと思った。だから桃を埋めようと思ったのかもしれない。

死ぬというのにへらへら笑っている子供を見て、王は呆《あき》れ返った。

「本当に——の一族か？　頭が足りなそうだぞ。俺なら生きて復讐《ふくしゅう》する」

「でしょうね。でもあいにく、ぼくはそういうものに関心がないんです」

一族皆殺しにされたばかりとは思えぬ言葉だった。子供らしくない、どころではない。

「『人間らしい感情』がない——ですか？」

子供は王の表情を見て取り、いった。あどけなさのまだ残る面差しで。だが、こんな場面で笑えるようなやつがただの子供であるはずがなかった。

「……仕方ありません。そういう一族なんです。だからあなたも滅ぼしにきたのでしょう」

霧のような雨が、さあっと降り出した。

王は黙って桃を放り投げた。子供はそれを受け取ると、本当に地面をかいてせっせと桃を埋め始めた。雨で少しやわらかくなった土を、泥と汗まみれでかく横顔は、真剣で、なんとなく嬉《うれ》しそうだった。さっきよりよっぽど子供らしい顔をしている。

試しに王はいってみた。

「俺に仕えるか？」

「ごめんですね。ぼくの主君は、あなたじゃない」

「わからんな。その性格だと主家に忠義も恩も感じてないだろう。第一、あっさりお前たちを俺に売り飛ばして見捨てたような輩《やから》だぞ」

「ええ。ぼくも今まで何でご先祖が彼らに仕えようと思ったのか、不思議だったんですけど」

一面の花吹雪の下で、わかった気がした。

ああ、だからぼくたちの一族は、この一族を選んだのだと。

だから、彼らに惹《ひ》かれるのだと、思った。

「恩も忠義も感じてません。利害関係もない。本当は多分、主従関係でもない。でも——彼らでないとダメなんです。ぼくたちの一族の、欠けたところを埋められるのは」

ただそれだけで、自分たちは彼らを選んできた。

「滅びないものなんてない。この大地さえ、いつかは。ぼくの一族はそれがたまたま今日で、相手があなただっただけです。——あなたも、いつか死ぬ。ぼくが復讐しなくても、いずれ」

掘った穴に、大切な宝物のように薄紅色の桃をそっとおく。自分の短い人生で、この桃を植えたことがいちばん甲斐のあることかもしれない。いつの日か満開の花をつけるだろうその景色を、見られないことだけが残念だった。

「ほっといてもあなたは死ぬのに、わざわざぼくの人生を費やしたくない。——わかりますか？　あなたのために、ぼくのほんのひとかけらさえ、使いたくなんかないといってるんですよ。あなたのためにぼくの人生を使うくらいなら、今ここでこの小さな桃のために使い切ります。罵倒《ばとう》一つ、あなたにはくれてやらない。それがぼくの報復といえば、いえるかもしれません」

　その時初めて、王はこの子供に感情がないわけではないことを察した。一族の滅亡を受け入れても、何も感じていないわけではない。ただ自分の中の感情を王に振り分けようとしないだけだった。憎悪さえ、くれてやるものか、と。それは相手を自分の中に刻むことだから。

「俺はお前の人生で、その桃以下だというわけか」

「ええ」

　ぶしつけに王を見返す眼差《まなざ》しは傲慢《ごうまん》で、玻璃《はり》のようにかたく冷ややかだった。その瞳《ひとみ》が、不意にとろけた。

　侮蔑《ぶべつ》は一片もない。心からの友人に対するように、やわらかな微笑だった。

「あなたなんかどうでもいいんですよ。——それだけで、ぼくの人生には価値があった」

　覇王と呼ばれた男を、一言で路傍の石くれ以下に貶《おとし》めてみせた。

　この場に他の人間がいたら、一族すべてを殺されても、慈愛に満ちた微笑で復讐など無意味だというその子供が、まるで聖者か何かのように映ったかもしれない。

　だが、これほどの悪党を王は見たことがないと思った。

　坊主のように無欲な微笑を浮かべながら、覇王の存在も人格も全否定してみせた。あなたの何もかもがぼくにとって無価値です、と。

王がここで殺せば、子供の勝ちだ。無価値な人間だというその言葉を王自身が認めたことになる。そして見逃すという選択肢は王にはなかった。根絶やしにするつもりできたのだから。

生かしても殺しても王の負けだった。なるほどな、と王は呟《つぶや》いた。

「そうか。お前が当代の――か」

そうして、霧雨のように降りしきる雨の中、彼の一族は滅んだのだった。

序章

露台の扉を少し開けていた。

そうして書き物をしていたら、月夜をぬって、歌うような声が露台から聞こえてきた。

旺季《おうき》は筆を止め、露台へ出た。

孫陵王《そんりょうおう》が酒杯を片手に、勝手に旺季の邸《やしき》の露台を占拠し、気分よさそうに詩を口ずさんでいた。その顔は半分闇にまぎれ、長い年月のうちに刻まれた皺《しわ》や老いを覆い隠す。

見えるのは、往時と変わらず面白げに輝く、子供のように生き生きとした双眸。

朗々と、美しい盛りの花が嵐に吹き散らされる、別れの漢詩を口ずさむ。

同じ詩を、陵王は遥《はる》かな昔にも歌ったことがある。明日には死ぬという戦の前に。

『お前は花だなァ、旺季』

『……はあ？』

『多分、お前が散る時はものすごく潔くキレーにパッと散るんだろうな。夢幻《ゆめまぼろし》みたいに。でも俺は花守《はなもり》だから、散らねーように嵐から最後まで花を守るさ。お前見てるの、好きなんだよ。酒は見てるだけじゃつまんねーが、花は見てるだけで気分がいい。花の下にいると、何もかも極上に見える。月も酒も風の歌も、——生きることも。だからさ。それで充分だろ』

だから最後までお前の傍に残っているのだと。

自称一般庶民のくせに、生粋《きっすい》の貴族よりも花鳥風月を愛《め》でる男らしい言葉だった。

二人は死ななかった。あれから時が過ぎて、今も陵王は同じ表情《かお》で旺季の傍にいる。

だが、旺季はもう、あの頃の若者ではない。

「……今度の花は王で、私が吹き散らす嵐だというつもりか？」

陵王はちょっと笑った。そして是とも否とも言わなかった。

「さて。だが王様の花守は誰だろう。やっぱりお嬢ちゃんかねぇ。一生懸命穴だらけを繕って、走り回って、ケナゲだねぇ。……まるでお前の姉ちゃんと、戩華《せんか》王《おう》を見ているようだよ」

旺季の瞳の虹彩《こうさい》が、わからないくらい微《かす》かな小波《さざなみ》を立てた。

「だからお前は、あのお嬢ちゃんを見てるのが嫌なんだろ？　お嬢ちゃんが官吏なのが嫌なんじゃなくて、お嬢ちゃんが官吏になったのをいいことに、無償の献身に甘ったれてる王を見るのが嫌なんだ。お前の姉みたいに、ボロボロになるまで国と王に心身を捧《ささ》げ尽くして、いつの日か突然、桜の花びらがパッと散るように、儚《はかな》く死んでいきそうだから」

「……それ以上余計なことをしゃべくってると全室禁煙にするぞ」

「ゴメンです。じゃあ本題。うーさまからお願いだとよ。お前に琴《きん》の琴《こと》を弾いてくれってさ」

　旺季は眉《まゆ》を跳ね上げた。

「……琴の琴？　……わかった。羽羽《うう》殿の頼みなら仕様があるまい。しかしあの方はよく覚えていたな」

「オイ。琴の琴って、アレだろ。もしかして今上陛下は弾けねーのか？　でも確か——」

「うるさい黒ヒゲだな。しつこいのは顔だけで充分だ。ついでに禁酒令も発布するぞ」

「なんてヒドイやつだ！　酒と煙草は俺の小粋《こいき》な男人生に必須の装備品なんだぞ。お前は自分の小粋な友がタダのちょい悪オヤジになっても構わんのか」

「全然構わん。もとからそうだろ。その濃ゆい顔もオヤジになると暑苦しい。どうにかしろ」

「顔はしょーがねぇだろ!!　むちゃくちゃいうな。ふふん、寒い冬には重宝するぞぉ」

　旺季は露台に卓と椅子を出した。小さな卓に小さな琴を置くと、月が顔を向けたように光を落とした。

　旺季は琴を調弦した後、節くれた両手を弦の上に置いた。

　美しい調べが月夜の中をこぼれていく。陵王は目を細め、聞き入った。

　数多《あまた》の琴の中でももっとも起源が古く、奏法が複雑至難なことで有名な琴の琴。楽官の中でも完璧《かんぺき》に弾きこなせる者は希《まれ》だ。けれど旺季の手にかかれば、やすやすと、まるで子供の玩具《おもちゃ》のように簡単そうに、天の調べが奏でられる。

トクリトクリと、陵王は手酌で盃《さかずき》に酒を注いだ。夜風もしんと絶え、耳をそばだてる。なぜだろう。昔から、旺季が琴をつま弾くと、どこかから清涼な風が吹き渡り、すべてを洗い浄《きよ》めていくような、そんな不思議な感覚になるのだった。澄んだ流水で穢《けが》れを流していくような、神事の祝《ほ》ぎ歌を耳にしているような。うとうとと微睡《まどろ》み、優しい雨だれを聞いているようでもあった。

……特別な何かをもつのが王なら、旺季がそうなんだと、陵王はずっと思ってきた。

美しい花吹雪の下にいるように、旺季の傍にいると人生が極上に見えた。命を惜しんで脱走兵が続出しても、金と食糧をくれてやってまで見逃すような馬鹿な男に、俺の命も人生もくれてやろうと思った。血で血を洗い流す凄惨《せいさん》な戦乱の世で、ただ一人こいつのためなら死んでもいいかと陵王に思わせた男。誰にも仕えないと決めていた陵王の気を変えた男。

だから旺季が望むなら、王位でも何でも手を貸してやろうと思うのだ。

(戩華王と霄太師《しょうたいし》の掌上にいるようでいささか癪《しゃく》でもあるけどなァ……タヌキじじーめ)

あの二人が、吏部《りぶ》と双璧を成す六部《りくぶ》最重要部署の兵部《へいぶ》に旺季の旧友である陵王をわざわざ据え、門下省《もんかしょう》長官の大権を旺季に与えたのは、『隙があれば政権を取ってみろ』という意味だと陵王は思っていた。そもそも、数多の貴族及び親兄弟さえ滅ぼし、平民を次々取り立て、国試制を導入して『実力主義』を推し進めたのはあの二人だったのだ。安穏と権力の椅子にただ座っているような者は誰だろうが追い落として構わん――と。

(先王も霄太師も冷てーよなぁ。息子がノンキに座ってられる玉座を用意しねーで、時限式で次々火種がくすぶるよーな人事しやがるんだもんな。昔っから人でなしだったけど……。人でなしが首尾一貫しててむしろアッパレ)

そうして若い王様はちょっとノンキ期間がすぎてしまい、吏部が陥《お》ちた。

「次の吏部尚書《しょうしょ》は？　楊修《ようしゅう》を格上げか？」

つい陵王は話題にしてしまった。ちぇ、俺も無粋だな。いつでもこんな話はできるのに。

旺季は琴をつま弾きながら、やっぱり現実的で無粋に答える。

「いや、尚書は当分空位でいい。幸い紅黎深《こうれいしん》がいたときから尚書不在と同じようなものだったからな。楊修は経験も実力もあるが、覆面仕事が多く顔と実績が知られていない。急な昇格は反発を招く。ひとまず吏部侍郎《じろう》に据えて、尚書代行として仕事をしてもらう」

「ウーン、これで人事権と軍事権があっさりお前の掌中に転がり込んできちゃったなァ」

「自業自得だ」

「まあな。とっとと俺の首を藍楸瑛《らんしゅうえい》とでもすげかえときゃ、軍事権は残ったのになー」

せめて空位の兵部侍郎はとっておくべきだった。楸瑛は国試及第もしているし、軍の信頼もある。陵王の押さえに藍楸瑛が兵部に送りこまれてくれば、存外厄介だったろう。李《り》絳攸《こうゆう》が吏部侍郎にいるなら、なおさらだ。だが絳攸が無様に失脚したあげく、自分から〝花〟を返上した藍楸瑛が返り咲くことは不可能。

「真っ正直ってか、悪知恵きかねーってか、みんな自分のことでいっぱいいっぱいで目先の青春追っかけちゃったんだなァ。いいねェ。思えば俺にもあんな純真でケツの青い春があったさ」

「嘘つけ。気のせいだ。お前にあったのは濃ゆい顔くらいだ」

旺季が無表情に一刀両断してのける。

「即答すんなや！」

「やる気のない紅黎深が人事権を握っていた以上、そんなのは全部机上の空論にすぎん。……まあ、悠舜《ゆうしゅん》の中央帰還前に紅黎深と藍州《らんしゅう》の姜文仲《きょうぶんちゅう》あたりを入れ替えていれば別だったろうが」

「ああ、ナルホドな」

藍州州牧《しゅうぼく》に紅黎深はうってつけだ。何せ三つ子とは犬猿の仲だ。国政に関心がなくとも、相手が三つ子なら率先して仕事したに違いない。難癖つけて徹底的に藍州の余ってる金を牛乳みたいにしぼりとり、ことあるごとに藍家《らんけ》に因縁つけてガーガー干戈《かんか》を交えて喧嘩《けんか》し、嫌み合戦を繰り広げ、最後は藍姓《らんせい》官吏も朝廷に引っ張り出したかもしれない。国庫は潤い、藍家を抑え、彩《さい》七家優遇の噂も消えて王の評判は上がる。姜文仲が吏部尚書になれば三日で人事を刷新し、万全の態勢を整えた上で鄭《てい》悠舜を尚書令に迎えたろう。今頃水も漏らさぬ新王体制が確立されていた可能性は高い。

「そんで俺もお前もどこその辺鄙《へんぴ》なド田舎に飛ばされちゃって、毎日牛とか馬のシッポ数えて逃げたヒツジ追っかけたりが仕事になって、ノンキにホノボノ老後送ってたかもな～」

ふ、と旺季の唇がゆるんだ。それは友人以外誰にも見せない、くつろいだ微笑だった。

「……それも、よかったな」

本当は旺季はそうなるのをこの二年、ずっと待っていたのではないかと陵王は思う。

いや、二年どころではない。公子争いの収束から、何年もの月日があったのに。

「そうならなかったんだから、しゃーねぇわな。国政も玉座もお子ちゃまのママゴト道具じゃねぇ。……お前の言葉にずっと聞く耳もたなかったのは王様だ」

仲良しの側近の言葉だけを聞いた。好きな者の話だけを聞き、居心地の良い場所だけで判断した。一人の少女に何度も法を曲げて特別な計らいをした。傍《はた》から見ればそれが愚王の典型なことに、若い王が気づいているのだろうか。旺季の数々の諫言《かんげん》は――官吏の不満が募っている、有能であっても特定の臣下の寵愛《ちょうあい》は控え、広く人材と意見を求めて身を革《あらた》めよという言葉は、若い王にはうるさい貴族の不平にしか聞こえなかったのだろう。

旺季が動かなければ、きっと今もそのまま。

「悠舜も大変だよなぁ。かわいそーに」

「だが、少ない手札でよくやるべきことをやっている」

悠舜の名に、旺季の眼差《まなざ》しが和んだ。

陵王は酒杯を傾けながら、月を見上げた。王が悠舜を抜擢したのは目のつけどころがいいというべきか、不運というべきか。悠舜は確かに優秀だ。だが――。

（あいつはなァ……）

舌の上で美酒を味わう。

でもそれも、運命というものなのかもしれない。

旺季が最後の旋律を奏でる。余韻とともに夢のような夜は終わりを告げる。

「……春になるまでに、終わらせたいものだな」

旺季は、決断したことは最後まで遂行する。今も昔も。決して翻しはしない。玉座を望むと言葉にした以上、旺季にはもはや玉座か、死か——その二つの結末しかない。

それは陵王も同じく。

いつか死ぬなら花の下がいい。ずっと陵王はそう思ってきたけれど、別に春じゃなくても構わないのだ。旺季の傍なら、きっと真冬でも美しい花吹雪の世界の中で逝ける。

（もういいだろ？　戩華王。あんたの時代は終わらせても）

もうそろそろ、旺季が王になっていい頃だ。

＊　＊　＊

「羽羽!!」

リオウは仙洞省《せんとうしょう》内の書庫で羽羽が倒れているのを見つけて、蒼白《そうはく》になった。慌てて近くの室《へや》に運びこみ、羽羽を長椅子に寝かせて介抱する。ややあって羽羽が意識をとりもどしたので、ホッと胸を撫《な》で下ろした。自分の心臓のほうが止まるかと思った。

「羽羽……大丈夫か？」

「……はい……。ご心配をおかけしてしまい、申し訳ありませぬ。だいぶ……楽になり申しました……旺季殿が……琴《きん》の琴を弾いて下さったようですね」

　リオウは驚いた。

「旺季殿が琴の琴を？」

「本来ならば……わたくしの仕事であるものを旺季殿に……情けのうございまする」

「羽羽。もしや、仙洞宮《せんとうきゅう》の封印がとけかかっているのか？」

命を削る術者のなかでここまで長生きしたのは、当代では伯母《おば》の瑠花《るか》をのぞけば羽羽だけだ。しかも伯母はある特殊な方法を使って命を繋《つな》いでいるが、羽羽はその身一つでここまで生きた。

　先王と友人が術を使わせないようにしてくれたからですと、笑ったことがあるけれど。

「そうなんだな？　先年の茶家《さけ》当主交代の際、茶《さ》朔洵《くじゅん》によって祠《ほこら》が破られたし、今度は藍州で宝鏡が割れた。その皺寄《しわよ》せがぜんぶ仙洞宮とお前にきてるんじゃないのか？」

　羽羽はそっと嘆息した。羽羽が何も言わなくても、聡明なリオウは全部言い当ててしまう。

　悔しそうに、リオウはうつむいた。

「……悪い。本当は、仙洞令君《れいくん》の仕事だ。なのに、俺が無能だから——何もできないから」

「リオウ殿、それは違いまする」

「何が違う！」

羽羽はしわくちゃの小さな手で、ぎゅっとリオウの手を握りしめた。

「……リオウ殿、異能があることが、縹家《ひょうけ》の証《あかし》ではございませぬ。異能のないことが『無能』などでは決してないのです。リオウ殿、わたくしがこの『外』に出て、縹家を誇らしく思ったいちばんのことは何か、ご存じですか」

「……？」

「縹門一族というだけで、民に心を許してもらえたことがとても多かったことです。異能がなければ学問を磨き、知識を得、国中を行脚して中央や地方で人々に尽くしてきたのが縹家です。ですから縹家ではあれほど学問が進んでいるのです。本当はそれこそが……縹家の存在意義だと私は思うのです」

異能の有無は、決して自らを誇ったり貶《おとし》めたりするようなものではなかった。

異能が有ろうが無かろうが、ひとしく人の苦衷に寄り添ってきた。名もなき寒村にもわけ入り、あちこちの社や道寺《てら》を拠点に民草の中へ根を下ろし、縹家が積み重ねてきた信頼が、何度も羽羽を助けてくれた。どれほど誇らしかったことか。

いつから、こうなってしまったのか。

（瑠花姫）

誰よりもあの美しい人が、誇りにしていたことだったのに。

「リオウ殿は、『無能』などではございませぬ。リオウ殿のおかげで、わたくしも楽をさせていただいておりまする。わたくしはリオウ殿が大変誇らしゅう存じますぞ」

リオウは動揺した。そんな言葉は生まれてから一度も言われたことがない。

「なっ、何いってんだ。羽羽は働き過ぎだ。父上なんて日がな一日ポクポク寝てすごしてんだぞ。外見年齢二十代前半のくせに!!　紅秀麗《こうしゅうれい》のこと忘れてんじゃないのか」

「…………それはどうでしょうな」

「羽羽？」

羽羽は身を起こした。

「むむっ。わたくしは何かもう大丈夫でござりまする。完全回復でござりまする」

「早いな！　でもしばらくは寝てろ。これからもたまに旺季に琴の琴を弾いてもらえ」

「ええ。ただ……」

羽羽はしおたれた。

「……リオウ殿。紅秀麗殿のことを、気をつけていてさしあげてくださりませ」

羽羽の推測が正しければ、璃桜《りおう》は紅秀麗のことを忘れているわけではないはずだった。

ただ、そのときを待っているだけなのだ。

波紋のように広がる変化を、どこかから眺めて愉《たの》しみながら。

第一章　棺桶の中の刑部尚書

御史《ぎょし》大獄《たいごく》。

それは御史《ぎょし》台《だい》主導の裁判であると同時に、御史台長官及び刑部《けいぶ》尚書、大理寺《だいりじ》長官という司法の頂点に立つ三人が集まる特殊な裁判でもあった。そのため、滅多に開かれない。

李絳攸の処遇を決めるはずだった御史大獄は、吏部尚書更迭という予期せぬ事態を受け、

急遽《きゅうきょ》当初の予定より五日ほど延びることとなった。その間に広がった御史大獄の噂の中で、もっとも官吏たちの口の端にのぼったのは、もちろん李絳攸の処分――ではなく。陸《りく》清雅《せいが》と紅秀麗のガチンコ対決――でもなかった。

「……あの刑部尚書が久々に出てくるのか⁉」

「ていうか、誰が引きずってくるんだ⁉　あの人の姿を昼間に見たことあるか⁉」

「ない。どーでもいい朝議は常に侍郎に押しつけてるし」

「御史台に引っ張られそーな重要朝議はしぶしぶ出るけど、ひたすら寝てんだろ？」

「しかも目ぇバッチリ開けてニコニコしながら寝てるらしい……」

「ひー怖《こえ》ぇ！　超こえー‼」

滅多にない御史大獄だというのに、内容はまったくどうでもよく、刑部尚書のことのみが話題になるという、実に奇っ怪なことになったのであった。

＊　＊　＊

「刑部尚書が来俊臣《らいしゅんしん》ですか……世も末と言いますか、先王陛下が大物というべきか……」

悠舜は羽扇の陰で、珍しく天を仰いで嘆息した。

「今さらぶつくさ言わせてもらいますが、なぜ誰も反対しなかったんですか？　鳳珠《ほうじゅ》」

「……黎深よりはマシだとみんな思ったらしい。少なくともあの人は仕事はちゃんとやるしな。蛇足だが来俊臣殿が刑部尚書に確定した時点で、尚書令《れい》になりたいとせっせと根回しする輩《やから》は、貴族派からも国試派からも蜘蛛《くも》の子を散らすようにパパッと消え失《う》せた」

そんな誰もなりたくない尚書令に納まってしまった悠舜は、顔をひきつらせた。

「ちょっと……それを見越して霄宰相と先王陛下は決めたのじゃないでしょうね」

吏部尚書・紅黎深、戸部《こぶ》尚書・黄奇人《こうきじん》、兵部尚書・孫陵王、工部《こうぶ》尚書・管飛翔《かんひしょう》で、これだけでも礼部《れいぶ》にあの昔懐かしカツラ蔡《さい》尚書がいてくれてうっかり和んでしまうような面子《メンツ》なのに、ここに来俊臣が刑部尚書で加わるとなれば、誰も上司なんかやりたくない。

劉輝《りゅうき》は目の前に立つ悠舜と奇人を交互に見た。そこに黎深はいない。二人は平然としていたが、それはやはり本来の姿ではなかった。いるべき人がいない。劉輝でさえ心がしめつけられる思いなのに、当の二人が何も感じていないわけがない。

劉輝はつとめて目の前の案件に集中しようとした。

「刑部尚書は……悪夢の国試組の一人なのだったな？」

時間が停止したかの如く、悠舜は笑顔のまま凍りついた。まるで、それだけは絶対触れてくれるなと思っていたかのように、二人とも劉輝を見ない。劉輝は開けてはいけない葛籠《つづら》を開けてしまったのかと思ったが、いやしかし。

「……え？　あの、別にそんな、変な人には見えなかった……が」

たまに劉輝も朝議で会うが、あっというまに帰ってしまうため、どういう人物かは二年経った今さえ判然としない。個人的に話したこともない。

悠舜は深々と溜息《ためいき》をついた。

「……そうですか。変な人には見えませんでしたか……」

それは王にとってあまりいいことではないのだけれど、悠舜と奇人はそんな感想を今まで抱き続けられた王を心底羨《うらや》ましく思った。

「……黎深よりマシなのは確かです。……どこがどうマシなのかは言いにくいですが」

「マシだが、ある意味格上だ。黎深さえ、あの人に遭遇すると一目散に遁走《とんそう》したからな」

劉輝は耳を疑った。……今、なんと言った？　あの紅黎深が……逃げる？

「黎深、俊臣殿に異様に気に入られてましたからねぇ」

「あれは小気味よかったが、黎深が逃げると私たちにとばっちりがくるのがな……」

「なんだそれは!?　どういうことだ！　黎深殿よりタチが悪いということか!?」

悠舜は困った顔をした。

「……悪い、というより、悪気がない、んですけどね……多分。……多分ね？」

そのとき、静蘭《せいらん》が入室してきた。

「失礼します。……あの、御史大獄なんですが、どうも刑部尚書が……昼間は外に出たくないから真夜中にズラしてくれと言っているとかいないとか……」

悠舜と奇人は顔（と仮面）を見合わせた。

「……来俊臣は本っっ当に変わってないようですね？」

「管飛翔をやって叩《たた》き起こさせるしかあるまい。俊臣殿と互せるのは飛翔か姜文仲だけだ」

すると、静蘭が言いにくそうに報告した。

「……それがですね、お嬢様が……『ふざけんじゃねーわよ！　こちとら昨日から陰険大魔王セーガ対策の模擬裁判徹夜でやってて寝てないのよ!!　早くやってくれないと耳からドンドコ漏れて忘れちゃうじゃない!!　首しめてでも引きずりだしてくれるわ！』と行ってしまい……」

まるで突貫詰めこみ作戦で臨む一夜漬け試験のようだ、とその場の全員は思った。

奇人は仮面の裏で遠い目をした。かつて戸部で働いていたときは、よく気のつく気立てのいい娘だったのに、ずいぶん雄々しくなった。それくらいでなければ御史台でやってこれなかったろうが、ほんのり昔が懐かしい。

「――って、何？　あの娘、俊臣殿のとこに乗り込んだのか!?　なぜ止めなかった」

「え？　なぜといわれましても……」

動揺する素振りを見せる奇人を、悠舜が笑顔のまま羽扇で叩いた。

「落ち着きなさい、鳳珠。いいかもしれません。秀麗殿に一度彼と会って頂きましょう」

「ばか！　気に入られたらどーする！　三千世界ののちまで取り憑《つ》かれるぞ!!」

取り憑かれる？　劉輝と静蘭はぽかんとした。

対して悠舜は腹をくくった目つきである。何となくヤケッパチに見える。

「秀麗殿は奇人変人びっくり妖怪《ようかい》人間に対する抗体は現存人類で最高ですよ。それに彼に気に入られたらもうけものじゃないですか。――刑部尚書も落とすわけにはいきません」

劉輝はハッとした。吏部の尚書と侍郎が陥《お》ちた今、拮抗《きっこう》していた天秤《てんびん》が貴族派に一気に傾いた。人事や他の重要案件を通すには、大官の過半数をとるのが前提条件だ。

来俊臣は劉輝と距離を置くが、貴族派でもなかったはずだ。それに悠舜たちと同期。

「悠舜殿……来俊臣殿は、国試派だな？」

悠舜は顔つきを改めた。

「……確かに彼は国試出身です。身分も……貴族ではありません。及第後、中央・地方問わず様々な官職を渡り歩いたようですが、特に司法畑を中心に官歴を積んできています。ですから刑部尚書に抜擢《ばってき》されても何らおかしくないんですが……おわかりですか、我が君。つまり、御史台や大理寺といった、貴族派の牙城《がじょう》で研鑽《けんさん》を積み、彼らに認められているわけです」

奇人はポツリと呟《つぶや》いた。来俊臣に対しては、ひどく印象的な思い出がある。

「……俊臣殿は最終面接の殿試《でんし》で、先王陛下に対してこういってのけたな」

『王様、ボクはあなたがキライなので国試を受けたのです。あなたを嫌いな輩が一人くらい重臣に居座るのって、必要ですよ。実力主義なんでしょう？　その標榜《ひょうぼう》が口だけじゃないなら、ボクの主義性格がどーでも、官吏にしないわけにはいかないはずだ。成績、文句ナシでしょ？　ボクはキチッと仕事します。――そしてボクはあなたのあらゆることに反対する』

＊　＊　＊

（ズラしてくれですってぇ!?　なんで六部の尚書ってヘンな人が多いのよーっっっ!!）

秀麗は血走った目で回廊を爆走していた。そのすぐ脇に、悠々と清雅が並ぶ。充分に睡眠をとって裁判に備えたのがありありとわかる顔に、秀麗はむかっ腹がたった。

「何よセーガ!!　あんたの相手はこれからたっぷりしてあげるわよ！　大人しく待ってなさい」

「お前と刑部尚書に李絳攸の処遇で裏取引でもされたら厄介だからな。俺も行く。それにしてもウサギよりひどい目だな。そんな全速力で突っ走って倒れても知らないぜ」

「うっさいわよ！　全速力で走ってないとそれこそ倒れて爆睡して永眠しそうなのよ！」

「一晩中俺のことだけ考えて眠れなかったってわけか。これは男冥利《おとこみょうり》に尽きるね」

「そーよ、そのお高い鼻っ柱をベキバキへし折ってやるとこ想像しながらね！」

例によって例の如く『清雅の高飛車陰険オレ様馬鹿野郎』の紙を貼った清雅布団を相手に一晩中大格闘だ。おかげで布団さんには前にも増して可哀相な目に遭わせた。終わったら干してあげよう。

「あんたはグッスリお眠りになったようで。いつにもましてスッキリと陰険なお顔だわね」

「スッキリと男前の間違いだろ。女冥利に尽きろよ。俺も一晩中お前の夢を見てたぜ？」

「あんたの夢ん中で私はあんたをプチッと踏みつぶして高笑いしてたに違いないわっ！」

秀麗は刑部に辿《たど》り着くと、刑部尚書の室《へや》に殴りこんだ。秀麗の鬼の形相に、官吏も衛士《えじ》も止められなかった。咎めだてすれば間違いなく飛び蹴《げ》りがきたであろう。

秀麗は文字通り尚書室の扉を蹴破った。

「失礼しますお迎えに参上いたしました刑部尚書!!　裁判のお時間ですっ。——いない!?」

秀麗は執務室の隅《すみ》で縮こまっている官吏を見つけると、瞬間移動の速さで壁際に追い詰めた。官吏はおののいた。充血しきった秀麗の目と役者の隈《くま》取りのごときクマに。

「不躾《ぶしつけ》に申し訳ありません、刑部尚書はどこにいらっしゃいます？」

「あ、あ、あの…………に」

「はい⁉」

「け、け、刑部の牢《ろう》にいらっしゃいます！」

……牢？　秀麗と清雅は目を点にした。

刑部の地下牢の最奥には、囚人たちが呪いの牢屋と呼ぶ独房がある。その牢屋には一つの棺桶《かんおけ》が鎮座ましまし、夜な夜なそこから屍人《キョンシー》が飛び出て囚人たちを襲い、徐々《じょじょ》に仲間を増やしているのだとまことしやかな噂であった。実際真夜中になると、蓋《ふた》が開き、誰かが出ていく足音を聞く者が後を絶たない。あまりにもナゾで不気味なため、その独房に連れて行かれるくらいなら死刑にしてくれーと泣きじゃくる囚人は数知れず。

カツカツと一つの足音がまっすぐ件《くだん》の牢に向かっていた。

暗がりの中、その独房には確かに一つ、ひっそりと棺桶が横たわっていた。

足音の主はひるむ様子もなく中に入り、棺桶を開けた。

手にした手燭《てしょく》でサッと中を照らす。

中から呪われたようなうめき声があがった。彼はおそれ知らずにも言った。

「起きて下さい、刑部尚書。来俊臣殿……来俊臣殿！」

すると、中からよろよろと震える手が上がり、棺桶の縁をつかんだ。

「う、まぶしい……死んでしまう……誰だ私の神聖なる眠りを妨げる邪悪なる者は！」

「葵《き》皇毅《こうき》です」

皇毅は答えた。手燭を棺桶の主に向けると、ぎゃあああーと断末魔のような悲鳴が上がった。余談だがその悲鳴を聞いた階上の囚人たちは下の呪いの牢屋でまた新たなギセイシャが出たと震え上がり、五体投地して念仏を唱えまくった。

「死ぬわけありますか。御史大獄の時間が迫ってます。起きて下さい」

皇毅は腕を引っ張ったが、棺桶が寝床の刑部尚書はぷいっとうつぶせにひっくり返った。

「……なんだ、邪悪なる者は皇毅か。御史大獄は真夜中にズラしてくれといったはずだ。どうせ今回の判決は君が最上位なんだし、構わないだろう。ボクは夜が好きなんだ。仕事するのは夜と決めてる。あんなまぶしくて暑くて動物のうるさい昼に仕事なんぞはかどるものか。ボクは予言するよ。一千年後、人々は夜に仕事するようになるはずだ！　それよりどうだ、ヘイ皇毅、そろそろボクに君のためのステキな棺桶を贈らせてくれる気になったかい!?」

「嫌です」

「じゃあ百歩譲って君のために小粋《こいき》な読経をあげさせてくれ！」

「嫌です」

「じゃ、千歩譲ろう。なんて寛大なボク。全世界がうっとりだね。君のためのイケてる寺男」

「意味わかりません」

刑部尚書は悲しげな嘆息を漏らした。

「みんな謙虚すぎるよ。ありがたく受け取ってくれて構わないのにさ。このボクのあふれんばかりの親愛の情！　みんな賄賂《わいろ》は受け取るのに棺桶は受け取らないってどういうワケ？」

どういうワケといわれても。しかし小粋な読経ってどういうのだろう。かの鉄面皮葵皇毅もムクムクッと好奇心がうずいてちょっぴり聞きたくなったのは絶対言わない。

「俊臣殿、今回ばかりはずらしません。とっとと起きて下さい」

しつこい追い立てをうるさがりながら、刑部尚書は皇毅に目を向けた。

「……珍しーねえ皇毅？　清雅が担当御史なんだろ？　李絳攸の処分はひっくり返らないだろ。黎深はすんでで首を切れずに惜しかったねぇ。黎深の首を切る！　なんて甘美な響きだい。世界の終わりより面白い珍現象じゃないか。叶《かな》うことならボクがチョン切ってあげたかった！　でも口惜しいな。近々黎深のための盛大なる生前葬儀を大計画してたのに。もちろん進行演出ボクね。泣き女じゃなくて笑い女を用意するんだ。黎深は寂しがり屋さんだから、皆で拍手喝采《かっさい》、大爆笑で見送ってあげたほうがいいナってずっと思ってたんだよ。なんて黎深思いのボク」

嫌がらせ以外のナニモノでもないと皇毅は思った。拍手喝采大爆笑の葬儀なんぞイジメだ。

ノッてきた刑部尚書はうっとりしながら次から次へトンデモ案を披露した。

「でねでね、副葬品は呪いの鏡とか血のついた五寸釘《ごすんくぎ》とか髪の伸びるお人形で、別れの手紙はもちろん不幸の手紙サ。皆で持ち寄ってソッと入れるんだ。お祓《はら》いなんぞより、黎深にくっ憑《つ》けてあの世にもってってもらったほうが絶対効果あるよ。呪いのほうが一発《イッパツ》退散さ。黎深もこれで人様のお役に立てるんだよ。みんなから感謝されるお葬式だよ。しかも生前葬儀だから、その美しい光景を黎深本人が見られるんだ！　黎深、もう感激で滂沱《ぼうだ》と泣いちゃうに違いないよ！　ああ、黎深を見てると次々独創的な考えが浮かんでくる！」

ウフフ、と幸せそうに笑う刑部尚書、四十五歳（四十五歳!!）。日の光が大嫌いで、主に夜に蠢《うごめ》く。真夜中、地下牢に安置したお気に入りの棺桶（←自主制作）から目覚めて蓋を開けるギィィというその瞬間が一番大好き（職場への通勤も楽になった）。そして悪夢の国試において、黎深たちが『幽霊退治』に繰り出す張本人となった男。悪気がないところがいちばん悪いと専《もっぱ》らの評判。

隙あらば人を勝手に墓場送りにしようと目論む男が、よりにもよって命と裁判と法律を司《つかさど》る刑部尚書なのだ。よく考えてみなくても背筋が凍る人選だ。実際当時は誰もが漫談のネタ？と耳を疑っている間に、先王がペコンと任命の判子を押してしまったらしい。悪鬼巣窟《そうくつ》の吏部、魔の戸部、知る人ぞ知る呪いの刑部尚書。誰も尚書令なんかやりたかない所以《ゆえん》である。

しかし今は彼のハチャメチャステキ葬儀論を聞いている暇はない。

「紅黎深の葬式はぜひ勝手に華々しくあげて構いませんから、今は御史大獄に出て下さい」

「だからなぜだい？　別にボクは李絳攸を弁護したりしないよ。妥当だと思うし」

「ええ。ですが今回は、裁判のやりかたを実験的にですが変えてます」

　皇毅が手短に話すと、初めて来俊臣は仰向けになり、皇毅と目を合わせた。

「……ふぅん？　御史が検察と弁護にわかれての裁判だって？　それは確かに興味深いね。てことは今回は御史が拷問して強制自白《ゲロ》させたものを証拠資料にはできなかったわけだね？」

「ええ」

　棺桶の中の来俊臣の目はもう笑っていなかった。

「御史は御史を告発できる。拷問は法的に許されてるけど、偽証は罪だ。自白が嘘だったら弁護御史に逆に告発される。これだと蔓延《まんえん》してた御史の杜撰《ずさん》な捜査と、出世のための捏《でっ》造《ちあげ》と拷問がしにくくなって、冤罪《えんざい》も今よりは減る……可能性はある。何より弁護に回る御史が一人つけば、いかがわしげな誣告《ぶこく》で即処刑執行ってのが減る。でも、捜査と裁判は長引くなぁ」

「ええ、人員も増やす必要がありますし、何より御史台のみで検察と弁護にわかれると、いずれ内部で癒着と汚職が起きるでしょう。問題はありますが、詰める価値はあるかと」

　御史台は監察機構であり、法を整備するのは刑部の仕事だ。来俊臣はクスッと笑った。

「熱心だな。葵皇毅殿、君のおうちも嘘っぽちの誣告で一族皆殺しにされたからかい？」

皇毅は顔色を変えたりしなかった。そんなかわいげはとうの昔に捨てている。

刑部尚書・来俊臣は頭の後ろで両手を組んだ。自分の中で考えを咀嚼《そしゃく》するように、何度かゆっくりと頷《うなず》き、枕元の髪紐《かみひも》に手を伸ばした。起きる支度だ。

「うん。じゃ、出るかな。ところでそれ誰の発想？　ぜひビミョーな棺桶《かんおけ》を贈りたいなァ」

紅秀麗がビミョーに気に入られかけている（そしてビミョーな棺桶というのも気になる）。ちょうどそのとき、地下牢《ちかろう》へ下りてくる足音が聞こえてきた。獄吏でもこの呪いの牢屋へやってくる者は滅多にいないのだが。

追って会話も聞こえてきた。地下の牢は小声でもよく反響する。

「なんで刑部尚書が地下牢にいるのよ!?　しかも刑部の最下層の牢っていったら、あああアレじゃないの？　ホラ、あんたも牢城巡察で囚人から噂くらい聞いたことあるでしょ!?」

驚いたことに、あの娘だけでなく清雅もいた。

「ああ……呪いの牢屋ってやつか？」

「そうよ！　牢屋なのになぜかポツンと棺桶が一つ安置してあるとゆー」

「なにが『あるとゆー』だ。確かに棺桶はあるらしいがな」

「ぎゃーホントにあるの!?　なんであるのよ！　使い道は何よ！　しかも噂じゃ夜な夜な蓋があいて誰かがうろつきまわってる音がするっていうんだけど!?」

「じゃあそれが刑部尚書なんだろ。整合性に何の矛盾もない。別に問題でもない」

「大アリよ!!　どこもかしこもおかしいわよ！　天下の刑部尚書が棺桶から夜な夜な出て

きては牢屋を徘徊《はいかい》して何してるってゆーのよっっ！　屍人《キョンシー》じゃあるまいし——」

「…………」

「なんでそこで黙るの⁉　あ、わかった。刑部尚書が屍人《キョンシー》だったら罷免しようと目論んでんでしょ⁉　仕事する屍人《キョンシー》刑部尚書よりタチ悪いったらないわ。あいにくとそんな法律はないわよ！」

「……お前、そこじゃないだろ。ていうか勝手に屍人《キョンシー》決定かよ」

そこからなぜか『真面目に仕事をする隠れ屍人《キョンシー》の官吏登用は認めるか』に議論が発展し、ぎゃーぎゃー論争する声が棺桶まで聞こえてきた。愉快でなかなか有意義な論戦だ。

勝手に屍人《キョンシー》扱いされた来俊臣は喉《のど》の奥で笑いをかみ殺した。

「……もしかして、さっきの考えは君が引き取ったあの娘《コ》からかい？」

「ええ。李絳攸の弁護をすると言い出したので」

「出世と保身第一の事なかれ官吏にはナイ発想だ。弱者も屍人《キョンシー》も彼女は見捨てないんだね。君と清雅に毎日毎日こてんぱんにされても、まだ理想を曲げないワケか」

口で理想や正義を語るのは誰でもできる。それを逆風でも手放さないのは難しい。四面《しめん》楚歌《そか》でも実行しようとするのは至難だ。だが、それをしてのけるのがすべての官吏の仕事だ。

「御史台でもう半年以上かい？　……予想以上に粘るね。『本物』に化けるかな」

正直来俊臣は、王の『お気に入り』にそこまで根性があるとはぜんぜん思わなかった。

「君と清雅に完膚なきまでに蹴落とされても、まだ楽な方に逃げようとしないんだ。しかもしょげないで今もあんなに元気とはね。いいの？　ボクがあの娘を気に入っても？」

「別に」

皇毅の本意をさぐるのは来俊臣にも難しい。

（ふむ？　嘘じゃなさそうだが……ボクの見たてじゃ、皇毅が彼女を拾った理由って——）

と、格子ごしに別の手燭《てしょく》の明かりがさしこんだ。

皇毅が振り向いた。

おそるおそる独房をのぞき込んでいた秀麗は悲鳴を上げて飛び上がった。

「ぎゃぁあああ!!　デター！　葵長官の幽霊——っっ!!　イヤー火の玉ーっ!!」

火の玉？　ただの手燭である。皇毅が呆《あき》れ返っていると、紅秀麗は予想外の行動に出た。

牢屋に飛び込んでくるなり、皇毅の胸にしがみついてわぁわぁ泣き始めたのだ。

「葵長官！　何で死んじゃったんですか！　いつ死んだんですか！　わかってます誰かの恨みを買ってグサッと刺されたんでしょうそれしかありません!!　多分そーゆーお亡くなりかたをするに違いないと心の中で実は思ってましたスミマセン！　でもでもよりによって御史大獄の日にポックリ逝かなくても！　あっ、でも絳攸様にとっては軽い判決が!?　いやいや違うでしょ私！　喜んだりしませんから！　いくら長官が人でなしでも、殺人はダメです！　私、長官のために最後まで捜査して、犯人《ホシ》をあげるまでお焼香には参りませんっ!!　ですから犯人を呪ったり棺桶からウロウロ出てきて屍人《キョンシー》仲間を増やしたりしないで安らかに眠ってくださいー！」

　来俊臣は実に久しぶりに、葵皇毅のこめかみに青筋が浮かぶのを見た。そんな芸当ができるのは、ここ長らく凌晏樹《りょうあんじゅ》くらいだったのだが。

「紅秀麗……」

「はい！　言い残したことがあるんですね⁉　そうですよね残念無念ですよね。コレコレの事件は握り潰せとか、俺を殺した犯人《ホシ》は釜茹《ゆ》での刑に処せとか、そういう悪いこと以外ならなんでも仰《おつしや》ってください。心配せずとも、人でなし冷血漢二号陸清雅とは立派に渡り合ってアン畜生めのいいようにはさせません‼」

　なんか形容詞が増えている。そこへ清雅が追って現れた。清雅は冷静を装っていたが、皇毅と目が合うと吹き出した。貴族派若手巨頭と恐れられる葵皇毅も形無しの言われように、嫌みよりも笑いがこみあげたらしく、鉄格子に額を押しつけてぷるぷる震え始めた。

　気づいた秀麗が、泣きながら怒り出した。

「あっこの人でなし二号！　何がおかしいのよ！　長官が屍人《キョンシー》になったって何も変わらないじゃないの！　思えば元々青い血が流れてそうで屍人《キョンシー》っぽかったわ。長官が化けて出て笑ってるあんたのほうがよっぽど人間味ってモンがないわ‼　まだ屍人《キョンシー》長官のほうが温かみがあるわ‼　ホラ！」

　秀麗は皇毅の左手をとると、自分の頬《ほお》に押し当てた。皇毅の袖口《そでぐち》から、たきしめた高雅な香が仄《ほの》かに匂い立つ。秀麗はスンと鼻を鳴らし、めそめそ皇毅の手に頬ずりした。生前は恐ろしくてとてもこんな真似はできなかったが、死んだとわかればできてしまうのが七不思議だ。

「ホラ、あの長官でさえ微《かす》かな人間味はあったのよ。ぬくぬくと私よりあったか……。え？」

……あったかい？　秀麗の涙がひっこんだ。

　ぎくしゃくと皇毅の手を離すや、その無骨な指先が音もなく動いて秀麗の頤《おとがい》をもちあげた。そこには例の、南国さえ永久凍土に変える寒々とした視線があった。絶対屍人《キョンシー》に違いない。皇毅は氷のような目で唇をつりあげた。前言撤回。屍人《キョンシー》より怖すぎる。

「……誰が青い血が流れてそうで屍人《キョンシー》っぽいだと？」

「え、あ、あの、ウフ。エヘ。長官……い、生きてらっしゃいます……………？」

「あいにくな。お前の本音はよくわかった。評点につけておく」

　背後でたえかねた清雅が笑いこける。秀麗は必死で評点を挽回しようと頑張った。

「ええー⁉　違うんですさっき聞いたのは長官の空耳です‼　ホラ、長官もそろそろ耳が遠くなるお歳――ではなくて、ええっとそもそも私はそう！　裁判をズラしてくれとか寝言をほざく刑部尚書を叩《たた》き起こして首を絞めてでも引きずり出してやるという目論見でここへっ」

「そうか。やる気だな。本当にここまできた御史はお前と清雅くらいだ。存分にやれ」

　皇毅は秀麗の顔を棺桶へと向けた。秀麗はそこに横たわり、ニヤーリと笑う誰かを見た。

やけに肌が青白い。枕元の書物の題は『拷問と墓場と寺男の切っても切れない不思議な関係』。棺桶のあちこちには五寸釘《ごすんくぎ》とか蠟燭《ろうそく》とか白い包帯とか首つりの縄とか古びた誰かの墓標（誰の！）とかが散らばっている。

「ボクの首を絞めてでも棺桶から引きずり出したいなんて……それは愛？　たぶん愛、きっと愛～。そこに愛。ボクはずっと待っていた。いつか蠟燭を手にした少女がボクの棺桶を開けて、眠りから目覚めさせてくれるのを。だってそんなの、愛と勇気がないとできないからね！」

それはそうかもしれないと皇毅は思った。並々ならぬ愛と勇気と読経《ドキョウ》——違った、度胸が必要だ。お伽噺《とぎばなし》の貴公子なんぞ裸足《はだし》で逃げ出す愛と勇気が必要だ。

来俊臣は蒼白《そうはく》な指を棺桶の縁にかけて、上半身を起こした。棺桶がきしみ、ギィィと不吉きわまりない音を立てる。そしてどこから取り出したか、摘みたてのみずみずしい白薔薇《ばら》——ではなく、白菊を秀麗の鼻先にたむけた。ニッと微笑む。

「ボクが丹精こめて育てた骨より白いこの菊をぜひ受け取ってくれたまえ、お茶目な小鳩《こばと》ちゃん。夏場も腐りにくくて墓場にピッタリとおばあちゃんたちに大好評。さすがボク。そんなステキなボクと一緒に棺桶に入らないかい⁉　おっとボクとしたことが初対面で性急な。まずはボクと一緒に棺桶を並べて死後の世界を語らっちゃおう。君のためにお茶目な棺桶を勝手に贈らせてもらうよ！」

秀麗は無言であった。清雅は腹をよじって大笑いしている。

皇毅がぴたぴたと秀麗の頬を叩いたが、反応はない。よくよく見ると気絶していた。

「……目を開けたまま寝るとは器用な娘だな……」

「ここ、静かで暗くてひんやりしてて寝床に最適だから、つい眠くなっちゃったんだねぇ」

太陽が西から昇ることはあってもその解釈だけは絶対あるまいと皇毅は思った。

「しかし目の隈《くま》がすごいねぇ。錯乱してたし、徹夜でだいぶ疲れてたみたいだね。ははぁ、これが君が『裁判時間はズラせない』って言い張った本当の理由かい？」

皇毅は屍人《キョンシー》のように無表情だ。来俊臣はやれやれと首をふった。

「君の愛情って、いっつもわかりにくいよねぇ。そんな照れ屋サンな君に、呪いのざんばら髪を贈りたいな！　これをかぶって墓場で屍人《キョンシー》どもを従えて真っ赤な衣装で踊り狂ってごらんよ！　鉄面皮の君もたまには自己表現しないとネ。眺めてよし、魔除《まよ》けによし、頭皮が危うくなったらカツラにも使えるスグレモノさ。何かと物騒な昨今、それをつけていれば不審人物だって近寄らないと大評判！」

誰も近寄らないだろうが、むしろ皇毅自身が不審人物でつかまる。

「いりませんから」

「相変わらず謙虚な。しかし殺伐だった御史台も半年でずいぶん愉快な職場になったねー」

「…………ええ、まあ」

気づけば『官吏殺し』陸清雅も獄中で笑い転げるほど明るい職場になった。

来俊臣は髪を結び、棺桶《かんおけ》にたたんでおいた特別あつらえの黒の官服に手早く腕を通していく。棺桶から出さえすれば彼は刑部尚書だ。もう追い立てる必要はなかった。

身繕いをしながら、来俊臣は思いだし笑いした。

「カワイイ配下じゃないかね。君が屍人《キョンシー》になったと思ってわぁわぁ泣いてしがみついて仇《かたき》をとるなんていってくれる配下、ザラにゃいるまい。だって君だよ君！　千尋《せんじん》の谷から這《は》い上がっても、また容赦なく蹴落とす邪悪な上司。彼女は何度蹴落とされても君を上司と認めてるんだね。自分の正義と正反対の君でも、ちゃんと見て、確かに君の一部を認めてる。……前は単なる口うるさい理想娘に見えたが、柳のようになってきたね。いいことだ」

皇毅は失神している秀麗を抱きかかえた。

「うーん。……ちょっと気に入っちゃったなぁ。そんなことは絶対ないと思ってたんだけどなぁ。全然興味なかったからねぇ。でも今はお茶目な棺桶を贈りたくてしょうがない。でも小鳩ちゃんまだ若いし、棺桶は早計だろうか。ここはまず彼女にピッタリの墓地をさがして勝手に予約しておくくらいが控えめでいいかな!?　きっと驚いてくれるね」

そりゃ驚くだろう。十代ですでに墓地の予約を勝手に取られているとは（しかも初対面の刑部尚書に）夢にも思うまい。どこまでも男運が壊滅状態な娘だ。前世でどんな因業があったのか。

刑部尚書は最後に真っ白な手袋をはめた。

「……うん、気に入ったなぁ。彼女は数少ない『本物』になれるかもしれない。ということで、皇毅、やっぱ裁判明日に延ばして」

「なに寝言こいてんですかあなたは」

「まともな小鳩ちゃんが陸御史相手にどこまでやれるか、見てみたくなった」

鉄格子越しの清雅の笑いが鎮まる。

「目を回してぶっ倒れるような状態じゃなくてね。ボクも改めて隅から隅まで裁判資料を読みこんで臨みたくなった。いや～どうせひっくり返らないと思ってザッとしか見てなくてねー」

ハハハハハと笑う来俊臣を、皇毅はぶちのめしたくなった。

「いいだろ？　皇毅」

そのとき、階段からおっかなびっくり男が一人おりてきた。清雅がよく仕事で使う配下だった。男は余計なことを言わず清雅に一通の文を渡すや、すぐにその場をひきとった。文に目を通すと、清雅はそのまま皇毅に差しだした。

皇毅は紅秀麗を抱きながら文を一読すると、来俊臣に目を転じた。

「……わかりました。仕方ありません。数日延ばします。今回こっきりですからね」

数日？　明日で充分だったのだが、どうやら皇毅にも延ばしたい事情ができたらしい。ころりと態度を変えた皇毅に何かあったなと察しても、訊《き》くほど来俊臣も馬鹿ではない。

「はいはい。どーもありがとう。まったく寝てりゃよかったよ。棺桶《かんおけ》から出たら午《ひる》でも仕事するしかないじゃないか。やだやだ。今日冤罪《えんざい》にうっかり処刑のハンコ押したら君のせいだよ」

「あなたが？　それこそありえないでしょう」

世辞ではなかった。来俊臣は格子の外へ爪先《つまさき》を向ける。清雅は片膝《かたひざ》をついて最高官に対する礼をとった。来俊臣は軽く顎《あご》を引き、傲然《ごうぜん》とそれを受けた。

「ということで御史大獄は明日《みょうにち》以降に変更だ。お手並み拝見させてもらおう、陸御史」

「――御意」

刑部尚書・来俊臣。

『耳で聞いて理解できぬ法律は無用』という信条のもと、暗黒の大業年間でふくれあがった膨大で矛盾に満ちた煩雑な法律を片端から削《そ》ぎ落とし、まとめあげ、最終的に簡潔明《めい》瞭《りょう》な文言で体系づけたのが彼だった。古今東西あらゆる法典に通暁し、司法官たちの絶大なる信頼のもとに刑部及び大理寺を掌握する。彼が認めたもののみが法律となり、時代の正義となる。

『だからボクの天秤《てんびん》はいつでも釣り合ってなくちゃいけない。絶対中立と公正と、死のごとき平等さがボクの正義。ボクは王様に公然と刃向かえるこの職場がお気に入りでね』

そんな口癖のせいか、誰もが肝心なことを失念する。彼は誰にもつかないと思いがちだ。

だが、決してそうではないことを葵皇毅は知っている。

『ボクは確かに中立が信条だ。だが判決は出す。中立は傍観の類義語じゃない。問題を前に、出そろったすべての要素を検分し、最後に判決を下すのがボクの仕事でね』

決して議論において棄権も欠席もしない。そんなバカな裁判がないように、そんな愚劣な官吏は片っ端から墓穴に埋めろ、というのも彼の持論だった。判決理由は「官吏たる存在価値なし」。

彼の秤《はかり》は公平だが、終局には必ずどちらかに傾く。絶対中立の来俊臣が最後に出した『判決』こそが、動き始めた朝廷の趨勢《すうせい》を決める、一つの鍵《かぎ》となるはずだった。

――皇毅の腕のなかにいる娘とともに。

「おーい姫さん、姫さーん？　そろそろ起きて帰ろーぜ～」

燕青《えんせい》にピタピタと頬《ほお》を叩《たた》かれて秀麗は目を覚ました。頭がずいぶんスッキリしている。と思った瞬間、秀麗は蒼白《そうはく》な顔で飛び起きた。

「ちょっとなんで寝てるの私――――っっ!!」

「覚えてねーの？　刑部尚書呼びに行ったるわーって飛び出てって、なんでか葵長官にお姫様抱っこされて帰ってきたんだぜ。かーなーり噂になってるぞ」

「葵長官にお姫様抱っこ!?」

「そう。スゲーな姫さん。みんなどよどよ遠巻きで誰も聞くに聞けねー空気だった」

何せ相手が葵皇毅なだけに、異様なほどの目立ちようだった。凌晏樹もどこで聞きつけたかひょっこり現れ「いいな～いいな～僕にも抱っこさせてよ～」などと纏《まと》わりついて言い募ったため、余計人目をひいていた。ちなみに皇毅は完全無視だった。

「いったい何があったんだ？」

「何⁉」

秀麗の背筋に薄ら寒いものが這《は》い上がる。なんだろう、深く思い出してはいけない気がする。あそこで世にも恐ろしい体験をまとめてしてしまったような――。

「な、何ってその……呪いの牢屋《ろうや》で……勝手に屍人《キョンシー》が……お茶目な棺桶で……おばあちゃんの白い菊つくって……葵長官が化けて出て……私の評点がガタ落ちに……」

秀麗はボショボショ答えた。燕青は沈黙した。

「……オイ、姫さん……本っっ当に大丈夫か……？」

屍人《キョンシー》が牢屋の棺桶で勝手に呪いの白菊を栽培？　意味がわからん。

「――じゃないわよ。ナニさっきの帰ろーぜ～ってのは‼　裁判は⁉」

「なんか明日以降に変更だって葵長官がいってたぜ。決まったら後でいうってさ」

「明日以降⁉　また延びるの⁉」

「おう。裁判資料届けがてら、ちゃんと刑部尚書にも確認とった」

刑部尚書。秀麗は燕青に確認した。

「――けっ、刑部尚書⁉　燕青会ったの⁉」

「会ったぜ。なんで驚くんだよ？　呼んできたの姫さんなんだろ？」

「ちょっ、ちょちょちょ――ちょっと燕青、刑部尚書って、その、どんな人だった⁉」

「どんなって？」

「だから！　棺桶から登庁したり……蠟燭《ろうそく》と五寸釘《ごすんくぎ》と白菊もってたりとか……」

燕青はふっと慈愛に満ちたあたたかな笑顔で秀麗を見つめた。よりにもよって燕青にこんな可哀相な人を見る目で見られたのは初めてだ。屈辱。

「よしよし。もう帰って寝ような。…………マジで延期してもらってよかったな、裁判！　今日やってたら絳攸サン縛り首になってたかもな」

「疲れてないわよ！　いいからどんな人だったか教えてってば！」

「どんなって、すげーキレ者っぽかったぜ？　ニコリともしねーで資料読んでたし。俺にいくつか質問してきたけど、それが全部核心のド真ん中でさ。そこ見逃して〜ってとこ全部ついてきやがった。笑ってごまかしといたけど、相当頭がキレるなありゃ。黒い官服と真っ白い手袋が超似合ってて、見るからに怜悧《れいり》で落ち着いた大人の男ーって感じ」

「……。……⁉　……‼　…………………？？？」

秀麗は聞き間違いかと思った。それか、刑部牢で見たものが錯覚だったのであろうか。

（…………いや、そ、そうよね。よくよく考えてみれば燕青のほうが真っ当よね……だって天下の大官、刑部尚書よ？　牢屋の棺桶で五寸釘並べて寝てるわけないわ……）

あんな人が刑部尚書であるはずがない。そりゃ黄尚書だって仮面してるけど、中身は大変まともな人だ。だがあの棺桶の人は中身も絶対ヘンだった。『ボクと一緒に棺桶に入らない？』って。そんなトンチキ刑部尚書がいてたまるか——。夢だ夢。

このほど叔父《おじ》と判明した吏部尚書が、そんな彼よりヤバイ男だったなどと知る由もない秀麗は、そう自分に言い聞かせた。寝不足のあまり見た夢に違いない。

秀麗は冷たい水で顔を洗った。ふと、袖口《そでぐち》から高雅な匂いが仄《ほの》かに香り、鼻腔《びこう》をくすぐった。覚えのある香りは、葵長官の薫物《たきもの》だった。運ばれている間に香りが移ってしまったらしい。聞香できないほど複雑美妙で深みのある香りだった。ききわけようとすればするほど次々別の香料が立ちのぼる。それは葵皇毅自身と少し、似ていた。

幾重もの別の香料を精妙にからませ、惑わせて、芯《しん》となる香りをつかませない。

『ここらで紅藍両家をしめておきたいからな』

藍楸瑛、李絳攸、そして吏部尚書。葵皇毅の言葉通り、紅藍両家が排除されていく。

秀麗は唇を噛んだ。

皮肉にも葵長官の香は、秀麗を落ち着かせた。人でなしで気難しく屍人《キョンシー》のがマシな冷血漢でも、上司に葵皇毅がいることで秀麗は確かに安心できた。したたかになり、少々のことではくじけなくなった。それは、配下が誤っても必ず収拾してくれると信じられる、上司の重みが確かにあるからだろう。

――では、果たして葵皇毅は劉輝に対して同じことを思うだろうか？

御史大獄にかけられる絳攸への疑義は、そのまま劉輝への非難にも通じる。今までの秀麗への様々な特別待遇が王への不信と批判の鋒先《ほこさき》となって返り、杭《くい》のように深々とつきたっている。

（本当は）

……本当は、わかっている。ここまで劉輝が一挙に追いこまれた大きな理由。

それがまぎれもなく紅秀麗《じぶん》という存在にあることを。

＊　＊　＊

時を同じくして、政事《せいじ》堂《どう》では緊急の宰相会議が開かれていた。

「――で、吏部の後任を誰になさるおつもりですかな？　主上」

開口一番に旺季は急所を一刺しした。

「……き、厳しいな旺季殿。もう少し笑ったらどうだろう。きっと人生楽しくなるぞ⁉」

驚いたことに旺季はフッと笑った。

「六部の筆頭たる吏部の尚書と侍郎が一緒くたに失脚するとは、とんだ物笑いの種です。それも主上の〝花〟まで交じっておられるのですから、まったく笑うしかないですな！　お気遣い頂かなくとも、主上のおかげで私の人生いまが最高に愉快でなりません」

「…………………」

すごい墓穴《ぼけつ》を掘った。確かに笑うしかないと思ったので、劉輝は笑ってみた。

「は、ははははー」

「はっはっはっは。――笑ってる場合じゃないでしょう」

「……すみません」

旺季に一喝され、劉輝はしおしお謝った。

リオウは呆《あき》れ果てて天を仰いだ。宋太傅《そうたいふ》は感心した。旺季をやけくそにさせるとは、戩華王や清苑《せいえん》ではついぞ真似できない芸当である。

悠舜が口をひらいた。

「旺季殿、紅黎深と李絳攸を吏部尚書と侍郎に任官したのは先王陛下と霄太師です。最終的にそれを認めた大官たちにも任命責任はございましょう。当時主上は国政に参画されていなかったのですから、今回の責の一端はそのお歴々にもあるかと」

旺季と悠舜の視線が交錯した。

むろん旺季は当時も国政の一翼を担う重臣であった。それ以上言うつもりならこっちもトコトンそちらの責任を追及させてもらいますよ？　という楔《くさび》だ。

リオウは意外に思った。穏やかで優しいばっかりと思いきや、さすが茶州《さしゅう》で副州牧を十年していただけはある。一歩も退《ひ》かない。

劉輝は空席の太師席を睨《にら》んだ。うーさまも体調不良で欠席だが、どうみても霄太師はその『任命責任』を突っ込まれるのを見越してトンズラしたとしか思えない。ここは身を擲《なげう》って若人の楯《たて》になるところだろう普通！

「……で？　主上のお考えは？　人選について誰か心づもりはおありですか？」

「え!?　あ、ああ……」

旺季に重ねて問われ、劉輝はとっさに視線を悠舜へ送った。リオウがそれを見咎《みとが》めた。

「……おい。尚書令はこないだまで僻地《へきち》の茶州に十年もこもってたんだろ。朝廷で誰が後任に適当か、あんたのほうがよっぽどよく知ってるはずだ。あんたが先にいいと思う名前を挙げるべきだ。まさかこの期に及んで李絳攸から意見を聞こうとか思っちゃいないだろうな？」

劉輝以外の全員が驚きを示した。おのおののやりかたで。

宋太傅は以前も思ったことをもう一度感じた。やはり、リオウは誰かに似ている。いつも別のヤツがやっていた役を、今はリオウがこなしている。そんな既視感があった。

劉輝は言葉に詰まった。

吏部の後任に関しては会議の前に悠舜と話をした。そしてまさに旺季と同じ「主上のお考えは？」という問いに、劉輝は——誰が適任かちっともわからなかった。

わからない。誰の名も顔も浮かばなかった。

そんな自分に劉輝自身が愕然《がくぜん》とした。朝議に出るようになってから二年も経つというのに、絳攸がいなければどの部署の誰が秀れた良吏かも知らない。人事は黎深と絳攸に任せきりにしていたツケがきたのだ。

悠舜は答えられない劉輝を責めることはなかった。それから、意見を一つ言った。劉輝はうつむいたまま、そのときの悠舜の提案をそっくりそのまま反復した。まるでばかみたいに。

「……吏部尚書位はしばらく空位、侍郎には楊修を昇格させ、当分は彼に尚書代行を兼ねてもらうのがいいと……思う」

「……そうか。あんたがそう思うなら、いい。俺も中央人事に口を挟めるほど知らないから」

　リオウはそう言った。旺季も同意した。

「私も異論はありません。吏部尚書は六部筆頭官位ですからな。慎重を期すべきです。吏部は精鋭ぞろいですし、楊修一人で充分当面の対応は可能でしょう。今回の一件で紅姓《こうせい》官吏の動きにも不穏なものが出てきています。それも重々念頭にお置きくださりますよう」

　他にも幾つかの件に関して話し合ったのち、宰相会議は終了した。

　リオウはとぼとぼと帰る劉輝の背をしばらく見送った。また何か自分は王を落ち込ませることを言ったらしい。いつもリオウは王をしょげさせてばかりいるようだった。

「……俺はもしかしたら何も言わないほうがいいのか？」

「ならば、お前が宰相会議にいる意味はない。早々に縹家にひっこむことだ」

　隣を通り過ぎようとした旺季が立ち止まり、リオウを見下ろした。静かな強い瞳《ひとみ》で。

「正しいと思ったことも言えないようなら、帰れ。邪魔だ。王の機嫌をとるだけの輩《やから》は李絳攸や藍楸瑛で充分間に合っている」

　ぴしゃりと言い放つと、旺季は立ち去った。きつい言い方だったが、嫌なものではなかった。旺季もまた、リオウを子供扱いしない一人だった。

　リオウは朝廷にくるまで、こんなふうに一個の人間として扱われたことはなかった。最初はただ、父と伯母《おば》に言われるがままに着任した仙洞令君だったが、……誰もリオウを子供だと軽視はしない。だからリオウ自身もその地位にふさわしくあろうと思うようになった。褒められたいわけではないが、必要とされるなら恥ずかしくない自分でいたかった。

　でもそれが余計なことならもう何もするまいと思ったのを見透かしたように、旺季に釘《くぎ》を刺された。

　正しいと思ったことを貫けと言われたようで、リオウは少し、嬉《うれ》しかった。


「……リオウ…………いつもながら見事だ」

　執務室に戻った劉輝は、机案《つくえ》に突っ伏した。どう考えてもリオウのほうが自分より王に向いている。

「落ち込んでらっしゃいますね、我が君」

　続いて悠舜が静蘭と一緒に入室した。

「今日は私も助かりました。あれだけは、私にも止められませんから」

　リオウは政事に関して天賦の才があるかもしれないと悠舜は感心していた。縹家の教育もあるのかもわからないが、勘どころが抜群だ。

「ん？　なんのことだ？」

「人事について『主上はどのようなお考えですか？』と訊《き》かれたとき、主上の意見を述べる前に私を見てしまったのでは、周りはそれを私の意見だととらえますから」

劉輝は机案から顔を上げながら、みるみる真っ青になる。

「今までずっと、そうして絳攸殿や楸瑛殿に訊いていらしたのではありませんか？」

「……その、とおりだ」

「よく人の意見に耳を傾けるのはとても大切なことです。稀有《けう》な資質ですよ。ですが訊かれたことにはまずご自分の意見を述べなくては、側近の言葉に左右される王と映ります。リオウ君はそれを感じ取ったのでしょう。旺季殿が意見を求めているのは王なのに、尚書令がかわりに答えるべきではない。それは王ではなく、一臣下の意見にすぎない、とね」

傍で話を聞いていた静蘭は、頭の中で坊ちゃん育ちの楸瑛と絳攸をボコボコにした。今までうかうかと劉輝の隣でかわりに答えてきたから、寵愛《ちょうあい》人事だの側近政事だの叩かれることになったのだ。

「周りにどう見られるか自覚をすること、自分の決断だと、きちんと態度で示すことは大事なことです。王が自らの裁定に責任をもつという証《あかし》でもあるのです。私の言葉が宰相会議で王の意見として公然とまかり通るようになれば、おしまいです」

劉輝は今まで絳攸と楸瑛の意見を聞いて正しいと思ったから容れてきた。けれど周囲には、それは劉輝の考えではなく、二人の考えだと映っていたのだ。そういう行動をとっていた自覚さえなかった。

「リオウ君は、何よりもあなたの権威を重んじたのです。『あんたがそう思うなら、いい』最後にリオウ君はそう言ったでしょう？　それが大事なのです。王の決めたことだから臣下は従うのです。それが別の誰かの考えだと思うと、臣下はムッとして、誰も従わなくなってしまいます。私が任命されたとき提示した『君臣の礼を明らかにすること』というのは、そういうことです。王様だから威張って好きなようにやっていい、という意味ではないのですよ」

　まさにその通りの状況に陥っている。劉輝は声もでなかった。下を向いても上を向いても涙がこぼれそうになって、劉輝は慌てて息を止めて目をつぶった。顎《あご》が震えた。

「…………もう、やめたくなったのではないか？　尚書令」

「いえ、ぜんぜん」

「嘘だー!!　余が尚書令だったら呆れてとっくにパンダと遊びに藍州に移住してるぞ！」

「そうですか。でも尚書令は私ですから」

　自分ですら自分が情けないのに、なぜ悠舜は見放さないのだろう。

　――吏部の後任さえ、誰にしていいかわからない。

「……余の掌《てのひら》には……本当に何もない」

　人がいない。誰も育てていない。瑠花にも言われたそれこそが、劉輝の現実だった。

「主上、ご存じですか？　鹿や牛の話なんですが、群れで草を食《は》んだり休んだりしますよね。それがなんでかそろって頭を北か南に向けるんだそうです」

　唐突に悠舜がそんなことを話しだした。

「……は？　いや、そうなのか？　気になるな。なんでだ？」

「さて。渡り鳥も、渡り蝶《ちょう》も、地図もないのに、生まれたときからどこに行くかわかっているようにまっすぐ目的地に向かいます。北の万里《ばんり》大山脈《だいさんみゃく》からくる渡り蝶は、この国を縦断して遥か南の藍州へ到達するんです。魂を運ぶ蝶と言われているんだそうですよ。またどうして星は季節によって位置を変えるのか？　どうして太陽は常に東から西へ向かうのか？」

静蘭が眉《まゆ》をひそめたことに劉輝は気づかなかった。

「え？　そんなのに理由があるのか？」

生きている間、劉輝はとんと疑問にすら思わなかった。

「きちんと順序立てて考えればおおよそ推測できます。みんな結構繋《つな》がってますよ」

「ええー!?　さっぱりわからん。なぜ牛や鹿はみんな頭を北か南に向けて休むのだ!?　なんで!?」

「まあそれはともかく。謎解きにはたいがい明快な答えがあって、一つ一つ考えていけば矛盾のない答えにたどりつけるということです。碁と同じですね。でも人だけはそうはいきません。なんでそんなことを!?　という不思議なことをよくやります」

壮大な回り道に、劉輝は縮みあがった。

悠舜はにっこりした。

「私にとっては牛さんがなぜみんな南北を向いて寝るのかよりも深いナゾです」

「…………もう……フシギなこといっぱいやりました……」

「わかってます。いろんなツケが巡り巡って怒濤《どとう》のように追いこまれるのも先から承知で引き受けたんです。燕青なんぞは平気で食い逃げしてましたが、主上は逃げずに、ツケを払う気持ちで藍州から戻ってこられたのでしょう？」

　春の雨だれのようにやわらかな声だった。鞭《むち》の如く打ちつける冬の雨と違い、若芽を優しく育てる春の雨。

　あのとき、悠舜は何も言わなかった。いつもどおり、お気をつけてと微笑んで送り出してくれた。見送ってくれたのは、静蘭と悠舜の二人きり。

「……藍州に行くとき、余が逃げたまま戻ってこないかもしれないと思っていたのだな？」

「可能性の一つとしては」

「……戻ってこなかったら、どうしていた？」

「どうしていたでしょうね？　それはわかりません。ですが我が君がちゃんと帰ってらしたので、私は今もあなたの尚書令でいます。それが、どうしてやめたくならないのかの答えです」

　劉輝は、うん、と頷《うなず》いた。苦境でも悠舜は怒らない。少なくとも劉輝は即位式の折の一度以外、悠舜が声を荒立てるのを見たことはない。おそらくは今、劉輝がどんな愚かなことをしても、責めることも怒ることもなく助けようとするたった一人の人だ。だからこそ、劉輝にとって悠舜は帰る場所になりえた。――帰ってこられたのだ。

「この場所に、ツケがたまっているのを覚悟で帰ってくるのを選んだのは我が君です。王が逃げないと決めたのに、尚書令が先に逃げるわけにはいきませんよ」

——逃げるわけにはいかない。ふと、その言葉が劉輝の記憶の底を揺らした。どこかで……。でも思いだせなかった。

そのとき初めて、静蘭が口を挟んだ。

「……悠舜殿、吏部はあれでよろしいんですか？　尚書は空位、侍郎に楊修を昇格で」

「さしあたりそれで凌《しの》ぐしかありません。尚書はあとで私たちの人選がきく余地を残しつつ、当座の指揮を執る侍郎は実務経験の豊富で優秀な吏部官をもってくる必要があります。楊修殿が適任です。旺季殿もそこに落とそうと思っていたはずです」

「可もなく不可もなくですね」

静蘭が妙に皮肉な言い方をした。

「静蘭!!　なぜいきなり機嫌が悪くなったのだ!?　おなかでも減ったのか!?」

「……いえ、別に。まあ、いいです、楊修で。ちょっと気になっただけですから」

「静蘭殿、紅姓官吏の様子はいかがでした？」

「よくありません。だいぶ不穏な様子ですね」

それを聞いた悠舜は、羽扇の裏でスッと目を細めた。

そのあと、悠舜は王の執務室をひきとった。静蘭が護衛のために悠舜に付き従う。

辺りが無人なのを見計らって、静蘭は呼びかけた。

「——悠舜殿」

「はい？」

「吏部の件ですが、実は全然納得してません。なぜあの人事なんですか？」

杖《つえ》の音と、二人の沓《くつ》の音がしんとした回廊の隅々まで響き渡る。

「黎深殿が更迭される前に、あなたは吏部で人事録を大量に借りましたね。あなたの頭には、すでに中央及び地方の主立った官吏の官歴、実績、経験、賞罰……すべて入っているはずです。主上の助けとなり、なおかつ貴族派も国試派も黙らせるような吏部尚書の人選をすることができたはず。なぜ、推薦もせず、空位のままにしておくのです」

悠舜のゆるやかな歩調はいささかも変わることなく、杖の音が時を告げるかのように規則正しく響く。

「可もなく不可もなくと言いましたが、実質的には楊修に単独で五位以下の人事の決定権をすべて握られたも同じです。——何を考えてらっしゃるのです？」

歩きながら、悠舜は笑声をこぼした。

「……静蘭殿にしては、ずいぶんと直接的な訊《き》きようですね。珍しい」

「腹立たしいことに私は昔からあなたに碁で勝ったことがありませんので、下手なさぐりを入れても無駄だと思ってるだけです。今のあなたは打てる手も使ってない。防戦一方なんてらしくない。——吏部の件も、ああなる前に、尚書令の強権を発動して二人を異動させるとか手はあったはずです。あなたならもっと『良手』があったはずだ」

悠舜は足を止めて振り返った。いつも通りの微笑があった。こんな場面でも、なお『いつも通り』に笑えるのは普通ではない気がした。不思議なほどの落ち着きよう。悠舜の微笑はいつも何かを隠すときに使うのだ。静蘭はなぜか、そんなことを思った。

「……買いかぶりですよ。と、いっても納得しなそうなお顔ですから、正直に申しましょう。ありました。いくらでも。もっと完全で、王が苦しまずにすむ策なら、山ほど」

サラリと返されたので、静蘭はむしろのみこむのにしばらくかかった。

「は——はあ!?」

「でも、それでは意味がない」

静蘭はむらむらと怒りがこみあげてきた。

「意味!?　意味ってなんです！　それこそ意味がわかりません」

「私がツケを全部払うのは——簡単ではありませんが——可能です。計画を立てて、何もかもお膳立《ぜんだ》てをして、一から十まで丁寧に説明をして、いちいち私が細かな指示を出して、王がつまずきそうになったらその前に助けて『正解』を教えて。王なら、すべて私の言うとおりにしてくれるかもしれません。そうすれば、傷は最小限ですんだかもしれません。でもそれは、いったい誰の国なんです？」

静蘭は口をつぐんだ。

「それは……」

「今は王の重ねてきたツケの取り立てが一気にきています。それは苦しくても、王が払わないといけません。私の仕事はそのお手伝いであって、丸ごと肩代わりすることではないのです。王の掌《てのひら》にあるもの、王が選んだ道の中で最善を尽くすこと。それが私の仕事です。陛下の掌に吏部尚書の駒も侍郎の駒もなかった。それが我が君の現実です。私がどこぞの優秀な人材を推挙して吏部尚書を調達するのは簡単ですが、それでは王はこれからも見知らぬ誰かを簡単に大官につけてしまうでしょう」

「それは……そうかもしれませんが」

悠舜の言葉は正論だった。だが静蘭は納得できなかった。あまりにも理想論すぎる。

「今はそんな悠長な教育をしている場合ではないでしょう!?　とれる駒はとっておくべきです。そうでなければどんどん苦しくなる。追いこまれる一方です。旺季殿は下手を打ってくれるような人ではない。最後の画《え》まで描《か》いてから動くような人です」

かつて静蘭が公子だったとき、外祖父が謀反を企《たくら》んだとして捕縛の指揮を執ったのが、当時御史台長官を務めていた旺季だった。清苑自身も旺季の手によって投獄された。朝廷の勢力争いは思想の戦ではなく生存闘争だ。負ければ終わる。

「知っています」

静蘭は内心を見透かされたように思え、ぎょっとした。でもそんなわけはない。あの内幕など彼は知る由もない。悠舜はあのころ国試に及第してもいなかった。

「もし静蘭殿が王だったら、今のような状況になってはいなかったでしょうね」

皮肉かーと静蘭は頬《ほお》が引きつりそうになるのを耐えた。当時まんまと追い落とされて茶州に流罪だ。いやいや悠舜はそんなことなど知らないのだから、皮肉でもなんでもないのだ。こらえろ自分。

「紅姓官吏だって、黎深様一人守ればよかった話です。吏部尚書のクビを切ったあげく空位にするくらいなら、別にいてもよかったではないですか。黎深様がいる間は紅姓官吏が王に従う保証になる。せめてクビを切るなら、王でなくあなたの権限でするべきでした。汚れ役を引き受けるのが尚書令ではありませんか」

「それが静蘭殿の『最善』ですか？」

「……今さら詮《せん》無きことですが、そうすべきだったと思います」

悠舜は苦笑いした。

「静蘭殿、なぜ藍家の三つ子が第二公子流罪の直後、間髪《かんはつ》を容《い》れず一斉に藍姓官吏を引き上げたと思いますか？」

「え？」

「藍家の家紋は〝双龍蓮泉《そうりゅうれんせん》〟……稀《まれ》にですが、双龍がそろう時代があります。今がそうです。龍蓮《りゅうれん》殿の他に、三つ子の中にも隠れ龍がいます。さすがというか、うまい手でした」

何が『うまい』のか、静蘭には理解できなかった。いやそれよりも、もっと聞き捨てならないことを悠舜は言った。縹家のこともそうだし、さっきも気にかかった。

（悠舜殿は、普通では知ることのできない特殊な知識がありすぎる――）

天の話、渡り鳥や蝶《ちょう》の話、牛や鹿の統計。いくら頭が良くても、一人で調べられるものではない。何代にも亘《わた》って積み重ねるような膨大な調査や統計、計算式が必要だ。第一『藍龍蓮』の存在を知っている……。『双龍』の話など、静蘭も今初めて聞いた。

ぱらぱらと蒔《ま》かれていった疑いの種が、ひそやかに芽吹く。

（……悠舜殿は……『誰』だ？）

どこで生まれ、どう育ってきたのか。なぜ縹家や彩八家の中枢でしか知り得ぬはずの知識を彼はもっているのか。思えば悠舜の一族や親兄弟の話を一度も聞いたことがない。尚書令に上り詰めたというのに、一人の親戚《しんせき》も出てこない。祝辞にもこない。影も形もない。

それはまるで――。

「……お化けでも見るような顔をなさってますね」

悠舜は微《かす》かに笑った。静蘭はひやりとした。

「気になることがあるなら、主上のところへ行っていいですよ。考えた上で、最後に道を選ぶのは我が君であって、私ではないのですから」

＊　＊　＊

ひとときも忘れたことのない声が、遥《はる》かな彼方《かなた》から聞こえてくる。

『愛し愛されるだけでは、どうにもならぬこともあるのじゃ』

それが、彼女の口癖だった。何度も何度も、彼女はそういって邵可《しょうか》を追いやった。

愛している。一緒にいたい。結婚してくれ妻になってくれ。いつふらりと消えてしまうかわからない彼女を繋《つな》ぎ止めるために、邵可は考えつく限りの言葉をいった。その中のどれが彼女の気を変えたのかはわからない。

彼女は長い監禁生活の中で、人間を信じなくなっていた。憎むよりも悪く、ただ冷ややかに人という存在を見放していた。信じてもらうために、彼女にした約束はこの世が終わるその時まで守ると邵可は勝手に決めた。言葉にしたものも、していないものもすべて。

――一生二人で構わない。

他には何もいらない。富も、地位も、権力も、紅家《こうけ》当主も。なんにもなくなっても、平然とした顔で君だけを愛せることを証明しよう。縹家が君に求める特別な力なんて私はいらない。璃桜が愛した美しいかんばせが明日しわくちゃになろうが全然構わない。子供ができなくても、君といられればそれだけでいい。疑うんなら、一生かけて証《あか》し立てる。掌にある余分なものは、残らずほしがるやつへくれてやる。いつの日か君がいなくなっても、君一人でいいといった私の言葉を、この命が尽きるまで勝手に守るから見てろ。

「……本気でそう、思っていたんだけどねぇ」

邵可は、最後の一冊を棚にしまった。いつもは誰かしらいる府庫も、今日はしんと静かだった。人っ子一人いない。

　ここずっと、邵可はもくもくと府庫で本や資料の整理をした。今ようやく、すべての仕事を終えた。古い書物は残らず修繕され、あらゆる題名はその通りに目録に記され、ちぐはぐに点在していた本はあるべきところに収まった。そう、今までになく完璧に。

　邵可は本が好きだった。時を超えて降りつもる古びた本の匂いも、それらに囲まれて静かに過ごすことも。だから邵可は、いつでも仕事を少し残して家に帰った。毎日続きがあった。それはこの場所にいつでも帰ってこられる印のように思えた。

　けれどもう、やりかけの仕事は何もない。

「……君がいなくなってから、私は心のどこかで『何もしたくない』と思っていた。充分仕事をした。ここで静かに世の中を眺めて暮らしても構わないだろうと」

　くたくたに疲れていた。愛する妻の死は、邵可の犯してきた罪の対価のように思えた。できるなら、日がな一日本を読んで一生を終えたかった。

　子供の頃の、それが邵可のささやかな願いだった。叶《かな》うことはついになかったけれど。

　邵可は、自分だけが呼ぶ、彼女の名前を囁《ささや》いた。薔薇《ばら》姫《ひめ》でも薔君《しょうくん》でもなく、邵可はいつもその名で彼女を呼んだ。彼女の心の一部を邵可にわけてくれた証《あかし》である特別な名を。

「ごめん。約束を破るよ。もう見ているだけではいられない」

　ここで過ごした時間は、邵可の望む安息をもたらした。ここにいれば、誰も殺さなくてすむ。何もしなくてすんだ。だからこの間際まで、ずるずると捨てられなかった。

「行くよ。君と二人きりだったなら、無一物のままで構わなかったけれど、今の私は、いろいろ拾って子だくさんの『お父さん』になっちゃったから」

今までこの府庫には、たくさんの人がやってきた。誰もが最後には出て行った。

邵可も、出て行く時がきたのだ。

邵可は、ずっと前に書いておいた辞表を、後ろも見ずに放り投げた。

「そこの通りすがりの霄太師《クソジジィ》。それ吏部に出しておいてください。そんくらいはできるでしょう。まったくあなたをアテにするなといった先代の言葉がひしひし身に染みますよ」

霄太師はヒゲを撫《な》でながら、受理した辞表届をじろじろとためつすがめつした。

「ほほう。おぬしまで辞めてどうする？」

「紅州《こうしゅう》へ」

霄太師は口の端をつりあげ、別れの合図のように辞表をひらりとふった。

府庫《ここ》にはもう、邵可がしなくてはならない仕事は何もなかった。

第二章　紅き風雲急を告げる

「負けた……っ」

秀麗は台所の卓子に突っ伏し、呻いた。

傍《はた》で燕青が鼻歌交じりに米をとぐ支度をしている。

「延期になった御史大獄は明日だろ？　なんだ姫さん、もう負ける気なのか？」

「んなワケないでしょ!!　不覚をとったのは別のことよ……」

秀麗は衝撃のあまり、豪快に米をとぎはじめた燕青に「水は節約！」と言えないほどだったが、「米のとぎ汁は捨てないで！」はかろうじて言えた。あとで掃除に使うのだ。

「ちょっと……なんだって軒並み食料品が高くなってるのよぉう！」

秀麗は街で燕青と一緒に買ってきた夕飯の材料を親の仇《かたき》の如く睨《にら》みつけた。

ついで買いがかさむので、秀麗は決めたぶんの小銭しかもたない。だいたいこれくらいは買えるだろうと見積もっていたら、知らぬまに味噌《みそ》やら醤油《しょうゆ》やらみりんやら酒やらの値段が上がっていたのだ。それぞれ少額の値上がりとはいえ、軍団となって襲いかかられた結果、秀麗の財布も精神も多大な痛手を被った。あえなく敗北した秀麗は収穫期を終えたばかりの安い麦を買って帰った。米は今燕青が磨《と》いでるので終わりだ。

「私と父様なら麦で構わないけど、燕青と静蘭が麦でガマンできるわけないわっ!!」

「断定かよ！　俺だってやるときゃやるんだぜ。腹ぺこがなんだ。ガマンするする」

「嘘よ!!　こないだおかず少なかった時、次の日裏の畑の夏大根の数一本足りなかったもん。燕青、夜中に小腹すかして引っこ抜いて食べたでしょ！」

「ううっ。……ゴメン」

燕青は潔く謝った。さすが秀麗。羽林軍《うりんぐん》に入った静蘭と一緒にかなり高額の禄《きゅうりょう》が懐に入るようになったはずだが、その倹約っぷりといったらまるで変わらない。

（姫さん、もらった禄はどうしてんだろ？）

相変わらず邸《やしき》も家財道具もボロっちく、どこにも大金があるようには見えない。

秀麗はウダウダしながら燕青が手際よく竈《かまど》に火を入れるのを見ていた。

「なーんでこんなヘンな時期に日用品があれやこれや上がってるのかしら……？　塩の値段は変わってないし、味噌やら醬油やらがなんで上がるワケ？」

米は収穫期がきたら安くなるだろうからまあいい。味噌や醬油を買い占めて一山当てる！　なんて話もきいたことがない。秀麗はしきりに首を捻《ひね》った。

気づけば燕青は野菜を切り終わっている。秀麗は慌てて腰を上げた。味付けまで任せるとあらゆる食材が「焼いて塩ふって終わり」の野戦料理に化けるのが燕青だ。

「ありがと燕青。すごく助かったわ。——ふっ。おいしいご飯で精をつけて、明日にゃセーガなんてけちょんけちょんにしてやるわ!!」

ちょうど邵可と静蘭のただいまという声が聞こえてきた。

「紅州へ里帰りする!?」

邵可がその話を切りだしたのは夕餉《ゆうげ》の席でのことだった。

秀麗には寝耳に水である。

「父様……ちょっと、ど、どうして？　だって、仕事は？　こないだだって、藍州行きでずいぶん休職してたじゃない……」

秀麗は狼狽《うろた》えて口ごもった。

「ああ。迷惑をかけるわけにはいかないから、今回はちゃんと辞表を出してきた」

「辞表!?　や、やめてきた、って、こと!?」

「ああ」

「な、なんで!?　いま父様までいなくなっちゃったら!!」

秀麗は不自然に口をつぐんだ。だが、父はわかったはずだった。

今、劉輝が心を許せる僅《わず》かな相手である父までが、官を退いて府庫を去ってしまったら、劉輝の寄りどころはますます少なくなる。

静蘭は、もしかしたら初めてかもしれない、邵可に対して感情のない平坦《へいたん》な声を出した。

「……旦那《だんな》様……それは、誰かから帰ってこいと言われたのでしょうか？」

朝廷から紅家が紅姓官吏を引き上げ始めたと静蘭が類推しての問いだと察したのは、邵可だけだった。

「いや。私自身の意志だ」

「お一人でのお里帰りでしょうか？」

「いいや。弟と一緒に帰るつもりだ」

秀麗には静蘭の会話の意図はつかみかねたが、『弟と帰る』ということはわかった。

「弟って……あの、前の吏部尚書と？　一緒に帰るの？　それはいいけど、なんで？」

「やることがあるんだ」

「やることって？」

秀麗は自分が鸚鵡《おうむ》にでもなった気がした。ばかみたいに反復してばかりいる。

邵可は微笑んだ。それは秀麗が今まで目にしたことのない不思議な微笑だった。優しいけれど、揺るぎない意志を秘める。いや、父はいつだってそうだった。大事な時に優柔不断であったことは一度もない。だから秀麗は最後には他の誰でもなく父の許《もと》へ行った。

「すまない、秀麗。今は言えない」

「どうして……？」

答えが返ってこないことを知っていながら、秀麗は小さく繰り返した。何に対する「どうして」なのか、自分でもよくわからない。自分だって吏部尚書の一件を父に言えなかったし、ろくに説明もせず父を残して藍州にだって出て行った。相談もしなかった。なのに父にはそれを許さないなんて、勝手な言い草だ。わかってる。……本当はただ、頑是ない子供のように、行かないでと言いたいだけなことも。秀麗はすべてを喉《のど》の奥に押し込んで、一つだけきいた。

「か、帰って……くる？」

邵可は箸《はし》を置くと、秀麗の頰《ほお》に手を当てた。秀麗がこの唐突な別れを、かつてあっというまに逝ってしまった母と重ね合わせていることに気づいたから。

「帰ってくるよ。大丈夫」

邵可は心をこめて約束した。

「ちゃんと帰ってくる。約束する。私の代わりに、百合《ゆり》姫に君のことを頼んでおいたから。何かあったら、いつでも彼女に相談しなさい」

「あ、じゃあ……百合叔母《おば》様は貴陽《きよう》に残るのね。……うん、わかった」

秀麗はようやく愁眉《しゅうび》を開《ひら》いた。百合とはまだ少し話しただけだが、それだけで秀麗はとても好感をもった。今まで頼るべき親戚《しんせき》はいないと思っていた秀麗にとって、何かあった時に信頼の置ける身内がいるということは、不思議なくらい心強いものだった。

「静蘭、燕青くん、秀麗を頼むね」

邵可がいなくなれば、血のつながりのない年頃の男女が三人で一緒に住むという、よく考えればありえない話になるのに、頼むとの一言で娘を任せる邵可の度量に、静蘭も燕青も感じ入った。

と思ったら。

「何ごともないようによろしく頼むよ」

邵可の両眼が殺気で光った。

二人は血管が凍る思いで「……はい」と答えるのみであった。

しょんぼりとご飯を食べる秀麗を、邵可は愛《いと》おしそうに見た。邵可も、これからしばらく娘の顔を見ることはできない。その間、娘が平穏であるとは邵可は思わなかった。娘の存在はもう、良かれ悪しかれ王と貴族派双方にとって駒の一つとなっていた。

今の邵可にしてやれることは、父としての言葉を残していくことだけだった。

「……秀麗、紅州へ行った後は、私はお前の助けになることはできない。何があっても、お前は最後は一人で決めなくてはならない。でもこれだけは覚えておいておくれ。それがどんな答えだとしても、私はお前が決めたことをすべて受け入れるよ」

秀麗は箸を止めた。

「父様……？」

「本当はね、どんなことでも、悩み抜いて出した答えに、間違っていることは何もないんだよ。自分の心に反することであっても。その結果がどうであってもね。だが楽な選択は必ず自分に返ってくる。……忘れないで。君は今までいつだって悩んで答えを出してきた。私はそれを見てきた。誰に否定されても、私だけは君のすべてを肯定するよ」

この時の秀麗は、父の言葉の意味がわからなかった。ただ本当に父が行ってしまうのだと感じ、心の奥に追いやった寂しさと不安が戻ってきた。秀麗は小声で訊《き》いた。

「……出立は、いつ？」

「明日の朝には。君も御史大獄、頑張るんだよ、秀麗」

あまりに急だった。秀麗は行ってらっしゃいの言葉が喉にひっかかってでてこなくて、こくりと頷《うなず》いた。

『誰に否定されても、私だけは君のすべてを肯定するよ』

秀麗はその晩、父の言葉をボンヤリと反芻《はんすう》した。

無条件で、心の底から、そう言ってくれるのは、後にも先にも父だけだろう。

秀麗は寝支度をしたあと、寝台に、ぽすんと座った。

……眠くなかった。

このごろ――特に藍州から帰ってきてから、そうだった。ほとんど睡眠を必要としない体に変わったかのようだった。今も「眠らなくちゃ」と思えばちゃんと眠気を催してくる。だけど不自然な気がしてならなかった。体は徹夜したぶんだけ疲労し、ふらふらになるけれど、それは頭のどこかで命令される「そうしなくちゃ」という指示に体が従っているだけのように思えた。正確には「そうしなくちゃ、ヘンだから」。

……自分の体が、おかしい。普通ではない。秀麗は漠然とそう感じていた。

それは藍州に行く前から？　行ってから？　よく思い出せない。タンタンがあんなに船酔いしたのに、自分は全然しなかった。燕青のように特別鍛えてるわけではないのに。

『酒だってマジで底なしだったし。あんたほんとに人間かよ……』

――あんたほんとに人間かよ。

蘇芳《すおう》がひぃひぃ言いながらのぼった九彩江《きゅうさいこう》を、自分は息も上がらず踏破した。

『……ずいぶんと、体力があるな？　王様でもへばってたんだが』

宝鏡山《ほうきょうざん》で豪雨に打たれ、ずぶ濡《ぬ》れになっても、風邪一つ引かなかった。昔はあんなに病弱だったのに。……そういえば、最後に風邪を引いたのはいつだったろう？

そして、藍州から帰るとき、忽然《こつぜん》と消えていたものがあった。

「……クロが……いなくなっちゃった……」

秀麗はポツンと呟《つぶや》いた。藍家別邸で起きた時には、どこにもいなくなっていた。宋太傅の飼いクロ（？）だったので、燕青やタンタンと一緒に捜したけれど、秀麗は見つからないだろうと心のどこかで思っていた。なぜだか秀麗はクロがいなくなった気がしないのだ。今も一緒にいるような気がする。貴陽に戻り、宋太傅と霄太師に謝りに行った。霄太師は秀麗の頭を撫《な》で「気にせんでええ」と言った。

秀麗は父が頬に当ててくれた手の温かさを思い出した。そして、葵長官の掌《てのひら》の熱も。

秀麗は少しく躊躇《ためら》ったあと、自分の頬に掌を当てた。

――驚くほど冷え冷えとして、自分でぎょっとした。少し待たないと、熱があがってこない。

いつ頃からこうだったのだろう。このごろどんどん自分の体温が下がっているように思えてならなかった。

刻一刻と、指先から熱がさらさらと零《こぼ》れ落ちていくよう。まるで騙《だま》し騙し使っていたものが、堰《せき》を失ってとめどなく流れ去っていくように。

（……気の、せいよね……）

父が明日からいなくなってしまうから、急に何もかもが不安になってしまうだけだ。

指だって、じわりと温かくなってきた。……大丈夫。

気をとりなおそうとしたそのとき、視界が回転した。一拍おいて、自分が寝台に倒れたことに気づく。体にちっとも力が入らない。わけもわからず、激しい耳鳴りで頭が割れそうだった。ひどい目《め》眩《まい》と吐き気で視界が斑《まだら》に染まり、さっきまであんなに冷たかった肌に汗が玉を結んだ。耳鳴りの奥から、音色が響いてくる。

（……何……何の音……？　……琴……？）

琴の音が、聞こえる。いや、聞こえるはずがない。

けれどそれは確かに琴の音色だった。空気の震えさえ耳の傍で聞こえる気がした。

まるで貴陽そのもののような音だった。妖《あやかし》ひとついない都。あらゆる不浄なものを強制的に排除し、すべてを完全に掃き清めてしまう。

九彩江で聞いた二胡《にこ》の音のように。

（……？　……私……九彩江で二胡なんか……聞いたかしら……？）

世界がトロトロと溶けて流れて、自我が曖昧《あいまい》になっていく。

秀麗はわけもなく啜《すす》り泣き、目を閉じた。誰かが、そっと額に手をやってくれた。急速に耳鳴りがひいてゆき、穏やかな眠りの底に沈んでいく。

『うちの一族、なら。……なんとかできるかもしれない……』

リオウの声が、秀麗の耳に残った。

秀麗の寝顔から緊張が完全にとけるのを見届けると、霄太師は額に当てていた手を外した。その手は老人のものではなく、青年のなめらかな肌に変貌《へんぼう》している。

旺季のつま弾く琴《きん》の琴の旋律によって、綻《ほころ》びかけていた仙洞宮の結界がみるみる修復されていく。

さながら剣で薙《な》ぎ払うように、清浄な気が貴陽を一閃《いっせん》する。

「琴《きん》の琴か……」

彩八家及び縹家にはそれぞれ神事用に伝来してきた楽《がく》がある。縹家の二胡、藍家の龍笛、紅家の琵琶《びわ》、そして王家の琴の琴。これで、羽羽の体はだいぶ持ち直すはずだった。

だが紅秀麗にとっては真逆に作用する。瑠花にさえ「もはや救う手立てはない」と言わしめるほど、秀麗の体は変化していた。霄太師にも一時しのぎしかしてやれない。

霄太師は肩口のシロを乱暴に撫でた。片割れのクロが秀麗の中に入らなければ、九彩江で珠翠《しゅすい》の二胡と藍龍蓮の龍笛に耐えきれず、永遠の眠りについていたはずだ。

今やこの貴陽にいるだけで、彼女は弱っていく。この貴陽そのものが、あるはずのないモノの存在を許さない絶対神域であるがゆえに。特異な秀麗の存在を拒絶する。

シロとクロでさえ、本性とかけ離れたこんなチンケな毛玉でいるしかないのだ。

「最強の攻撃力を誇る紅仙《こうせん》の脇侍《わきじ》二人が、惨めなもんだ。のう、風伯《ふうはく》。ふふん。ザマミロ」

風の神・風伯の化身であるシロを霄太師は指で弾《はじ》いた。シロは毛を逆立てて怒ったが、霄太師はどこ吹く風だ。もともと八仙《はっせん》は仲が悪く、脇侍たちも主《あるじ》以外には態度が悪い。

「うかうかと雨師《うし》風伯そろって茶州の祠《ほこら》に封じられおって。バーカ」

紅仙の名だたる脇侍二人が、チンケな毛玉でころころ転がっているのを発見した時は、黄葉《こうよう》もさぞや絶句したろう。八仙の脇侍でもとりわけ忠義心厚く、一、二を争う強大な力をもつ配下だった。シロとクロとかテキトーな名をつけた宋隼凱《しゅんがい》なんか小指でぶち殺せるほどの。

だが今のシロとクロは秀麗を守るのが関の山だ。守ると同時に、クロ自身が彼女を変えてしまう。今や貴陽にいるだけで徐々に変化していく『紅秀麗』を、人として生きられるようにクロが穴埋めしていく。人であった部分を、人でないモノで補っていけば、少しずつ『おかしい』部分が出てくる。聡《さと》い秀麗のことだ。薄々勘づいているかもしれない。

シロとクロを傍につけても、紅秀麗の運命は変わらない。

「……紅《あか》の。お前はこうなることを知っていたはずだ。なぜだ？」

霄太師にはわからなかった。お前が愛したのは人間の男だったはずなのに。

「……なぜ、生んだ？　なぜ、娘の命とひきかえにしてまで死んだ？」

邵可と二人きりで生きるのではなく、娘を選んで眠りについた。

『薔薇姫』の予言通りに。

稀薄《きはく》な生命力。流れていく命。刻一刻と変化していく体。

「……お前が与えた僅《わず》かな猶予に、意味があるのか？」

残されていく者の悲しみは、自分たちがいちばん知っているはずなのに。

霄太師には残酷に思えた。泣く者が増えるだけではないのか。秀麗も、邵可も、……王も。

「なぜだ……？」

いらえはなかった。

＊　＊　＊

まだ夜も明け切らない中、邵可は紅州へ出立した。

弟さんとは途中で合流する手《て》筈《はず》だといい、ついに秀麗はもう一人の叔父《おじ》の顔を知らずに別れることになった。

(……顔も見たくないくらい嫌われてもしょうがないわよね……)

秀麗の受験の折、特例を受けるには三品位の後見が必要だったが、それに応じてくれたのが吏部尚書だった。叔父だったから引き受けてくれたと今はわかる。なのに、恩を仇《あだ》で返すような形になってしまった。せめて会ってお礼を言いたかった。

家の門前で父を見送ったあと、秀麗は両頬を叩いて気を取り直した。いつまでも落ちこんではいられない。今日は清雅と御史大獄でやり合わなくてはならないのだから。

「ん。気分もよくなってるし」

気分も体調もすっかり元通りになっていた。夕べひどく塞《ふさ》ぎこんで妙な考えにとり憑《つ》かれたのが馬鹿馬鹿しい。連日の徹夜と、父が突然仕事を辞めて娘を残して実家に帰ると言い出したことで、精神的に参っていたに違いない。

(……よく考えてみれば、父様ひどくない!? フツー相談もしないで辞める!?)

閑職だったのがこれで無職になってしまった。父に再就職のアテがあるとは思えない。

(葵長官と実は同世代なのに……なんなのこの違いは――)

比較してしまった秀麗はあまりの落差に肩を落とした。同じ朝廷の一翼を担っているとはいえ、片や大官、片や窓際。なんだろうこの違いは。でも人生色々ある。働き盛りにいきなり意味不明に早期退職して実家に帰ると言い出したって、秀麗の父への愛情は変わらない。収入が減ったって、もちろん変わらないとも。

が、実家に帰る理由が『言えない』ってなんだろう。長らく絶縁状態だったのに、急にどうしたのか。よもや娘に言えない借金をつくって、お金の無心に行くとか⁉

（……まさかね。でも問い詰めればよかった。あからさまにアヤシイじゃないの）

本当に昨日の自分はかなりおかしかったらしい。

「さて、顔洗ってご飯を食べたら行かなくちゃ」

絳攸の裁判に集中しなくてはならなかった。相手は清雅と葵長官だ。隙を見せれば足をすくわれる。謹慎は仕方ないとしても、絳攸の退官までは妥当ではないと、実績や証拠を並べ、正当な方法で刑部尚書や大理寺長官を納得させるのが秀麗の仕事だ。あの清雅相手に論陣を張って、どこまで絳攸の処分を軽くできるか――。

刑部に向かうと、先にきていた清雅が秀麗に笑いかけた。略服でなく正式な御史台官の官服は、清雅のためにあつらえたようによく似合う。

「子ウサギみたいに真っ赤なお目々だな。せいぜい可愛く啼《な》いて、俺を楽しませろよ？」

秀麗の目が据わった。清雅のお陰で雑念は残らず吹っ飛んだ。

「フン。ウサギってのはかわゆい見た目よか凶暴なのよ。半端に手ぇ出してみなさいよ。生のニンジンまで食いちぎる丈夫な歯で噛《か》みついて、思いっきり返り討ちにしてくれるわ」

ここにおいて秀麗の徹底抗戦の構えは固まった。絳攸のためでも劉輝のためでもなんでもなく、とにもかくにもこの男が気にくわないのだ。この男に負けることが無性にむかっ腹が立つ。けちょんけちょんに叩き潰《つぶ》して踏んづけて高笑いしてやりたい。

——自分のすべてでこの男を打ち負かしてやる。

その声が聞こえたかのように、清雅の双眸《そうぼう》があざやかにきらめいた。

事実、清雅は手にとるようにわかっていた。始終他人を気にかけるこの女が、今は清雅のことしか考えていない。紅秀麗を本当の意味で独占できるのは、皮肉にも清雅だけなのだ。

清雅もまたそうだった。女という生き物に不信を抱いている清雅の心を勝ち得るのは、彼を嫌い、一歩も退《ひ》かずに相対し、絶対に屈さず、何一つ差しだそうとしない秀麗だけだった。秀麗が一度でも清雅に心を許すことがあれば、その瞬間清雅は一切の興味をなくし、最初から存在しなかったように人生から締め出すだろう。が、何があろうと清雅が秀麗に負けを認めないように、そんな日はくるまいと今の清雅は確信している。

それは確かに恋に似ているかも知れなかった。火花を激しく散らしてぶつかりあい、奪いとり、勝ちとり、ただ相手を自分に屈服させるだけの、優しさの欠片《かけら》もない戦いに。

(似合いだろ)

甘ったるい恋愛なんざ反吐《へど》が出る。

朝も昼も夜も俺を繋《つな》ぎ止めておきたいなら方法は一つ。

「……やってみろよ。ハンパな甘噛みじゃ、俺に痕《あと》はつけられないぜ」

ハチミツのように甘く冷たい囁《ささや》きで、清雅は宣戦布告をした。

法廷での陸清雅と紅秀麗の応酬（嫌み合戦）は、面白半分に野次るつもりで公聴にきた官吏たちが固唾《かたず》を呑《の》むほどの激戦となった。

秀麗のほうが何かにつけて詰めは甘い。判決がひっくり返ることはないだろう。耳目が注がれたのはあの『官吏殺し』陸清雅相手に、一歩だって退くもんかという、裂帛《れっぱく》の気迫だった。異名の通り、清雅は標的にした官吏を残らず引きずり下ろしてきた。清雅を蹴落《けお》とそうとした官吏もことごとく返り討ちにあい、今や正面切って戦う官吏はいない。葵皇毅と凌晏樹の後継者と言われる所以《ゆえん》である。

それを敢然と紅秀麗がやっている。その場を、御史大獄という裁判で公に与えた皇毅。刑部尚書・来俊臣は、いつもは自分が占めている最上段におさまる葵皇毅を横目に見た。

今この場で、葵皇毅の狙いを察した官吏はそういないだろう。

「……君は本当に邪悪な上司だね」

「ええまあ。事実を言われても別に何とも」

双方とも小声で会話しながら、論戦も耳に留めるくらいの芸当はできる。

「役立たずはクビだってさんざん邪険にしておいて、いざ使えそうな碁石に化けてきたら、すかさず小鳩ちゃんを利用しようとは！　君に良心はないのかい!?　ないよね」

勝手に結論を出された。皇毅は気を悪くしたりせず、薄い笑みを浮かべた。

「ないとは失礼千万な。あの娘をクビにしたりしませんよ。屍人《キョンシー》扱いされても笑ってすませる心優しい上司です。我ながらそんな良心が転がっていたことにびっくりです」

評点を落としたくせに何を言う。しかしなんという意地悪で腹黒い微笑であろう。後半部の棒読みと抑揚のなさといったら！　墓場の屍人《キョンシー》も肋骨《ろっこつ》ガタガタ鳴らして顔色《がんしょく》なしだ（ないが）。

「そんな邪悪な良心がこの世にあったことにボクもビックリさ。そうだね、今の君は小鳩ちゃんをクビにしたりしないだろうね。ただし……」

まったく、どこまで見越して葵皇毅は紅秀麗を御史台に引き取ったのか。

「人でなしだな。小鳩ちゃんは屍人《キョンシー》も逃げる君の胸でわぁわぁ泣いてくれたのに」

「……だから？」

「少しはキュンとして哀愁ただよわせた眉毛になろうよ」

「屍人《キョンシー》語じゃなくて人語でしゃべってください」

「せっかくここまで成長した小鳩ちゃん、これから手放すの、惜しくないかね？」

冷徹なほど薄い色の双眸が、眼下の紅秀麗をとらえる。そこに感情らしきものはない。

「——別に」

言い捨てた言葉が真実かどうか、来俊臣にはわからない。嘘であれ本当であれ、大した違いはなかった。皇毅は良心も感情もあるかもしれない。だがそれ以上に、そんなものに左右される甘い男ではなかった。

「ま、いいよ。じゃあボクも、せっかく君が贈呈してくれたこの機会を有意義に使わせてもらおう」

来俊臣は手にした白木の笏《しゃく》を打った。

秀麗は笏の音に顔を向けた。

中央の法廷には葵長官をはさんで右に大理寺長官、左に刑部尚書が座っている。笏を打ったのは刑部尚書だった。

秀麗はこれまで隙あらばチラ見していた刑部尚書を、これ幸いとガン見した。

(……やっぱり……見間違いねっ!!)

呪いの牢屋で遭遇した怪人物とそこはかとなく年の頃や顔立ちが似てなくもない気がしたが、牢《ろう》が暗かったせいだろう。そも棺桶《かんおけ》で愛を語る人には全然見えない。燕青のいうとおり、ニコリともしない。やたら黒衣と白手袋が似合っていて、皇毅よりも泰然自若とし、厳とした貫禄は法の番人そのものだった。冷たいわけではないが、優しさもまた感じない。

彼が笏を打っただけで水を打ったように法廷が静まりかえった。

刑部尚書が秀麗に訊《き》いたのは一つだけだった。

「訊こう。李絳攸を罷免させたくないのなら、なぜ君は『官当《かんとう》』を請求しないのかね？」

刑部尚書は一撃で要所をついてきた。

――『官当』。

それは官吏だけが使える特別減刑措置。

罰金刑は金を払うことで罪を贖《あがな》うが、『官当』は官品で罪を贖える制度だ。犯した罪のぶんの官位を返上することで減刑または即時無罪になる。七品位の官位返上相当の罪を四品位の上位高官が犯したなら、官位を当てれば無罪放免になる。それどころか、払いすぎということで、余った三品ぶんの官位にすぐつける。さらに四品以上の高官なら一年後に同じ官職に復職可能という規定まである。

吏部侍郎は正四品上。『官当』を使えば、清雅がどんなに責め立てても確実に絳攸の退官は回避できる。

だが、秀麗はそれを使っていない。

「なぜ君は『官当』を請求をしない？　李絳攸は侍郎の役目を怠ったかもしれないが、大罪を犯したわけではない。君が並べた証拠通り、優秀な能吏でもある。『官当』を使えば謹慎処分もなく、明日から朝廷に復帰することも可能だ。吏部侍郎は四品位だからね。一年後には侍郎復職も許される。李絳攸が君の主張するように朝廷に必要な逸材というのなら、それが適当ではないかね？」

刑部尚書は秀麗に問いかける。

「なぜ君は、李絳攸を完全に救ってやらないのかね？　何か思うところがあるのかね？」

秀麗は答えた。

「——適当だとは、思いません。ですから『官当』は、請求しません」

「理由は？」

「罪を犯しても、官吏なら『官当』で減刑できる制度はおかしいと思っているからです」

『官当』を使えば高官ほど罪に問われなくなる。『十悪』でもない限り、御史が不正を暴き官位から逐《お》っても、官当を使えばまたのうのうと官吏をやれるのだ。

この規定を知った時は唖然《あぜん》とした。こんな庶民をバカにした法がまかり通ってるとは。道理であちこちの役所で役人がやりたい放題しているわけだ。

「官吏の汚職がなくならないのはどう考えても『官当』に一因があります。こんな優遇措置があるから、官吏は特別な存在だと増長する輩《やから》が増えるんです。官吏は民草《たみくさ》を下から支える存在であり、上から見下す存在であってはなりません。『官当』は完全撤廃すべきです。ですから全然適当だとは思いませんし、使いません。李絳攸が侍郎の身分で尚書の権を犯したのは事実です。謹慎処分のもと反省させ、減俸降格処分が妥当と思います」

皇毅は来俊臣に目を走らせた。来俊臣は口の端に会心の笑みを浮かべていた。我が意を得たりといった顔だ。絶対中立の理念のもとに法律を編纂《へんさん》してきた来俊臣がいちばんクソ面白くないと思っているのがまさに『官当』だった。

「今後一切、使わないつもりかね？　相手が誰でも？　重ねていうが今回は資質の問題であって、犯罪ではないよ」

「なんであれ、一度使ったら最後、私は『官当』廃止を言えなくなります。使いません」

「ということは、君は大官を捕まえても『官当』を一切使わせないつもりかね？」

法廷中が聞き耳を立てる。『官当』こそ、誰もが官吏になりたがる理由といっていい。官吏になれば『官当』の恩恵のもと、多少の罪は目こぼしされる。それを利用し、上手く立ち回って私腹をこやす酷吏はこの場にもいるはずだった。

秀麗は毅然《きぜん》と来俊臣と——葵皇毅を見据えた。

「当然です。相手が誰でも、官吏であるというだけで優遇措置なんか絶対認めません」

その眼差《まなざ》しを受けて、葵皇毅は目を細めた。——清雅と同じくらい、いい度胸だ。

法廷がどよめく。御史の官位は低いが権限は絶大だ。大半の事件において単独で裁判執行ができる。紅秀麗に捕縛されたら最後、高官だろうが減免されることなく牢に放り込まれるということだ。事実、彼女は身内であり、自らの最大の擁護者のはずの李絳攸にさえ『官当』を使わせない。それは陸清雅とは別の意味で苛烈《かれつ》な御史に映った。

来俊臣は微笑んだ。甘い。李絳攸を弁護するなら、どんな手を使っても救うべきだ。甘いが、筋を通した甘さだ。それは確かな説得力を持つ。——気に入った。

「君の言い分は確かに『公平』だね。理解する。私は君の判断を支持しよう」

だがそれが気にくわない輩もいる。

法廷の一角に、一種異様な刺々《とげとげ》しさを漂わせた官吏の集団が陣取っている。紅家一門の官吏だ。彼らからすれば、李絳攸は紅黎深に取り立てられ、彼の副官にまで出世しながら背き、罷免に追い込んだあげく、自らの保身を図ったとしか思えない。李絳攸の弁護をする紅秀麗に対しても同様だ。原因は紅黎深自身の行状にあるのだが、当の紅黎深は失脚し、李絳攸だけ助かりそうな様を前にすると、二人が紅黎深更迭の張本人に見えてくるから不思議である。

(当然、皇毅は狙ったな……。相変わらず抜け目のない屍人《キョンシー》より非情な上司だよ)

道理で紅黎深に逃げられても御史大獄をとりやめなかったわけだ。本来なら、謀反などの重大犯罪でもないこんな冴《さ》えない件で御史大獄なんか開かない。

(こういう場を見せられて、紅家系官吏が一致団結しないワケない)

当主のクビを目の前で切られて大人しくしているほど、紅一族は可愛くない。

「相変わらず段取りの良すぎる奸計《かんけい》だねぇ……」

ボソッと呟《つぶや》くと、一を聞いて十を察する葵皇毅がこともなげに返してきた。

「法は犯してませんよ」

「知ってるよ。だから余計ヤな感じ。今の君には棺桶《かんおけ》贈りたくないね！」

この用意周到な謀計こそ、後見となる一族が滅び、自力で階《きざはし》を上らざるをえなかった葵皇毅と凌晏樹の力だった。労なく日の当たる道を歩いてきた藍楸瑛や李絳攸が太刀打ちできないのも仕方あるまい。

国試制が始まって、すでに数十年がたつ。諸貴族の特権を廃し、実力主義を銘打った登用制度は、数十年の月日を経て国試及第者を『受かれば安泰』という安穏としたぬるま湯に浸らせた。他方、旺季が逆風の中で大切に育て、篩《ふるい》にかけて残った貴族たちが力をつけて地歩を築き、熟達した政治手腕をもつ官吏に成長したとは皮肉だった。国試派の官位を次々乗っ取れるほどに。

（……国試派は忠義心が薄い。情勢が貴族派に有利と見たら、一気に雪崩《なだ》れるねぇ）

今の国試及第者たちは、国や王のためというより、自分の出世だけが目当ての新興層が多い。自らの利に敏《さと》く雲行き次第で態度を変える。忠節や報恩にこだわるのは皮肉なことに貴族や武官で、王がボロボロとりこぼしまくってきた層だ。かくいう来俊臣など先王が嫌いだから官吏になったので、意味もなく現王に与《くみ》するつもりはない。意味を見いだせれば別であるが、今のところ旺季のほうが遥《はる》かに来俊臣の主義に近い。

陣取り合戦の緒戦は、貴族派がとった。そして次の争いの種はすでに芽を出している。

来俊臣は紅姓官吏たちの集団に視線をやった。

彼らは紅黎深の小型版だ。当主である紅黎深を是とし、子が親を真似るように、朝廷での態度もまたそっくり受け継いだ。有能だが傲慢《ごうまん》で、矜持《きょうじ》が高く、朝廷を軽んじる。まさに黎深の鏡だ。黎深と同じ振る舞いは自分たちにも許されると思っている。それは彼らの罪ではなく、黎深のツケだ。子は親の背を見て育つのだから。

かてて加えて刑部尚書相手に公然と『官当』を使わないといってのけた紅秀麗は、もはや口だけでなくそれを実行できる官位にある。実力もあると示した。官吏たちの危機意識は一挙に高まり、排斥すべしとの声があがるのは間違いない。

王がそれらにどう自らの答えをだすのか、しばし来俊臣は見守ることにした。

＊　＊　＊

「すみません絳攸様!!　力不足で……」

秀麗は頭を下げた。

「なぜ謝る？　俺の願い通り退官を回避して降格処分ですませてくれたろうが。出仕ができるならそれで充分だ。冗官とはいい手を使ったな」

実際絳攸は感心していた。あの陸清雅相手に上々の戦果をあげた。御史大獄に王は出なかった。圧力も依怙《えこ》贔屓《ひいき》もなしの処分だ。かつ『官当』を使わず冗官への一時降格処分におさえた。冗官なら仕事がなくても登城できる。楸瑛や静蘭の手引きがあれば王の傍に行くこともできよう。万々歳だ。

「年明けには慶賀の恩赦で謹慎がとけて配属先も決まるはずだ」

おそらくは楸瑛同様かなりの降格を覚悟せねばなるまいが、絳攸は気にしない。

「うう。本当は、年内に復帰を狙ってたんですけど……」

秀麗は唇を噛《か》みしめた。

「……すみません絳攸様。『官当』を使えばもっと……」

「いいといったろう。お前の意見には俺も賛成だ。それに、俺は嬉《うれ》しい」

「嬉しい？」

「お前がそこまで気骨のある官吏になってくれたのがな」

身内に甘いのが紅家だ。絳攸と黎深もそういう一面があったから、こんなことになった。だが秀麗は違う。情に流されることなく、公私の区別をつけ、自分なりの信念をもつ、本当にいい『官吏』になった。絳攸のほうが見習わなくてはならないほど。

（……身内に甘い、か）

絳攸の胸に一つの懸念が忍び寄った。

紅姓官吏で、秀麗の考えを理解する者がどれほどいるか――。

（馬鹿なことをしでかさないといいが……）

絳攸の懸念は現実となる。

――翌日、紅姓官吏は一斉に出仕拒否という手段に打って出たのだった。

第三章　渡り蝶と籠の中の楽園

紅姓官吏が出仕拒否――。

知らせはいち早く貴陽紅邸にも入った。

「なんですって!?　本家はそんなことしろだなんて一言も言ってないわよ!?」

百合は耳を疑い、事実と知るや激怒した。

「黎深なら嫌がらせにそういうイタチの最後ッ屁《ぺ》みたいなこと確かにやりかねないけど!!」

絶賛謹慎中の絳攸も同意した。小声で。

「……ええまあやりかねないとしか言えないとこが情けないですよね……」

「やりかねないけど！　今回はやらないわよ。自分からクビを切られたんだから。そこまで姑息《こそく》でケチくさい三下小悪党程度の男なら即刻離婚よ」

「ゆっ、百合さん!!　待ってくださいそんな早まらないで！」

「そうしたら絳攸は私を選ぶわね!?　バカ黎深にだけは親権はやれないわッ。あなたの人生も一生どん底になっちゃうもの!!」

「………………」

あなたの人生も、というところが絳攸は非常に気にかかった。

「そうじゃなくて！　百合さん、今はそんな問題じゃ!!」

「そうだったわ。すぐにバカなことはやめて出仕するように——……」

百合は口をつぐんだ。

「……おかしいわね。時機がよすぎるわ。よりにもよって黎深と邵可様が紅州へ出立して不在になった直後に、一斉に出仕拒否。誰かが指示しているようだわ」

「誰かって……？　玖琅《くろう》様がそんなことを命令するはずがありませんし、本家の人間が短気を起こしたとしても、あまりにも対応が早すぎる——」

黎深罷免の一報が本家に行き、指示が戻ってくるまで早馬でも半月以上はかかる。まだ黎深の罷免から十日もたってないのだ。

「……だから、おかしいのよ。朝廷に紅姓官吏をとりまとめる人物がいるはずだけど、それは誰？　それにこの貴陽紅家になんの連絡もなく出仕拒否に踏み切ったのよ。私やあなたを完全に無視してね」

当主の妻として、百合は相応の敬意を払われている。普段なら紅一族も百合に従い、諫《いさ》めに耳を貸す。だが今回は難しい。当主をあんな不名誉な形で罷免されて、紅姓官吏は頭に血が上っている。紅家の男は三兄弟と同じで、一度肚《はら》を決めたら周囲が何をいっても頑としてきかない。紅家の固い結束は時に他を完全排除する。百合さえも。

「……誤算だわ。事前に黎深に通達出させとけばよかった。何かしでかすにしても私に図りはすると思ってたのに。まさか独断でやるなんて」

「俺が黎深様をクビに追いこんだから、この邸《やしき》に連絡がこなかったんだと思います」

「絳攸……」

今まで朝廷の紅姓官吏を束ねていたのは絳攸だった。当主の養子であり、右腕たる立場は血縁関係をこえて重んじられた。が、今回の一件で絳攸は完全に紅家の門閥《もんばつ》から排除された。絳攸をいまだ貴陽紅邸に留《とど》めている百合に対する反感もあって、黙って示し合わせたのだろう。

「そうね。でも、悪いのはあなたじゃないわ」

「ええ。わかってます」

絳攸は頷《うなず》いた。吹っ切れたからこそ、見えるものもある。

「今の紅姓官吏は……少し前の俺とまるで同じです。内にこもりすぎて周りが見えてない。このままでは危険です」

「……ええ。今の朝廷はもう、名家主義が公然とまかり通る場所じゃないわ。去年玖琅が敢行した貴陽の機能半停止とはぜんぜん意味が違うってことにも気づいてない」

あれは朝廷に対する敵対行為ではなく、黎深を不当に拘束させた首謀者——当時の礼部尚書——の炙《あぶ》りだしが目的だった。ゆえに朝廷や庶民にも一定の配慮をした。紅姓官吏は普段通り出仕させ、生活必需品には絶対手を出さなかった。落着したあと、玖琅は関係各所に自ら数千通の丁寧な詫《わ》び状をしたため、貴陽の全ての店で紅家の商う品を三日間半値で提供した。おかげで貴陽の人々は機嫌を直してくれた。紅家の一族主義は有名だったので、冤罪《えんざい》で当主が拘束されたなら怒ってもしょうがないと理解を示してくれた。

だが、今回は冤罪ではない。非は黎深にあるのだ。

なのに恥じ入るばかりか、こんな情けない、自分勝手な態度を平気でとって――。

「……誰にも理解なんてされないわ。紅家は孤立する――」

そんな一族にしてしまったのは、本家の責任だった。

「……やれるだけのことはやりましょう、百合さん。俺のほうでも説得を重ねます。幸か不幸か、今の俺には時間だけはたっぷりありますし。原因は俺と黎深様です。それに俺は紅一族でなくとも、黎深様の息子ですから」

絳攸本来の冷静で動じない姿が、百合を心強くさせた。

「絳攸！　なんて男らしくなって……！　我が子ながら惚《ほ》れ直すわ。アホ黎深のとばっちり以外のなにものでもないのに、息子として責任をとるなんて。私が十歳若かったら、黎深みたいな迷惑大魔神なんてみかん箱に詰めて川に流してあなたに乗り換えてるわね！」

絳攸はハッとした。

「え!?　ほ、本当ですか!?」

「本当」

絳攸はかなり幸せな気分になった。

「それにしても、誰が紅姓官吏をまとめてるのかしら……？　絳攸、心当たりは？」

「……。血気盛んな若手だけの行動なら、何人か見当がつきます。ですが、今回は軽はずみな真似をしないはずの年配の紅姓官吏まで残らず同じことをしている。……この短期間で、若手から長老格まで全員とりまとめる器量がある者がいるとは……」

「そうなのよね。本家には素直に従うけど、分家同士は譲らないのよねぇ。みんな気性激しいから。……今回ばっかりは、首謀者ナシで談合して決めたのかしら……？」

釈然としない部分は残るが、ことが当主罷免ならありえないことではない。

（他に、紅家を完全掌握できるっていったら――）

百合の脳裏を一つの話がよぎった。昔、玉環《ぎょくかん》に教えられた話だった。それは玖琅さえも知らない秘中の秘。百合にはてんで眉唾《まゆつば》にしか思えない話だったが――。

あの話が本当なら、……可能性はなくはない。

だが、そんなわけはない。

万が一……百万が一、存在していたとしても、朝廷にいるわけがないのだから。

「……絳攸、あとで王様の傍に行ってあげなさい。きっと……今頃下からものすごい批難とつきあげを食らってるわ。お城に入れる隠し通路をいくつか教えてあげるから」

「はい。……って、百合さんなんでそんなの知ってるんです？」

昔、紅玉環から王城攻略のために叩《たた》きこまれました。なんて言えない。

息子の胡乱《うろん》な目に、百合は奥儀を繰り出した。

「……。黎深の嫁だから！」

「なるほど」

あらゆる不条理も、不思議なことに『黎深の嫁』の一言でうやむやになるのであった。

「あなたの言うとおり、やれるだけやりましょう。私たちもツケを払うときがきたわ。ここで変われなければ——紅家はおしまいだわ」

この時、百合と絳攸は知る由もなかった。ことは紅姓官吏の出仕拒否では終わらないことに。

＊　＊　＊

外朝の様子が慌ただしい。

執務室に出入りする官吏らの動きから、劉輝はそうと気づいた。悠舜もまた同じことを思っているようだった。

劉輝が人を呼んで何事か訊こうとした矢先、静蘭が急ぎ足でやってきた。

「紅姓官吏が一斉に出仕拒否!?」

劉輝は絶句した。黎深の更迭で、紅姓官吏の反感を買うことは劉輝も懸念したものの、公務を放棄するとは思わなかった。

静蘭は苛立《いらだ》たしげに報告した。

「……黎深殿のクビを切った当てつけでしょうね。百合様と絳攸殿が、なんとか説得して引っ張り出そうとしてくださっているようですが、簡単にはいかなそうだということです。当主の黎深殿は貴陽を離れてしまっていますし」

「悠舜、何か考えは？」

悠舜はややあって、劉輝へ問いかけた。

「……主上は、紅姓官吏をどうするべきだと思いますか？」

「どう？　どうにかして藍姓官吏の二の舞にならぬようにしなくてはならんだろう？」

「なぜですか？」

「なぜって……」

劉輝の脳裏にいつか旺季にむけられた言葉が蘇《よみがえ》ってきた。

『なぜそこまで彩七家に信を置くのです――』

どうして悠舜は旺季と同じことを言うのだろう。いや、偶然だ。

「万一藍姓官吏のように引き上げられたらおおごとになるではないか！　それに悠舜だって、手は打たなくてはならないと言っていただろう」

「ええ……申しました」

悠舜は断じた。

「では、私の考えを申しましょう。今回の場合、彼らにかかずらう必要はまったくないと思います。可及的速やかに片っ端からクビにするべきです。それが私の意見です」

＊　＊　＊

──数日後。

「うう－。久々の下界だわ……」

御史大獄が終わった後、秀麗はほぼ御史室を寝床にしていた。燕青がどこぞから調達してくる食糧や柿（そういえば柿泥棒を捕まえてくれという怒りの投書があった）、お茶で食いつなぎ、藍州から持ち帰ったある資料を精査していた。

（藍将軍がくれた塩と人事の資料……）

日当たりの悪い御史室に日がなこもるうち、鏡の中の自分が屍人《キョンシー》に見え始めてきたので、気分転換にその日は冗官室でご飯を食べることにした。

「あら？　誰もいないなんて珍しいわね」

冗官室はがらんとしていた。いつも元冗官仲間たちでにぎやかなのに。

そのとき、見知った若者が一人、ひょっこりやってきた。

「あれ－？　あんたなんでいんの－？」

「叔牙《しゅくが》。なんでって、なんで冗官室こそ誰もいないの？」

鳳《ほう》叔牙。元冗官で、蘇芳と仲良しだったので秀麗もわりと早くから親しくなった。耳やら指やらに耳環や指輪をたくさんつけてて、流行《はや》り物が大好きで、チャラい見た目に違わず軽くてお気楽そうな性格だ。最後まで冗官室で『楽して遊びたい』（稼ぎたいじゃなく遊びたい）とかふざけたことを言っていたが、秀麗がなんとかかんとか尻《しり》を蹴《け》飛《と》ばして今はちゃんとおつとめしている。

　叔牙はきょとんとした。

「……なんでってあんた……って、わー。すっげぇ顔。髪ボサボサー。目の隈《くま》ひでー。ナンかお肌もパサパサじゃないのー？　若さでなんとか保ってるカンジー。あとでくるぜー。せっかくみんなで美女の切り抜き図鑑贈ってやったのに前より壮絶なんですけど」

　秀麗ははっと両頰《ほお》に手を当てた。確かに張りと潤いがなくなってるかも。

「しょしょしょ、しょーがないでしょ！　こもりっきりで仕事してたんだから」

「あんた、御史になってたのなー。どーりで絶対部署言わなかったワケだ。見たぜー裁判《サイバン》」

「見てたの⁉」

「うん。だって女官吏が偉い人の前で裁判やるっつーたら、あんたしかいねーじゃん。暇な冗官仲間誘ってみんなで応援に行ったんだぜー」

「……なんで暇なのよ……」

　応援ってなんだ。

「つくったのー暇。ガンバッテそれぞれ仕事終わらせてさー。エライっしょ。でさ、むっかしーことはよくわかんなかったけど、あんた超カッコよかったぜ。みんなでオオーッって」

「……それ、どういう返事をしていいかすごくわかんないわ……」

褒めるべきか、礼を言うべきか、「むつかしー」かったのかと反省するべきなのか。

　叔牙は椅子の背を抱えるようにして秀麗の前に座り、にかっと笑った。

「あんたはさー、ホント変わんねーね。蘇芳の言うとおり。セーガ君は超変わってたけど」

「あいつは変わりすぎよ」

　叔牙は揺り椅子のように椅子を揺らしながら、秀麗を見つめた。冗官室の椅子の脚が総じて不揃いなのは、みんなこうしているからに違いない。

「なぁな。俺が悪いコトしても、やっぱ捕まえるよね？」

「容赦なく捕まえます。だから悪いことしないよーに。捕まえるの、ヤだから」

　叔牙は妙に嬉《うれ》しそうである。

「だよねー。だからみんなで『やっべー。秀麗ちゃん御史かよ！　悪いことしないよーにしよーぜ。じゃねーとしょっぴかれてまたガミガミ説教くらうよー』って決めたんだー」

「その基準はどうなの……」

「いーじゃん。あんたの言うことなら、俺らはきくよ」

　サラリと叔牙は言った。

「あんたはさー、言ってることとやってること、いつも違わないから。あんたの言葉は信じられるよ。バカでも見捨てねーし。ちゃんと話聞いてくれるし。人バカにしねーし」

　叔牙は思いだし笑いをした。裁判でも、秀麗は蹴落とす側よりやっぱり守る側にいた。

無表情でおっかねぇ顔の上司や尚書を睨《にら》みつけて、陸清雅の嫌みったらしい攻撃に必死で応戦していた。

変わんねーなーとみんなで笑った。上司に楯突《たてつ》くなんてフツーありえねーよと言い合いながら、ホッとした。相手が吏部侍郎でも冗官でも、同じように助ける。変わらないのが嬉しかった。この朝廷ではそれが何より難しいことを、叔牙たち下級貴族はよく知っていたから。

「蘇芳からもさー、言われたの。あんたになんかあったらみんなで助けてやれって」

「タンタンに⁉」

「そう。だから言ってよ。あんたが悪いことするなってゆーなら、しないから。出仕するなーつーならしないからさ」

秀麗は目を点にした。前半はともかく、後半はなんだ。

「…………………は？　なにその出仕するなって。言うわけないでしょ」

「だってあんた紅姓じゃん。今紅姓官吏みんな出仕してないっしょ。ホラ、当主がクビになったから怒っちゃってさー。うちの職場も紅姓官吏がぞろっといなくなって大混乱。今、元冗官仲間も大忙しなんだよー。仕事メチャメチャ増えちゃって超大変。お昼だってのに、この室《へや》にも人っ子一人こねーだろ？　俺もよーやく区切りつけて抜けてきたとこ。いま紅姓で出仕してるの、あんたくらいじゃない？」

「……………………ちょ……ちょっと待って。なにそれ、ほんとの話？」

叔牙のほうが呆気《あっけ》にとられた。

「知らないの？　てかこんだけ大騒ぎになってて知らないのがスゴイわ。もしかして紅家で村八分《ハブ》されちゃってんの？　紅家っても名ばかりで、超分家の分家のそのまた分家だったりする？　そーいや蘇芳からオンボロ邸《やしき》に住んでるって話きーたわ。わかった。俺んち田舎じゃ大地主だからさー、食うのに困ったら言ってよ。米とかわけちゃるから」

いつもの秀麗なら最後の二言に飛びついて驚喜するが、それどころではなかった。

――紅姓官吏が一斉休職？

（ちょっと待って……ちょっと待って……なにそれ！）

「ごめん！　ちょっと行くとこできたわ!!」

回廊を爆走してきた秀麗を見るや、衛士《えじ》は黙って葵皇毅に取り次いでくれた。秀麗の特攻をかわすことは不可能だと悟ったらしく、すごいあきらめ顔だった。

意外にもすんなりと許可が下りた。

「葵長官!!　紅秀麗です、入りますッ」

「……まったく、しばらく静かにしていたと思えば。またお前か」

皇毅と会うのは久しぶりだった。皇毅は相も変わらず仏頂面だったが、不機嫌な様子はなかった。いや、むしろ面白そうに秀麗を眺め、口の端を軽くつり上げた。

「予想よりだいぶ遅かったな。三日で扉を蹴破ってくると思っていたが」

「――てことは、本当に紅家一門出仕してないんですね!?」

「ああ。現在出仕している奇特な紅姓官吏はお前くらいだ」

「……それは私が、紅家当主である吏部尚書をクビにしたからですか」

「そうだな」

秀麗は低い声で皇毅に確認する。

「……清雅は動いてますか？」

「一応な。だが今回あいつの出る幕はない。吏部が先に動きそうだからな」

人事を司《つかさど》る吏部が動くということは、クビ、ということだ。

秀麗は握りしめていた拳をゆるめた。

「……そうですか」

「それだけか。『待ってください私がまた助けマス!』と言いにきたのかと思ったがな」

「言いません。助ける理由がありませんから。清雅が動いてなかったら、私が動こうと思ってきたんです。でも吏部が先に始末をつけるなら、任せます」

秀麗はそっぽを向いた。皇毅は興味深くその反応を観察した。

「あっ、ニヤニヤ笑ってますね。どうせ『お前の一族はバカばっかりだな』って言おうと思ってるんでしょう!　今回ばかりは反論できませんから、いいです。甘受します」

皇毅は眉《まゆ》を上げた。笑っているつもりはなかったが、笑っていたらしい。

だが今回は秀麗を笑っていたわけではない。

十中八九、狼狽《ろうばい》するか、自分のせいだと落ちこむか、慌てて『自分が何とか引っ張り出します！』と言うと思っていた。そのどれでもなかった。

激怒し、迷わず彼らを切り捨てた。

それは皇毅を満足させる反応だった。それでつい頬が緩んでしまったらしい。

……皇毅はずっと、この娘は甘すぎると思っていた。今もその評価は変わっていない。それでも、いつのまにか清雅と同じ判断ができるまでになっていたらしい。それぞれの対処の仕方が対極なだけで、官吏としての判断力は清雅に迫りつつある。

何度弱みをつかれ、蹴落とされても、めげずに食らいついてきた。皇毅の意図通りに脆《もろ》い部分を打ち直し、足りぬ力を埋めて成長する配下を見るのは――確かに、小気味よく、面白かったかもしれない。

『せっかくここまで成長した小鳩ちゃん、これから手放すの、惜しくないかね？』

皇毅は瞑目《めいもく》して、刑部尚書の声を断ち切った。

「朝廷の紅姓官吏はお前だけになりそうだな」

秀麗はヤケッパチに笑った。

「よかったです吏部主導で。これが葵長官と清雅だったら、これ幸いと紅姓で十把《じっぱ》一絡《ひとから》げにひっくくられて、まとめて私もクビにされてたでしょうから」

「まったくだ。御史室でなくどこぞをほっつき歩いてればもろともにクビにできたものを」

「またまた。いい加減素直になりましょうよ葵長官！　そろそろこんな仕事熱心で可愛い配下がいて、俺は果報者だな～と思いません？」

「ばかめが。上司が死んだと思って喜んだあげく屍人《キョンシー》扱いする配下なんぞお前が初めてだ。その度胸は褒めてやる。わざわざ運んでやった私はまったく人が良いな。お前こそこんな寛大で優しい男前の上司がいて喜べ。――さて、私もお前に訊きたいことがある。隣の室へこい」

　葵皇毅について隣室に入ると、二人の人物がいた。一人が清雅だったので、秀麗は仏頂面になった。もう一人は――。

「――景《けい》侍郎！」

　秀麗は敬意をこめて礼をとった。戸部侍郎を務める景柚梨《ゆうり》は秀麗を前に微笑んだが、秀麗はなんとなく異変を嗅《か》ぎとった。景侍郎の穏やかな顔には、うっすらと疲労が滲《にじ》んでいる。戸部は激務だが、それでも景侍郎がこんな暗い顔をしたことはなかったのに。

　――戸部。

「まさか、また塩の値段が？」

「いや、今度は違う。紅州の監察御史《かんさつぎょし》及び景侍郎と清雅が調べた資料だ。目を通してみろ」

　数十枚の料紙が広げられた机案《つくえ》へ、皇毅が呼び寄せる。

　秀麗は躊躇《ためら》いがちに机案に近寄った。景侍郎と清雅が調査に関わっているということは、機密事項のはずだ。文書はまだ整理されておらず、見たところどうやら戸部と御史台で別個に調査していた資料をここに集めたようだった。いずれもあまり質のいい料紙ではなく、まだ下調べに着手した段階らしい。書きこみの多くが清雅の文字で、様々な数字が余白にびっしり殴り書きされている。ところどころ、景侍郎の筆跡《て》も見える。

調査対象はなるほど塩の件ではなかった。

(……今年度の米の収穫高……農産物各種……と、鉄……油……綿花……石炭……?)

秀麗は目を通していったが、何が問題なのかよくわからない。

次に戸部の資料を手にとる。

清雅の調査はここ最近の農産物及び原価と流通量、戸部の資料は例年の今頃の物価変動を示したものだった。それを比べて初めて、ある事実が浮き彫りになった。

「……農産物や鉄の原価が残らず――例年より跳ね上がってる……!?」

秀麗はハッとした。そういえば少し前から、米や調味料の値段が上がっていた。一つ一つの振り幅は小さかったから気にも留めなかったけれど――。

(お醤油《しょうゆ》の原料は大豆、みりんや酒は米、砂糖はサトウキビ、油は菜種や桐……)

農産物は収穫量で価格が上下するが、醤油やみりんなどは精製するのに時間がかかるため、調味料に使われている原料はたいがい去年のもので、今年の収穫で値段が左右されるのは来年以降のはずだった。

「……もしかして……原材料の急高騰の余波を最小限に抑えるために、関連する調味料の価格をそれぞれ少しずつ引き上げて、高騰率を分散させてました……?」

景侍郎は目を丸くした。

「ええ……その通りです。米や鉄炭など、生活に直結する物資の急高騰だけは避けたかったので。全商連と交渉して、買い換え頻度がまだ少ない調味料や油に値を振り分けて、小幅の上昇でしのげるようにしてもらいました」

景侍郎は驚きを禁じえなかった。

（聡《さと》い子だとは思っていましたけれど……）

雑多な文書のみで、すぐさま問題を把握した。葵皇毅や陸清雅は落ちつき払っている。彼らにとって、すでに秀麗はそれくらいできて当然の官吏だということだ。

景侍郎の耳にも御史台の噂は多少なり入ってくる。葵皇毅の性格では、手取り足取り仕事を教えこみなどしないだろう。彼女は単身、陸清雅を相手取り、葵皇毅にクビにされないような結果を毎回出してこなければならなかったはずだ。折れず、曲がらず、よく切れる良い鋼の如く、未熟な部分をそのたび鍛え上げて。荒療治ではあるが、成功すれば彼女の能力は短期間で格段に跳ね上がる。

秀麗は目を皿のようにして調査資料をさらった。

「……葵長官、こないだの御史大獄が数日も延びた理由は、この情報が上がってきてたからですか」

「ああ。この件に比べれば李絳攸の裁判なんぞ問題にならん。清雅に急ぎ調べさせる必要があったからな」

延期されたたった数日で、清雅は大まかな状況を把握し、戸部や全商連と連携して臨時に経済対策を打った。それで御史大獄の前日にはもう調味料の値段が上がっていたのだ。秀麗が絳攸の裁判に全力を注いでいる間、清雅はそれだけの離れ業をやってのけていたのだ。信じられない。清雅にとっては御史大獄などまったくの片手間仕事だったというわけだ。惨めになるほどの歴然たる差だった。悔しくて、情けなくて腹立たしいけれど、それが秀麗と清雅のまごうことなき現実だった。

秀麗は気持ちをかき集めて目の前の問題に集中しようとした。

「……そんな急場しのぎをしてるってことは、不作ってわけじゃないということですよね」

束《つか》の間《ま》ひどく奇妙な沈黙がその場に落ちた。

「その通りだ。農作物も鉄炭も例年通りの出荷と値段だったのが、ある時期から流通量が一気に減った。というか、正確にはある家によって制限がかかった。ちょうど紅家当主が罷免された直後からだ」

「――――」

藍州が水の都なら、紅州は杜《もり》の都との異名をもつ。藍州が塩なら、紅州は――。

「紅州は肥沃《ひよく》な土壌に恵まれた国随一の大穀倉地帯だ。平原と急峻《きゅうしゅん》な大山岳地帯、そこを流れる何本もの豊かな大河。穀物の生産量は勿論《もちろん》、鉄鉱山と炭坑の数も群を抜く。山林は良質の木炭となり、燃える油も豊富。鎖国しても充分やっていける。現在値上がりしている農産物及び鉄炭は、残らず紅州原産だ。紅家系商人が一致団結して供給を制限したわけだ」

秀麗は血の凍る思いで聞いていた。

去年の春にも似たようなことがあった。だが、話の大きさがまるで違う。

「……これから……冬……に……」

「そうだな。特に北方の影響は深刻だ。食糧不足になりかねん。白州《はくしゅう》、黒州《こくしゅう》は動乱時代に木を切り倒しすぎて山が荒廃し、土壌が痩せてなかなか農作物が育たん。石炭不足も致命傷になる。極寒期の暖は今や薪でなく紅州からの石炭に依存しているからな。かてて加えて紅州鉄の流通が止まれば、全土で工具や農耕具の値も一気に跳ね上がる」

農耕具の値が上がれば、ますます生産が縮小する。十年前の王位争いの時も、金持ちが穀物や炭を買い占め、貧しい人々が寒さと餓えでバタバタ死んでいった。——それを故意に引き起こしうる力を紅一族はもっているのだ。

皇毅だけでなく、清雅や景侍郎の視線が突き刺さって痛いくらいだった。

皇毅の憂鬱《ゆううつ》そうな溜息《ためいき》が落ちた。

「……私が紅藍両家をしめるといった理由がわかったか？　散々言ったはずだ。紅家も藍家も、莫大《ばくだい》な財力と権力を背景に、朝廷をバカにしているとな。王がことあるごとに紅藍両家を特別扱いしてヘラヘラ下手《したて》にでているからこうして増長するんだ。紅姓官吏といい、一族と紅州以外はどうでもいい、生粋《きっすい》の一族主義にはおそれいる。何か意見は？」

秀麗は声が震えぬよう努力した。

「……この件にはおかしい点があります」

「いってみろ」

「紅州からの供給が制限されているということは、その指示を出したのは、つい先日まで貴陽にいた前吏部尚書ではありえないはずですよね。文が届いて紅本家が手配実行するには早すぎますし、何よりあの方はクビになりたくてクビになったんです。当てつけする理由がありません」

　皇毅と清雅が同時に薄く笑った。

「……その通りだ。お前を呼んだのはその件だ。まずこの指示を単独で出せるのは、紅州にいる紅家名代・紅玖琅。お前はそれなりに親しいと聞く。どういう人間だ？」

「――ありえません。玖琅様は他人を思いやることができる清廉で篤実な方です。現茶家当主にも折に触れて配慮と支援をなさり、通りで酔っぱらって寝転んでた杜状元《とじょうげん》を拾って親身に世話をするような人です。玖琅叔父《おじ》がこんな身勝手で無分別な権力濫用をするわけがありません」

　秀麗は断言した。甘い、身内でも疑ってかかれと言われようが、秀麗の知っている玖琅なら、絶対にこんなやり方はしない。

　また罵声《ばせい》を浴びせられると思ったが、皇毅は意外にも容《い》れた。不本意そうに。

「……だろうな。他の紅一族はともかく、確かに紅玖琅は数少ないまともな大貴族だ。画《え》に描《か》いたような謹厳実直。我は強いがそれ以上に強い自戒自律。どこを叩いても埃《ほこり》ひとつ出ない。一族主義で兄は立てるが、唯々諾々と従わずに諫《いさ》めるときは断固として諫める男だ。紅姓官吏が今までさして暴走せずに仕事をしてきたのも、まともな良識をもつ紅玖琅が名代としてがっちり手綱をしめていたからに他ならん」

　思わぬ賛辞に秀麗はにやけた。

「そうそう！　そーなんですよ葵長官!!　あとお料理も上手で、それとそれと」

　皇毅の指から筆が飛んで秀麗の額に命中した。

「この状況を前にしまりのない顔で笑ってるヤツがあるか、バカめが」

「うう、ハイ。すみません仰《おつしや》る通りです……」

　秀麗は額をさすった。日頃自分が葵長官に怒られてばかりなので、つい。

「まったくここまで何もないと、何かでっちあげて獄中に入れたくなるな。気にくわん」

「ちょっと葵長官ー!!」

「冗談だ」

　邪悪なご面相はとても冗談とは思えない。

「紅玖琅の可能性も捨てきれん。誰にせよ、紅一族に関係しているのは間違いない。本家以外の言うことを聞く奴らではないからな」

　紅家がどんな一族なのか、秀麗は少しも知らない。面識があるのも、玖琅と百合、そして絳攸だけ。紅一族をかばえるだけの——反論できるだけの何ももってはいなかった。

「当てつけやら示威行為の一線をこえている。紅家がどこまでやるのか知らんが、冬を目前に物価の高騰は大問題だ。出仕をしない紅姓官吏は罷免すればすむ話だが、こっちは紅家と話をつけなければ解決しないだろうな。早急に朝議にかけ、戸部と全商連で可能な限り物価の急騰を抑えてもらう。時間はない。清雅は引き続きこの件を徹底的に調べろ。紅家をつぶすつもりでやれ」

「わかりました」

清雅はいつもと変わりなく淡々と拝命した。

皇毅は立ちすくむ秀麗を見据えた。

「お前はどうする？　お前の父も先日辞職して紅州に戻ったんだったな」

秀麗は唇を嚙《か》んだ。蘇芳がいなくても、皇毅には逐一筒抜けのようだった。きっと今は全紅姓官吏の行動を監視させているに違いない。

「クビを免れて朝廷に残る紅姓官吏はお前くらいしかいなかろう。紅家直系として利用できる貴重な手駒でもある。清雅と組むか？」

「葵大夫《たいふ》！　そのように悪し様な——」

秀麗は答えた。

「いいんです、景侍郎。——葵長官、やります」

景侍郎は少しく驚いた。葵皇毅が嘲笑でなしに笑うのを初めて目にしたので。

「……いいだろう。清雅の下につき、最優先で事に当たれ。冬になる前に紅州の倉を残らずこじ開けろ。冬は商人も物資も移動が難しい。北の黒白二州が雪で完全に隔絶される前に片をつける。でなければ黒白二州が朝廷に反旗を翻しかねん。あの二州の軍事力は凄《すさ》まじいからな」

秀麗には床が揺れているように感じられた。今度会ったとき、黒白両大将軍は秀麗にどういう目を向けるだろう。彼らの故郷を思うと、キリキリと胸がしめつけられた。

波紋は広がり、波は朝廷をのみこみ、バラバラにしていく。

劉輝への不信とともに。

景侍郎が足早に去り、清雅も踵《きびす》を返した。秀麗も硬い顔で身を翻した。

「紅秀麗、お前は少し残れ」

滅多にないことに皇毅は清雅でなく秀麗を呼び止めた。清雅が珍しげに振り返ったが、そのまま出て行った。

扉が完全に閉じられる。

皇毅はうんともすんとも言わないでいる。皇毅の視線と沈黙にたえきれず、床を見詰めていた秀麗はとうとうボソッと呟《つぶや》いた。

「……葵長官……沈黙がすんごい重いです。何でも好きなことといったらいいじゃないですか」

「やけくそだな」

「フフフ。ええ開いた口が塞がりません、色々。引きこもってる間にこんなことになってるなんて。全然気づかなかった自分にも、ほとほと呆《あき》れ果てます」

清雅なんてすでにあれだけのことを調べていたのに。

秀麗は情けないやら腹が立つやらで、目の端に涙が滲《にじ》みそうになった。

「身内の恥は自分で雪《すす》げ。紅家の名が地の底まで落ちるか否かは、残っているお前次第だ」

秀麗は驚いて皇毅を振り仰いだ。皇毅はさっきと変わらぬ表情をしていて、秀麗はその言葉が空耳だったような気がした。

「ところで、いい加減私の筆を返せ」

「あっ、あら。本当だ。すみません」

額にぶつけられた筆を左手に握りしめたままだったことに気づき、慌てて皇毅に差し出した。皇毅は薄い色の双眸で秀麗をひたと見据えたまま、筆でなく秀麗を引き寄せるかのようにいやにゆっくり筆を抜きとった。

「……で？　紅姓官吏どもの無断欠勤に気づかないほど、御史室に籠城して、何を熱心に調べていた？」

低く鋭い詰問だった。秀麗はとっさのことで取り繕えなかった。これでは上司に言えないことを調べてましたと暴露しているも同然であった。秀麗は冷や汗を流し、無言のままニコッと微笑み、猛然と後ずさりしようとした。が、電光石火で手首を摑《つか》まれた。

「笑ってごまかそうなど十年早い。上司の質問にはきっちり答えろ」

無表情だったが、怒ってはいないようだった。その様子は、秀麗が皇毅に黙って劉輝に直接吏部尚書弾劾を奏上した時と似ていた。

秀麗が皇毅の投げた仕事《エサ》以外のものを追いかけているとき、皇毅は常に別の仕事《エサ》を投げて、秀麗の目を逸《そ》らしてきた。皇毅の目論見通りに動かされているうちに、あれよあれよと劉輝を取り巻く状況は悪化の一途を辿《たど》った。

裏返せば、勝手に発掘されては困るものが——都合の悪いものがそこにあったということだ。皇毅が握り潰《つぶ》したいもの。表に出てはまずいもの。一連の事件の裏で何が起こっているのか。その手がかりが、春からの事件に埋まってる。皇毅が寸断してきたすべてをつなげれば、きっとわかる。

皇毅にとって、そんな秀麗の考えなど丸わかりなのだろう。嘘をつくのは無駄だった。

「調べていることはあります。でも言える段階じゃないので言いません。後ろ暗いところのない清いオカラダなら、長官が気にするようなことはないはずです」

皇毅は手《て》枷《かせ》のようにとらえていた秀麗の手を、離した。

「……まったく生意気なヤツだ」

「清雅よりは可愛げがあるでしょう」

「寝言いうな。まあいい。カナブン御史ごときが何を調べようが痛くもかゆくもない。が、当分棚上げしろ。紅家の件に集中できないなら最初から関わるな。清雅の足手まといだ」

「……わ、わかってます」

秀麗は苦り切った。またこれだ。冗談のように、次から次へと秀麗が自分から飛びこまざるをえない件が降ってわいてくる。二つ同時に両立できるほど器用ではなかったし、それができるような件でもなければ時間的余裕もなかった。

（くーっ。誰かがそうなるようにお膳立てしてるみたいじゃないのよ!!）

秀麗は既視感を覚えた。何もかもできすぎている。似たようなことを前にも感じた。あれはいつだったか――。

（……そうだ。タンタンのご両親が贋作《がんさく》、贋《にせ》金、塩に利用されてたとき）

蘇芳の家を利用するだけ利用して、最後はトカゲの尻尾《しっぽ》を落とすように切り捨てた。

『そうなるように脚本を書いたヤツがいるんだろうな』

あのとき、清雅はそう言った。裏にいるのは相当頭のいい大物だとも。

隙のない策略。たたみかけて注意を分散させるやり方。用意周到に策を弄し、本当の狙いを隠す。……似ている。

頭のいい大物。

（……で、でも……今回は葵長官が裏で手を回せるようなしろものじゃないわ）

紅家が皇毅の指示に従って穀物や鉄炭の取引を停止させる、なんて馬鹿げている――。

気持ちが波立つ。

「……ちょ、長官……」

「なんだ、急に尾のしょぼたれたワンコロのような顔をして。腹が減っても何もやらんぞ」

秀麗はキッと皇毅を睨《にら》んだ。また馬鹿にされている。

「愛と平和を守るために官吏をしてるって、藍州に行く前に言いましたよね!?」

「ああ。こうして日夜ヒッソリと愛と平和と皆々様のために頑張っているだろうが」

無表情悪党面かつスゴイ棒読みのこの返事はどうだ。眉《まゆ》一つ動かさない。

（……せ、千歩譲っても超テキトーな大嘘にしか聞こえナイわ――）

愛と平和が砂漠みたいに無味乾燥に聞こえることがあるなんて。

皇毅はどこをどうみても凶悪にしか映らない笑みを浮かべた。

「お前も愛と平和を守る手先として、せいぜい今度も頑張ることだな」

秀麗を父や叔父《おじ》や紅家にぶつけるのがやたら嬉《うれ》しそうだ。しかも手先って。愛と平和を掲げているのに、なんだか悪の軍団に在籍している気がしてならない。

清雅はまだ一戦交えられるが、皇毅は挑発なぞ歯牙《しが》にもかけない。土俵にのってもこない――いや、降りてもこない。それが、秀麗と皇毅の立ち位置だった。

「紅姓官吏の始末はともかく、経済封鎖のほうは本家に命令を撤回させる必要がある。それまでは解けまい。紅州州牧は有能だが、朝廷の援護射撃が必要だろう。藍家当主と会うこともままならぬ王に、紅家の機嫌をとることはできても、従わせられるとは思えんがな」

秀麗は返した。

「――だったら、主上の代わりに臣下がやります。それが官吏の仕事ではないですか」

皇毅は珍しく嫌味を言わず、秀麗を見返した。その答えが聞きたかったようにも、聞きたくなかったようにも見えた。

皇毅は秀麗という存在を目の前から遮断するように、目を閉じた。

「行け」

話は終わりということだった。

秀麗は辞去しようとした。トボトボと。

——確かに皇毅は何かを知っているし、関わっているかもしれない。そう思いながらも、もう一方では疑わずにすむ理由をさがしてしまう。煙《けむ》にまかれれば、どこかでホッとしている自分がいる。

絳攸ほど厳正で優秀な人が、吏部尚書のときは最後まで動けなかった。その気持ちが、今の秀麗にはわかる気がした。

秀麗は扉の数歩手前で足を止めた。振り向かず、ボソッと呟いた。

「……長官、これは私のさりげない独り言なんですけど」

「宣言する独り言があるか」

「悪の親玉みたいなのは顔と態度と目つきでもう充分だと思います。本当に悪いことはしないでくれると、私の仕事も増えないで大変助かります。なにとぞよろしくよろしく」

秀麗は後も見ず、脱兎《だっと》の如《ごと》く逃げた。

さながら魔王を封じる勢いで扉を閉めたところで、あることに気がついた。

(……そういえば今日……葵長官一度も「クビにする」って言わなかったわよね？)

今回皇毅は秀麗の進退に関して一つも言及しなかった。

なぜだろう。安堵《あんど》よりも不安になった。

……考え過ぎかもしれないが、今回の件にどう決着がつくにしろ、葵皇毅の中で、秀麗の処遇はすでに動かしようもなく決まっているのではないかと思えた。

皇毅は幾つかのことでしばらく思案にくれた。紅秀麗の「悪いことしないでください」という言葉が蘇《よみがえ》ったのはそれがすんでからのことだった。この自分にそんなことを言う配下は、後にも先にもあの娘だけだろう。後ろ向きの言い逃げではあったが。

抽斗《ひきだし》を開けると、未開封の書状が溜《た》まっていた。封を切らずとも内容は知っていた。前から断続的に届いてはいたが、御史大獄の直後から増えた。それらの文を、皇毅は傍の火鉢に放りこんで火をつけた。うんざりするような最近の日課だ。目の前で、紅秀麗の免官を要求する高官たちの要望書が燃えていく。

清雅が頭角を現してきたときも、まったく同じ現象が起こった。あの時も一顧だにせず焼き捨てたが、今回はそれを凌《しの》ぐ。臑《すね》に疵《きず》もつ官吏たちは、陸清雅とならば取引ができても、紅秀麗とはできないと嗅《か》ぎ分けたのかもしれない。

火鉢の煙を逃がそうと、半蔀《はじとみ》を引き上げる。なんとなく以前より室《へや》が明るい気もしたが、別に何かが変わったわけでもない。さっきまでいたにぎやかな娘のせいかもしれなかった。

あの娘がきてから、御史台はやたら騒がしくなった。以前はそれこそ屍人《キョンシー》みたいな顔で御史大夫室を守っていた鋼鉄の番人は、生き返ったようになった。あれは紅秀麗が「立入禁止」の貼り紙に対して匍匐《ほふく》前進で入室してからだ。物陰で爆笑しながら、どうやら「御史台ってこういうのもアリなんだ」と思ったらしい。今や朗らかに守っている。半年で権威が台無しだ。

だが、それも近いうちに、元の永遠のような静寂《しじま》に戻るだろう。

皇毅の面前で、要望書がとけるように端から燃えて灰に変わっていく。

脅そうが因果を含めようが、おとなしくクビになる娘ではない。だが、たった一つ例外がある。あの娘の命運を左右するとしたら、皇毅ではなく、その男のはずだった。

開封する価値もない下劣な要望書がすべて灰燼《かいじん》に帰すまで、皇毅は黙って見つめていた。

* * *

「『天の将《まさ》に大任をこの人に降《くだ》さんとするや……』」

晏樹は果物皿の棗を肴にしながら口ずさんだ。

空の杯に、つい、と雪のように白くなまめかしい細腕が音もなく酒を注ぐ。

「『必ずまずその心志を苦しめ、その筋骨を労せしむ』ですわね」

「そう。よくお勉強してあるね。さすが姮娥楼《こうがろう》の胡蝶《こちょう》」

胡蝶は微笑した。蠱惑《こわく》的な眼差しや仕草も、今日はどことなく少女めいている。胡蝶自身無自覚であったけれど。

「『天が大事を任そうと目をつけた人間には、まず徹底的に心身を苦しめて働かせる』。次から次へ試練を与えて鍛え上げて、大事を果たせる器に仕上げるんだって、さ。それって結局、天がその人間を自分のいいように利用するためなんだよね。当人は意味不明な災難で可哀相」

胡蝶の視界を藍色《あいいろ》の何かが過《よ》ぎった。漆黒の羽に藍と紅《くれない》の斑《まだら》模様の美しい蝶が一羽。

胡蝶はギクリとした。胡蝶はこれまでもこの蝶を何度か見かけた。この蝶が現れると、時を前後して晏樹も姿を消すことが多かった。まるで蝶を追うように。数年顔を見せなかったこともある。

晏樹もひらひら舞う蝶に気がついた。

「胡蝶。これがどんな蝶か、話したことあったっけ？」

晏樹は気ままで、とらえどころのない男だった。妓女《ぎじょ》の柔肌を枕に、やがては心を許す男たちの中で、彼だけはただ一人の例外だった。逢瀬《おうせ》をどれほど重ねても、胡蝶は彼のことを何も知らない。お茶目な笑顔と一夜《ひとよ》の悦びの他、何一つ真実を与えない。けれど今のは寝物語に振ったわけではないように思えた。理由はない。女のカンだ。

「前に、魂を運ぶ渡り蝶とだけ……」

「うん。ぼくも人から聞いた話だけど。この蝶は幼虫の時、自分の体重の三千倍の葉を食べるんだってさ。しかもただの葉っぱじゃない。猛毒の葉を、毎日毎日食べ続けるんだ」

晏樹の目の中で黒い蝶が飛ぶ。晏樹は胡蝶に話しかけるというより、昔聞いたという話を思い出して口にしているといったふう。

「毒の葉を大量に食べることで、体内に大量の毒素を蓄える。そうしておくと、カエルなんかに食べられたときも、毒に反応して幼虫を吐き出すんだって。羽もない芋虫《いもむし》が、生き延びる確率を上げるための知恵。毒の葉を食べて、相手を殺して、蝶になる。……生存競争で生き残るには、綺麗《きれい》なだけじゃいられないってことだね」

まるで晏樹自身のことを言っているように、胡蝶には聞こえた。

何が何でも生き延びる。綺麗で優雅な羽の下。毒の葉を食べ、芋虫は美しい蝶になる。そんな凄《すさ》まじさなど微塵《みじん》も見せず、蝶は軽やかに舞っている。

「飛べるようになった渡り蝶たちは、いっせいに北から南に渡る。万里大山脈から藍州へ。太陽と一緒に飛んで、太陽と一緒に休みながら。寒さがダメらしいね」

寒いと動けなくなるが、暑くても病気になって蝶は死んでいく。

「藍州にたどりつけるのは、せいぜい十万匹のうち、数十匹くらいだろうって」

「……たった？」

「そう。たったそれだけ。人間の足でだって万里大山脈から藍州まで行けやしないよ。だって蝶だよ？　見なよあの薄っぺらな羽。渡り鳥みたいに丈夫な翼でもないくせにねぇ。生意気にも風をつかまえて、最小限の力で飛ぶんだって。疲れたら羽を休めて馬車やら牛やらにくっついて運んでもらったり。そんな徹底的に他力本願なちゃっかり者なとこ、なんだかすごく共感できるよ」

本当に晏樹そのものの蝶だ。前世はあの蝶だったのではあるまいかと胡蝶は疑った。

「要領もいいけど、ひたすらガマンもできる。大きな湖を渡るときには、追い風を待って七日でも十日でもじっと待ち続ける。そこまでしたって、たどりつけるのは数十匹」

晏樹は酒杯を揺らした。ひらりひらりと蝶が舞う。

「その地を見たわけでも、楽園を約束されたわけでもない。きっと蝶だって、自分がどこにつくのかわかってない。花の蜜《みつ》ならそこら中にあるのに、彼らは旅に出る。遥《はる》か彼方《かなた》の、見たこともない世界へ。生まれたときから、そこに行くことを決めていたように」

たどりつけるのは、わずか数十匹。

毒を食べて蝶になり、周りを利用して高く遠く飛ぶ。どんどん脱落していく蝶を横目に。

運と力をもった選ばれし蝶だけが、最後の地にたどりつける。

まるで誰かの人生のようだと、晏樹は思う。

どこへ行くのか、どうしてそこへ行きたいと思うのか、自分でもわからない。でも、行かなきゃならない。そのための方法は、生まれたときから知っている。

ただそのためだけに生きて、死ぬ。

「……ぼくはこの蝶が嫌いじゃないんだよ。時々鬱陶《うっとう》しいけどね」

夜は更けて、果物皿は空になり、酒杯も尽きた。胡蝶が瓶子《へいし》に手を伸ばすのをよそに、晏樹は優雅に立ち上がった。ゆるく波打つ髪が、彼の横顔を隠した。

「さて、ぼくも行くよ。じゃあね、胡蝶」

晏樹は目の前に飛んできた漆黒の蝶をつかむと、灯籠《とうろう》の火に投げ入れて燃やしてしまった。まるで紙を燃やすように事もなげに。ジュッという嫌な音と微《かす》かな煙がのぼる。

「嫌いじゃないけど、少し鬱陶しいからね」

そうして彼は出て行った。

……彼は蝶や花を愛するように、女を愛する。「嫌いじゃないけど」始末されてしまった蝶と同じ。この程度なのだ。今ごろ晏樹はこの蝶のことも、蝶の名をもつ女のことも、忘れているだろう。「嫌いじゃない」。それだけでは彼にはてんで足りないのだった。

胡蝶は目を転じた。手つかずの膳《ぜん》と、空になった果物皿。どうでもいいものと気に入ったもの。好きなものしか食べない。彼の主義は明確にここにある。

彼自身は雲をつかむようなのに、彼の世界は残酷なほど二等分されている。

半端な遊びじゃ満足できない。退屈な人生は自分で面白く変える。それが彼の口癖。

渡り蝶のように、いつも別の何かを見ている。おそらくは金でも地位でも女でもなく、いまだ胡蝶にさえわからない、彼の執着する何かのために。

胡蝶は蝶の屍骸《しがい》を、掌《てのひら》にのせた。憐《あわ》れな蝶を埋めるために立ち上がる。

その蝶が、まるで自分のように思えた。


晏樹は軒《くるま》に乗り込みながら、さっきの言葉を今一度口ずさんだ。彼自身はあんまり好きではない言葉だ。

『天の将に大任をこの人に降さんとするや、必ずまずその心志を苦しめ、その筋骨を労せしむ』

「確かにお姫様は天に選ばれたのかもしれないねぇ……」

さりとて晏樹たちもまた、誰一人として、安楽な人生とは無縁できた。晏樹でさえ身を切られるような思いを知っている。

渡り蝶のように、冷たい風をぬって、他人を追い落として、生き残ってきた。

……どこへ行くのか、どうしてそこへ行くのか、わからない。晏樹はそう胡蝶にいったけれど、感じるのだった。だからここまできた。

たどりつきたい場所がある。目にしたい光景がそこにある。今はまだ見ぬその世界へ。

自分の心一つを羅針盤にして。

「ふふ。天はお姫様に、どんな大任を任せたかったのかな」

彼方の地へたどりついた後、渡り蝶は交尾し、卵を産んだらすぐに死ぬ。

……秀麗がいちばん蝶の人生と似ているかもしれなかった。

晏樹たちは追い風を待つ時間があったが、あの少女は待ったなしだ。暴風雨の中を羽をすり切らし、休まず飛び続ける。

たどりついても卵さえ産めず、ボロボロの羽を永遠に休めることしかできまい。

鬼みたいに極悪非道な皇毅も、さすがにもういいと思っているはずだった。

これ以上やらせれば、きっとそうなる。皇毅も晏樹も彼女を殺したいわけじゃない。

「選択肢くらい、あげてもいいよね」

これが天の試練なのか、天の情けなのか、晏樹は知らない。選ぶのは彼女だ。

約束の地にたどりつけなくても、近くのお花畑で幸せに暮らすことはできる。
晏樹はごめんこうむるが、それが悪いとは思わない。
かわいそうな蝶々たちに。
籠《かご》の中の楽園を。

第四章　紅家の鳳麟

楊修は眼鏡の鼻当てを押し上げた。細くつった鎖が音を立てる。

「まったく紅家は私に怨《うら》みでもあるんですかね。当主だけでなく一族そろって着任早々私の仕事を増やしてくれて。ま、いいですけどね」

ここ五日というもの朝廷の官吏たちはおおわらわだ。有能と名高い紅姓官吏がごっそり抜けた穴を埋めるので連日どの部署も魂《タマシイ》を飛ばしている。

「ついでに、王もバカですね。五日も待ってあげたんですけどねぇ」

ついに楊修に何も言ってこなかった。それならそれでいい。

「さて、そろそろ私は私の仕事をしましょうか」

＊　＊　＊

「――と、いうことで、新しい仕事がドカンと増えたわ、燕青」

燕青はしばらく絶句した。紅姓官吏らの無断欠勤のみならず、農作物や燃料の供給に制限をかけ、国を巻きこんで怒りの波状攻撃にでるとは。

「……さすが姫さんの実家だなー。やることなすことぶっ飛んでるぜ」

「なにそれどーゆー意味よ」

お昼をとりに冗官室へ出かけたはずが、秀麗はさまよえる幽霊船の乗組員みたいな顔で御史室に戻ってきた。腹を減らして。燕青がおやつ用の吊るし柿を渡すと、秀麗はむしゃむしゃ食べながら航海の顚末《てんまつ》を語った。二本の吊るし柿に並んでいた十個の干し柿は残らず秀麗のおなかにおさまった（後日、投書箱に吊るし柿の消える謎を追ってほしいという相談が寄せられた）。

「こうと決めたら手加減なしでぶっちぎる。茶家とはやることの格が違うわ」

「こんなアホなことでぶっちぎってほしかなかったわ」

秀麗はカッカとしている。

「――で？　紅姓官吏の件はどうする？」

「後任の吏部侍郎がクビにするみたいだっていうから、ほっときゃいーわ」

「いいわけ？　ほっといても」

「いいわ。経済封鎖を解くのが先決よ。相手してる暇なんかないわ」

燕青は苦笑いした。

「きっとホントにクビにされるなんて思ってなかったんだぜ」

「だとしたら、救いようがないわね。もし何か言ってきても、全部無視してちょうだい。

少なくとも何しでかしてくれたのかわかるまではね。頭冷やしてもらうわ」

にべもない。無理はない。燕青も強いて助けようとは思わない。

「で？　物価高の方は何から手ぇつける？」

「二手にわかれましょう。燕青は全商連と紫州府《ししゅうふ》に行って、紅州の商取引の最新の情報収集。それから牢城《ろうじょう》に出向いて囚人たちの監督しながら一緒に田んぼで稲刈りやってきてちょうだい」

燕青はもう一度訊《き》き返した。

「……前半はいいんだけど、後半ナニ？」

「禄《きゅうりょう》がわりにもらう田んぼがあるじゃない」

「ああ、官給田？」

「そう。冗官になった時、現金支給を減らされたかわりに、郊外に結構広い土地、もらえたのよ。御史になったら、またちょっともらえて。自分じゃ耕す暇がないから、お給料使って苗買って、ご近所さんに頼んで、田んぼの世話をかわりにしてくれる人手を雇ったの。藍州に私が行ってる間も管理してもらって、今稲刈りの時期なんだけど」

「……そんなことに金使ってたんか……」

「ねえ燕青、飢饉《ききん》のとき、最初に食糧が回らなくなるのって、牢城なのよね」

「…………」

「冗官仲間も官給田をもてあまして放置してたから、まとめて安く借り受けて、労役刑の一環としてそこで囚人たちに野菜とか米とか麦とかつくらせてたの。軍役なんかさせとくより、畑仕事で自分たちの食べるものをつくったほうがよっぽどいいじゃないのよ」

燕青が姫さんのそばにいてよかったと思うのは、こういうときだ。

秀麗は囚人でも人として扱う。秀麗が牢城でまず着手したのが衛生状況の改善だった。茶州の疫病の折に、秀麗が軍の派遣なんかいらない、暇なら畑仕事でもさせてろと怒ったという話を悠舜から聞いた。口だけでなく、秀麗はそれをちゃくちゃくと実行していたのだ。

「脱走者がでるとは思わなかったわけ？」

「思ってたわよ。始末書は全部私が書くっつって押し切ったわ。実際何枚か書いたけど、意外と脱走する囚人は少なかったわよ。脱走した後で自分から戻ってきた囚人もいるのよね。『俺の植えたタマネギが心配だったから戻ってきただけだー』『散歩に行ってたんや』とかなんとか」

「ふぅん」

燕青は笑いを噛《か》み殺した。心配だったのはタマネギではなく、秀麗の処分だったんじゃないだろうか。人として扱えば、人としての心が戻ってくる。良心も。

「だいぶ収穫があると思うわ。牢城用の備蓄にしましょう。紫州府の倉に行かないように交渉するわ。余ったぶんは朝廷の常平倉《じょうへいそう》へ入れるように手配してちょうだい。囚人に刃物もたせるのはダメなんだけど、自分たちでつくったものだもの。刈り取らせてあげたいわ。

牢城から見張りの兵を回してもらって。燕青がいれば悪さしようが大脱走はかろうが、残らず捕獲して殴っ……善処できるでしょ」

「善処《ゼンショ》。ウン。できる。あと全商連と紫州府で情報収集な。わかった。姫さんは？」

　秀麗は途端にぶすくれた。

「……清雅と二人で紅家の内情を調査するわ」

「すごい嫌そうだな」

「すんごい嫌に決まってるじゃないの！　一日中あの陰険蛾男《ガおとこ》と一緒なのよ‼」

「……。俺がかわろっか？」

「ダメ。身内の恥は自分ですすぐわ。紅家の人間がいることで役に立つこともあると思うし。ええいーわよ、清雅のパシリだろーが手下扱いされよーがガマンするわよ‼」

　燕青が丸めた布団を用意してやると、秀麗は叩《たた》いたり引っ張ったりしはじめた。せっかくお天道《てんと》様《さま》に干してフカフカになったばかりなのに、またもや無体な仕打ちを受けてしぼみはじめている。御史大獄で『負けた』ことをまだ根に持っているらしい。おそらく清雅も同様だろう。

　秀麗は気がすむと、しょんぼりうなだれて見える布団をなでてやり、片づけた。

「燕青、今回の一件、裏になんかあるわ。何か引っかかったら、全部調べておいて。燕青の野生のカンてかなり当たるから」

　本当は野生のカンなどでなく、経験によるものだと知っている。だからこそ当たるのだ。

「了解。……で？　姫さんは何が引っかかってんの？」

「推論だけど、これ、仕掛けたの、紅家じゃないわ。もちろん玖琅叔父《おじ》様でもない。――玖琅叔父様じゃ、できないのよ。手際がよすぎる。情報が早すぎるの。まるで」

「――まるで、吏部尚書更迭を事前に知っていたとしか思えない、か？」

沓《くつ》音すらタカビーである。秀麗はムッとした。沓音までも聞きわけられるようになってしまった。

「……きたわね清雅。はん、仕方がないから今回ばっかりはあんたに協力したげるわよ」

「は？　協力？　何ナマイキいってやがる。俺と対等だと思ってるのか？　身の程を知れよ。お前は俺の下僕だ、下僕。紅家の名だけ利用されたあげく俺に捨てられたくなかったら、せいぜい身も心も尽くすんだな。ご主人様へのご奉仕次第では、可愛がってやらなくもないぜ」

「うっせーのよ!!　あたしはあんたのために仕事すんじゃねーのよ。手ぇ抜いてみなさいよ、即座に長官と吏部に報告して人跡未踏の万里大山脈御史台出張営業所に一人寂しく左《ト》遷《バ》してやるわ！　腹くくって私と組みなさいよね!!」

「笑止千万ってヤツだな。誰にモノいってる。こい、行くぞ」

秀麗は分別をかき集めた。残っていたのが驚きだ。燕青をじろりと睨《にら》む。

「おかしかないわよ燕青！　大笑いしてないで早くお仕事！」

「へいへい」

秀麗は先頭切ってずかずか室《へや》を出て行き、清雅もそれに続こうとした。

清雅の頰《ほお》を何かが掠《かす》め去り、壁に当たって跳ね飛んだ。見ると、お茶請けらしき胡桃《くるみ》だった。堅い殻つきの。

清雅が振り返ると、浪《ろう》燕青はもう笑っていなかった。

「姫さんと丁々発止やりあうぶんにゃ何も言わねーけど、下種《げす》な真似はすんなよ。そんときゃ地獄に落ちたほうがマシな目に遭うと思え」

清雅は燕青と向かいあうと、胡桃を踵《かかと》で殻ごと叩き潰し、踏み躙《にじ》った。

「……十年州牧を務めたほどのヤツが、小娘一人に入れこんで、今や顎《あご》で使われる下っ端か。落ちぶれたものだな。女のあとをシッポふってくっついて、惨めに思わないのか？」

燕青は指先でつぶした胡桃の実を口に放りこんだ。

「ばーか。男とか女とか関係あるか。仕えてもいいって思った相手がたまたま女の子だっただけだ。お前が姫さん気にくわねぇのも、女だからじゃねーだろ。紅秀麗って官吏が優秀で根性あってお前と対極にいるからだろ。男だろうが、同じように潰しにかかってたはずだぜ。姫さんは女ってことをウリにもしてねぇし負い目にも思ってねぇ。一個の人間として勝負かけてきてるから、お前の癇にさわるんだ。お前が女でどんな痛い目みたか知らねーが、いつまでもそんな女と姫さん十把《じっぱ》一絡《ひとから》げにしてんじゃねーよ」

清雅は虚をつかれた。

「……なぜそう思った」

「お前、女を見下してるっつーか、警戒してるからな。なんとなくそう思っただけ。茶本家も性悪女たちの巣窟《そうくつ》だったし、手段を選ばねー女がどんだけえげつないかは知ってる。けどそんなのは女だけじゃないだろ。茶家のろくでなし若様はマジ最悪だったぜ。——ま、釘刺《くぎさ》しは一応。姫さんからかって遊ぶくらいにしとけよ。あんま心配してねーけど」

燕青は椅子から立ち上がった。

「お前の性格の悪さはともかく、自尊心の高さは姫さん並みだ。仕事に手段は選ばなくても、自分の格を落とす真似は死んでもしねーだろ。人間、刃物をもってても人を殺しちゃイカンよな。男も女ももっててもお互い絶対使っちゃなんねー武器はある。女は妊娠、男は暴力。力ずくでどーこーしようとしなけりゃ、姫さんは自力でお前と相対するさ。男を下げるような真似はすんなよ。嫌いな女でも、いざとゆーときは最後まで守るほーがかっけーぞ」

清雅の横を通り過ぎ、燕青は大股《おおまた》で出て行った。

あとに残った清雅は苦々しい顔をした。

「……しっかり釘刺してんだろうが」

何かあればお前がちゃんと守れとまで言いやがった。

清雅は踵《きびす》を返した。

沓《くつ》の裏の潰れた胡桃《くるみ》の感触で、地獄に落ちるほうがマシという燕青の言葉が蘇ってきた。

地獄に落ちる？　一笑に付した。

「ここ、ここが地獄だ」

＊　＊　＊

『では、私の考えを申しましょう。今回の場合、彼らにかかずらう必要はまったくないと思います。可及的速やかに片っ端からクビにするべきです。それが私の意見です』

あのとき、劉輝は悠舜にこう答えた。

『……待ってくれ』

どうかもう少し待ってくれ、と。

劉輝が悠舜の意見を容《い》れなかった初めてのことだったかもしれない。静蘭も難色を示した。それはいくらなんでも乱暴すぎる――と。

悠舜は意見を曲げることはなかったが、最後はいつもどおり「わかりました」と劉輝に従ってくれた。

『我が君の御心のままに』

「楊修が紅姓官吏を片っ端から罷免しているだと!?」

劉輝は色をなした。

「そんなことは聞いていないぞ！　いつからだ!?」

知らせに走ってきたのは絳攸だった。毎日紅姓官吏の説得に回り、出仕するよう寝もやらず書状をしたためていた絳攸だったが、今まで門前払いにしてきた紅姓官吏の一人が免職の通達を片手に、血相を変えて絳攸に詰め寄ってきたので判明したのだ。

　劉輝は絳攸と悠舜以外人払いした。

「余への報告はあがってないぞ!!」

「……楊修様は確信犯的に事後報告するつもりなんだろう。五位以下の任免権はもともと吏部尚書単独で握っているから、尚書代理を兼ねている彼ならば可能だ。混乱の収拾と朝廷の機能回復を最優先にした、といわれれば反論もできない」

「機能回復といっても、残らずクビを切ってどうするつもりだ!!　全然回復など――」

「いや。昵懇《じっこん》にしている吏部官に内々に確認したが、すでに後任の官吏を据えている。もうかなりの高官がすげかえられているはずだ」

「すげかえ……!?　紅姓官吏は黎深殿に似て性格はアレだが、そろって優秀なのは間違いない。簡単にかわりの人材など見つかるはずが――」

「……楊修様なら可能だ」

　絳攸は吏部から人事資料の写しをかっぱらってきた。部外秘なのでバレたらことであるが、今の絳攸は「知らん」で押し通すつもり満々だった。御史台だろうが陸清雅だろうが、金輪際つかまる気はない。秀麗は別として。

「楊修様は長らく覆面官吏として官吏の査定をしてきた人だ。朝廷だけでなく、地方にも出向くことが多かった。どこにどんな良吏がいるか、あの人ほど知っている人はいない。

それだけじゃない。逸材を発掘するのも天才的にうまい」

榛《しん》蘇芳の長所に目をつけ、吏部に引っ張ってくるように進言したのも楊修だった。埋もれた才能を見抜き、適材適所に配置する能力で、楊修に勝るものはいない。

彼の頭の中にはあらゆる官吏たちの情報が蓄積されている。

「紅姓官吏は優秀だが……替えはきくということだ。黎深様でさえ更迭した人だぞ。どんなに優秀でも、仕事をしない官吏に容赦する人じゃない……」

察するに、楊修は黎深を更迭すると決めたときから、これを見越して備えていたに違いなかった。むしろ紅姓官吏が職場放棄をはじめてから五日も音沙汰《おとさた》なかったのが不思議——。

（じゃない）

絳攸は臍《ほぞ》をかんだ。

「くそ……五日の内に……」

静蘭と楸瑛が急ぎ足に入ってきた。それまで驚きもせず絳攸と劉輝の会話を聞いていた悠舜は、二人に向けて穏やかに問いかけた。

「……それで？　各省の様子はいかがでした？　静蘭殿、楸瑛殿」

悠舜に言われて朝廷を見て回ってきた静蘭と楸瑛は、硬い顔だった。口火を切ったのは楸瑛だった。

「……いずれも目立った混乱はなく、速やかに後任人事を受け入れているようです。事前に吏部から引き継ぎの説明もあったらしく、不満はほとんど見受けられません。その……それぞれかなり優秀な官吏が継いだらしく、どの省府も落ちつきを取り戻して……」

「それだけですか？」

悠舜が重ねて訊《き》くと、楸瑛は口ごもった。かわりに静蘭がボソッと答えた。

「――楊修殿の手腕を評価する声がそこここであがっています。逆に紅姓官吏の評判は最悪です。無責任な紅姓官吏に愛想を尽かす者が続出してます。紅姓官吏なんぞもう必要ないという空気です。さらに、楊修殿のように素早い処置を下せなかった王に対して、かなりの不信と反発がきてます。紅家当主のクビを切って紅姓官吏を怒らせたあげく、その収拾もろくにできないのか――と」

劉輝は無言だった。

紅家と紅姓官吏を繋《つな》ぎ止めることばかりを考えて、悠舜の「即刻紅姓官吏を片っ端からクビに」という案を否定したのは静蘭も同じだ。

今なら、なぜ悠舜がそんなことを言ったのか静蘭にも理解できた。

「……楊修殿はいっせいに全員クビでなく、地位の高い紅姓官吏から順々に罷免してます。見せしめです。それを知って、まだ罷免されていない下位の紅姓官吏たちが泡を食ったように官服を引っ張り出して相次いで登城しはじめましたよ」

絳攸は苦り切った。あれだけ絳攸が出仕しろといっても聞かなかったのが、いざ本当にクビを切られるとわかった途端にコレだ。紅姓官吏を排除できるはずがないという彼らの思い上がりを、楊修は平然と一刀両断してみせたのだ。

その「英断」は、凄《すさ》まじい効果を上げていた。

新吏部侍郎の苛烈《かれつ》な断行に、つられるように他の官吏たちも慌てて身を引き締め、一時的だろうとはいえ、まるで査定時期のように綱紀が粛正された。筆頭名門である紅姓官吏にさえ手心を加えぬのなら、他は推して知るべし――と。

悠舜が狙っていたのは、これだったのだ。紅姓官吏を引き止めることで王の信頼を底上げするのではなく、切り捨てることで綱紀を正し、主導権を王に戻したかったのだ。

余波は他にも及んでいた。

「今回の一件に対して、貴族派と国試派それぞれの動静はいかがでしたか」

静蘭は答えたくなかったが、ちゃんと悠舜に報告した。そっぽを向いて、低い声で。

「……楊修殿は貴族出身です。理念は実力主義のようですが」

「そうですね。でも貴族出身で、御史台に協力して国試派で次期宰相候補といわれていた黎深を追い落としたのですから、貴族派と見られているでしょうね」

「ええ。なので楊修殿が紅姓官吏を切ったことに貴族派は勢いづいてますよ。紅姓官吏が今まで幅をきかせていた陰で、貴族派の多くは表舞台に立つ機会すら得られませんでしたからね。『オレたちに春の時代がきたぜ』とかわけわからんことを叫んでました」

『紅家のヤツら、女まで官吏にしやがって』といった輩《やから》には陰からイガグリを連打で投げつけ、恐怖の全身イガグリ男にしてやった。ついでに名前を調べて解雇すべし、と吏部に投書してきた。匿名で。どうせああいった輩はろくなことをしていない。

静蘭のやたら不穏な気配に、その場の誰もが「……何か意地悪やってきたな」と察したが、賢明にも口に出さなかった。悠舜もだ。

「コホン。ええと……で、国試派のほうは？」

劉輝の視線を、静蘭は痛いほど感じた。

今まで、国試派のだいたいは中立だった。王の紅藍の重用を面白く思ってはないにせよ、実力で国試を通ってきた自負から、生粋《きっすい》の貴族たちに対する反感はそれ以上に根強い。

〝バリバリ庶民（極道一家）〟出身の某工部尚書と、〝骨の髄まで貴族〟工部侍郎何某《なにがし》との初対面は有名だ。

『ケッ。なんだそのヘンなカッコ。ヘンな名前。チャラチャラしやがって貴族ってのは外見からイケすかねぇ。庶民ナメてんじゃねーぞ。貴族だなんだと鼻にかけやがったら最後、石抱かせて近くのドブ川に沈めてやんぜ。オレにわかる言葉で話さねーと頭から無視すっからな。陽玉《ようぎょく》』

『玉《ぎょく》ですよ!! フン。まったく欧陽《おうよう》家の名も知らぬ凡愚めが。サルのがマシな野蛮人が尚書になるなんて、時代も変わったものですよ。貴族のなんたるかも知らないド庶民に、伝統と美と文化を守り育てる意味と価値がわかるんですかねぇ。私に頭を下げてほしかったら、国試やら庶民出身やらをウリにするより、まずは実力を示せってんですよ、このドブロク男めが』

そうして工部は今に至る。まだ理解のある（?）二人でさえ、当初はこうだったのだ。いわんや他の国試派と貴族派は年がら年中つまらないことで角突き合わせている。だからこそ、王と距離を置きつつも、反感まではいかないところがあった。

それが楊修の処分以後、空気が変わった。

静蘭は報告をつづけた。

「……後任人事に楊修殿は国試派も多く登用しました。紅姓官吏の後任に分け隔てなく優秀な人材を登用したことで、俄然《がぜん》国試派も沸き立っています。彼らは立身出世に貪欲ですからね。能力を示せば新吏部侍郎は重用してくれる、『実力主義』が復活するかもしれない。存外に旺季殿は、今の王より話がわかるかもしれない——と」

国試派が貴族派に一気に傾いた、ということだった。

楸瑛と絳攸は慌てて静蘭をたしなめた。

「なんでそんなずばずば正直にいうんだ君は！　もっと言い方があるだろう!?」

「そうだぞ！　それじゃコイツがズンドコ落ちこむばかりだろうが！　もっとやわらかくいえ」

実兄よりも過保護な側近二人に静蘭は舌打ちした。

「どんな報告も事実を正確に伝えないと無意味と同じだ。ヘンに『大丈夫』なんていってみろ。ますます取り返しがつかなくなる。あなたがた二人はもう藍家の権力も紅家の権力も使えないんですから、せめて残ってる頭くらいマトモに動かせ。お払い箱にされたくないならな」

――政争で悲惨な目に遭った元公子様は無慈悲だった。

「……はい」絳攸。

「……すみません……」楸瑛。

とはいえ、静蘭は口で言うほど怒っているわけでもなかった。相変わらず劉輝に甘い二人に、安堵してもいた。貧乏くじは自分がひけばいい。四面楚歌《しめんそか》のとき、僅かな味方にさえ批難されるのがいちばんこたえる。手を差し伸べて庇《かば》う味方は絶対に必要だった。

……清苑の時は、誰もいなかった。誰も残らなかった。けれど劉輝の傍にはこうして留まり心配してくれる者がいる。その事実が、静蘭は嬉《うれ》しかった。

劉輝はきっとひどく落ちこんでいるだろうと、懸念しながら目を向けた。劉輝はうつむいてはいたが、落ち着いているように見えた。静蘭は怪訝《けげん》に思った。

(……?)

絳攸は劉輝の様子には気づかなかった。

「くそ。やられた。最初に黎深様を更迭したのはコイツだったのに……!」

楊修は一片の温情もかけず紅姓官吏を処分することで、貴族派にも国試派にも不満の種だった『彩七家優遇』を返上してみせた。かてて加えて「実力主義」の謳《うた》い文句までもかっさらっていった。が、そもそも吏部尚書更迭という難事を断行したのは楊修ではない。

劉輝だ。なのに今やすべての手柄は楊修と貴族派にもっていかれていた。

楸瑛もこぼした。

「……黎深殿更迭事件の絶大な余波をまんまと楊修殿に利用されたね……」

衝撃さめやらぬうちにすかさず紅姓官吏の罷免にとりかかった。そのせいで、紅黎深を更迭したのも楊修のような錯覚が広がっている。おまけに黎深や紅姓官吏の横車に対する不満や怒りは、全部王に向けられることになった。

楸瑛は藍州で兄が、まだ藍姓官吏は戻せないと強情に譲らなかった理由がわかった気がした。――おそらく兄はこんな風に『見せしめ』にされることを避けたのだ。特にあのとき藍家には『司馬迅《しばじん》』という弱みがあった。もし藍姓官吏を朝廷に戻していれば、御史台が迅をとっかかりに藍家の影響力を削《そ》ぎにかかったに違いない。

どこまで雪兄上は見通しているのだろう。時々楸瑛は龍蓮と似た凄《すご》みを感じる。

楸瑛は腹が立ってきた。

(……わかっていたなら、少しくらい教えてくれてもいいじゃないか!! 私が王を選んだのが気にくわないってアレ、心底本音だったな、くそ。いい歳して大人げないにもほどがある。さすがに頭にきた。もう当分里帰りなんかしてやらないんだ!! 文通もしない!)

一方絳攸も苛々《いらいら》と室を歩き回った。

五日の間に劉輝がこれをしていれば、『紅藍重用』との印象を刷新でき、国試派官吏の信用もかち得ただろう。百官の劉輝を見る目は違っていたはずだ。

「くそ……同じことをやるにせよ、せめて事前に楊修様と対応を協議している事実があれば……いや」

絳攸はうなだれた。

「……すまん、主上。俺が吏部侍郎だったときに、これを全部やってればよかったんだ」

それこそが、吏部侍郎としての絳攸の役目だったのだ。

悔やんでも悔やみきれない。

時を巻き戻せるなら。今なら劉輝のために逆転させてみせるのに。

もっと早く。もっと大局を見て動いていれば――。

ことごとく後手に回ってこんなところまで追いこまれたあげく、黎深が自ら汚名をかぶってでも残してくれた一手をも楊修に奪われた。

(……もう楊修『サマ』なんて呼んでやらん!! やっぱり楊修で充分だ――!)

前向きになった絳攸はウジウジ内省なぞせず癇癪《かんしゃく》を起こした。もう絶交だ。

その怒りも、劉輝を前にすればつぶれた紙風船のようにぺしゃんこにしぼんだ。

「……本当に、すまない……全部俺が至らなかったせいだ」

「いいんだ、絳攸。気にするな」

それまで黙っていた劉輝が、微《かす》かに笑った。絳攸も楸瑛も静蘭も、不思議に思った。

失意のドン底かと思いきや――もちろんぎこちない顔だったが――おろおろ狼狽《うろた》えてはいない。どこか、覚悟を決めていたような顔をしていた。

「いいんだ。余が決めたことだ。混乱が収まったなら……それでいい」

劉輝は椅子から立ち上がった。拍子に裾《すそ》を踏んづけてすべって転び、大机案《おおづくえ》に顔面から突っ込んだ。さらに机案《つくえ》に積んであった本が雪崩《なだ》れて後頭部を直撃した。

室は静まりかえった。絳攸は居《い》た堪《たま》れなさにどうしてよいかわからない。無情にも今の状況を暗喩《あんゆ》しているかのごとく、泣きっ面に蜂の痛い事件であった。さすがの楸瑛も笑えない。

劉輝は本の雪崩を押しのけた。

「……会議まで、隣でちょっと休む。時間がきたら呼んでくれ」

机案《つくえ》の角や棚や壁にあちこちぶつかりながら劉輝は隣室に消えた。

静蘭がキッとなって絳攸と楸瑛を小声で怒鳴りつけた。普通に怒鳴りつけると劉輝に聞こえてしまうからだ。

「このボンボンども!! どうして引き止めて慰めなかったんですかあんたらは! 役立たずが!!」

今度は負けじと絳攸と楸瑛も小声で応戦した。

「君だって何黙って見送ってるんだ! 見ろあの哀愁漂う悲しげな後ろ姿! ヘンな秋風が吹き抜けていっちゃったじゃないか。今頃両膝《りょうひざ》を抱えてるに決まってる。まったく君はいつも嫌みばっかり磨いているから肝心なときに人に優しくできないんだ! とっさの行動には人間の本性というものがだね――」

「お前ら今そんなこと言い合ってる場合か! 後でやれ。まったくチヤホヤされて育ったヤツは自分中心だな。王の心配をするほうが先だろうが！　戸部から物価の件で報告があったろ。重臣会議までに対応を詰めておかないとまたつきあげをくう」

　静蘭と楸瑛が殺気立った。

「ドコの家のせいだと思ってるんですか!!　どこぞの誰かが養い親を甘やかしまくってたせいでとんだとばっちりですよ。身内の手綱くらいちゃんとしめてろ！」

「しかも君、主上の心配っていうか仕事の心配だろ！　なんて薄情なんだ。見損なった。友達の縁を切ってもいいと思ったよ！」

　三人ともいったいどう劉輝を励ませばいいかわからず、動転のあまり互いに八つ当たりした。ぎゃーすか小声で喧嘩していたそのとき、大きな音がした。

　三人は思わず飛び上がった。振り返ると、悠舜が笑顔のまま救急箱を机案に置いて中身の確認をしていた。

　救急箱。三人はハッと息を呑《の》んだ。

（……そういえば主上、思いっきりすべって転んで机案に顔面ぶつけてたよね……）

（とどめとばかりに後頭部にもドカドカ本が降ってきてたな……何かのネタみたいに）

（しまった……傷の手当てというものが……）

　片手に救急箱、もう片手で杖《つえ》をついて悠舜が隣室に向かう。年少組など完全無視である。

　慌てて三人が追いかけようとすると、悠舜が止まった。三人の足も止まった。

　悠舜はやおら三人を振り返った。

「――下がってなさい」

笑顔とは裏腹な凍える絶対命令が、地吹雪さながら叩きつけてきた。年少組の誰も返す言葉一つなく、スゴスゴ引き下がった。

なぜ黎深さえも悠舜にマゴマゴするのか、三人は身をもって思い知った。

悠舜は救急箱を片手に、隣室に入った。

沓《くつ》が室のあっちとそっちに飛んでいて、王はその真ん中あたりにいた（敷物の縁《へり》に蹴躓《けつまず》いて沓が片っぽ脱げ、もう片方を自分から蹴飛ばし、それきり進む気もなくなってそこにいる、という風であった）。おでこをさすりながら、長椅子でなく直接床にふてくされたようにぺたんと座っている。両膝を抱えてはいなかったが、あぐらをかいてうしろをむいていた。

悠舜は王の正面に回り込むと、同じく座って杖をかたわらに置き、救急箱を開けた。綿と傷薬用の小瓶をとりだす。小瓶をあける音や、綿を鋏《はさみ》で切るチョキ、チョキという微《かす》かな音だけが床に落ちていく。

おでこをさすりつづける王の腕に悠舜が手をかけると、糸が切れたようにパタリと腕が落ちた。指で前髪をのぞくと、おでこは真っ赤に腫れ、擦り傷とたんこぶができている。手当てをしながら、悠舜はうつむいたままの劉輝に声をかけた。

「一度も私の目を見ませんでしたね、我が君」

劉輝が、微かに身じろいだ。

「後悔をしていないなら、私の目を見てください」

鐘三つぶんの間《ま》のあと、劉輝は顔を上げた。

悠舜は微笑んだ。

「紅姓官吏のクビを切りたくなかったのでしょう？」

「…………ああ」

「我が君が何もしなかったわけではないことも、私は知っています。あなたの心のままに選んだことなら、私は構いません」

「そなたの言葉を退けて、こんなことになったのに。そらみたことかーとか思わんのか」

「そうですねぇ……」

悠舜の返事に間《ま》があったのは、「実はそらみたことかーと思っていた」からではなく、どう説明したものか、迷っただけのようだった。ややあってこう答えた。

「……主上、私が進言し、楊修がやったことは、近道です。頭が回る者ほど、選びたがる。それなりの効果もあります。あなたは遠回りをするかもしれません。でもそれだけ多くを見るでしょう。私や楊修が見ることのない景色を。……私は、それを見てみたいのですよ」

一人では見ることができないものを、と悠舜は呟《つぶや》いた。隠れもなき本心の響きに劉輝には感じられた。悠舜から透明な紗《しゃ》が一瞬剝《は》がれたような、そんな錯覚を劉輝はおぼえた。

「あなたのしていたことが間違いかどうかは、私にはわかりません。それは私の選択肢にはないからです。ただの愚かなことだったかもしれないし、……もしかしたら、どこかで一つくらい、何かが実っているかもしれない。今はただ目に見えないだけで」

「結果はわかりきってる。まるきり無意味に終わった」

「そうかもしれないし、今はそう見えるだけかもしれません。『やってみなけりゃわからない』それが燕青の口癖でした。確かなのは、あなたが逃げずに自分の掌にあるものの中で選んだということです。だからやってもいいと思った。あなたがなぜ紅姓官吏を引き止めたかったか、その理由だけは、間違ってはいないと思ったからです」

　待ってくれ、と劉輝はあのとき乞うた。

　ギリギリまで紅姓官吏を罷免するのは待って欲しい、と。

　理由を聞いた上で、悠舜はそれを受け入れた。

　劉輝はぽつんと言った。

「燕青か……燕青がそなたの王だったら、よかったのにな、悠舜」

　悠舜は押し黙ったのち、遠い目をした。

「……どうでしょうかねぇ……愉快な借金王国になったんじゃないですかね。下の者は毎日泣いてましたよ。だいたいあのヒゲ男は師匠同様借金に抵抗がないので、『ないなら借りよーぜ！』なんつって勝手に山ほど借金して。凜《りん》と彰《しょう》が毎度目を光らせてしばいてたって毎年度赤字計上州府でしたからね。借金の取り立てに戦々恐々するころはまだ可愛げがあったのですが、最後は州府みんなで居留守を使ったりゴネたり言い訳がやたら上達したりね……面の皮のぶ厚い薄汚れた大人になりましたよ」

「……え。ええと。すまん、思い出したくもない黒い歴史をうっかり掘り当てて」

金庫番・戸部尚書黄奇人が聞いたらキュッと燕青の首を絞めて裏の畑にでも捨てそうだ。

「私も不思議なことがあります。紅姓官吏の一件を後悔していないなら、そんなに落ちこんでらっしゃる本当の理由はなんですか？　落ちこんでいるというか、へそを曲げてるといいますか」

「……楊修が先にやったから」

「は？」

「楊修と同じ準備をそなたは調えていただろう？　尚書令室に人事録が山ほど積んであった」

くさくさしていた劉輝は、そのときの悠舜の顔を見なかった。

「余のしていることが無為に終わりそうで、朝廷も待てないと判断したら、そなたは余を説き伏せて一気《いっき》呵成《かせい》に楊修同様処分に踏み切る気だったはずだ。……そう思っていたから、余はまだ時間はあると……しかも、悠舜でなく楊修が横から手柄をさらっていった形になって。別に余が文句を言う筋合いじゃないのだが……とんだ伏兵というか……不覚をとった自分にへこんだりふてくされたり。……悠舜？　何で静かなのだ？」

なぜか悠舜は呆気《あっけ》にとられたようにしている。

それから悠舜は、笑うしかないといった顔つきになった。燕青なら「俺が国試状元及第したら見られるかもしれない顔」といったかもしれなかった。百年先ならありえるかもと空想していたものが、突然目の前に降ってきた、とでもいうような。

「悠舜……、余の顔が熊猫《ぱんだ》にでも変わったか？」

悠舜は顔を背けた。頬をひっぱっているのは真顔に戻そうとしてのことらしい。

「す、すみません。思ってもみないことを仰《おっしゃ》ったので」

「？」

今の主上は熊猫より笑いのとれるお顔です、と悠舜はつけ加えた。

劉輝は顔を暗くした。

「……これでまた……苦しくなったな……すまない」

「私などより、もっと苦しいかたが他にいるでしょう」

「え？」

悠舜は劉輝の後頭部をまさぐると、おもむろに叩《たた》いた。

「ぎゃー！　痛い！」

「はい。おでこにも頭の後ろにもちゃんとたんこぶができてますね。よかったですね」

「何が⁉」

今度は劉輝の両の下瞼《したまぶた》をあっかんべーをするように引っ張った。

「悠舜、なんなのだ⁉　やっぱり怒ってるのか⁉」

「頭を打撲したときは、たんこぶができていたほうがいいんですよ。結構派手にぶつけてましたからね。はい、目も異常ありませんね。頭にひどい怪我をしたら、目を見るんです。左右の黒目の大きさが違っていたりしたらすぐ侍医を呼ばねばなりませんが、大丈夫そうですね」

「そ……そうなのか？　よく知ってるな」

「でも、痛いでしょう。泣いてもいいですよ」

劉輝は虚を衝《つ》かれた。次いで、さっきの「もっと苦しいかたが他にいるでしょう」という悠舜の言葉が蘇《よみがえ》ってきた。

『泣いてもいいですよ』

顔を見られないよう、劉輝はうつむいた。せっかく我慢していたものが堰《せき》を切ったようにあふれた。幾筋も涙が頬《ほお》を伝う。ぬぐう端から流れた。悔しくて、自分が情けなくてどうしようもない。でも、泣く資格もないと思っていた。何もかも自分のせいだった。勿論《もちろん》絳攸のせいではない。

「……痛い……」

「そうですね」

「泣いてるのはたんこぶが痛いせいなのだ」

「ええ。痛みがひいたら、沓《くつ》を履いて、重臣会議に出る準備をしましょう」

「うん……」

罪のないたんこぶを身代わりにして、劉輝はひとしきり泣いた。

そんな劉輝を傍で見守りながら、悠舜は重臣会議に意識を向けた。

――その顔が別人のように険しくなった。

＊　　＊　　＊

宰相会議とは違い、重臣会議は各省の大官が一堂に会する。紅黎深更迭まもない重臣会議は吏部尚書の場所が空き、新たに楊修が吏部侍郎として加わった。うーさまは今日も姿を見せなかった。劉輝はさすがに心配になった。少し前まであれだけ元気に朝廷を駆け回っていたのに、本当にどうしたのだろう。

一方、大官らの視線は劉輝に集中していた。正確には劉輝の額で餅《もち》のようにぷっくりふくらんだたんこぶに。

（なぜ主上のおでこにたんこぶが……）

（いったい何が……）

端整な顔立ちなだけに、ハッとするほどマヌケ顔だった。当の劉輝はたんこぶでなく自分が見られていると思い込み、キリッとしようと努めたが、それも逆効果であった。笑いを堪《こら》えようとうつむく重臣が続出し、それまで座に充満していたただならぬ雰囲気はぱあになった。悠舜は瓢箪《ひょうたん》からたんこぶだと思った。

この緊急の重臣会議における議題は二つのみ。悠舜は口火を切った。

「お静かに。まずは紅姓官吏の件についてですが」

衆目が楊修に集まる。楊修は面憎いほど落ち着き払っていた。もとから吏部を統轄してきたのは彼であったかのようにそこにいる。検分する腹づもりでいた重臣たちは却《かえ》って気をのまれた。今までどこにこんな逸材が埋もれていたのか、口の端にのぼらなかったほうが不思議なほどの鮮烈な才気と堂々たる姿だった。

楊修の紅姓官吏の一斉処分に対する重臣たちの反応は、賛否真っ二つにわかれた。

静蘭からの報告を聞いていた劉輝は、てっきり楊修万歳三唱で、自分に批難が集中するのを覚悟していたが、楊修の独断専行に異論を唱える者は少なくなかった。

「確かに紅姓官吏の行為は行きすぎだが、何も藪《やぶ》から棒に罷免することはなかったはずだ。それでなくとも紅黎深を更迭した直後だというのに――」

「ますます紅家を激怒させるだけではないか!!　浅はかすぎる！　功を焦ったか若造」

「君は藍家が朝廷を去った折に、何が起こったかも勉強していないのかね!?」

論議を聞くうちに、劉輝は重臣たちほど批難する理由がわかりかけてきた。下の者は公務の滞りが解消されて喜んでいるが――。

高官はかつて藍姓官吏の一斉退官の後の出来事をつぶさに見ている。

（……そうだ。確か三つ子と一緒に藍姓官吏が残らず消えて――）

上で睨《にら》みをきかせる大貴族が消え、朝廷百官に動揺と不安が広まった。一方、思いがけず空いた高官位を虎視《こし》眈々《たんたん》と狙う輩《やから》が水面下で横行しはじめた。腹に一物ある貴族や官吏が利権を漁って蠢動《しゅんどう》し、——のちの公子争いの引き金になったといわれている。

　その公子争いにも、紅藍両家は手を出さなかった。結果、紅藍二家は無傷。人脈や豊かな経済力だけが彼らの武器ではない。何よりもその先見の明ゆえに、彼らは筆頭名門であり続けたのだ。彼らが朝廷にいるかいないかで、時代が左右されるといわれるゆえんだ。

「紅藍両家はそこらの大貴族とは訳が違う！　いるだけで佞臣《ねいしん》の跋扈《ばっこ》を抑える重石の役目を果たしてきた。それは長きにわたって彼らが築き上げてきた権威ゆえであって、たかだか一人二人の優秀な官吏ではなしえぬ。いいか、今は下吏どもは軽々《けいけい》と喜んでいるかもしれぬ。だが遅かれ早かれいいようのない焦燥と恐れが広がるはずだ。官吏だけでなく、民《たみ》草《くさ》にもな！　私たちは経験的に知っているからだ。紅藍の官吏が朝廷を去るとき、決まって動乱が起こってきたことを!!」

　水を打ったように静まり返る。

　工部尚書・管飛翔が小指で耳をかっぽじりながら、おもむろに言った。

「……おう楊修。俺はお前のしたことが間違ってるとは思っちゃいねぇ。だがな、聞けば悠舜——尚書令と王をマル無視で単独専行したそうじゃねぇか。いくら権限があるっつっても、事後処理ですませていいやつとそうでないやつの区別くらいつけろやガキ。吏部侍郎を引き受けた以上、たんこぶ王でも従え。ナメてんじゃねぇ。お前が王と悠舜をナメりゃあ下の者に波及する。黎深と紅姓官吏みてーにな。ミイラ取りがミイラになりたくなけりゃ、自重しろ」

極道さながらの凄《すご》みに、皆身じろぎ一つできなかった。劉輝も。

（ヤクザ……！）

（ヤクザがここに……っ）

管飛翔が黒州白州の侠客《きょうかく》を擁して一家を構える伝説の大ヤクザの総領息子であったことを誰もが思いだした。

と同時に、驚きもあった。今まで管飛翔は王と距離をとっていたが、この瞬間、彼は王側につくと表明したも同然だった。続いて欧陽侍郎が口を開いた。

「……そうですね。楊修、あなたは貴族なんですから、とりわけ言動には注意しなさい。紅姓官吏のしたことは当主同様バカですが、かつて公子争いのとき、どこのどいつらが特大のバカやったかはわかっているでしょう。多くが貴族でした。それを思い出させるような真似は慎みなさい。下手をすれば実力主義どころか、時代遅れの貴族主義の復活に見えますよ」

飛翔はあんぐりと口を開けて、副官を振り向いた。欧陽玉はツンとそっぽを向いたままだったが、その意味は明白だった。飛翔の援護射撃をしたのだ。

（？？？　何考えてんだ陽玉。あいつお前のダチなんだろ⁉）

（……うっさいですね。私には私の考えがあるんです。どこぞの極道サル軍団一家の家訓じゃあるまいし、『ダチは裏切らねぇ』なんて任侠《にんきょう》みたいなむさい掟《おきて》で政治家やってられ

ますか。仲良しこよしを政事にもちこむほど落ちちゃいません。……いいんですよこれで）

楊修は長い付き合いの欧陽侍郎にしかわからないくらいに微《かす》かに、眼鏡の奥で笑った。

一方、葵皇毅と凌晏樹は目を細めた。

——吏部は陥《お》ちたが、工部がかわりに王側についた、ということだった。

楊修はいささかも臆さず、カエルのツラにションベンといった顔で答えた。

「……そうですね。多少の不手際があったことは認めます。ただし、紅藍両家が重石がわりといったが、私はそうは思いませんね。重石は自分の都合で勝手にフラフラ動きませんよ。王に絶対の忠誠を誓うわけでもなく、一族優先で官を去ったり戻ったり。自分さえよければいいという根性だ。むしろ動乱の諸悪の根源といっても過言じゃない。いつまでもこちらが必要だなんだとご機嫌をとっているから、ますますつけあがるんですよ。——君臣の礼を明らかにすべしというなら、こうなる前に私よりも彼らにいってやるべきだったはずだ」

一歩も退《ひ》かない。

やはり賛同と否定の双方にわかれ、ひとしきり意見が噴出した。

劉輝の面前を議論が攻守入り乱れて飛び交う。管飛翔と欧陽玉の発言にも驚いたが、こんなふうに誰もが侃々諤々《かんかんがくがく》と議論するのは記憶にない。

「……それで？」

騒がしいさなか、張り上げるわけでもないのに澄んでよく響く声が、その場に落ちた。

刹那《せつな》の静寂を抜いて、リオウは重ねて訊《き》いた。

「王の意見は？」

まっすぐにリオウが劉輝を仰ぎ見る。居並ぶ重臣らが一斉に倣った。

絶妙な差配だった。悠舜と旺季は内心安堵《あんど》した。王側と貴族側の領袖《りょうしゅう》である悠舜と旺季がそれぞれ口を開けば、むしろ収拾がつかなくなる。その点、仙洞省は政事から一歩ひいているため、こういった調整役には最も適任だった。が、機を見てそれを的確にこなせる者はそういない。

旺季は副官の晏樹を睨んだ。いつもは『中立』である彼の役目なのだが、今日は面白そうに高みの見物を決めこんだきりだ。旺季の目配せにも知らぬふりだ。何かしでかす兆候だった。

劉輝は思うところを率直に言った。

「楊修の判断を容《い》れよう。落ち度は紅姓官吏にある。後任人事がぬかりなく公平を期して行われたものなら、構わぬ。楊修、その点は？」

どさくさに乗じて偏った人事が後で発覚しようものなら、責任を問うということだった。

楊修は少しはマシなことをいう、といった顔つきをした。

「それが吏部の仕事ですから。吏部侍郎の職責において公正に人選し、適材適所配したつもりです。いかようにも御史台でお調べくださって結構」

「わかった。ならばよい。だが、罷免になるまえに戻ってきた紅姓官吏については、復職も選択肢にいれて検討してくれまいか」

　また紅藍の機嫌取りか、という苛立《いらだ》ちが臣下の間を流れた。楊修が訊《き》き返した。

「……理由は？」

「先だっての官の整理の際、志のある者を冗官から復職させたのは他ならぬそなただった。今も皆よく働いているときく。紅姓だからではない。誰しも間違いはある。過ちを認め、正して、復職を求めるなら、許すことはできぬか。ただし、本当に改心し、二度とこのような振る舞いはしないと誓った者に限ってだ。反省の色が見えぬようならば、もちろん入れ替えて構わぬ」

　驚いたような、戸惑ったようなさざめきが広がる。王の何かが変わった気がする。その片鱗《へんりん》を感じ取ったざわめきだった。

　王の傍にもう紅藍の二人はいない。

　鄭悠舜にも寄らず、自分の中からさがした言葉は、まぎれもなく劉輝自身の言葉に聞こえた。

　先王のような苛烈《かれつ》さはカケラもない。比べれば、不満や物足りなさを感じる官吏も中にはいた。

　リオウはいいと思った。こいつらしい言葉だ。

「……そうか。俺は、いいと思う。賛成する」

「私もですな」

と、礼部の重鎮、魯《ろ》尚書が言った。

「私は長らく新人官吏の教育を担当して参りました。紅姓官吏も多く存じております。確かに彼らの気性は極端ですが、自分の非を認められないほど狭量ではありません。何よりも一度の失敗で見限るより、もう一度機会を与える。それが、本当に人を育てるということです」

軽々《けいけい》と言葉を弄《ろう》さない彼の意見は、多くの大官を育てた実績と共に、重みをもって響いた。

楊修は肩をすくめ、存外あっさりとひいた。まるで待っていたかのように。

「わかりました。では、そのように計らいましょう」

悠舜はもう一つの難題に移った。

「では、次へ。事前に固く申しつけておきますが、くれぐれもいたずらにこの件を広めないように。喫緊の対策を要します。——紅州が経済封鎖に踏み切りました」

真っ先に意見したのは旺季だった。

「常平倉を開けるべきですな」

劉輝はぎょっとした。

(それ……それは——!!)

余がいうはずだった意見だったのに――!!

という心の叫びが聞こえたか、旺季は劉輝を見た。被害妄想だったが、劉輝には「ふふん」と鼻であしらわれたように思えた。

「何か異論が？　主上」

「……なんでもありません。余も賛成です」

常平倉――非常時に備え、穀物や石炭などを備蓄しておく国の穀物庫。

飢饉《ききん》でもないのに、と誰かが呟《つぶや》いた。旺季はじろりと満座を睥睨《へいげい》した。

「どこの誰か知らぬが、朝廷の招いた失態で、民草にツケを回すことこそ恥としれ」

旺季の裂帛《れっぱく》の一喝に、その場は静まりかえった。

孫陵王はついニヤついた。若いときから日陰で朝廷の失態の尻《しり》ぬぐいに東奔西走してきたのが旺季だ。ぶち切れる権利は勿論《もちろん》ある。

「私の領地にも蓄えがあります。必要なだけ開放しましょう。門下省の貴族たちにも同様に申しつけます。今年の石高《こくだか》は悪くないといっておりましたからな」

管飛翔がおかしな顔をした。

「中央の貴族官吏たちがなんでそんなに米もってんだ？」

「管尚書こそ、禄《きゅうりょう》がわりに官給田をもらっていることを忘れているのかね」

「トリ頭ですからね。忘れてんですよきっと」

といったのは欧陽侍郎である。

「てめ陽玉!!　俺が休みの日にはもらった田んぼ耕してんの知ってンだろ!?」

「知ってますよ。この私を田植えに付き合わせたんですからね。まったくわざわざ休日せっせと米作りにいそしんで、できた酒米を酒造元に納入するかわりに、一番酒呑ませてくれなんていう稲作尚書はあんたくらいですよ。どんだけ酒好きなんですかあんたは」

「う、う、うるせー！　俺の米でこさえた酒呑んでるくせに文句ゆーな！」

「まあそんなアホで奇特な尚書はこの呑んべ尚書くらいで、他の官吏は官給田を耕しもせずにほったらかしてるのが多いはずですが？　旺季殿」

「思い違いも甚だしいですな。それは国試組の話でしょう」

　旺季は答えた。

「門下省の貴族は今まで幾度も粛正され、極限まで落ちぶれた者が多い。毎日の糧《かて》にも事欠く有様だった者も少なくない。及第すれば多額の現金を支給される国試組とは違い、貴族というだけで痩《や》せた土地を禄がわりに押しつけられてきました。荒廃した土地でも、手を入れればそれなりの収穫になります。貴族たちには給田に必ず鍬《くわ》を入れ、人を雇って米を作るよう指導してきました。金銭は食べられませんからな。ここにいる凌晏樹と葵皇毅も貴陽の郊外に豊かな大荘園《しょうえん》をもってますよ」

「いやだなー旺季様。私は田んぼじゃなくて果樹園ですよ。桃畑が特にお気に入りで」

　晏樹の呑気《のんき》な茶々入れに、旺季は肩を落とした。備蓄できない果物類をつくるな、米や野菜をつくれといっても晏樹は頑としてきかない。保存がきくのはリンゴくらいだ。酒が呑みたくてせっせと稲作に励む工部尚書と全然変わらない。

「……そういうわけです。昔の金満貴族と同じと思ってもらっては困る。『もらった田んぼを耕しもせずにほったらかしている』国試官吏よりは、お役に立てるかと存じます」

　身に覚えのある官吏たちが、気まずそうにした。国試派は地方の地主出身が多いが、官途につき、高禄を得るようになると、人を雇ってまで給田なんぞどうこうする気はすっかり失《う》せた。労せず金子《きんす》が入ってくるのに田んぼ仕事などやってられない。郊外には秋だというのに放棄された荒れ放題の耕地が広がっていて、その多くは確かに国試派官吏のものだった。

「また、紅州をのぞく各州府に、農民からなるたけ高値で余剰作物や鉄炭を買い取らせ、万一に備えるべきでしょう。春までの暫定減税措置も考慮にいれるべきです。幸い、春の冗官整理及び大幅な官吏削減で、払う俸禄も多少なり減ったはず。それでも足りなければ高位の官吏から順々に減俸し、充当を。官吏たちが自ら贅《ぜい》を慎めば、一冬くらいどうということはない」

　官吏らは目を見交わした。不平不満がそこここで漏れた。紅家が事の発端なのにそこまで官吏が肩代わりする必要があるのか――。とはいえ『漏れた』程度の小声なのは、言い出したのが貴族の領袖《りょうしゅう》であり『高位の官吏』の筆頭たる旺季だからだ。

　悠舜は言質《げんち》を取った。

「……それは当然、旺季殿、あなたが率先して身を慎まれる、ということですね？」

「当然です。お嫌なら尚書令には無理強いしませんが」

「ふふふふ。ご冗談を。茶州では実に清貧な暮らしをしておりましたから、ご心配なく」

「はははは。面白い。やってみせてもらおうか」

あれよあれよととんだ『貧乏合戦』がここに決まった。

宰相位に相当する大官二人が『清貧』に徹すると宣言した以上、誰も文句は言えなくなった。つましい生活がイヤなら御史台の目をくぐりぬけて贅沢するしかないが、そんな恐ろしい真似をする気にはさらになれない。陸清雅か紅秀麗にとっつかまり、『罰金』の名目で身ぐるみ剝《は》がされたあげく、フンドシ一丁で路上におっぽりだされる未来しか浮かばない。一冬だけというのがせめてもの救いであった。

飛翔はボソッと呟いた。

「……やりやがるじゃねーか、旺長官。かなりグッときたぜ。やっぱタダモノじゃねーわ」

「あれが本物の貴族というものですよ」

そしてもしかしたら、最後の、と欧陽侍郎は心の中で付け加えた。

「あんたもこの冬くらい酒代を慎まないと、御史台にここぞとばかりに挙げられますよ」

「わかってら。俺の田舎が一番やべぇんだ。正直、旺季殿の案はマジで恩に着る。あーあ。せっかく黒州と白州も、寒さと飢えで死ぬ人数が減ってきたってのによ……」

欧陽侍郎が横目をやると、飛翔は珍しく硬い顔をしていた。ぜんぜん似合わない。

「……私の田んぼの収穫《アガリ》も、全部あんたんちの田舎にくれてやりますよ」

飛翔は鐘三つぶんの沈黙ののち、「おう」と答えた。欧陽侍郎はフンと鼻を鳴らした。

「それにしても旺季殿の提言、きっとたんこぶ王が自分で言おうと思ってたんでしょうねぇ。見事にイイとこ旺季殿にもってかれて。葉っぱ一枚も残してもらえませんでしたね。口から魂魄《こんぱく》が飛んでったような顔で放心しちゃって。憐《あわ》れというか」

飛翔の他にも、心ある官吏ならば胸を揺さぶられたはずだ。それだけの価値のある言葉だ。王の案だったならば見直す重臣も出てきたろうに、口も挟ませてもらえなかった。それを見越して旺季は先手を打ったに違いない。抜かりないところはさすがだった。

（まあ、旺季殿が言ってくれて、よかったですけどね）

今の王が言ったって、猛然と大反発を食らうだけだ。旺季と王では格が違う。王の言葉は頭から軽んじる輩《やから》も、旺季には渋々従う。だがその逆は、ない。

それが王の現実だった。

「いかがですかな、主上」

「えっ!? あ、ああ」

『口から魂魄が飛んでったような顔』のまま、劉輝は上ずった声をだした。まさに今の旺季の如くみんなから「オォーッ」と歓声があがり、「苦しゅうないゾ」となだめる予行練習までしていたのに、残らず旺季にさらわれた。なんとか旺季が言っていないスバラシイ案を即席でひねりだそうとしたが、そんなのがあるなら事前に用意している。結局劉輝は青菜に塩をふったようにしおれ、屈服するしかなかった。

「それでよいと思う……」

なんだろう。『余も賛成です』『それでよいと思う』の二つしかしゃべってない。

「民からの買い取り値はなるべく高く、丁重にお願いするよう。便乗して余剰ぶん以上の搾取が横行せぬよう取りしまりを徹底させるように。民へ必要以上に節制を求めるのは控えよ。庶民は常日頃からちゃんとつつましく生活している。締め付けるなら特に資産家を中心に。古米から順に放出し、貧民には無償提供、余裕がある者には安く買い上げてもらえ。ちょっとは浮く……」

　意気消沈しながらボソボソ付け加えた。それが大官たちの耳に留まった。悠舜も驚いた。的確だが、こういった「庶民の感覚」は本来王にはもっとも足りないものだ。秀麗のつつましい倹約生活を見聞きし、また城下へ抜け出しては市井を何とはなしに見ているうちに、感覚的に身についたものらしい。もともと彼は贅沢に育てられた公子でもない。

　悠舜は劉輝の言をひきとった。

「――では、大まかな対策はそのように。細部は各六部担当部署で詰めてもらいます。ですがこれはあくまでも緊急措置。早急《さっきゅう》に紅本家に撤回させねば解決になりません」

　口々に怒りまじりのあきらめの声があがる。

「無理だ」「あの意固地になったら石より動かない紅家相手にどうやって!!」「スミマセンでしたなんていって素直にいうこときくもんか」

　旺季はバカにしたように劉輝をじろじろ眺《なが》めた。

「まさか、説得のために主上自ら紅州へ赴かれるおつもりではないでしょうな」

『また』という嘲りが劉輝には聞こえた気がした。

「最初にいっておきますが、行くだけ無駄です。とりわけ当主を更迭したあなたの言うことなど、紅一族が頭から聞くわけがありません。火に油を注ぐようなものです」

こんなことになった原因は誰かと、暗に思い出させた。

うまいですよねぇと、欧陽侍郎は呟いた。官吏らの腹立ちの矛先が王に向きを変える。

劉輝はなけなしの勇気を精一杯かきあつめ、言った。

「——いや、玉座は空けぬ」

玉座は空けぬ。

その本当の意味を察した者は、決して多くはなかった。

皇毅は眉《まゆ》を僅かに跳ね上げ、晏樹は茶色の目をしばたたかせた。どちらも目の前でサルが言葉をしゃべったのを見たような顔だった。一寸の虫にも五分の魂はあったかと孫陵王はニヤニヤした。旺季だけは眉一つ動かさなかった。

嫌な流れを断ち切ったのは悠舜だった。

「そうですね。もちろん王の仕事は、『王の官吏』にやっていただきましょう」

羽扇で一人の相手を指す。

——『王の官吏』。そう形容される、たった一つの部署がある。

羽扇の先にいた葵皇毅は、万年雪のような冷たい目を細めた。晏樹曰《いわ》く「針千本をのむ気分を堪能《たんのう》できる」眼光も、悠舜はにこやかにいなした。

「あなたのことですからすでに動いていると思いますが、今回は公式に中央から御史を勅使として立てます。用意ができ次第、紅州へ派遣し、紅州府及び紅家と交渉させ、冬になる前に事態の打開を図ってください。あなたの選んだ御史で構いません。——できますね？　葵長官」

晏樹はとばっちりを避けるべくさりげなく皇毅から身を引いた。

そういわれて、矜持《きょうじ》の高い葵皇毅が「できません」といえるはずがない。

おそろしいほど挑戦的な物言いに、誰かが唾《つば》を飲み込む音がした。

孫陵王は口笛を吹きそうになった。悠舜も負けてない。勅使は王の名代だ。大官が勢ぞろいしたこの場で『勅使に任じる』と宣言した以上、その御史が経済封鎖をといても手柄は王に行く。失敗すれば御史台及び任命した皇毅の責任になる。逆境を逆手にとった。

「国の大事です。このところ手柄続きの御史台なら任せられます。よろしくお願いしますね」

やりとりを見守る管尚書のほうがどっと冷や汗がでる。笑顔でダメ押ししやがった。向こう気の強さは黎深以上だ。そうでなければ黎深が根負けするわけがない。悠舜を「穏やかで優しい」とかいうヤツは、笑顔にごまかされて本当のあいつを知らないだけだ。

体感温度が零度となった冷え冷えとした広間で、さらに三十度ほど冷たい声で、皇毅が初めて口を開いた。

「……いいだろう。王の尻《しり》ぬぐいも御史台の仕事だからな。御史台は手柄を立てても喜べない唯一の部署だ。立て続けの不祥事を情けなく思いこそすれ、誇る気はサラサラない。尚書令ならば、御史台の出番が多い政事を恥と思うべきだな。向いてないんじゃないのか」

両者どっちも譲らない。大蛇と鷲《わし》の戦いのごとく、冷たい火花が飛び散った。

劉輝は何も言えない自分が情けなかった。悠舜が受けて立ってくれているが、批難の原因をつくったのは悠舜ではなくことごとく劉輝だ。貧乏くじばっかり引かせている。悠舜の本来の仕事は、劉輝の不始末を収拾することではないのに。

『向いてないんじゃないのか』

葵皇毅の批判は疑いもなく、悠舜でなく劉輝に向けられたものだった。

「はい、喧嘩《けんか》はそこまで。つづきをしたいなら冥土《めいど》でやんなさい。みんなに迷惑だから」

晏樹の脳天気な仲裁に、誰もが天の助けと思った。凌晏樹は旺季の副官だが、『中立』を自認している。藁《わら》を近づければボッと燃えそうなほど常日頃から喧嘩三昧《ざんまい》な国試派と貴族派の中に立って話をつけるのは大概彼だった。凌晏樹がいなければ朝廷が回らないといわれるゆえんである。

「ところで私からも、一つ提案が」

凌晏樹の言葉に視線が集まる。珍しいことだった。凌晏樹はよくこじれた意見をまとめるが、積極的に意見したり論議に加わるほうではない。

「紅家の怒りを静めるには、御史台といえど簡単にはいかないでしょう。紅家当主、紅黎深の弾劾請求をしたのは他ならぬ御史ですからね」

華のある凌晏樹は、そうしていると政治家というより役者のように映る。

「ですが、ぐずぐずと手間取るわけにも行かない件です。紅家が腹を立てているのは、結局朝廷に紅家を軽んじられたと思ったのが原因でしょう。かといって今さら紅姓官吏をチヤホヤもできない。しでかしたことがコトですからね。が、鼻っ柱が強く意固地な彼らも、一族――特に紅家直系に対しては甘いという弱みがある」

「……それがどうした？」

劉輝は怪訝《けげん》に思った。黎深の復職はそれこそ今さらだったし、むしろバカにするのもいい加減にしろと余計火に油を注ぐようなものだ。何より黎深自身が安直に出戻ってくるはずがなかった。

「わかりませんか。ホラ、一つだけあるでしょう。紅姓官吏を特別扱いすることなく、紅家を特別扱いする方法が。驢馬《ろば》みたいに頑固な紅一族の気も変わるかもしれない一案です」

皇毅と旺季は静観していた。

悠舜は止めなかった。どのみちここで晏樹を遮ることは不可能だ。そんな妙案があれば、誰だって知りたいに決まってる。それに、いつか誰かは言い出すだろうと思っていた。

奇想天外でも何でもない。伝統的に繰り返されてきたある手法。

「主上にしかできないことでもあります」

劉輝がハッとした。

「……余にしかできないこと？」

「ええ」

晏樹はふふ、と罪のなさそうな笑みを浮かべた。

「あまり知られてないようですが、朝廷には今も一人だけ、まぎれもない紅家直系官吏が残っております。今回出仕拒否をしなかった唯一の紅姓官吏でもあります。その官吏は自らの良心に従い、紅家ではなく、王と朝廷に従ってくれたわけですが」

ざわざわした。

「紅家直系だと⁉　他に⁉」

「誰だ。紅姓官吏は山ほどいるが、そんな話、聞いたこともないぞ。どの部署だ？」

「出仕をつづけたとは、気骨がある。特別に累進出世を認めて引き立ててるとか」

戸部の景侍郎は凌晏樹の狙いをのみこみ、青ざめた。だんまりの戸部尚書を振り仰いだが、仮面の裏で何を考えているのかはわからなかった。工部の二人の顔つきも険しくなる。

「皆さんもよくご存じのコですよ。ものすごく出来がよく、一度は州牧まで務めたほどです。現在も御史台で陸清雅と競って、かなりの大活躍をしてますよ。ねぇ、皇毅？」

皇毅は嘆息しただけで、否定しなかった。それが答えでもあった。

まさか、と誰かが呟《つぶや》いた。

「……紅秀麗？」

「その通り。彼女は紅家三兄弟の長男の一人娘ですよ。つまりは紅家直系長姫《ちょうき》。紅家の血統序列でいえば上から第四位。三兄弟の次にくる貴種中の貴種。紅一族で――いえ、この国で一、二を争うもっとも毛並みのよい高貴なお姫様です」

唖然《あぜん》とした沈黙が流れた。紅黎深が紅家当主と判明したときと同じくらい衝撃的だった。

そんなばかな。ありえん。毛並みがいい？　あれのどこが。ものすごいじゃじゃ馬だ。

　悪い夢を見ているようだと、何人かの官吏は卒倒した。

「彼女は紅家直系長姫。国試での彼女の後見は当主の紅黎深です。紅家名代紅玖琅も何くれと彼女に便宜を図っている。紅一族は身内に甘いですが、彼女は中でも特別に可愛がられている。紅黎深を更迭したのは彼女ですが、おそらく相当御史が陸清雅だったらああ簡単にはいかなかったでしょう。可愛い姪《めい》っ子だから、クビにされてやった節があります。目の中に入れても痛くないってヤツですね」

　劉輝も悠舜も奇人もそろって目を逸《そ》らした。目の中に入れても痛くないどころか、涙がちょちょぎれそうなほど愛を注いでいる。一方通行の。

「そ、それで？　紅御史を勅使に立てよということか？　それなら――」

「さて。それは最終的には葵大夫が決めることですから。どちらにせよ、もっと効果的に使う方法があります。主上にしかできないことと申し上げたでしょう？」

　コツ、と晏樹が沓《くつ》を小さく鳴らした。

「彼女は女です。しかも直系。筆頭女官に遇せられた藍家の十三姫《じゅうさんひめ》は妾腹《しょうふく》ですが、彼女は嫡出。十三姫より格式が高い。充分値します。――召し上げ、妃《きさき》として後宮へお入れになればよい」

劉輝の目が大きく見開かれた。

たちまち広間は騒がしくなった。それは確かに盲点といえた。紅秀麗が官吏であったために、誰も『結婚道具としての利用価値』には考えが及ばなかった。だが、それこそ伝統的に相手を懐柔するためにとられてきた策だった。

晏樹は上機嫌でつづけた。

「ホラ、それなら紅姓官吏を特別扱いしなくても、紅家を特別扱いできるでしょう。大事な直系長姫を妃に迎えれば、身内に甘い紅家も朝廷に対して弓引く気は薄れると思います。王と姻戚《いんせき》を結んだなら、紅家がもうこんなバカなことをすることもないと思いますよ？まあもちろん――」

「――もちろん、そのときは当然紅秀麗には退官してもらわねばな」

法を司《つかさど》る刑部尚書・来俊臣が言を継いだ。

「妃と官吏を兼ねる法などない。そんなバカな法をつくる気もサラサラない。言い出すヤツは片っ端から墓穴に埋めるべきだ。誰も彼女の言葉に逆らえなくなる。雪崩を打って官吏どもがまた紅姓官吏にすりよる。紅一族の自省を促すどころではないよ。私の目の黒いうちは、断固として認めるつもりはない。――妃か官吏か、二者択一をしてもらうのが絶対条件だ」

欧陽侍郎も頷《うなず》いた。紅秀麗の資質や優秀かどうかは問題ではない。王を左右する存在になる、という影響力こそが問題なのだ。彼女の言葉は『王の言葉』として周りは受け取るようになる。

「そうですね。私も同意見です。もともと紅姓官吏に公私の区別が欠けていたのが今回の原因ですし。官吏のまま使うか、妃を選んで綺麗《きれい》に政事から身を引いてもらうか、どちらかですね。紅御史もそこまでバカではないでしょうから、わかっているとは思いますけど」

目の前で潮目が変わっていくのを皇毅は感じた。

跡を絶たない紅秀麗への退官要望書。才をのばしつつあるあの娘に対し、心中穏やかならざる後ろ暗い官吏は山ほどいる。あの娘を後宮に押しこめるだけで紅家の機嫌もとれ、なおかつ目障りな官吏が一人朝廷から消えてくれる。一石二鳥ではないかという声が聞こえる気がした。それは確かに、悪い話ではなかった。今では妃より官吏でいられるほうが厄介になっていた。

「優秀な官吏が一人減るのは残念ですが、優秀な官吏は他にもいます。紅家直系長姫は彼女しかいません。官吏から妃になるだけのことですよ。主上は紅御史が大変お気に入りのようですし、検討してみる価値はあるのではありませんか？　政略婚も大事な王の仕事ですよ」

仕事――。仕事としての婚姻。

それが、劉輝にしかできないことなのだろうか。たったそれしかないのか。

（余の、掌《てのひら》には、そんなものしか）

惨めさで喉がひりついた。

晏樹は歌うようにつづけた。

「来尚書の仰《おつしや》るとおり、籠《かご》の蝶《ちよう》になってしまいますが、飛べなくても蝶は蝶。籠の中で主上をお慰めするのも、立派に国のため。主上が可愛がってさしあげれば、寂しくないでしょう」

妃か、官吏か。

いっせいに、大官たちの目が劉輝に向かう。

劉輝は答えなかった。……答えられなかった。

官吏としての秀麗が必要だと、言えなかった。

言えなかった自分を、劉輝は嫌悪した。

……藍州の船の上で自ら区切った期限があった。

願いは叶《かな》うかもしれない。

秀麗の一番大切なものを取り上げ、その心を踏みにじるやり方で。

＊　＊　＊

一台の馬車が、砂利《じやり》をかんでガタゴトと街道を進む。南へ。邵可としては馬を駆って紅州へ帰りたいほど急いでいたが、黎深がいるのでそれも無理だった。

街道沿いはまばらな人家と、時々牛飼いや行商人と行き会う他は、たいして見るものもない殺風景な景色が続いている。黎深は扇を揺らしながら窓の外を見ていた。ずっと口をへの字にして黙りこくっている。

「悠舜殿が主上を選んで君を捨てたから、落ちこんでるんだろう」

扇が止まった。

「捨てられてませんよっ」

「紅州に帰るって宣言しても、引き止めてもくれなかったなんて、かわいそうにねぇ」

「…………。ふっ、お互いをわかりあってるからいいんですよ」

邵可は思わず失笑した。「お互いをわかりあってる」？　何語なのかそれは。大宇宙からの伝言だろうか。解読不能。

「あのね黎深。『仕事と私、どっちとるの』っていうのは、仕事人間には禁句なんだよ。秀麗や悠舜殿みたいな仕事型には『君が仕事好きなの、理解してるよ。ボクも支えるから頑張って』っていうほうが断然効くんだよ。なのに『仕事なんかやめてアタシを見て！』って逆ギレして徹底的に悠舜殿の仕事の邪魔して。見事に自爆しちゃったねぇ」

黎深は凝固した。身に覚えがありすぎた。

「……………………兄上」

「なに」

「なんでそれを先に教えてくれなかったんですか」

「君が気づくのを待ってたんだが。まあジンセイ失敗も必要だよ。特に君みたいなのはね」

やっぱりそうだ。黎深はここにおいて確信した。

「……あ、兄上」

「ん？」

「怒ってるんですか」

「まさか心当たり全然ないとかいわないだろうね。絳攸殿にもいっぱい迷惑かけて」

すげなく言われ、黎深はおののいた。すごい怒ってる――。

「すみません……」

これ以上いじめたら黎深がぺしゃんこにつぶれてしまいそうだったので、邵可は意地悪をやめにした。

「……嘘だよ。怒ってない。八つ当たりしただけ。悪かったね」

じっとしていられず、つい黎深に八つ当たりしてしまうのは邵可の悪い癖だった。黎深が絳攸をいじめるのといっかな変わらない。

（……やっぱり兄弟ということか……）

好かれていると知っているからできるいじめ方まで、我ながらそっくりだ。ガッカリ。

「本当に怒ってないよ。君にしてはよく頑張ったと思うよ。ああするしかなかったこともね。……怒ってるとしたら自分にだな」

「え？」

「私はね、黎深。本当はわかってたんだよ。君に紅家当主は全然向いてないこと。自分が逃げたこと。父上の遺言をこれ幸いと君と玖琅に全部押しつけてトンズラしたことも」

道沿いの木々に、小ぶりの梨が揺れていた。

紅州では、梨の花は李《すもも》と一緒に咲く。真っ白な花びらをつけて、夢のように咲き乱れる。

紅家での思い出は邵可には指を折るほどもありはしない。十になる前に家を出て、〝黒《こく》狼《ろう》〟として十年以上をあちこち転戦した。数えれば、多分、人生の半分も紅家で過ごしてはいない。

思い出すのは、蕭条《しょうじょう》たる琵琶《びわ》の音色と、真っ白な花びらで埋めつくされる庭園。水墨画のような連峰。四季折々移ろいゆく山里の風景……。

それでもなおあの家が『帰る家』だったのは、二人の弟が待っていたから。

なのに邵可は最後の最後、その弟たちに一切を押しつけて、紅家を出て行った。

自分だけ、静かに暮らそうとした。

「もう何もかもメンドくさくてねぇ。ごめんね」

ははは、と軽く笑ってみたが、黎深は笑わなかった。

扇を閉じて、窓を見た。ぽつりと呟《つぶや》く。

「……違うでしょう」

「え？」

「面倒くさかったんじゃない。兄上は疲れてたんでしょう」

邵可は胸をつかれた。黎深は兄でなく、窓景色を見続けた。

幼い頃からずっと、邵可は心身を酷使してきた。弟二人のために、かわりに自分自身を殺した。朝廷のために人を殺す汚れた仕事を引き受けた。でも本当の兄は、権謀術数なんか興味はない。本の好きな、静かに琵琶を爪弾《つまび》いて過ごすだけで充分と思っているような人間だ。兄は自らに背を向けて、対極の仕事をし続けた。

ひとときも神経を休めることなく。家に帰ることもなく。

それはまるで、今の秀麗と同じように。

邵可が秀麗と義姉《あね》を連れて紅州に帰ってきたとき、黎深は言葉を失った。邵可は心身をすり減らし、くたくたに疲れ果てていた。もし義姉と秀麗がいなかったら、〝黒狼〟を終えた邵可は紅州に帰ることなく、……自らも一緒に終わることを選んでいたのではないかと、思った。

兄は一度も自分のために生きなかった。すべての時間を他の誰かのために費やした。

その兄の、たった一度の我儘《わがまま》だった。

……だから、黎深は紅家当主を引き受けた。疲れてもう嫌だという兄のため。

「玖琅が兄上を追い出したのも、そうですよ。〝黒狼〟のことなんか知らなくても、あの時の兄上には任せるべきじゃないとどっかで感じたんでしょう」

邵可はみるまに往時に引き戻された。

妻と、生まれたばかりの赤子を抱いて、今日と同じ紅州への路《みち》を辿った。紅家に身を寄せ、それから静かに邸の片隅で夢のような数年を過ごした。あの優しい時間を守ってくれたのは黎深と玖琅だった。

　去年の春、玖琅が邵可に言った。

『追い出したのは、今でも正解でした。あの家にいたら、きっとあなたはつぶれていた』

　綺麗《きれい》な嘘をつききれているという自信があったのに。本当はそんな風に、ばれていたのだろうか。今までも？

「……じゃあなんで君、私が紅家を出奔した時あんなに激怒したの」

「玖琅が兄上を紅家《うち》から出したからですよ。おかげでまんまと先王のパシリにされて、また〝黒狼〟として流罪公子を拾いに行かされて！　紅家で囲っておけば兄上を守れたのに。大体一度兄上を家から出したら最後、どんだけ帰ってこないか身に染みてるくせに、三国一の大馬鹿者ですよあいつ。しかも邸《やしき》を用意した先が貴陽!?　『いつでもお手軽〝黒狼〟召還。イエーイ』って先王と霄太師がほくそ笑む最悪の選択ですよ。そもそも私がいない間に、なんの相談もなくやりますか!?　この兄をマル無視とは！　生意気な。バカ玖琅だけは絶対許さん」

　そもそも玖琅は〝黒狼〟のことなど知らなかったのだから仕方がないし、第一黎深に『相談』という機能があるとは玖琅は思いもよらなかったに違いない。

（……私も黎深に『相談』なんかしたことないな、そういえば……）

　する気も起こらない。なんだかヘンな答えが返ってきそうだから。

「だから、謝らないでください」

「黎深……」

ふ、と邵可は微笑んだ。束の間、あたたかな空気が流れた。と思ったら。

「……いや、やっぱり間違っていたよ。君に任せるんじゃなかった。大後悔。大失敗。あーあ」

けんもほろろに吐き捨てられ、黎深の心のすり傷がまた増えた。

「さっき怒ってないって言ったじゃないですか!!　ウソツキ!」

「どうせウソツキだよ!　知ってるよ!　別に君が紅家に嫌がらせするのはいいけどね。娘や甥《おい》っ子にツケが回るまでのんびりするつもりはなかったよ。私の目もホント曇ったモンだよ。平和ボケしすぎた。時機を見誤るなんて。自分にガッカリ。ほんとガッカリ」

珍しく兄がヤケッパチになっていた。そんな邵可を見るのも黎深は新鮮でいいと思った。

「いーじゃないですか別に。あのハナタレ王に紅家当主のクビをくれてやったんですよ。これで『紅藍寵愛』の看板はおろせるでしょう。ったく、冗談じゃない。誰が寵愛《ちょうあい》してほしいなんていった。あのガキが勝手にシッポふってるだけだってのに。こっちこそとんだ迷惑です」

邵可はたしなめた。

「――こら、黎深。口が過ぎる。君のその態度がいけないんだよ」

「フン。文句なら私を吏部尚書に任命した霄太師と棺桶《かんおけ》の先王にいってください。王やら国やらのためでなく、悠舜と秀麗と絳攸のためにクビを切らせてやったんですからね！」

こればっかりは意地でも譲らんとばかりにそっぽを向く。

黎深はまさに紅家の男そのものだった。頭はいいのに直情型で、理性より感情を優先する。嫌いなものは嫌い。好きなものは好き。譲り合いの精神など辞書になし。藍家のように、嫌いだけどとりあえずニコニコしとく、という器用な芸当ができない。極端から極端に突っ走り、頑固で高飛車、身内に甘い。そして一度心を許せば死ぬまで裏切らない。

良くも悪しくも、自分に正直にしか生きられない。うまく育てば秀麗や玖琅みたいなありえないほどまっすぐな性格になるが、失敗するとワガママ大魔王黎深になる。

（……玖琅を育てたのが百合姫で、黎深を育てたのは私……私の教育が悪かったのか……

……!?）

良かったとは言えないかもしれない。

邵可は気をとりなおした。

「幸い、まだ間に合わないわけじゃない。中央の紅姓官吏は百合姫がしばらくおさえてくれるだろう。彼らが勝手な行動に走る前に――」

不意に二人はある気配を感じた。馬車は砂利道を走りつづけている。邵可と黎深と馭者しかいないのに、別の影が――影だけが馬車の中に落ちていた。紅家当主直属の〝影《かげ》〟。

黎深がついと扇を開くと、まるで手妻《てづま》のように扇の上に書状が現れる。紅家直紋《じきもん》〝桐竹《とうちく》鳳麟《ほうりん》〟の刻印は、直系にしか使えない。玖琅にしては珍しく乱暴な表書きに、黎深は眉《まゆ》を顰《ひそ》めた。影はもう消え去っていた。

手をつけることなく、そのまま扇を邵可に差し出した。

「お先に、兄上」

邵可は書状をとり、封を切った。目を走らせるや、邵可の顔つきが変わる。

無言のまま、邵可は書状を黎深に渡した。

黎深は書状を読んだ。

邵可は短く訊《き》いた。

「――感想は？」

「面白いですね。紅姓官吏の一斉出仕拒否と、経済封鎖？　紅家が勝手に自滅してくれる絶好の妙策じゃないですか。私が先にやればよかった」

あながち冗談でもない顔で、せせら嗤《わら》う。

黎深が扇をぱちん、とたたんだ。その時には笑いは浮かんでいなかった。

「でも、私以外の誰かにやられるのはまったく気にくわないですね」

書状の結びには、早急《さっきゅう》に当主印で撤回命令を出してくれ、とある。つまり、一族は玖琅の命令さえ頑として突っぱねたということだ。ありうべからざることが起きている。

邵可は考えこんだ。

「百合姫と絳攸殿を無視。玖琅の命令も聞かない……」

紅家名代の玖琅の決定権は、黎深に次ぐ。玖琅に撤回できない命令は唯一、当主たる黎深が直々に下したものだけだ。だが、黎深は何も指示していない。

「楊修のいいカモですよ。あいつなら片っ端からクビにする。裏に誰かいますね」

「ねぇ黎深、いるとしてもね、一族が私たち以外の命令をこうも素直にそろってきくと思うかい？　一族からの信頼も厚い玖琅の命令も突っぱねて。それこそありえないよ」

「そのありえない、たった一つの可能性が具現化したんでしょう」

黎深は扇の要《かなめ》に目をやった。留め金には、紅家直紋〝桐竹鳳麟〟の紋が刻まれている。

あるはずのない、たった一つの可能性がある。

「……君、跡目を継いだとき、会った？」

「いえ、音沙汰《おとさた》なしでしたよ。あの席は空席でした。兄上こそ、会ったことないんですか？　戦国乱世で紅家危急の時しか出てこないそうじゃないですか」

「いや、会ってない。乱世も終わりだったし、一族の命運をかけた戦《いくさ》なんてなかったからね。『紅《くれない》の天才軍師』は必要ない。もしかしたら玉環大叔母《おおおば》上は会ったことがあるかもしれないが……」

――紅の天才軍師。

藍家に〝龍蓮〟がいるように、紅家にもいる。藍家と違うのは、『彼』が紅一族でなく、ある一族から輩出されるということ。紅家を守るために存在すると言われ、事実、歴史上の大戦には忽然《こつぜん》と現れて幾度となく紅家の窮地を救ってきた。戦が終わると、最初からいなかったかのようにふらりと消える。それゆえに、敵方からは幻の紅家軍師一族とおそれられてきた。

その伝説的な功績の数々ゆえに、紅家における権限は当主の次にくる。玖琅よりも上に。『彼』が動く時は紅家存亡の危機《とき》。ゆえに一族末葉に至るまで、彼の命令は絶対服従とされている。過去、それで間違った例《ためし》はない。

その命令をひっくりかえせるのは紅家当主の他にない。

〝要〟の〝桐竹鳳麟〟。紅家では『彼』をこう呼ぶ。

「〝鳳麟《ほうりん》〟が、どこかで生きてたってことですよ」

第五章　その心は

その日も秀麗は捜査資料をどっさり抱えて、えっちらおっちら外朝を蛇行していた。一つ用事をすませるや、清雅は三つ仕事をふってくる。覚悟はしていたが、思った通りのこき使いっぷりだ。顎で使われることよりも、清雅の指示がイチイチ当を得ていてイチャモンつけようにも重箱の隅を楊枝《ようじ》でつつく隙すら秀麗に与えないのがいちばんむかっ腹がたつ。

「――おい、待てよ」

そこは普段から人気のない廊下だった。呼び止められ、秀麗は振り向いた。知らない官吏が数人、廊下の一角に固まって立っている。険しい顔つきで。

「誰？」

隣で清雅が、「へえ」と小馬鹿にしたように言った。もちろん清雅は手ぶらだ。

「紅姓官吏だな。お前のせいでクビになったやつらだ」

途端に秀麗は冷ややかになった。

「ああそう。連日私宛《あて》に『復職させるよう取りはからえ』とかいうふざけた文を送ってきてる輩《やから》の一人じゃないでしょうね」

「なんだお前、そんなのに目を通してたとは余裕だな。もっとこき使えそうだな」

「そこなわけ!?」

紅姓官吏の一人が業を煮やしたように秀麗に嚙《か》みついた。

「お前のせいでクビになったんだぜ。何とかしろよ。李絳攸は助けたくせによ」

「……いい加減にしなさいよ」

秀麗は向き直った。思わず紅姓官吏たちが後じさるほどの怒気だった。

「誰のせいですって？　自分たちのせいに決まってんじゃない。あんたらのそういう態度がクビになった原因だって、まだわからないわけ？」

「な――」

「当主がクビにされて出仕拒否？　あのときほど情けなくて目の前が真っ赤になったこたないわ。クビにされても当然よ。あんたら誰に仕えてるの。紅家？　ふざけんじゃないわよ。吏部侍郎が罷免しなかったら、私がやってたわ。国と民のために身を尽くすのが官吏の仕事よ。なのにあんたらがやったことは何？　紅家の利益のために官吏やってるような輩を助けるつもりはないわ。それこそ紅家の恥よ。誇りと傲慢《ごうまん》をはき違えてんじゃないわよ。自分たちが何をしたか、頭を冷やしてよく考えなさい」

秀麗は怒鳴らなかった。言葉は理性的で、怒りを抑えこんだぶん無慈悲だった。

「紅家当主がクビにされたんじゃないの。仕事をしない吏部尚書だったからクビにされたのよ。あなたたちも同じ。それが妥当な処分だとわかるまで、私の前に現れないで」

横で面白そうに見物していた清雅も驚いた。この女がここまでいうとは思わなかった。

「行きましょう清雅」

彼らの前を行き過ぎようとした。

秀麗の背に、躊躇《ためら》いがちに声が投げかけられた。

「ま、待てよ」

秀麗はつきはなすつもりで振り返った。が、紅姓官吏たちの表情を見て、やめにした。まだ何か用があるらしい。

「……清雅、悪いけど先行ってて」

「早く戻れ。今日は出かけるからな」

清雅はとっとと行ってしまった。一枚の文書ももたずに！

秀麗は抱えていた資料を床に置き、椅子がわりにしてぞんざいに腰かけた。いい加減くたびれたので。

「で？」

「……どうすれば、官吏に戻れる。お前の捜査に協力すればいいのか」

なんだかそろって急にしょんぼりしていて、秀麗は呆気《あっけ》にとられた。素直というか感情の起伏が激しいというか。

紅姓官吏の一人が、胸元《むなもと》から文を取り出した。秀麗に差し出す。

秀麗はまたろくでもない嘆願書じゃないだろうかと警戒しながら受け取って、中身を一瞥した。――みるみる秀麗の目が丸くなった。これは――。

「……戻りたいんだ。どうしても」

ポツンとした呟《つぶや》きに、秀麗は今度は怒らなかった。そっと一つ溜息をついた。

「……そう。そういうこと。さっきは言い過ぎたわ。悪かったわね」

紅姓官吏たちは目を見合わせた。

「なんか、玖琅様に怒られてるみたいだったよな」

「なあ」「うん」と頷《うなず》きあう。

秀麗としても彼らに訊《き》きたいことがあった。

「復帰したいなら、自分たちの恥は自分たちで雪《すす》ぐしかないわ。――今回の一連の件、どうしてこんな挙にでたのか、何があったのか、残らず教えなさい」

それと、自分にかわって資料の山を運ぶことを、重々しく言いつけた。

＊　＊　＊

「〝鳳麟〟ね。そいつから紅一族に指示が出たってのか」

清雅の行き先は貴陽紅邸だった。

清雅の軒《くるま》に同乗しながら、秀麗は紅姓官吏らから聞きとったことを話した。とはいえ肝心なところは要領を得なかった。

「紅姓官吏の出仕拒否も、経済封鎖も、どうやら裏にその〝鳳麟〟って人がいるみたい。詳しいことは百合叔母《おば》様に聞いたほうがいいって」

「なら、ちょうどよかったな。手間が省ける」

「……あんたはいったい何しに叔母様を訪《おとな》うわけ」

秀麗は不審に思った。百合への聴取なら真っ先に終えてそうなものだ。

清雅は笑って答えなかった。


清雅が先に使いをやっていたらしく、紅邸に着くと、清雅と秀麗はすぐに百合のもとへ通された。邸内に人気はあまりなかった。御史台の捕《と》り方《かた》らしき者が数名、心得顔で次の間に控えたのが秀麗は引っかかった。

奥まった一室で、百合は一輪の花のように佇《たたず》んでいた。

「単刀直入にお訊《たず》ねする。〝鳳麟〟についてあなたが知る限りのことを話してもらいましょう」

清雅は正面から訊《き》いた。

百合は観念した。

百合もこの時までに、当初はありえないと思っていたその名を一族の口から聞きだしていた。

これは本来なら紅家の機密だ。よりにもよって御史台に知られるとは遺憾の極みだった。〝鳳麟〟の名が漏れた以上、御史台相手に白を切り通せはしない。その場逃れのごまかしが通用する相手でもなかった。せめてもの救いは、百合にしても渡せる情報は大してない、ということ。

　百合は答えた。

「紅姓官吏の出仕拒否も、経済封鎖も、当主は関与していない。もちろん、玖琅でもありえないわ。知った時点で絶対即時撤回させるはずなのに、いまだにつづいている。間違いなく、玖琅が撤回できない命令書が出回ってるのだと思うわ。それが――」

「〝鳳麟〟……ですか？　どんな人なんですか」

「わからないわ。名も、姿も。今の一族は誰も会ったことはないはずよ。歴史上でも彼はほとんど表舞台に出てこないし、意図的に紅家であらゆる情報を隠してきたって面もあるわ」

　百合も紅玉環から話を聞かされただけにすぎない。

　藍家の〝藍龍蓮〟と同じ。暗殺されたり利用されたりすることを徹底的に防ぐために。

「彼は紅家の最後の切り札なの。誰にも居場所を知られてはならない。知られれば敵に真っ先につかれるから。だから、その一族の住み処《か》も代々の当主しか知らないってきいたわ」

「では、先の吏部尚書は〝鳳麟〟をご存じなんですね？」

　百合は首を横に振った。黎深の紅家当主の披露目に百合もいたが、〝鳳麟〟の座はカラッポのままだった。黎深の時だけではない。先代が跡目を継いだ折もそうだったと聞いている。

「夫から〝鳳麟〟のことを聞いたことはないわ。おそらく在所を知っているだけ。よほどのことがない限りは紅家から繋《つな》ぎをとることも禁じられているというわ。そもそも不急の時には〝鳳麟〟のもとへ決してたどりつけないって話よ。どういう意味かはわからないけど……。なのに火急時は向こうからブラブラやってくるみたいね。滅多なことでは本当に出てこないのよ。紅家でも彼《か》の一族はもう滅亡したんじゃないかって心配されているときにひょっこり現れるのよ」

清雅は訊いた。

「……もしやその〝鳳麟〟は、『紅の天才軍師一族』と謳《うた》われる紅門《こうもん》筆頭姫家《きけ》では？」

百合は呻《うめ》いた。本当はそれだけでも隠しておきたかったが、一発で正鵠《せいこく》を射抜かれた。

「……ええ、そうよ」

秀麗は仰天した。

「姫家……って、あの!?　単なる伝説じゃなかったの」

――姫家。古《いにしえ》からつづく名家の一つであり、兵法書の常連だ。

清雅は今知ったのかといわんばかりの目つきをした。

「そうだな。司馬家と並んで伝説的な、お前んちのお抱え軍師一族だな。姫家が出た戦は全戦全勝。どんな劣勢もひっくり返す天才軍師一族。別名『紅家の頭脳』。ただし、ずば抜けた頭脳と裏腹に、そろって性悪で悪名高く、稀代《きたい》の悪党ぞろいで有名だ。騙《だま》すわ脅すわ懐柔するわ裏切るわ引っかけるわ、とにかく悪知恵は群を抜く。確か『正直者が馬鹿を見る』っていったのも姫家だぜ。なのに不思議と、姫家は紅家を裏切ったためしはない。……今まではな」

今回の件は、紅家を救うどころではない。紅家を窮地に陥れる行為だ。

秀麗はどうしても解《げ》せなかった。

「……叔母様、誰も会ったこともないのに、なぜ〝鳳麟〟だとわかるんです？」

「偽者だっていいたいのね」

「本物が突然現れましたっていうより、紅家当主更迭でみんなが頭に血が上っている隙を突いて、誰かがなりすましてニセの指示を出した。そう思うほうが普通じゃないですか」

「そうね……私もそう信じたいわ。でも……」

百合は顔を暗くした。

「……印がね、あるのよ。〝鳳麟〟だけの。もちろん、ちゃちなものじゃないわ。御璽《ぎょじ》と同じくらい精密な紋章で、『碧宝《へきほう》』にしか複製できないわ。代々使いこまれて、印影には細かな欠けもある。そんなところまでピッタリ一致したから、玖琅も撤回できないでいるんだと思うわ」

「どういった図柄か描き起こせますか。おおよそのもので構いません」

清雅の要請で、百合が記憶を頼りに描《か》いた。礼儀をわきまえている姪っ子は動揺したものの丁重に礼を言い、わきまえていない男はありありと「何の参考にもならない捜査資料が一つできた」という顔をした。百合にも苦手なことはある。清雅はそれを受け取りながら、訊いた。

「ニセ印の可能性は？」

「ないとは言い切れないけれど、鳳麟自身、百年にいっぺん出るか出ないかなのよ。鳳麟印が捺《お》された文書なんて数えるほどしかないし、すべて紅本家で厳重に保管されて、今は玖琅の管理下にあるわ。鳳麟印が出回ったとき、真偽を確かめるために分家でも確認印が保管されてるけど、痴《し》れ者に悪用されないように、厨子《ずし》は分家当主たちの鍵《かぎ》がそろわないと開かない仕組みになってるわ。開ける時には分家当主たちの連署が入った紙封を破らないとならない。必ず痕跡が残るの。それに印を複製するにしても碧《へき》本家に依頼するしかない。でも偽造を防ぐために、家同士の約束事で『碧宝』にしかつくれないほど精密な印が持ちこまれたときは、必ず朝廷に届け出ることになってるわ」

勿論《もちろん》、朝廷にそんな届け出はない。

百合は話し終えると、威儀を正した。

「——今回の件、非はすべて我が紅家にあります。鳳麟の命を撤回できるのは、紅家当主のみ。現在、当主が急ぎ紅州本家に向かっております。帰郷すれば必ずや一族の振る舞いを諌《いさ》め、全面撤回を致すはずにございます。どうかその時まで——」

「——残念ながら、信じられませんね。こっちもあてどなく待てるような状況ではない」

清雅は冷ややかに百合の謝罪を遮った。

「紅姓官吏の愚挙といい、朝廷に従う気があるとは思えない」

「清雅!!　あんたはどうしてそう――」

秀麗は声を呑《の》んだ。清雅の眼差しには今までにない虚無があった。彼の奥底に隠れていたものが湧出し、双眸《そうぼう》をちらついたように。

「しおらしく見せているが、全部、この女の演技や時間稼ぎでないとどうしていえる？　イイヒトだから、とか言うなよ。お前がこの女に会ったのはつい最近だろう。紅家当主の正妻たる地位にありながら、紅姓官吏の行いを何一つ止められていないってのがまずおかしいだろうが。諫《いさ》める気がないとしか思えないな。そもそも、一族の手綱を引けない時点で地位に伴う責任を果たしていない」

「せ――」

百合は秀麗を押しとどめた。

「いいのよ、陸御史の言うとおりだわ。一族のしたことがすべてよ。言い訳はできない。貴陽紅家におけるすべての責任は、私にあります」

「結構」

清雅は言い放った。

「――本日付で、貴陽紅邸にある家財その他すべて差し押さえさせてもらう。まもなく配下が強制執行に入る。家人たちに暇をだすなり雇い先を世話するなりしたければとっとと済ませておくんだな」

秀麗は血相を変えた。

「清雅、そんな話は聞いていない！」

百合はとうから覚悟をしていたものと見えた。

「全部すませてあります」と答えた。

「手際のいいことだ。また、あなたの身柄を預からせて頂く」

秀麗は青ざめた。

「…………叔母様を人質にするっての」

「当然だろ。紅家は経済封鎖までしてるんだぜ。とれる対抗手段は残らずとる。紅家が何をしでかすかわからない奴らだってのは、いい加減お前も身に染みたんじゃないのか。どこまでやる気か、これで向こうの覚悟のほどもわかるってもんだ。当主令室を見殺しにして紅州に引きこもるなら、朝廷に対する謀反と見なす。その時は百合夫人には死んでもらう」

「謀反……」

謀反は十悪でも上から二番目にくる大罪だ。減刑はない。

「本来一族郎党処刑だが、彩八家は直系を残せって大綱があるからな。紅家三兄弟は死罪になるにせよ、お前と紅玖琅の子供二人は助命されるはずだぜ。——紅州はもう、紅家の『領土』じゃないんだ。単なる腹いせでした、で許されるにも限度があるってモンだ。いい加減にしてもらわないとな」

　黎深と邵可は不在。絳攸も紅一族への影響力を失った。貴陽紅家に残っているのは百合のみ。御史台が貴陽紅家の力を削《そ》げるこんな絶好の機を逃すはずがなかった。

　百合の、一輪の清らかな花のような佇まいが乱れることはなかった。

「——すべて、朝廷の仰せのままに従います。この身、いかようにもご処断ください。逃げも隠れも致しません。この貴陽では私が紅一族の名代。一族の不始末はこの身で雪《すす》ぎましょう。ただし、李絳攸は紅一族ではありませんので、お捨ておきください。養父を裏切った子です。もはや我が子とも認めません」

　李絳攸を庇《かば》っているのは明らかだったが、今や李絳攸は官位もなく、一族からも裏切り者扱いされている。捕らえても無意味なのも確かだった。

「では、御史台所属の武官がくるまで、身の回りの整理をしていることですね。手荒な真似はしません。丁重にお連れさせて頂きますよ」

　清雅は冷徹に言い捨てて室《へや》を出て行った。

　呆然とする秀麗の手を、百合はそっと握った。秀麗の手があまりにも冷たかったので、百合は少し驚いた。あたためるように撫《な》でさする。

「大丈夫、あなたはあなたの仕事をなさい。誇りをもって選んだ仕事でしょう。あなただけは、紅家のために官吏になったのではないはずよ。そんなあなたが朝廷にいるから、紅家は落ちるところまで落ちずにすんでるの。こういうときこそ、正しいことをしなさい。

それが紅家を守ることにもなるのよ。私も私の役目を果たすだけ。夫のしでかしたことの責任は妻の私がとるわ」

百合は微笑んだ。

「教えてあげるわ。紅家はね、代々男が感情に突っ走って、女は仕事に突っ走るの。あなたの曾大叔母《ひいおおおば》様なんて、紅家を裏で牛耳ってた女傑だったのよ。私のことは心配しないの。さあ、行きなさい」

慰めなのはわかりきっていた。

秀麗は努めて息を深く吸おうとした。あんまりうまく吸えなかった。

『身内の恥は自分で雪げ。紅家の名が地の底まで落ちるか否かは、残っているお前次第だ』

葵長官の言葉と、百合の言葉は、同じ。

「――わかりました。私は私のするべき仕事をします」

「ええ。それでこそ、紅家の女よ」

百合の手のぬくもりが離れていく。次の間から清雅の配下らが入ってきて、百合をとり囲んだ。

紅邸の高い塀沿いに、御史台の官用馬車が続々と並んだ。

秀麗は清雅の隣で貴陽紅家に踏み込む武官や捕り方らを硬い顔で見ていた。何も言わない。

「文句もナシか。聞きわけがいいな。殴らないのか？」

「殴ってもいいってなら遠慮なくぶん殴るわよ」

秀麗はきつく唇を引き結んだ。

「……でも、あんたのやったことは、悔しいけどまっとうな措置だわ。怒れない」

清雅は軽く眉《まゆ》を上げた。さっきの百合という女といい――。

（紅家の女ってのは、みんなこんなのか？）

頭に血が上って自分で自分の首を絞めている紅家の男どもより、肝も腹も据わっている。

清雅はふと右手首にはまる古風な腕環《うでわ》に目を落とした。

それは、確かに清雅の知る種類の女たちとは違っていた。

「で、清雅。殴っていいの？　いいのね？」

「ものすごくやる気満々で嬉《うれ》しそうだなお前。ヤだね。歯の数本へし折られそうだ」

「何よ。ぬか喜びさせて。歯の数本ケチケチすんじゃないわよ!!」

「バカか。するに決まってんだろ。もう生えてこないんだからな」

「ケチ！　ばか！　おたんこなす！」

秀麗がぶすっと不機嫌になった。清雅に八つ当たりして、なんとか心の均衡を取り戻そうとしているのがわかったから、清雅も付き合った。しかしおたんこなす？　そんな可愛い嫌みを言われたのは人生で初めてだ。罵倒《ばとう》の語彙《ごい》の少ない女だ。

「……百合叔母様のことは、人道的に扱ってよ」

「紅家次第だな。今のところは後宮の離れに監禁するくらいだ」

秀麗はホッとした。

清雅は差配を終えると、官用馬車に乗り込んだ。秀麗もつづいて向かいに座る。すぐに馬車が動き出した。

清雅は尊大に両足を組み、秀麗に訊《き》いた。

「――で？　お前の考えは？」

秀麗は清雅と同じ推論を口にした。

「……本物かニセモノかわからないけど、〝鳳麟〟は朝廷の中にいると思うわ」

「ああ。朝廷の動向をよく知ってないと、ここまで間合いよく手は打てない」

紅姓官吏の動きから経済封鎖の一手まで、前吏部尚書の更迭を事前に知っていたとしか思えない。何もかも素早すぎる。紅家当主が貴陽を離れた瞬間、待っていたように続けざまに起こった。紅家当主が貴陽に戻ってくるにしても、急ぎ紅州に帰るにしてもある程度の時間がかかる。すぐには手が打てないのを見計らうかのように。

間違いなく〝鳳麟〟は朝廷にいる。しかも――。

「官吏として、いるはずだわ」

「……だが、今の朝廷に姫姓《きせい》はいない。姫家も規制のかかってる姓だからな」

かつて時の王によって彩八家が八色《やくさ》に改姓されたとき、他にも使用に厳重な制限が設けられた姓《かばね》がある。藍門《らんもん》司馬家や、碧門《へきもん》欧陽家などの名門がそうだ。そして紅門姫家もその一つ。

姫家を名乗れば、それだけで目を引く。ことに『幻』と呼ばれる紅門姫姓ならばなおさら。

「偽名を使ってるにしても、どうして主君の紅家を離れて朝廷で官吏なんかやってる？」

「やっぱり〝鳳麟〟を騙《かた》ってるニセモノってことじゃないの」

「偽者にせよ、なにがしか紅家と関係はあるはずだ。そもそも〝鳳麟〟の存在は紅家の機密なんだろう。印の件を考えれば、本人だと断定してもいいくらいだ」

言いながら、清雅の眼差《まなざ》しが深く沈む。

（……そういえば――）

清雅の様子に気づかず、秀麗はつづけた。

「……ねえ清雅、この〝鳳麟〟がニセモノだったら、紅家は騙《だま》されてるってことよね」

「だから？　少しは庇《かば》えるってか。お前の願望なんて聞いてないんだよ」

「そうじゃなくて。それを証《あか》せたら、経済封鎖を解けるじゃないの。いくらなんでも、真っ赤なニセモノと知って紅家が従うとは思えないわ」

清雅は突き放した。

「……だとしても、ニセモノを前提に仕事をする気はないぜ。いい加減にしとけよ。皇毅様に何度も言われたはずだ。先入観は捨てろ、家族でも疑ってかかれってな。捜査に私情をさしはさむ気なら、外す。いないほうがマシだ。少しは使えるようになったと思ってたがな。騙されてようが何だろうが、一方的に作物の輸送や取引を停止させたのは紅家ってのには変わりないんだよ」

願望が入り交じっているのは、秀麗にも否定できなかった。父や叔父《おじ》を庇いたいという気持ちも。それを清雅は見抜いている。今さらながら、皇毅がどうして清雅の下につかせたのか、秀麗は身に染みた。主観が入れば、すべてが偏った憶測になる。秀麗自身の足元がぐらついているのを、揺るぎない清雅の存在が救っていた。

それでも秀麗はもう一度だけ言い募った。全部紅家が悪いのかもしれない。でも、違うかもしれない。

「清雅。〝鳳麟〟がニセモノだろうが、ホンモノだろうが構やしないわよ。朝廷で官吏をやってて、なおかつこんなことしやがったなら、捕まえるのは御史台の仕事じゃないの」

清雅はようやくまともなことを言いやがった、という顔をした。

「……その通りだな。まあ、どのみち〝鳳麟〟の手札は、紅家に対してデカイ取引材料になる。ニセモノでもホンモノでも、紅家の弱みだ。時間は少ないが、調べる価値は充分ある。――特大の手柄を落っことしてくれた紅家には、感謝しないとな？」

「……今、あんた史上最低に意地悪で嬉しそうな笑みを浮かべてるわよ」

「最高にカッコいい顔、だろ。もし朝廷の〝鳳麟〟がホンモノで、名を変えて、主君筋の紅家にも黙って出仕してるってなら、いい加減紅家を見限ったんじゃないのか。紅家も今までさんざんあくどいことをやってきたはずだからな。恨みつらみがあってもおかしくないだろ」

晏樹の『紅家も結構ひどいこと、たくさんしてきたんだよ』という言葉を秀麗は思いだした。

同時に、清雅の言葉は別の意味をもつことに気づいた。秀麗は注意深く言葉を選んだ。

「……じゃあ、〝鳳麟〟が主君をかえた……ってこと？」

「そうかもな。現に思いっきり紅家に後ろ足で砂を引っかけてるしな」

秀麗のうなじをひやりと冷たいものが撫でていった。

「――だとしたら、〝鳳麟〟の今の主君は誰」

清雅によぎった苛立《いらだ》ちは、とうに清雅がその考えに行きついていた証だった。

（……そうよ。なんで〝鳳麟〟がこんなことを指示したのか――）

今回で紅姓官吏の割合は激減した。要職はすでに別の官吏にすげ替わっている。紅姓官吏が朝廷に戻っても、紅家は当分、存在でも発言力でも、元の威勢を誇ることはできないだろう。吏部尚書更迭だけでなく、それをとっかかりに紅家を丸ごと朝廷から切り崩してみせた。

（なんのために？）

『紅家の頭脳』と言われるという〝鳳麟〟が、何の目的でこんなことをしたのか――。いや、結果的に、どうなったのか。

今回の一件で、朝廷の誰が不利になり、誰が有利になったか。

不意に清雅の指が伸び、秀麗の顎《あご》にかかった。いつのまにか、清雅がすぐ目の前にいた。

「……俺としたことが、からかいすぎたな。余計なことまで首をつっこむな。今回の仕事は紅家の経済封鎖をとくことだ」

「そうだけど。でも」

「『でも』なんて言える立場か下僕。ご主人様の忠告は素直にきいとけよ、紅家のお姫様。俺はお前の巻き添えをくって失脚する気はないんでね。それとも、俺に無理矢理黙らせてもらいたいってことか？　お望みなら、叶《かな》えてやってもいいけどな」

清雅の親指が誘うように秀麗の下唇をなぞる。秀麗は急に、馬車で二人きりだということを意識した。すると清雅も思いだしたのか、喉《のど》の奥で笑った。

「また馬車の中か。つくづく縁があるな。まあ俺は下僕に優しいご主人様だからな。大人しくしてろ、ちゃんとお前の望み通りの方法で黙らせてやるよ」

「は⁉　ちょっと――」

身を寄せてくる清雅をくいとめようと清雅の胸に両手を当てた。構わず清雅はさらにのしかかってくる。

「抵抗するなよ……」

秀麗は違和感を覚えた。なんだろう。いつもの清雅じゃない――。

(焦ってる？)

間近にある一重の双眸《そうぼう》には、ひとしずくの緊張が薄い膜を張っていた。

馬車はずっと同じ速度でガタゴト走っている。秀麗は窓の外を見る。――だしぬけに何が起こってるか理解した。

秀麗は精一杯の虚勢を張った。

「ふ、ふん。大人しくさせられるもんならやってみなさいよ」

自ら腰をもちあげ、両腕を清雅の首に回す。清雅はニッと笑い、秀麗を胸に引き寄せた。

「可愛くないな。……お前はイイコでおとなしく俺に抱かれてればいいんだよ」

秀麗の首筋に囁《ささや》きかける。清雅の腕が秀麗の腰にまきついた。次の瞬間、清雅は秀麗を抱きかかえたまま、馬車の扉をぶち破って外に身を投げだした。

二人で地面を何度か転がった。馬の嘶《いなな》きが聞こえた。

清雅の腕が解かれるや、秀麗は飛び起きた。清雅はすでに剣を抜いている。まだ夕刻になる前で、辺りは明るい。風に吹かれて雑草が音を立てていた。場所は朝廷とはまったく別方向の、人家の途切れた寂れた野末《のずえ》だった。周りは放棄された官給田がえんえんと広がっている。いつのまに入れ替わったのか、見知らぬ馭者《ぎょしゃ》が横倒しになった馬車から姿を現した。馬は念入りに脚を斬られ、使い物にならなくなっていた。

秀麗はその馭者の額に布が巻かれているのを見た。

（――『牢《ろう》の中の幽霊』!!）

どんよりと濁った両目と、操られているかのように非人間的な奇妙な動きが秀麗をゾッとさせた。

「――清雅!! 相手が一人なら、逃げるが勝ちよ!! あんたそんな強くないでしょ!?」

「お前が思ってるほど弱かない。――が、確かにな」

清雅は周囲をうかがった。まださほど街の中心から離れていない。おそらくもっと街から引き離した場所まで馬車を進めてから、仲間と襲撃する手筈だったのだろう。なら、すぐに異変を察知して仲間が集まってくる。

馬車の馬はもう使えない。清雅は歯がみした。

（徒歩かよ）

兇手《きょうしゅ》がまっすぐに清雅目がけて飛びかかってきた。サルみたいな飛び跳ね方だった。

（標的は秀麗《アイツ》じゃなく、俺か）

――心当たりはあった。

兇手は軽業師の如《ごと》き素早さで鉈《なた》のような得物を繰りだしてくる。清雅はかろうじて剣で受けたものの、鉄球がぶち当たったみたいだった。身体能力が異常だった。鍛えたというより、まるで特異なやり方で五体をむりやり増強したようにちぐはぐだった。人間相手というより、本物のサルを相手にしているようだった。

（縹家が関わってるか）

清雅は力勝負を避けようと飛び退《すさ》ったが、兇手はピッタリついてきた。逃げきれない。

この速さでは防ぐ前に斬り殺される――。

あわやというとき、兇手の後ろから何かが降ってきた。

なぜか、網であった。

見事に兇手を搦《から》めとった。

「捕獲成功！　逃げるわよ清雅!!」

秀麗は街の方向へ走っていく。清雅もすぐさま続いた。後ろを見ると、兇手は網の中でサルみたいにもがいていた。もがけばもがくほどからまるようになってるらしい。

「……なんだアレ。投網かよ。漁師かお前は」

「ふふふ。凜さん特製護身道具その四！　ワザ網。そこらの刃物じゃ切れないんですって」

「どっから出した」

「乙女には秘密の巾着《きんちゃく》がいっぱいあるのよ！　今までどんなに練習してもあれだけは一度も成功したことなかったんだけど、よかったわ～清雅のほうに飛んでかなくて」

清雅は青筋を立てた。

「コロス気かお前。成功率ゼロのくせによくもやりやがったな」

「成功したんだからいいじゃない。がたがたいわずに素直にお礼いいなさいよ！」

「俺が異状に気づいたおかげだろ。なんだあの棒読み。ド下手くそな芝居やりやがって。あれでバレたに決まってる。お前のせいだお前の。あんなんで俺が陥《お》ちると思ってんのか」

「うっ、うっさいのよ!!　ちょっとぎこちなかったのはわざとよ！　演技よ演技!!　私だって本気になればねぇ、あんたの一人や二人、さっきの投網みたいにちょちょいと小指一つで引っかけて――」

「ああ、成功率ゼロの投網くらいの可能性はあるかもな。俺を殺す前に猛練習しとけよ」

吐き捨てられた。よっぽど根にもっているらしい。なんて器の小さい男なのか。

清雅は止まった。秀麗も清雅と背中合わせになって止まった。

『牢の中の幽霊』に囲まれていた。前に三人、後ろに二人。

清雅は訊《き》いた。

「で？　あの網、もうないのか下僕」

「……ナイですご主人様。乙女の巾着は小さくて」

じりじりと輪がせばまってくる。荒廃した田畑には鴉が一羽立木の枝にいるきりで、助けになるような人の影はなかった。

「ええい、その五!!　清雅耳塞《ふさ》いでて！」

秀麗は首もとから小さな笛をたぐりだし、思いっきり吹いた。

鼓膜が破れるかという大音量で笛が鳴り響いた。清雅は思わず剣を取り落としそうになった。味方にも被害が出る護身道具をつくったのは誰だ――！

辺りの雑木林からバサバサと狂ったように鳥がいっせいに飛び立つ。めちゃめちゃな飛び方だ。人間の耳には聞こえない特殊な音が出るように細工がしてあるらしい。その細工が効を奏したか、兇手の様子がおかしくなった。

耳を押さえて身《み》悶《もだ》えし、千鳥足でふらつきながら笛の音から遠ざかろうとする。清雅は文字通り血路を切り開きにかかった。

「――お前は行け!!　その笛吹きながら走れ！」

秀麗は言われるまま走った。ここに秀麗がいても、足手まといになるだけだった。人家は近い。この笛の音が届けば、必ず誰かくる。

清雅が一人を斬り伏せた。

ここで、清雅の誤算が起きた。

てっきり清雅だけを狙っていると思ったが、兇手の一人が秀麗のほうを追いすがった。秀麗は完全に背を向けていて、気づいていない。笛の音で清雅の声はかき消される。

「――――」

清雅は体ごと割りこむようにして兇手の行く手を遮った。

笛の音で聞こえるはずもなかったのに、秀麗はひどく嫌な、鈍い音がしたと思った。振り返ると、清雅の背があった。その肩越しで『牢の中の幽霊』が清雅の剣に貫かれ、地面に倒れる。

どうして清雅は剣を手離したのだろう……？

いつ自分が戻ったのか、秀麗はわからなかった。気づけば清雅をうしろから抱き留めていた。ずしりとした重み。胸に回した手に、つき立つ小柄の柄が当たった。秀麗の指を

掌《てのひら》にぬるぬると生温かいものが伝っていく。

血。

「――――清雅っっ!!」

清雅は秀麗の支えでかろうじて無様に転ばずにすんだ。それがやっとだった。武官じゃないのだ。肺を一突きされても剣を振り回せるような火事場の馬鹿力はない。

くそったれ。致命傷だ。場所が悪い――清雅は小柄を抜こうかどうか変なことで迷い、やめた。傷口を手で押さえる。同じ場所にある秀麗の手も血でしとどに濡《ぬ》れていく。秀麗の手はひどく心地よかった。振り払うのがもったいないような気もした。馬車では清雅が秀麗を抱いたが、あっというまに逆になった。

まったく、この俺が女の手を借りるとは思わなかった。まして女を庇《かば》うことがあるとは三拍前すら夢にも思わなかった。昨日の俺が見たら鼻で笑うに違いない。

(……冗談じゃないぜ。なんでこの俺がこんな女のために)

嫌いな女でも守ってやれだと？　誰だそんなバカなこと言いやがったのは。

すぐうしろで紅秀麗が何か叫んでいる。うるさい。頭に響く。まったく――。

清雅の人生で女という生き物はことごとく疫病神でしかなかったが、極めつきはこの女かもしれない。とっととそばを離れた榛蘇芳は正解だ。徹底的に蹴落《けお》として、潰《つぶ》して、踏み躙《にじ》って、俺に屈服させたときの顔を見てみたいと思ったのが間違いだった。

せっかく、人生が面白くなってきたところだったってのに。

笛の音がやんで、鳥たちがギョーと鳴いて飛び去っていく。兇手どもが再び武器を取り直す。

「……歯の数本のかわりだ。高くついたぜ……。とっとと行け」

清雅は呟《つぶや》いた。

——秀麗の両手の中で、ずん、と清雅の体が一気に重くなった。支えるだけで精一杯になる。あまりにも重くて、秀麗の膝が落ちた。清雅を抱いて地面に座りこむ。何度呼んでももう清雅は目をあけない。清雅の胸に刺さった小柄が目に飛び込んでくる。抜きかけて、慌てて思い留《とど》まる。でもそれが何の役に立つというのだろう。お医者もいないのに。必死で清雅の心臓をまさぐる。まだ鼓動はあった。それでもこの出血——。

（死んじゃう）

泣きたくない。泣きたくなかった。認めたくないことが現実になってしまいそうだから。

秀麗はすがるように左右を見回した。荒れた田畑ばかり。

（誰……誰か……静蘭、燕青……影月《えいげつ》く……父様……っ）

誰もいない。

兇手《きょうしゅ》たちが迫ってくる。

誰か、助けて。

秀麗の頭の奥で閃光が走る。さながら稲妻。

貴陽全体が揺れたような衝撃がきたのは、秀麗の気のせいだったのだろうか。

——晴れていたはずの空が真っ暗になった。雨が落ちた。みるまに空は荒れ狂い、土砂降りの豪雨となって激しく降りはじめた。

兇手の姿は雨で見えない。どうでもいいと思った。打ちつける雨から少しでも庇おうと清雅に覆いかぶさる。

死ぬほど大嫌いな相手。

ふざけんじゃないわよ。演技だっていいなさいよ。私は倹約命だけど高利貸しじゃないのよ。歯をへし折る代償にここまで求めてないわよ。私があんたを嫌いなのと同じくらい、あんただって私が大嫌いだったくせに。あんたに守ってもらいたかないわよ。

秀麗は顔をくしゃくしゃにした。

「……嘘。ごめんなさい。ありがと」

でも嫌なのだ。こんなのは嫌。嬉《うれ》しくない。

大嫌いな雷鳴が轟きはじめる。

黒い空に稲光が光って消える。

（嫌いよ、雷なんて）

秀麗から何もかも奪っていく。いつも。でも本当は知ってる。母様から昔教えてもらった。雷は植物を元気にするって。それが本当なら、この尊大で自信過剰な男を元気にしてみせて。血を止めて。

（母様）

急速に秀麗の意識が遠のいていく。体の中で、何かがむくりと起き上がるような、ヘンな気分だった。

秀麗は泣かなかった。泣くのは嫌い。だって清雅はまだ死んでないわ。

天の底が抜け落ちたような雨から清雅を守るために、冷たくなっていく体を抱きしめた。

蹄《ひづめ》の音が聞こえた。こんなに土砂降りなのにどうして聞こえるの。

誰かが馬から飛び降り、雨の帳《とばり》を抜けて秀麗のもとへ駆け寄った。

その人を見たとき、秀麗は初めて涙を流した。

「助けて葵長官………！」

第六章　飛び去った翼のあとに

目覚めると、見覚えのない絵格子天井が視界に映った。静かで、薫香の良い匂いがする。

「お気づきになりましたか」

声がかけられた。ひょこっとのぞきこんできたのは羽令尹《れいいん》だった。秀麗はどうして羽羽様がいるのか不思議に思った。

「羽羽様……？　ここは……」

「仙洞省にござります。葵長官とリオウ殿が紅御史を運んでいらせられましての」

「葵長官とリオウくん……？　――清雅!!」

秀麗は血相を変えて飛び起きた。

「清雅!!　清雅は!?」

「ご心配なく。ご無事でござります」

「嘘！」

嘘だ。胸を一突きされて、死にかけてたのに。

「――本当だ。慰めじゃない。あとで行ってみればいい。とりあえずは生きてる」

秀麗はその声に顔を向けると、リオウが椀《わん》を片手に室《へや》に入ってくるところだった。

「リオウくん……とりあえず生きてるって……やっぱり、し、し、死にかけてるの⁉」

「生きてる」

リオウはヘンな顔をした。困ったような、説明しかねるというような。

「……あとで行って確かめろ。お前だってずっと眠ってたんだ。自分の心配しろ」

リオウの言い方から、少なくとも一刻を争うような容態ではないらしいとわかり、秀麗はやっと気持ちを落ちつけた。

リオウの手が無造作に秀麗の額にふれた。秀麗は自分の体温の低さを思いだし、とっさにびくっと身を竦《すく》めた。ややあって、リオウの掌のほうがひやっこいと気づいた。自分の頬《ほお》や額をさわる。

……あったかい。

「だいぶ疲れがたまっていたご様子でしたので、勝手ながら、お薬を調合させていただきました。雨で体もずいぶん冷えておられて。お体の具合はどうでございまするか」

泥のように眠ったあとのように、体が軽い。このところ気にしていた、奇妙な体の違和感も、……ない。秀麗は泣きたいような、笑い出したいような気持ちになった。

（なんだ）

自分の体が普通じゃないとか、おかしなことを考えた自分が馬鹿みたいに思えた。単に疲れて、調子が狂っていただけだったのだ。

「薬が効いたようでございますな。よくお眠りになっておいででございました」

「眠って……？　どのくらい……」

「三日三晩、ぐっすりです。御史台にはご連絡申し上げておきましたゆえ」

「リオウくん！」

秀麗は寝台から飛び降りると、リオウに駆け寄って抱きしめた。

「ありがとう、うーさまのところに連れてきてくれて！」

リオウは狼狽《ろうばい》した。

「せっかく煎《せん》じてきた薬がこぼれたらどうする！」

「はい！　ごめんなさい。どんなに苦くってもちゃんと飲みます!!」

リオウのほっぺたに自分の頬を当ててみる。やはりリオウのほうが少しひんやりしている。秀麗はホッとした。

「……あら？　リオウくんも風邪？　なんだか耳まで赤いわよ」

「……お前な!!」

ハッとリオウがうーさまを振り返ると、羽羽は知らんぷりでそこらをぶらぶらしていた。リオウにはモコモコ眉とお髭《ひげ》の下でほくそ笑んでいるのがわかった。リオウは薬湯の椀をもってないほうの腕で自分の赤い頬をこすった。

「い、いいからとっとと飲め！　薬が効いてるだけであんたの体は本調子じゃないんだ」

「そうなの？　はーい。………………って、うっ、ほんっっっっとマズイ……」

「文句いうな。高価な薬草てんこもりに使ってるんだからな」

薬湯は冗談でなく、舌がしびれるほどまずかった。秀麗は覚悟を決め、鼻をつまんで一気に喉《のど》に流しこんだ。

「マズ……うう。リオウくんて、お医者の修行も積んでるの……？」

「まじない師と医者は紙一重だからな。縹家がそういう家なだけだ」

鼻をつまんだままひたすら苦みが去るのを待っていると、リオウが空の椀をとりあげた。

「……お前、王の嫁《よめ》になるつもりか」

「……仙洞令君のリオウくんの口からでるってことは、それ、単なる噂じゃないのね」

「――――」

その噂は、少し前から秀麗も耳にしていた。

いつでも、劉輝を追い詰めるのは自分という存在。秀麗ゆえに法を曲げ、願った我儘《わがまま》が大きく跳ね返ってきた。

秀麗には、劉輝の出す結論がわかっていた。

秀麗のすることは一つだけだ。

そのときまで、精一杯するべき仕事を。

「……まだ何も言われてないわ。だから、リオウくんに先に答えるわけにはいかないわ」

リオウはもの問いたげだったが、「そうか」と答え、それ以上は問わなかった。

「そういえば、リオウくんもあそこに来たの？　なんでリオウくんと葵長官が一緒に来てくれたの？」

「えっ？　葵皇毅のことは知らないが、俺は……ええと、羽羽が虫の知らせだとかであそこらへんによくない卦《け》が出てるから行ってみろって」

リオウの目が挙動不審に泳いでいる。が、秀麗は「そうなの？」と納得した。

「なんだかリオウくんがいうと、どんな不思議も頷《うなず》けるわ。いつも何か謎があるもの」

そうして、秀麗は御史台に帰っていったのであった。


「……どうだ？　あいつの体……」

「大変……危険な状態にございます」

羽羽は頭《こうべ》をうなだれた。

「杜影月とはどう違うんだ」

「仙《せん》は普通『死んだ』あとに人間の体を借りまする。おそらく杜影月殿はそのはず。体はすでに死んでおりますから、仙が肉を離れない限り、いかなる手段でも『死ぬ』ことはないでしょう」

リオウは頷いた。琥琳郡《こりんぐん》でリオウも目撃している。『漣《れん》』に杭《くい》を打たれても、足を斬られても、死ぬはずの出血でも、杜影月が死ぬことはなかった。『生きているフリ』で息をしたり、心臓が動いているように見せかけていても、本来の『体』は死んでいるのだから、それ以上死ぬことはない。それが『仙』だと確かめるいちばん簡単な方法でもある。

「ですが……どうやら秀麗殿は、体がまだ生きているうちに、仙が入ったものと思われまする」

「つまり、紅秀麗の体はまだ『生きて』いる……ということか？」

「はい。かろうじて、ではありますが……」

「羽羽。生きているなら、……杜影月と違って紅秀麗は『死ぬ』こともあるのか」

「……その通りでござります。もう、すでに危険な状態でござりまする……。秀麗殿の中の『仙』が自ら施した厳重な封印が、ほとんど解けかかっております。些《さ》細《さい》なきっかけで『仙』の力が解放されるまでに、ガタガタに箍《たが》がゆるんでおります。それに推測ですが、おそらく秀麗殿を守るためでしょう、『仙』の脇侍《わきじ》……雨を司《つかさど》る雨《か》師《み》が秀麗殿の中に入っているようでござりますね」

リオウはあの凄《すさ》まじい雷雨を思いだした。天候が突如急変し、貴陽周辺で落雷が多発した。短時間でやんでくれたため、河川は氾濫寸前で鎮まったものの、家屋の幾らかに被害がでた。縹家の血が流れているせいか、あの雨の直前、リオウの全身に鳥肌がたった。同時に、仙洞省に保管してある全神具が呼応するかのようにいっせいに共鳴を起こした。開かずの仙洞宮が開闢《かいびゃく》したかと思ったほどだ。占具に使う道具が一斉に一方向を指し示したので、リオウはまっすぐ秀麗の許《もと》にたどりつけたのだ。

「九彩江でも、身を守るために雨師の力を借りたようです。この貴陽で術を使えば、修行を積んだ術者でも死に至るほどの負担……。ですが秀麗殿はあのとき陸御史を助けるために相当の力を使ってしまったものと思われます。一気に、体が変化しております」

人でないものへ。坂を転がるように、……『死』へ。

「……薬で、どれくらいもつ」

「わかりませぬ。来年の春を……迎えられるかどうかさえ」

そうして『紅秀麗』が死ねば、眠っている『薔薇姫』が目覚める。

伯母《おば》上《うえ》はその前に『紅秀麗』の体をほしがり、父は黙って待ちさえすれば『薔薇姫』が目覚めると気づいて、日和見《ひよりみ》を決め込んだ。そういうことだ。

確かなのは、このままなら紅秀麗の命は炎をあげる蠟燭《ろうそく》のように尽きていくだけということだった。

＊　＊　＊

秀麗はいったん自分の御史室へ戻った。燕青は出かけているようだった。

官服に着替え、身繕いをする。それから葵皇毅のところへ向かった。

御史大夫室に入ってきた秀麗に、皇毅はまず訊《き》いた。

「清雅の様子は見てきたか？」

「はい」

「極秘だ。先日の襲撃のことは浪燕青にも言うな。お前と清雅はここ数日、私の指示で別行動をし、不在ということにしてある」

秀麗にも異存はなかった。言えばきっと燕青は護衛につく。でも燕青は燕青で何かを調べているようだった。それを妨げたくなかったし、葵長官の言う通り清雅のことを極力誰にも知られるべきではなかった。

とりあえず生きてる。リオウの言葉は真実だった。それ以上でもそれ以下でもなかった。

「――お前一人で、できるか？　紅秀麗」

「やります」秀麗は短く答えた。

秀麗を前に、皇毅は長考した。

この感情豊かな娘の口から、あらゆる感情を切り捨てたような声を聞くことがあろうとは、皇毅は夢にも思わなかった。いざ現実になるとむしろ悪い夢でも見ている気がする。

（悪い夢か）

悪夢は別にもある。刺された清雅の容態を思い、皇毅は僅《わず》かに眉根《まゆね》を寄せた。中央にいる御史は清雅と秀麗だけではない。清雅があなった以上、秀麗が当事者に近い立場であることを勘案すれば、この事案は別の御史に振り分けるべきだった。今回ばかりは、この娘もごねることはないだろう。

だが、皇毅の口をついて出たのは、逆の言葉だった。

「わかった。やってみろ。終わるまでは清雅の件は隠し通せ。お前はあくまでも清雅の下で動いているように見せろ。清雅が担当御史か否かで供述にも大きな差がある」

秀麗は返事のかわりに皇毅へ一礼した。

その頃燕青は昼飯を食いに冗官室に足を向けていた。室《へや》は久しぶりに元冗官たちでにぎやかだった。

燕青に気づいた鳳叔牙が椅子に反っくり返るようにして振り返る。

「燕青？　遅いよー。ホイこれ、蘇芳からの文。つーか、文書？　重すぎるんだけど」

「悪い悪い。ありがとさん」

叔牙が差し出した文の束を、燕青は受け取った。実はこうして叔牙と文のやりとりをするのは今日が初めてではない。

藍州から帰る船の上で、燕青は蘇芳から言われていた。

『俺が消えた後は、鳳叔牙ってやつを繋《つな》ぎ役にしとくから、なんかあったらそいつに言ってみて。俺のダチ。俺から連絡するときもあいつんとこ経由させるから。あいつ超軽そうだけど、約束は絶対守るヤツだからさ。ああ見えて結構義理ガタイんだよなー』

蘇芳の人を見る目は確かだ。鳳叔牙は見かけによらず、口が堅く存外に男気のあるしっかり者だった。もともと軟派《ナンパ》な男は平和な証《あかし》に見えて燕青はわりかし好きである。大体、燕青より前の茶州州牧や茶州官どもなんて見かけが立派でも中身はそろって最低だった。チャラ男《お》でキメてようが、ちゃんと約束を守る叔牙のほうがよっぽど信頼できる男だった。一度も書翰《しょかん》を盗み見ることもない。

「そういや、元冗官らで物資を常平倉に送ってくれたんだって？　助かったぜ」

「いーのいーの別に。俺ら下級貴族って実家帰れば地主の別名みたいなモンだし。米やら麦やらなら蔵に山ほど有り余ってるし。古いの食べきれないし売れないし。安かろうがお金になるってきいて、親も喜んでるしさー。これで秀麗ちゃんの助けにちょっとでもなれば、全然いーよ」

「かなり助かってる」

実際、元冗官たちの実家からぞくぞく送られてくる食糧は貴族派たちにも負けず劣らずで、片っ端から黒州や白州の常平倉に移送されている。

「ねぇね。あんたさー。蘇芳に何調べさせてんのー？」

「ちょっとな。あ。俺が文読んでる間、弁当少しなら食ってもいーぞ」

「わーい。じゃー遠慮なく」

「遠慮はしろ！　ちゃんと一種類ずつ残せよ!!　餃子《ギョーザ》は二個だけな！　俺の好物だから!!」

「ケチくさいよー」

文句をいいつつ、遠慮なく叔牙は燕青の手弁当をつつきはじめた。

「……あのさ、なんで秀麗ちゃんに秘密にしてんの？」

「向こうは向こうで手一杯みてーだからな。心配しなくても調べ終わったらちゃんというって」

叔牙はあからさまにホッとした。どうやら燕青が内緒で何かしているのを、秀麗にとって悪いことなんじゃないかと心配していたらしい。いい奴だ。

「なあ。お前が姫さんに義理立てしてるのは、就職支援してもらったから?」

「それもあるし、友達《ダチ》の蘇芳ん家《ち》助けてもらったし……あとさ……」

叔牙は冗官室を見回した。叔牙はこの冗官室に、結構長いこといた。

仕事がないのは楽だったし、遊んでいるのは楽しかった。でも何をしてもすぐ飽きた。やがてすることがなくなった。世の中に自分は必要のない人間なんだなぁと、ずっと思っていた。時間が消えていく。自分の掌《てのひら》に、何も残らない。確かなものが何もない。自分自身もふわふわと浮いているみたいに感じていた。

でも今は違う。上司に怒られても忙しくて遊ぶ暇がなくても、消えないものが自分の中に少しずつ積まれていく気がする。ずしりとしたその重さは不思議に叔牙を安心させる。

「……俺、悪いコトって、あんまりスキじゃなくてさー。ちっちゃいことでも、なーんか心に鬱々《うつうつ》としたものがたまってくってゆーか。でも別に正義漢なわけでもないから、新米進士イジメも止められないし、目の前でポイ捨てされた塵《ゴミ》もどーしよーどーしよーって思いつつ、拾えないし。結局何もしないでヘラヘラきたんだけど」

燕青は唇を緩めた。

「じゃー姫さん見てるの、スキだろ。スカッとするだろ」

一拍おいて、鳳叔牙も笑った。

「……スキ。蘇芳は甘いーって文句ゆってたけどねー。見てるの、スキだよ。俺みたいなのがぐずぐず言い訳こいてやらないことを、真正面からやってくれちゃうんだもん」

誰にでもできるけど、実際は誰にでもできるわけじゃない。でも本当はやれたらいいのにと思うことをやってくれるから、叔牙は秀麗を見ているのが好きになった。

「俺には同じコトはできないけど、ちょびっと助けるくらいなら、したいと思うんだよ。何もしないで遊んでいたときより大変だけど、秀麗ちゃんのおかげで、毎日が少しずつ楽しくなったしね」

燕青は破顔した。秀麗が叔牙を変えたわけではない。秀麗を見ている誰かがちょっとずつ変わる。人は人で変化していく。

「でさ。……秀麗ちゃんが実は紅家直系のお姫様で、王様の嫁《よめ》になって官吏やめさせられるって話、このところスゴイ噂になってるんだけど、ほんとなの？」

「さー。紅家直系のお姫さんなのは確かだが、その他はわからん」

叔牙が憤慨した。

「なんでそんな素っ気ないんだよー！」

「なんでお前が怒ってんの」

「俺だけじゃないよ！　冗官仲間みんな怒ってるよ！　なー！」

すると、周りで耳をそばだてていた冗官仲間も口々にぶぅぶぅ言い出した。

「もしホントだったら、王様ひどいって」

「だよな。結局、秀麗ちゃんいいように利用するだけ利用してるだけじゃんな。面倒ごと全部押しつけたあげく、周りに言われたから退官させてしかも嫁って。ナニサマだよ」

「いや王様《オーサマ》だけどさ。だったら最初っから官吏にすんなよなって話だよな。自分で官吏にしておいて、都合悪くなったらお払い箱ってどーなの？　秀麗ちゃん完璧《かんぺき》モノ扱いじゃん。今まで王様のことはどーとも思ってなかったけどさー。……かなり、心証悪いよな」

「俺もあんま好きじゃなくなった。ころころ態度かえるって、信用なくすよね」

　燕青は眉根を寄せた。

「——コラ。そんくらいでやめとけよ。姫さんが官吏になったのは王様のおかげなんだぜ」

「でもさー。結局やめさせるなら同じことじゃん」

「でもじゃねー。いいか、もしホントに姫さんが王様の嫁になってみろ。お前らが今みたいな文句たれていちばん肩身狭い思いするのは姫さんなんだぜ」

　不承不承といった風に元冗官らは口をつぐむ。納得していないのは明らかだった。

「……おい、叔牙。こーゆー感じのヤツ、多いのか？」

「けっこー聞くよ。俺らだけの話じゃなくって。御史大獄見た上司とかも」

「……そうか」

　秀麗を認める官吏が増え始めたことが、逆に作用するとは皮肉だった。

官吏としての秀麗を認める者と認めない者が拮抗《きっこう》しつつある中、秀麗を妃《きさき》にしてもしなくても、王への風当たりは強まりこそすれ弱まることはないかもしれなかった。

＊　　＊　　＊

秀麗はその日も清雅の御史室にむかった。それはもう日課になっていた。

人の気配がしないがらんとした室《へや》に入る。秀麗の御史室より三倍ほども広い室は、相変わらず山のような資料に埋め尽くされている。前は狭く見えると思ったのに、清雅の姿がないとそうでもない。こんな広い室と膨大な資料を一人で自在に使えるような御史は、あの傲岸《ごうがん》な男以外ない。

勝手に奥の仮眠室に押し入る。前に熱を出してぶっ倒れた清雅を看病した時と同じ寝台で、やっぱり清雅は横たわっていた。紙のように蒼白《そうはく》な顔で。

秀麗は清雅の胸に手を当てた。ひどくゆっくりだが、鼓動はある。今日も……。

清雅はあの日からずっとここで眠っている。葵長官が秘密裏に手配し、日に数度清雅の世話をしに人がくるのと、仙洞官が容態を見にくる他は、誰もここにはこない。清雅がここで眠っているのを知る者はそれで全部だ。燕青すら知らない。

「〝鳳麟〟は誰よ。あんたなら見当ついてんじゃないの」

答えはない。

――吏部尚書の更迭を事前に予測できる者といったら、大官級だ。あのときは秀麗も間際まで清雅が吏部尚書を更迭する気だとは思っていなかった。加えて紅家の〝鳳麟〟という存在を知っている者。大貴族、あるいは、元大貴族。

(葵長官)

当てはまる。紅藍両家の力を削《そ》ぐのに絶妙なそのやり方も。

「……もちろん、あんたにも当てはまるわよね、清雅。やめてよね。実はあんたでしたなんてオチ。ありそーですんごいイヤ。起きなさいよバカ。つむじ曲がり。タカビー」

清雅の鼻をひっぱる。それでも清雅は起きない。ずっと起きない。

体温の低い、冷たい体。まるで冬眠しているようだった。

「あんたが百合叔母《おば》様を人質に取った策、サイコーに絶大な効果を発揮したわよ。貴陽の紅一族は次々と自分の資産を擲《なげう》って、朝廷に嘆願してるわ。どうか叔母様を解放してくれってね。身柄預かってるの御史台だから、私のとこにも毎日のように嘆願書が雨あられとくるわ。葵長官を説得してくれって。どうしたって？　葵長官の性格知ってんでしょ。紅州の経済封鎖が解けるまではダメだの一点張りよ。ま、そりゃそうよね。ははん、全部あんたの手柄よこんちくしょー。よかったわね！　フン」

ぺしっと清雅の額をはたく。

「おまけにあんたが嫌ってる女は、お望みどーりもうすぐ退官になりそうよ。その目で見られなくて、残念だったわね」

怒ってないと、泣きそうになる。清雅の前で泣くことだけは死んでもしたくなかった。

秀麗は腹ぺこのクマのように寝台の周りをうろつき回っていたので、清雅の指先が微《かす》かに動いたことに気づかなかった。

（……襲ってきた兇手《きょうしゅ》）

『牢《ろう》の中の幽霊』にほぼ間違いない。誰かが飼っている兇手。

（——出てきた。紅家の事件とも繋《つな》がってたんだわ……）

彼らが襲ってきたのは、紅家を出た直後。

（〝鳳麟〟のことを叔母様から聞いたから？）

ということは、〝鳳麟〟の正体は相手にとってさぐられたくないことなのだ。

（〝鳳麟〟が葵長官だとしたら）

ニセモノだ。葵皇毅は元紫門《しもん》四家の出で、出自は確かだ。紅門姫家ではない。

貴族派の大官で、身許《みもと》が不明な者がいる。凌晏樹。

（……葵長官が関わるなっていった意味がようやくわかったわ）

彼の姓氏は次々と変わっていた。正確には養子に入った先の貴族の財産と特権を受け継いだあと、彼を残してことごとく没落している。もらえるものをもらったあとは用なしと言わんばかりに、彼一人が別の素《そ》封家《ほうか》に乗り換えて生き延びている。まるで彼が潰したように。だが彼が関与した証拠は皆無。凌家は彼の最後の養子先で、ここもすでに一族は絶えている。知ったときは背筋が冷たくなった。

　彼の本当の出自は誰も知らない。

――稀代《きたい》の悪党ぞろいという姫一族に、彼ほどふさわしい者はいないかもしれない。

(でも財産と特権が欲しければ、姫一族でいればいい話よね)

　姫家は紅門筆頭の超名門だ。晏樹が姫一族だったなら、羽振りのいい家を渡り歩いて資産や特権をわざわざのっとる必要はない。どこかおかしい。完全にはまらない。

(やっぱり最後は紅州に行って調べるしか)

　集中して考えごとをするには、ここはまったく都合が良かった。清雅の前で気なんか抜けない。どれだけ時間があるかわからないけれど、なるべく多くを形にして残したかった。劉輝のための仕事が自分に許されている間に。

「証拠がないのよ……」

〝鳳麟〟が本物か偽者かすらつかめないでいる。今もこの同じ城に確かにいるはずなのに、さぐってもさぐっても雲をつかむようで何も進んでいない。

　思えば秀麗は今まで『清雅が何をしてるか、何を考えているか』を念頭に置きながら駆けてきた。清雅がいなくなれば、途端にこの有様だ。情けないったらない。

「あんたのそのよくおできになる頭、ちょっとは貸しなさいよ」

　ツンと髪をひっぱっても、丸めた清雅布団みたいにしおらしくしている。今なら仕返し放題だが、髪をひっぱるくらいで勘弁してやろう。

　勘弁してあげるから。

「とっと起きなさいよ……」

今度は鼻の奥がツンとした。めそめそしそうで、慌てて秀麗は踵《きびす》を返した。

袖《そで》が、何かに引っかかった。

「？」

誰かが手首をひいた。弱々しく。

その先で、清雅の冷たい双眸《そうぼう》が小うるさい蠅《はえ》を追うように秀麗を見ていた。

「……枕元で……ごちゃごちゃうるさいんだよお前」

「………清雅」

「命の恩人にやりたい放題だなオイ。しかも仕事の話題かよ。色気のカケラもないヤツだ」

秀麗は自分をとらえている手を見た。

「……泣かれるよりゃマシでしょ」

清雅は秀麗の手首を離した。それだけの力もないみたいに。

「……清雅」

秀麗は何を言おうか考えたけれど、出てきたのは、なんだかバカみたいな言葉だった。

「何か食べたいものある？」

「あれから何日経った」

「十日くらい。もうめっきり秋よ」

「何が秋ヨ、だ。そんな世間話は求めてないんだよ。もっと他に話すことがあるだろうが」

秀麗は寝台の脇に椅子をもってきて腰かけた。それから梨を剝《む》くのに没頭するフリをした。清雅の視線の先をたどるまで、梨でウサギを何羽もこしらえていたことに気づかなかったくらいだ。別に清雅が目を覚まして嬉《うれ》しいからウサギになったわけではない。断じて。

清雅はウサギに気をとられて追及の手をゆるめたりはしなかった。

「で？　なんで俺は生きてるワケだ」

「……さあ」

秀麗は正直に答えたのだが、案の定、清雅にギロリと睨《にら》まれた。

「……ふざけろよお前。さあってなんだ。おかしいだろ。刺されて十日で致命傷がもう治りかけてるなんてのがありえるか」

起きて二人して真っ先に確かめてみたが、傷口はすっかりふさがり、包帯をとってもいいくらいだった。秀麗もありえないと思ったものの、おくびにもださずにうふ、と作り笑いをした。

「ねー。あの葵長官もビックリよ」

「当人の俺のがビックリだ。俺にわかりやすく説明しろ。あのあと何があった」

秀麗はしぶしぶ白状した。

「いやほんとに私にも何が何だか。あのあと私もなんかパッタリ気絶したみたいで」

「――あの状況で一緒に気絶するやつがどこにいやがる！」

「う、うるさいわね。気絶したくてしたわけじゃないわよ。なんかこー、いきなり雨が降りだしまして、おそらくは寒さでつい雪山遭難みたいに眠気が」

「俺は今ほどお前がバカだと思ったためしはない」

　秀麗も今ばかりは反論できなかった。自分でもそう思う。

　激しい雷雨の中で清雅を抱きしめたところまでは覚えているのだが――。そのあとの記憶が切り貼りしたみたいにちぐはぐだった。

　気づけば葵長官が目の前にいて、泣いて助けを求めたところで記憶が途切れている。リオウが来合わせたのはその後なのだろう。

　秀麗と清雅を連れ帰ってくれたのはリオウと葵長官のようだが、そこらへんも混乱していて判然としない。馬で帰ったのか馬車で帰ったのかも覚えていない。

　そもそもいったいなぜあんなとこに葵長官が出没したのか。忍者みたいな人だ。

「……いつのまにか目の前に葵長官がいたのよねー……なんで？」

「ああ」

「え。驚かないの!?」

　清雅は楊枝《ようじ》に刺さった梨ウサギをしげしげ見回した。食べるのが惜しい気もする。が、まだ梨ウサギは数羽いると思い直してしゃくしゃくとかじった。酸味のある甘さと汁気たっぷりな梨はリンゴより好みだった。とにかく喉《のど》が渇いていた。

「葵長官は御史一人一人に護衛つけてるからな。異変があれば援護にくるし、葵長官にすぐさま報告が行く」

「護衛⁉　全然こなかったじゃないの」

「そいつらもどっかで足止めくらってたんだろ。あのあともう少し逃げるか耐えるかしてりゃ、おっつけきたはずだ。近衛にもなれる精鋭中の精鋭だからな」

そうでなければ、清雅も一人で応戦しようなどと考えはしない。それまで多少の怪我は致し方ないと思っていたが、まさか秀麗を庇《かば》って致命傷を受けるとは大誤算だった。

（生きてるけどな）

しかし葵長官がじきじきに飛んでくるとは。

（さーて。皇毅様にとっちゃ何が誤算だったんだか）

清雅はもう一羽ウサギをかじった。可愛いが耳まで食べていいのか迷うヤツだ。

「まーいーじゃないの。なんでも。生きてんだから。何かキセキが起きたのよ。あとはよく寝てご飯食べて体力回復すれば元通りよ」

「……お前の脳天気な脳みそが心底羨《うらや》ましいぜ。……で？」

「何よ。まだ何かあるの」

「あるだろ。誰かさんから命の恩人へのお礼をひと言も聞いてない気がするが」

秀麗はぎくりとした。

「ふ、ふふ。お礼は強制するモンじゃないわよ」

「人の命なんだと思ってやがる。そっちの皿の葡萄《ぶどう》食べさせろ」

「葡萄っくらい自分で食べられるでしょ!?　むしゃむしゃ梨食べてたんだから！」

「疲れたんだよ。『何か食べたいものある？』っていったヤツはどこのどいつだ」

秀麗はこらえた。房から大粒の葡萄をぶちっともぐ。

「……この先一生あんたに『命の恩人』楯《たて》にとられてネチネチ恩着せられるのねきっと。いいのよ清雅。『俺は無事だったんだから、何も気にするなよ』とか言ってくれちゃっても」

「はあ？　ばかいえ。死にかけて何も気にしないワケないだろ。人の弱みにはトコトンつけこむに決まってんだろ。ちゃんと皮剝《む》け。種もとれ」

「うっさいわ！　あんたに助けられたのは一生の不覚だったわ!!」

葡萄の皮を剝いて種もとってやりながら、秀麗は清雅が起きてくれたら言おうと何度も何度も練習していた言葉を、ポツリと呟《つぶや》いた。

「……助けてくれて、ありがと。ごめんなさい」

「気にするな」

秀麗はしおれた青菜のようになった。清雅は言った。

「——誰あんた！　中に何かヘンなの入ってるわね!?」

「だよな。俺がそんなこと言うわけないだろ。礼は耳そろえて取り立てるに決まってるだろ」

清雅は秀麗の手をとって自分のほうへ引き寄せた。そのまま秀麗が指でつまんでいた葡萄を食べ、秀麗の指に垂れ落ちた果汁を舌で吸いとる。

「ぎゃー!! なな何すんのよ!」

病み上がりとは思えない力で清雅に抱き寄せられた。心底意地悪そうな微笑は、すっかり元の清雅である。

「てっとりばやく体で払ってもらうか」

「わかりました働きます! 一日だけなら小間使いでもなんでもさせていただきます」

「礼を値切るとはイイ根性だ。まあ値切られてやってもいい。もとはといえば、お前のド下手くそな芝居のおかげでこんな目に遭ったんだ。しっかり続き練習させてやる。目ぇつぶっとけ」

「違うでしょ!? あれ関係ないから絶対!」

「――これでおあいこにしてやるっつってんだよ。お前に一生謝られるのはウンザリなんでな。お前の嫌がる『礼』とひきかえなら、そんな気も失《う》せるだろ」

冷淡な目も声も、甘さのカケラもない。面白がってもいなかった。

『これでおあいこにしてやるっつってんだよ』

それ以上でもそれ以下でもない。負い目を感じられるのはまっぴらごめんだと。

二度と謝りたくないようにさせてやるという、清雅一流のヘンな理屈。さはさりながら秀麗の性格を理解した『取引』だった。

「……『演技』な上に単なる『取引』だ。本気になるなよ」

後れ毛を軽く引かれ、仰向かせられる。ゆるんでいた簪《かんざし》が床に落ちる。

頰《ほお》に清雅の指先がかかり、逃げられなくなった。清雅と目が合うや急に耳が火照った。

秀麗は破れかぶれに目をつぶった。あとで絶対ひっぱたいてやる――。

清雅の前髪が秀麗の顔にふれる。指先に清雅の鼓動を感じた。吐息が唇にかかる。

「――」

額をゴツッとぶつけられた。

「――痛ぁっ!! な、なな、なにすんのよクソセーガ!!」

「ふん。バカかお前。本気にして目を閉じやがって。この俺がお前の練習台なんかになってやるわけがあるか」

秀麗は心底憤慨した。な、な、なんて男だ。

「――誰も頼んでねーわよ！　あんたが勝手にやったんでしょ!?」

「相当マヌケなツラを拝めたからな。それでチャラにしてやる。二度としけたツラ見せるな。油売ってないでとっとと仕事に戻れよ。俺の仕事だってのに、お前のおかげで評価下がったらどうしてくれる。本気でぶち切れるからな」

返す返すもこの男に助けられたのは痛恨の極みだ。二度と申し訳ないとか思ってやらない――。

「油売るハメになったのはどこのどいつのせいよ！　おとなしく寝てろってのよ!!」

「おい」

「なによ!!」

「証拠を押収してある保管庫に行け。榛蘇芳の件を調べ直してみろ」


秀麗がスッ飛んで室《へや》を出て行ったあと、清雅は梨ウサギに楊枝《ようじ》をさした。秀麗に教えるつもりはなかったが、さすがに命を狙われてまで黙っているつもりはない。

(あの女なら、あれだけいえばあとは勝手にたどりつくだろ)

だがまだ『あの人』まで到達するのは無理だろう。そこまで甘い人じゃない。

『おまけにあんたが嫌ってる女は、お望みどーりもうすぐ退官になりそうよ。その目で見られなくて、残念だったわね』

今の朝廷を思えば、あの女がどういう形で『退官』するのか憶測するのはたやすい。

清雅はウサギを食べた。

ここで官吏を辞めれば、あの女は命拾いするだろう。後宮におとなしく引っ込んでれば、殺されることはないはずだ。ここから先は、『あの人』にたどりつく可能性がある。『あの人』が手段を選ばないのは、清雅もよく知っている。だからこそ、皇毅も晏樹もわざわざ後宮入りさせる選択肢を棚から引っ張り出してきたに違いなかった。

清雅としては多少面白くない話だが、元に戻るだけだ。また静かになっていい。

(あの女が王の妃《きさき》? ばかばかしい)

あいつを単なる女にして、何が面白い。清雅の前でおとなしく目をつむる女より、睨《にら》んでめたくそにけなしまくってカンカンに怒るほうがあの女らしい。だが王の愛した『紅貴妃』は、清雅の気に入った女とは違うのだろう。清雅は『紅貴妃』なんぞには興味ない。後宮に入った時点で、そんな女は清雅の人生から抹消決定だ。

『ナゾのキセキ』で治りかけている傷を見る。

半端な甘噛《が》みじゃ痕《あと》は残せないといったが、この傷は清雅の体に残るだろう。

(まったく女のために死にかけるなんざトチ狂ってたとしか思えない)

後宮に入った女のことは忘れ去っても、俺の『真実』がある傷痕《キオク》なら残してやっても構わない。

あの女と『演技』で口づけなんかしてたまるか。

本気でないものに、何の価値がある。

……遠くから、ゆったりとした足音が聞こえてくる。清雅はその足音の主に心当たりがあった。清雅の御史室に無断で踏み込んでも許される、数少ない人物。

やってきた人物へ清雅は嫌みを言った。このくらい許されてしかるべきだ。

「あやうく死ぬところでしたよ。――あなたでしょう、あの兇手《きょうしゅ》の差し金。俺が気づくなり、すかさず兇手送ってよこすのやめてください。石頭の紅秀麗じゃあるまいし、時間を稼ぎたかったなら、言ってくだされば少しは考えましたよ」

肯定のかわりに、相手が笑う。

清雅の中では、バラバラに散らばっていたちぎり絵は、ほぼつなぎ終えている。

彼こそが今回の黒幕――〝鳳麟〟だった。

＊　　＊　　＊

『証拠を押収してある保管庫に行け。榛蘇芳の件を調べ直してみろ』

秀麗は保管庫に駆けつけた。いったい何の気まぐれだか知らないが、清雅の放り投げたのは手がかりだ。

（やっぱり清雅は何か勘づいていたんだわ）

憎らしいほど有能で、一歩も二歩も先をゆくあの男が腹立たしくて、妬ましい。

いつかぎゃふんと言わせたかったけど、もうそんな機会がないことも、悔しい。

せめて、最後くらいは。

（これで「やっぱりわかりませんでした」なんて死んでもあの男に言えるかっての！）

保管庫はひんやりとしてほこりっぽく、つんとカビ臭いにおいがする。

（タンタンの件――贋作《がんさく》とニセ金!!）

蘇芳の邸《やしき》から押収したものは賠償金の支払いに充てるため残らず売り飛ばされた。保管庫に押収品はほとんど残っていない。

秀麗は丹念に目録に目を通していった。あのときの秀麗は冗官で、なのに蘇芳を引きずり回して勝手なことをしていた。清雅がどんな捜査をしていたかなど知る由もなかった。あとで調書を読んで慄然《りつぜん》とした。引っかき回しやがってと清雅が激怒したのも無理はないほど、一つ一つ証拠を積み、綿密に捜査を組み立ててあった。秀麗の『単なるカン』で、それらすべてがぶち壊される寸前までいったのだ。知ったときは冷や汗をかいて猛省した。

(……清雅にゃ死んでもいわないけど！)

時間をかけて目録を読み通したものの、……不自然な点はない……気がする。

(いやいやそんなわけないでしょ⁉　何か見落としているのよ私！)

三べんほどさらったところで、小さな点にひっかかった。

(……あのとき私、絵の贋作を集めて回ってて、それを清雅に全部押収されたわよね)

碧歌梨《かりん》の息子・碧万里《ばんり》が描《か》かされていた贋作だ。その中に一幅だけ万里自身が描いた画《え》があった。姮娥楼の大旦那《おおだんな》が購入し、それを手がかりに歌梨が蘇芳の邸まで辿《たど》り着いた、あの画。

(すんごい直球の題だったから、覚えてるのよね……。だってひと言『庭』だもの)

確かに蘇芳の家の庭院《にわ》以外のナニモノでもないが、他が『紅山雲海山水図』など、やたらものものしい題名ばかりだったので、逆に記憶に残っている。

——が、目録にその大変短く素っ気ない『庭』がない。

ないわけがない。

（……もしかして、『庭』が載っていた一葉《よう》がなくなってる……？）

注意深く見直すと、途中で、目をこらさないとわからないほど上手に切りとられた箇所があった。誰かが、ここの一葉を切りとっていったのだ。

（なんのためにって、いったらそりゃあ）

当然、知られたくない何かの証拠を抹消するために。

——これが清雅の示した手がかり。

なくなっているその一枚に、証拠になるような品が記載されていたのだ。

それは何。

（今回の件とも関わりのある証拠品が、すでに贋作のときにあったってこと？）

贋作とニセ金の件と、紅州経済封鎖に、いったいどんな繋《つな》がりがある。

秀麗は爪《つめ》を噛みながら、保管棚に目をやった。蘇芳の棚の証拠品はほとんど売っ払われてガラガラだ。小さな箱にひとまとめになるくらいしか残っていない。目録と照らし合わせても、ないもののほうが多い。だいたい、目録を切り取っていく輩《やから》が、証拠の品をみすみす置いていくわけがない。

それでも箱をとりだしてガラクタの山をかきまぜると、ニセ金鋳造に使われた極印《ごくいん》の試作品がいくつか出てきた。誰かに使われないように、どれもこれも大きな傷がつけられている。実際のニセ金づくりに使用された一番できのいい極印は蘇芳が発見してくれて、それで秀麗はからくも御史台に拾ってもらえたのだ。

（ものすごく出来のいい贋作と極印だったのよね……）

特に極印は複製など不可能なはずだったのに――。

（――……え？）

秀麗はハッとした。

できのよすぎる極印。本来なら複製不可能なはずの精密さ。

同じような条件の『印』の話を、百合から聞かなかったか。

『……印がね、あるのよ。〝鳳麟〟だけの。もちろん、ちゃちなものじゃないわ。御璽《ぎょじ》と同じくらいの精密な紋章で、「碧宝」にしか複製できないわ』

「碧宝」碧歌梨は頼まれても偽造などしないだろう。だが息子の万里は幼くて、よくわかっていないまま、ニセの『極印』をつくってしまった。それも、本物とほぼ変わらぬ複製を。

秀麗の胸がざわついた。

（百合叔母《おば》様……なんていってた？）

『複製するにしても碧本家に依頼するしかない。でも偽造を防ぐために、家同士の約束事で「碧宝」にしかつくれないほど精密な印が持ちこまれたときは、必ず朝廷に届け出ることになってるわ』

だが、碧本家を通さず、朝廷に届け出ることもなく、あのときの万里なら言われるがままにつくったのではないか？　偽造の〝鳳麟〟印を。

精密な図柄ならおそらく何度も印刻して調整を重ねたろう。極印に試作品があったように、鳳麟印にも試作品があったはず。料紙に押して出来を確かめもしたろう。それらが、万里のいた離れに残っていた可能性はかなり高い。当然清雅は押収したはず。

(鳳麟印の存在は紅一族以外知らないんだから、あのとき偽造の鳳麟印を誰かが見ても、不審に思われない)

単なる彫り印の一つとしか思わないはずだ。

消えた目録。

そこに記されていたのは、鳳麟印の試作品及び印影だったのではないか。

(清雅なら、証拠《しょうこ》品に一つ残らず目を通してるはず)

清雅の記憶力は図抜けている。百合の描いた下手くそな鳳麟印でも、贋金の事件の証拠品の一つに、類似した印があったとすぐ思い当たったとしても不思議じゃない。

(……私たちが襲われたのは、叔母様を訪ねた直後)

相手が口を封じたかったのは、鳳麟印の偽造に勘づいた清雅。

――偽造。そう、本物の〝鳳麟〟なら、わざわざ偽造印をつくる必要なんかない。

(経済封鎖をさせたのは、〝鳳麟〟のニセモノ!!)

裏付ける物証が消えているのが悔やまれる。万里も歌梨と一緒に一足違いで碧本家へ帰ってしまった。万里から証言をとるにしても時間がかかるし、幼さゆえに証言は不確実と見なされるおそれがある。何より公にすれば万里に罪がかかる可能性がある。犯人がそこまで考えていたとすれば空恐ろしいほどの頭の良さだ。

朝廷にいるそのニセ鳳麟が誰なのか、そいつがどうして鳳麟印の紋様を知っていたのかは、この際あとまわしだ。

大事なのは、紅家に経済封鎖を解かせる根拠をつかんだということだ。

＊　＊　＊

「燕青いる!?」

御史室にとって返すと、このところ不在がちだった燕青が戻っていた。

ちょうど顔を当たり終えたらしく、さっぱりした姿になっている。どう動いていたにせよ一段落ついたらしかった。

「おう姫さん、ちょうどよかった。俺も話があったんだ」

「話？」

燕青は心なしか浮かぬ顔だった。

「んー。まずは姫さんのほうから聞くわ。どした？」

秀麗は手短にニセ〝鳳麟〟の件でわかったことを話した。贋作騒動の時に燕青はいなかったが、捜査資料は読んでいる。

すぐに燕青は勘所を押さえた。

「了解。じゃ、経済封鎖のほうはメドがつきそうだな」

「うん。これから葵長官に報告上げてくるわ。燕青のほうは？」

秀麗が清雅に顎で使われながら紅家中心に調べを進めている一方、燕青は各州府や全商連を中心に何かを追っていた。

「うーん。引っかかったことがあれば調べろっていったよな」

「……何か、あったの？」

「ちょっとな」

燕青は無造作に料紙の束をとりだし、秀麗に手渡した。優に百枚はある。秀麗が刮目《かつもく》したのは――。

「……燕青、わざわざ暗号で書き物しなくたっていいのよ？」

「相変わらずミミズのたくったよーな字で悪かったよ！　常用文字だっつの」

どこがだ。州牧時代もそうだったが、藁半紙《わらばんし》には判別不可能な文字が連なっている。象形文字かはたまた古代人のナゾの暗号か。しかし御史台ではうってつけかもしれない。燕青が機密文書を書けば、怪盗が文書を盗み去っても秘密は守られるだろう。清雅が盗み見を企もうが、白旗を上げるに違いない。想像するとほくそ笑むくらい面白い。

「今回の一件じゃ、主に農作物の供給不足が懸念されてんだろ？」

「ええ。冬に食糧が不足しかねないから」

「けどさ、俺がヘンだって思ったのは別のヤツなんだな」

「別……って？」

「石炭と鉄」

燕青が一枚の料紙を示した。石炭と鉄について暗号で書かれているらしい。

「紅州って、穀物もとれるが石炭が特に豊富なんだよな。多分、埋蔵量は国一」

確か葵長官も同じことを言っていた。

「うん……？　あ、北の冬は寒いから石炭がないと困るってこと？　えっと、いちばん火力が大きいんだっけ。でも、竹炭とか木炭でもなんとか代替できるわよ」

「違う。今からする話は、俺も州牧時代に悠舜から聞いて初めて知ったことだ」

「悠舜さんから……？」

「紅州には秘密裏に継承されてきた特殊な技術がある。ある理由から紅家が統制をかけて、外部に漏らさないようにしてきたらしい。俺が州牧んときも、確かに便利だけどやべーと思って、凜に厳重に口止めさせた上で、信頼のおける限られた技術者にのみ習得させた。あの当時の茶州には必要だったからさ」

「……何を」

燕青は珍しく躊躇《ちゅうちょ》するように言い淀み、眉間《みけん》に皺《しわ》を刻んだ。

「……製鉄技術」

秀麗は肩すかしを食った。なーんだと呆《あき》れた。緊張して聞いていたのに。

「何いってんの。それなら今もあるじゃない。青銅器の時代は何百年前だと思ってるのよ」

燕青は笑わなかった。

「ケタが違うんだよ。石炭を……ある特殊な方法で加工する。その特殊な炭さえあれば、製鉄技術が今より格段にはね上がるんだ。てっとりばやくいえば、鉄の大量生産が簡単に可能になる」

秀麗が口をつぐんだ。鼓動が加速する。危険信号の合図みたいに。

ものすごく、危険な。

「……ね、燕青。さっき、便利だけどやべーって、言ったわよね……」

危険信号が大きくなる。

「……茶州はなんもなかったろ。農地を開墾する道具も、山を切り開いて道をつくる工具も、鍋《なべ》だってろくにねぇ。買う金なんかさらにねぇ。でもその技術があれば、安くて大量の農耕具がつくれる。茶州でも。鉄製の日用品も安くなる。それが、便利な点。だからちょっぴり利用させてもらった。やべーのは……武器も簡単に大量生産できるって点」

秀麗の胸がどくんと鳴った。

さっき、燕青は何て言っていた？

「石炭と鉄が、おかしいって、言ったわよね……」

「蘇芳と繋《つな》ぎとって、急いで調べてもらった。紅州府と全商連にも確認をとった。――経済封鎖のどさくさで、紅州産の石炭と鉄が、大量にどっかに消えた。あと優秀な製鉄技術者も何人か消えてる。別に鍬《くわ》やら鍋やらつくるならいいさ。みんなの役に立つならな。でも今の状況だぜ。……最悪の場合、危険度は食糧不足の比じゃねぇ」

武器の大量生産が可能な製鉄技術者と物資が、忽然《こつぜん》とどこかに消えた。

――武器の、大量生産。それが意味すること。

贋作《がんさく》とニセ金事件の裏でいずこかへ流失したままの闇金。司馬迅と兇手《きょうしゅ》の集団。そして今度は製鉄技術。

「……誰かがどこかで……戦の準備をしてるってこと――…………？」

燕青は険しい顔で答えた。

「……わかんねぇ。だが、その可能性はある。それに今回の一件の元締めがニセモノの鳳麟で、なおかつ朝廷の大官やってるってなら……」

紅家を右手で朝廷から駆逐しながら、左手で製鉄技術と鉄炭をかっさらっていった。

秀麗は身震いした。

秀麗の鼻面を引きずり回す裏で、相手は必要なものを着々と手に入れていたのだ。

燕青がいなかったら、最後まで気づかなかったかもしれない。

気づいても、おそらく秀麗はもう劉輝の官吏ではいられない。

「……燕青」

「うん？」

「もし、もしね。私が官吏を辞めても、燕青は劉輝のために働いてちょうだい」

燕青はじっと秀麗を見つめた。燕青もまた噂は耳にしているはずだ。けれど燕青は、その噂が本当かどうかなど訊ねはしなかった。

「わかった。それが姫さんの望みなら」

何も聞かずに、燕青はいつものように秀麗の願いをきいてくれた。

秀麗はふと過《よ》ぎった疑問を口にした。

「……ねえ燕青、なんで悠舜さんがそんなこと知ってるの？」

「なんだ、聞いてないのか？」

燕青はきょとんとした。

「あいつ、ガキの頃は紅州にいたっていってたぜ。姫さんと同郷だろ」

＊　＊　＊

『五岳《ごがく》から帰来して山を見ず、紅山《こうざん》から帰来して岳を見ず』

彩雲国には五つの名山がある。それを登ってしまえば他の山を見る気が失《う》せる。だが紅州の紅山に登れば、その五名山でさえどうでもよくなってしまう——そう謳《うた》われる、天下一の名峰。

藍州九彩江に匹敵する、紅州の秘境『紅山』。

深い谷底からは、雲と霧が絶えず泉の如く湧きいで、雲海となって峰々を覆う。そそりたつ岩山には、全部で六万段ともいわれる石の階段が刻まれている。角度はほとんど垂直に近い。岩肌にへばりつくようにえんえんと連なり、かろうじて人がすれ違う程度の幅しかない。まれに里の人間がぽつんと彼方の階段を往来している。

「全部数えた者はいない……っていうけど、隠し階段含めれば十万段はあるね、これ」

邵可はぶつぶつ言いながら岩山の階段を進む。たまに行きあう里の者に水や食べ物をわけてもらってここまで登ってきたが、昨日からはサルの顔しか見ない。

紅山には四絶《しぜつ》と謳われる絶景の至宝がある。怪石、奇松《きしょう》、雲海、温泉。山水画を切り取ったような美しい雲霞《うんか》のたなびく中、そこここに隠された紅家の天才軍師一族の仕掛けを解き、迷路のごとき道を抜けて、誰も辿《たど》り着いた者はいないと言われる〝鳳麟〟一族の住処《すみか》へ向かう。

「確かに〝鳳麟〟一族が隠れ住むなら、紅山はうってつけだろうとは思ってたけど。なんだこの凄《すさ》まじい頭脳戦。底意地の悪い仕掛けの数々。さすがうちの性悪軍師一族だよ。ほら黎深、遅れない！　早く帰らないと本当に玖琅、勝手に責任とって自殺しちゃうよ。懐《かい》剣《けん》抜いて自分で首を刎《は》ねかねないくらい思い詰めてるんだから。出来の悪い兄をもってかわいそうに。私より若いんだから、顎を出してないできりきり歩きたまえ」

黎深は息を切らして、兄の後を追う。汗はしたたるそばから蒸発し、足をあげるのすらしんどい。膝《ひざ》もがくがく笑っている。三日三晩ぶっ通しで山登りしてれば、人類ならへたばるに決まってる。黎深は確信した。すなわち兄上は人間じゃない。

「……若い……ですけどね……!!　く、空気が薄……。サルどももしか住まん山奥にわざわざ家を構えやがってからに……！」

黎深を小馬鹿にするように、近くの松の木で紅山の主、サルがこっちを見ながらぴょいこら跳ね飛んでいる。九彩江の主がパンダで、なんで紅山はサルなんだ。黎深は常に腹立たしい思いに駆られる。藍家のクソ三つ子に『サル山の大将』とか鼻で笑われるのはこのサルどものせいだ。パンダだったら秀麗もきっと喜んで遊びに来てくれるのに。なんでサル。

「あっち行けこのサル！」

追っぱらっても追っぱらってもサルどもは興味津々黎深にまつわりついてくる。

「気に入られてるんだよ黎深。よかったね。紅家直系の証《あかし》だろ」

「サルになんか気に入られたかないですね！　棗《なつめ》の巾着をコソ泥しおって！　食うな！あっ、兄上の肩になれなれしく乗るなサルめ！」

「かわいいじゃないか。毛並みふかふかして」

「サルなんかより弟の私のが可愛いですよ！」

「あーハイハイ。同じくらい可愛いよ」

黎深は憤慨した。サルと同じくらい可愛いって、可愛いのか可愛くないのかどっちなのだ。

邵可に睨《にら》まれた。

「叫ぶ元気があったら一段でも多くついてきなさい。〝鳳麟〟のとこに怒鳴り込んでやるっていってたのは君だろ。『誰』なのか知りたいんだろう」

黎深は口を閉じ、それから山の隘路《あいろ》をゆくのに専念した。たまに少しの休みをはさみながら、サルより速い兄を追う。

「黎深、ほら」

途中の休憩で、兄が何かを放り投げてきた。梨だった。紅山には梨の木が多い。

「お食べ。ちゃんと水分補給しなさい」

黎深は袖《そで》で梨をこすると、かぶりついた。

紅州では、梨の花は春に李《すもも》と一緒に咲く。真っ白な花びらをつけて。

李は白や薄紅と花色があるが、梨の花は白一色しかないと、誰かに聞いたことがある。

(……？　誰だったか)

兄上ではなかったはずだ。不意に、一面の真っ白な花吹雪が脳裏を過ぎった。

雪のように真っ白な花びらが、あとからあとから散っていた。

……誰だったろう。

あの雪のように白い花びらの降りつもった禁苑に、いるはずのない少年がいた。

黎深は梨をかじった。思い出せなかった。少年は白い花吹雪にまぎれて消えた。

岩の階段の果ては、鏡のようになめらかな大岩に塞がれていた。邵可が仕掛けを解くと、どんな絡繰りか見上げるほどの巨大な一枚岩が、地響きを立てて横にずれていく。奥には、地獄の入口さながら闇の迷路がぽっかりと口を開けていた。

邵可は担いでいた荷から角灯をとりだし、火をつけた。慎重に中を照らす。洞窟の奥で三つ叉《また》に枝分かれしているのが確認できた。その先は闇。

耳を澄ませば、コウモリだかなんだかが我が物顔で飛び交う気配がする。

「……風はあるね。おそらくここが文献にあった〝黄泉《よみ》の窟《いわや》〟だな。中は巨大な迷路になってるようだね……一度迷ったら死ぬしかないな。しかも正解の道は一本しかないと見た。稀《き》代《たい》の悪党一族って噂通りだよ。最悪だな」

邵可は弟を振り返った。

「君はあんまり夜目がきかないだろう。手を繋《つな》いで行こう。待ち構えてる罠《わな》やら仕掛けやらは私が対処する。時間と方向感覚がわからなくなったら私に聞きなさい。迷路の解析と出口への道案内は君に任せる。できるね？　黎深」

「わかりました」

黎深は岩山の全体像を捉《とら》えるように仰向くと、頷《うなず》いた。

面倒くさがりの黎深が『真性の天才』と謳われる能力を発揮することはほとんどない。

だが、その気になればどんな根性悪な迷路だろうが、黎深を惑わせることは不可能だ。

邵可も時間をかければ突破できるかもしれないが、邵可が十日かかるところを、黎深なら半日で踏破できる。邵可と黎深では、頭のつくりからしてまるきり違うのだ。

「じゃあ、行こうか」

サルが一匹ノコノコついてきた。少し機嫌が良くなった黎深は、サルの頭をべしっと叩《たた》いて、最後の関門に入った。

百人中九十九人が引き返すであろうただの洞窟のどん詰まりで、邵可は黎深に言われたとおり、最後の仕掛けをさがしあてた。

入口と同じように岩がずれ、光があわあわと差した。夕日だった。丸一日〝黄泉の窟〟にいたのだった。

抜けた先には、桃源郷《とうげんきょう》が広がっていた。

見渡す限りの雲海。そこから顔を覗《のぞ》かせる無数の名峰。橙《だいだい》色の夕日が雲海を照らし、一面虹《にじ》のように輝きを放っている。

夢のように美しい光景だった。

——紅山からのその見晴らしだけは。

他はすべて、完全なる廃墟《はいきょ》だった。空中田園は荒れ果て、もう数十年も誰の手も入っていないのが見て取れた。ぽつりぽつりと点在する小さな家々も、瓦礫《がれき》の山と化して崩れ去っていた。黒ずんだ倒木はどれも梨の木のなれの果てだった。家や倒木に、焼かれたような痕跡があった。

　邵可は絶句し、立ち尽くした。

「姫一族は……いつ絶えた⁉」

　紅門筆頭姫家。性悪な天才軍師一族と呼ばれ、天下を舞台に数々の戦を勝利のみで彩った。紅家を守り抜いた伝説の守護神。

「いつ……何が起こった⁉　どうして紅家に何も連絡がなかった。黎深、記録をさがすよ」

　黎深はなぜか邵可以上に呆然《ぼうぜん》としていた。

「兄上……多分ここが破壊されたのは、三十年ほど前です」

「三十年前？　……私が紅家を離れたあたりか？」

「ええ……玉環大叔母《おおおば》上が急死し、父上が正式に紅家当主となった頃です」

　陰の女主人だった紅玉環は父の『後見』であり、目付でもあった。

　その玉環が死亡し、前後して邵可も紅家を空けるようになった。

「……あのころ……紅一族をもっとも危惧《きぐ》していたのは、先王です。公子の頃から『力ある貴族』を片っ端から潰《つぶ》していったのは先王戩華だったでしょう」

「――戩華王が姫一族を滅ぼしたっていうのか。バカな。私が――」

　邵可はあやうくつづきをのみこんだ。邵可が当時紅家を不在がちにしたのは、半ば『人質』の形で先王の許《もと》に赴いたからだ。紅家の存続とひきかえに〝黒狼〟を引き受けた。戩華王に逆らうつもりはないと示した。

(——いや、だが、あの王ならやりかねない)

『紅家』は見逃しても、『紅の天才軍師』と異名をとる紅門筆頭姫家を見逃すという約束はしていない、と嘯《うそぶ》く先王の声が聞こえるようだった。紅家の守り刀として、幾度もの窮地を救ってきた。紅家を掌握しようと思うなら、姫一族の存在は目障りだったはず。

「……だとしてもこの場所を戩華王が知るはずが——……玉環大叔母上が死んだ後か！」

「ええ。玉環大叔母上なら紅家の命綱である姫一族の隠れ里を死んでもばらすはずがありませんが、父上ならやりかねません。たとえば『紅家の存続』を楯《たて》に、姫一族の隠れ里を教えろと脅されたら吐くでしょうね。父上は〝鳳麟〟などいないと、たかをくくっていた節がありますから」

あの頃父の周りは媚《こ》びへつらうだけの取り巻きばかりだった。邵可はおらず、黎深は紅家に無関心だった。玖琅は幼児。

「……こんなちっぽけな隠れ里なら、戩華王一人でも簡単につぶせるんじゃないですか」

邵可は目の前が真っ赤になるかと思った。

——戩華王の鬼神のごとき強さは、邵可がよく知っている。姫家がどんなにすぐれた知略を蓄えてようが、圧倒的な力の前では敗北する。

「紅家の知らない間に……!!」

「いえ、きました」

「……何？」

「……きました。当代〝鳳麟〟が。助けを求めに……」

黎深は呆然と、繰り返した。

そう、きた。

あの、真っ白な花びらが雪のように降りつもる禁苑で。本来なら、紅家直系しか入れないはずの庭園で出会った少年。

『……美しいですね。この李の花は。薄紅から白まで。夢のように美しい。梨の花は、白一色ですけれど、李の花もとても綺麗《きれい》ですね』

彼は微笑み、黎深の前で当主にするべく礼を尽くして、跪《ひざまず》いた。

『まもなく戩華王が私たちを滅ぼしにきます。どうか、助けを。次代の紅家当主』

姫家を売った父ではなく。

次代の紅家当主と目した、六つ七つをすぎたばかりの幼子に。

覚えている。思いだした。昔、あの少年に黎深がなんと答えたか。

黎深は何もかも無関心だった。世界には兄しかいなかった。だから。

『滅びるなら勝手に滅べ。私の知ったことか』

どうでもいい、と追い返した。

——あのときの少年の顔。

優しく、穏やかに、仕方ないというように微笑んで、白い花の中を立ち去った。

あれは——。

「……悠舜です……兄上」

「……なんだって？」

間違いない。足を悪くしてはいなかった。杖《つえ》をついてもいなかったけれど、あの顔は。

「……当代〝鳳麟〟は……悠舜です、兄上」

滅びてしまった姫一族。――違う。黎深が見殺しにしたのだ。

「私と戩華王が……悠舜と悠舜の一族を滅ぼした」

凌晏樹の嘲りがよみがえってくる。

『前からよく悠舜にあれだけ臆面《おくめん》もなく懐けて結構スゴイなって思ってたんだけど、謎が解けたよ。知らなかったならね。むしろ何も言わず君を友人にした悠舜の心の広さに感服』

あの言葉の意味。

悠舜にとって、黎深は一族の仇だったのだ。

静かに暮らしていた場所を、ある日突然嵐のように王に踏みつぶされ、主家に救いを求めてもあっけなく見捨てられた。いったいどんな思いで、今まで黎深と一緒にいたのか。

悠舜が宰相位についてから、黎深は更迭、紅一族は勢力を失った。

悠舜は今まで何度も黎深に繰り返し言った。

「……やることがある、と。だから、宰相はやめないと」

邵可は顔色を変えた。

「……姫一族は稀代の悪党一族だ。笑顔で嘘はつくし、騙《だま》すし裏切る。その知略は群を抜く。何より知識と奸計《かんけい》は折り紙付きだ」

〝鳳麟〟は紅一族から飛び去った。先に手を離したのは紅家だ。どうして責められよう。

だが、戩華王が姫家を滅ぼし、悠舜一人生き残ったとしたら。

先王の手から、悠舜を守った者がいるはずだった。

覇王の傍で、貴族の生き残りを一人一人その手で救いあげ、育ててきた者がいる。

「……旺季殿か……！」

悠舜は国試で紫州首席及第をした。紫州には紫門四家の一つである旺季の領地がある。

なぜ悠舜の出自がすべて抹消されているのか。それが可能だったのか。

先王戩華や、旺季によるものだったとしたら、説明がつく。

「黎深、私は紅家に戻ったあと、貴陽に向かう。君はどうする」

「…………私は」

黎深はそれきり絶句した。混乱して、どうしたらいいかわからないらしい。閉ざされていた黎深の世界が、今まさに壊れようとしていた。

どんなに頭が良くても、人の心だけはままならない。計算で割り切れはしない。迷路のように決まった出口などありはしない。進む方角は自分で決めるしかない。

邵可は黎深の頬《ほお》を叩いた。

「――自分でしっかり考えて答えを出せ。私には正解を教えてあげられない。どうするかは君の心に訊《き》け。悠舜殿とずっと一緒にいたのは、私ではなく君なんだからね」

ぐいと黎深の腕を引っ張る。

「とにかく、とっとと玖琅のところに戻るぞ。いいね。何しに帰ってきたか、思い出せ」

「兄上……」

「長い間、悪かったね。ありがとう、黎深。あとは私が引き受ける。たるんだ紅家の手綱は、私が引き締め直す。〝鳳麟〟はもういない。ならそれでいい。すべて自分の頭で考えて、結論を出して、歩き出せばいい。誰もがそうしてるように。――紅家当主の座、私に返してもらうよ、黎深。そうしたら、君は自由だ。好きなようにしなさい」

邵可は黎深に告げた。

――そのために、邵可は帰ってきたのだから。

＊　＊　＊

ひらり、と視界に鮮やかな藍《あい》と紅が過《よ》ぎった。

一人外回廊を歩いていた悠舜は、季節外れの漆黒の蝶《ちょう》が飛んでいった先に視線を巡らした。そこに凌晏樹が佇《たたず》んでいても、悠舜は驚かなかった。

凌晏樹が何かを放り投げてきた。弧を描いて掌《てのひら》に落ちてきた冷たくて硬い石を、悠舜は同じくらい無機質な双眸《そうぼう》で見下ろした。

「ハイ。それ返すよ、悠舜。ニセモノだけど、少しは懐かしいだろう？」

偽造の〝鳳麟〟印。掌で弄《もてあそ》んだが、悠舜は何の感慨も湧かなかった。

「本物だったならもっとよかったけど、君、本物の鳳麟印はとうの昔に捨てちゃったもんね。大切な友人たちにばれないよう、君が洗いざらいすっかり抹消した『過去』と一緒に」

「……晏樹。黎深に余計なことを言いましたね？」

悠舜は晏樹を名前で呼び捨てた。晏樹は満足げに微笑んだ。晏樹の微笑は地顔と同じ。彼が真実嬉《うれ》しいときどんな表情《かお》になるのか、知っている者は稀《まれ》だ。黎深や鳳珠は知らない。だが悠舜は知っている。

「余計なこと？　何も知らずに君をトモダチ扱いしてる彼に、真実のカケラをあげただけだよ。別にもうばれても支障はない頃合いだったろ」

晏樹は悠舜の顔を見てとり、ますます嬉しげにした。

「大ウソツキの悠舜。断言してもいいよ。君の過去と同じように、君のそんな顔を、紅黎深も黄奇人も知らない。十年間一緒にいた浪燕青も、きっと知らない。もしかしなくても奥さんも。誰も君の本当の姿を知らない。さすが生まれながらの性悪一族だけあるよね。お見事」

悠舜は偽の印章をそばの池に投げる。印はポチャンと呑気な音をたててすぐ沈んだ。池は深く、底は川と繋《つな》がって水流があるので、どこへ流れゆくかはわからない。悠舜にも。

晏樹は近くの円柱にもたれてそれを見守った。

秋の陽が、流れてきた雲で翳《かげ》った。悠舜の姿も雲の影で暗く翳る。ひら、と漆黒の蝶が舞っている。悠舜はその蝶に見覚えがあった。正確には、その蝶と晏樹の組み合わせを。

「……その蝶、まだあなたにつきまとっているのですね」

「渡り蝶なのにねぇ。相も変わらず季節マル無視。何匹潰《つぶ》してもまた現れる」

ひらり、ひらりと、鮮やかな紅藍模様の黒蝶が悠舜と晏樹の間を気まぐれに舞う。

「魂を運ぶ渡り蝶。ねぇ悠舜、これは誰の魂だと思う？　ぼくはたくさん『処分』してきたから、さっぱりわからないね」

「あなたが最初に殺した人の魂ですよ」

晏樹の茶色の双眸が、昏《くら》く沈む。口の端をちょっと持ち上げ、優雅に微笑む。

「……ふふ。うん。実はぼくもそう思ってる。この蝶が、死者の魂を運ぶと信じられてる渡り蝶だって昔々にぼくたちに教えてくれたのは、旺季様だったね」

晏樹は悠舜へ近づくと、悠舜の顎《あご》を指先ですくいあげた。

「ぼくら三人のなかでいちばん頭のよかった悠舜。周りに誰もいなくなれば、王様は君を信じるしかない。優しく飴玉《あめだま》を与えてくれる人ならすぐに懐いて言うことを聞く、おばかさんな王様。もう君の言いなりだね。厳しいことしかいわない旺季様なんか、ずっと無視だったのに。あの人が。信じられないだろう。痛い目見るまでわからないんだろうねぇ」

初めて、晏樹の眉間《みけん》に皺《しわ》が寄った。逆に悠舜がようやく唇の端で笑みを刷《は》いた。それはいつもの、優しいばかりの微笑とは少し違っていた。ほんの一滴《ひとしずく》、あるかなきかの皮肉を滲《にじ》ませたその笑みのせいか、やわらかな声の印象も違って聞こえる。他に聞く者がいたならば。

「……そういうのは旺季様に直接言ったらどうです、晏樹」

「イヤだね。ぼくは君や皇毅と違って、旺季様なんかキライなんだよ。大嫌いだね。でも他人が旺季様をないがしろにするのを見るのはもっと嫌いだけど」

晏樹は悠舜の顎から指を外した。

「ねえ悠舜、君が消した過去の中で、ぼくたち三人が遠い遠い昔にそれぞれ願ったことがあったね？　その願いを叶《かな》えるために、ぼくも皇毅も君も、今、ここにいる」

その願いが掌にあるように、晏樹は右手をにぎりしめる。

「黎深は更迭。紅家は失墜。藍家はいまだ朝廷に戻らない……っと。今のところ、すべては君の目論見どおりにコトは進んでる。だろう？」

「ええ」

ひらりひらりと漆黒の蝶が舞う。美しい羽の下に、猛毒を隠しもつ渡り蝶。

「ねぇ悠舜、黎深が好きだった？　君と、君の一族を見捨てた傲慢《ごうまん》な子供でも」

「ええ」

「王様も好き？　君の一族を滅ぼし尽くした戩華王の息子でも」

「ええ」

「それも嘘？」

悠舜はこともなげに微笑み、答えなかった。

「まあ君、昔からおばかさんほど大好きだったけど。……でも、最後には自分の願いを叶える。そのためになら、誰を利用しても騙しても裏切っても構わない。ぼくや皇毅と同じように」

悠舜が目を閉じたのは、返答を躊躇《ためら》ったわけではなく、サァッと降ってきた霧のような雨のせいだった。狐の嫁入り。そのさやかな音を聞きながら、悠舜が答えたのは、迷いなく、感情もなく、淡々として簡潔な一言だった。

「――ええ」

霧雨は回廊まで斜めに差しこんできた。晏樹は雨で少ししめった髪をかきやった。

「お帰り、悠舜。ようやくそろったね。ぼくらのなかで一番年下で、でも一番頭が良くて計算高くて大嘘つきで冷めていて、でも旺季様だけは誰より尊敬してた、三人目の後継者」

幽霊のように音もなく、晏樹は悠舜の脇を通り過ぎた。

……一人きりになった外回廊に、雨が降りこんでくる。いつのまにか、漆黒の蝶もどこかへ消えてしまっていた。狐の嫁入りもすぐにあがる。すべては白昼夢のように。

悠舜は雲の行く先を追った。優しいけれど、誰よりも強靭《きょうじん》な意志の持ち主だと、彼を知る者は口をそろえて言った。――誰よりも強靭な意志の持ち主。

そう、十年来の友人たちに、ほんの一欠片《ひとかけら》さえ過去を明かさないほどに。

『君は最後には自分の願いを叶える』

「……ええ、晏樹。嘘でも何でもつきますよ。それで私の願いが叶うなら」

——遠い遠い昔に、願ったことがある。

命を賭《か》けてでも確かめたいことがある。ずっと隠していた笑顔の裏。隠したままでいられればよかったのに。先王が悠舜を茶州に追いやったのに、若い王が引き戻した。

「あのとき、私でいいのですか？　と訊《き》きましたね、我が君。あなたは、私がいいと仰《おっしゃ》った」

愚かで優しい若い王。

止まっていた運命の歯車は、回転しはじめる。

「お約束しましたね……我が君。あなたを助けましょう、最後まで。そして私は、私の願いの先を見る。……さあ、あなたはいつまで、私を信じてくださるでしょうね」

私の言葉の、笑顔の、どれが本当で、どれが嘘だと、あなたはわかるだろう。

悠舜は天を見あげ、いつもと変わらず、にっこりと笑った。

額に張りついた一筋の前髪を伝って、たまった小さな雨粒が涙のように頬《ほお》を流れ落ちた。

第七章『桜が咲くまで』

秀麗はその夜、なんとなく予感がした。

するべき仕事はし終わった。偽の〝鳳麟〟に関する報告書を葵皇毅に提出し、仮眠室で眠った。目を覚ますと、夜になっていた。燕青は帰宅したのか、御史室はカラッポだった。

窓辺の床に青ざめた月の光が落ちている。

その月の光を見ながら、今日だと思った。

少し考え、府庫に向かった。

夜でも誰かしらいる府庫が、今日はしんと闇に埋もれていた。

父様のいない府庫は、がらんどうのようだった。

秀麗が手燭《てしょく》を一つ灯《とも》したところで、カタ…と音がした。

もう遠い昔に思えるような二年前の日々が秀麗の胸に蘇《よみがえ》ってくる。

互いに知らぬフリを装いながら会っていたあのころ、劉輝はそうして奥の本棚から現れたものだ。

王様の仕事なんか知らないと言っていたあのときの劉輝は、もうどこにもいない。

秀麗は振り返り、闇に半身を隠すようにして立っていた劉輝に微笑みかける。

半蔀が一つあいていたようで、月光が二人の間に筋をひいた。

＊　＊　＊

劉輝は闇から出てこなかった。不思議と秀麗は劉輝がどんな表情でいるかわかる気がし、それでいてどんな顔でもあるような気がした。

どれくらい過ぎたか、やっと劉輝は秀麗の名を呼んだ。

「秀麗……」

「なに」

「……船の上でいった期限を、覚えているか」

「覚えてるわ。『桜が咲くまで』」

短くもないが、決して長くもない期限。

自分たちらしい期限だと、思った。

「……忘れてくれ。紅家直系の姫として、後宮へ入ってほしい」

秀麗の名は口にしなかった。

誠実だと思った。劉輝らしい。

だから秀麗も、誠実に話そうと思った。

「条件があるわ」

「……なんだ」

「一夫一婦制は忘れて。十三姫を筆頭女官から妃《きさき》に昇格するって約束してちょうだい。別の姫君でも構わない」

劉輝が何かを言う前に、秀麗はすばやく言葉を継いだ。

「……あなたには言ってないことがあるの。私……あなたの赤ちゃんが産めないの。そういう体だって、葉医師《ようせんせい》に言われたわ」

劉輝が息を呑《の》んだ。

「だから、あなたの跡継ぎはつくれない。あなたの妃は、私一人じゃ、ダメなのよ。だからお願い。いずれ必ず他の妃《ひ》嬪《ひん》を迎えると約束して。そうしたら私は、官吏を辞めて、あなたの後宮に入るわ」

長い沈黙が闇にとけて消えていった。

劉輝に選択肢はないことを、秀麗はよくわかっていた。

秀麗のための王にはなれないと、劉輝は船の上で言った。あのときそれは別の意味を持っていたけれど、本当はそのひと言ですべて言い表せる。秀麗のための王にはなれない。

そしてそれでもいいと、あのときの秀麗は思ったのだ。

秀麗だけの王でなくていい。秀麗が官吏であることが劉輝にとって障害となるのなら退こう。どんな形でも、自分は仕える。最後まで傍にいる。

独力で歩きはじめた劉輝の行く先を共に見たいと思ったあの時から、秀麗にとっての王は、劉輝一人。

劉輝は影の中にいて、まるで暗闇が返事したようだった。

「……わかった。約束……する」

劉輝が暗闇から出てくる。秀麗の目の前へ。秀麗がのばした手に火明りがさす。

「あなたの妃になるわ。……泣かないでよ。官吏が妃になるだけよ」

劉輝は声なく涙を流した。

――劉輝は最後まで、秀麗から大事なものを奪い取ることしかできなかった。

官吏を辞めさせ、秀麗でなく『紅家直系の姫』の入内を望み、秀麗一人でいいという言葉も守れず、ずっと黙っていたことまで秀麗に言わせた。

こんな形ではなかった。

桜が咲くまでの約束は、決して、こんな形ではなかったのに。

「……すまない……」

「謝らないで。いいのよ」

「…………」

「泣かないで」

秀麗は劉輝を抱きしめた。

今いちばんつらい場所にいるのが誰なのか、秀麗にもわかっている。劉輝は逃げずにその場所に留《とど》まろうとしてる。それに比べたら、秀麗が捨てるものなど何ほどのものでもない。

「ねぇ劉輝、あなた、紅姓官吏たちに一通ずつ文を書いたのね」

劉輝の頬の涙を、秀麗は袖でぬぐってやった。みるまに袖を絞れるほどになる。

回廊で紅姓官吏から差し出された文は、劉輝からのものだった。

「……『クビにしたくないから、出仕をしてくれ』って」

一人一人に書き送られた劉輝の文には、それぞれの経歴や仕事ぶりがこまやかに記され、朝廷に必要な人材だからどうか戻ってきて欲しいと、あたたかな言葉で綴《つづ》られていた。

そこには少しも『紅姓官吏だから』という理由はなかった。

どれほどの時間がかかったことだろう。

「……そんなに簡単に、クビにしたくなかったのだ」

「どうして？」

「余の知っている『紅姓官吏』は……絳攸や邵可や……秀麗だ。余の中の『紅姓官吏』は、仕事熱心で、生真面目で、あたたかくて、誰かのことをいつも考えてる。……何も知らないのに、紅姓官吏がみんな官吏に向いてないと、どうしていえる。少なくとも、どういう仕事をしてきたかも知らないまま、残らずクビにはしたくないと思った。元はといえば余への不信からの行動だ。彼らのしたことを思えば余が詫《わ》びることはできないが、誠意を尽くしたかった。……信頼がほしかった」

だから、劉輝は時間の許す限りそれぞれの仕事ぶりを調べ、文を綴った。残って欲しいと伝えるために。

「……無駄に……終わったがな」

「……無駄じゃないわ」

「え？」

「無駄じゃない。あなたのために、また官吏がしたいって言ってたわ」

紅姓官吏らは自分たちのせいで王が窮地に陥ったことを後悔していた。今度は紅家ではなく王のためにどうしても官吏に戻って、力になりたいと秀麗に告白した。

芽吹いたものがある。種を蒔《ま》いたのは劉輝だ。

劉輝は自信のなさそうな、情けない、そして優しい顔で鼻をすすっている。この人に王でいてほしい——秀麗は心の底からそう思った。

「紅州へ行ってくるわ。行って、父様たち引っ張り出してくる」

秀麗はそっと体を離し、にっこりした。

「それが、官吏としてあなたのためにできる、最後の仕事ね。すぐ帰ってくるわ。——そうしたら、官を辞して、後宮に入るわ」

劉輝と別れたあと、秀麗は一人、またぶらぶらと御史台に戻った。外回廊から庭院《にわ》を抜けて行くことにした。月が明るかったので灯りはいらなかった。

すると、どこかから龍笛の音が流れてきた。

典雅で美しく、冷たく研ぎ澄まされた刃《やいば》のような笛の音《ね》だった。

（この笛……）

たった一度だけど、忘れようもなかった。

あのときと同じように呼ばれているような気がして、秀麗は笛の音をたどった。

けぶるような薄雲が、夜の昊《そら》に切れっ端のようにたなびく。

いつしか月に叢雲《むらくも》がかかった。月がぼんやりと霞《かす》んで、光がほの薄い。

あの春の夜と同じ、朧月《おぼろづき》。

秋の冷たい風が、木の葉をザァッと吹き散らした。

月の映る鏡のような池の畔《ほとり》に、笛の主が立っていた。

「葵長官――……」

笛の音がやむ。

初めて会ったときと同じ、冷厳なる双眸《そうぼう》で葵皇毅は秀麗をかえりみた。

皇毅は何もかも見通しているのではないかと思えた。

秀麗が今夜、何を選んだのかさえ。

秀麗が近寄ったのか、皇毅が近づいてきたのか、よくわからなかった。その両方かもしれなかった。気づけば葵皇毅がすぐ目の前に立っていた。心なしか普段の邪険な印象は影をひそめて見えた。

「……愚かな選択をしたな。お前も、あの王も」

頬を冷たいものが伝うまで、秀麗は涙を流していることに気づかなかった。

堰《せき》を切ったように、秀麗は嗚咽《おえつ》をもらした。あんまりにも泣きじゃくりすぎて、ぬぐってもぬぐっても追いつかない。秀麗は歯を食いしばると、ぬぐうのをやめて、皇毅の胸にしがみついて泣いた。覚えのある高雅な香りが、ふわりと漂う。

皇毅は抱き返すことこそしなかったが、黙って好きなようにさせてくれた。

なぜこんなに泣くのか、自分でもわからなかった。悲しいのか、悔しいのか、未練か、もっと別の感情なのか。ただ涙だけがとめどなくあふれて止まらない。

劉輝にいったことは嘘じゃない。やせ我慢したわけでもない。

ずっとずっと握っていた夢があった。一時でも叶《かな》ってしまったから、手放しがたいだけ。それだけだ。叶わないままよりずっといい。束の間の夢を見たのだ。

もうこの人の下で仕事をすることはない。

──もっと。

「……もっと……」

皇毅の傍で、たくさんのことを学びたかった。自分の知らない多くのことを。

知っている。皇毅は散々秀麗を馬鹿にしたけれど、一度も「女だから」と言わなかった。秀麗をけなすのも罵倒《ばとう》するのも、全部一人の官吏としてだった。

だから、何を言われても嫌だとは思わなかった。

この人に認められたかった。清雅や燕青のように。皇毅が目を留める官吏になりたかった。

彼らの百分の一でもいいから、いつか。

「……お、お払い箱にできて……っ、喜んでるんでしょう、葵長官」

「そうだな。ようやく厄介払いできそうだな」

にべもない。でも、不思議といつもの嫌みや冷たさは感じない。

「……葵長官をぎゃふんと言わせてやりたかったです！」

「ばかめが。百年経っても無理だ」

いい人なのか、悪い人なのか。何を考えているのか。わからないまま秀麗は去る。

「可愛い配下が一人減っても！　悪いことしないでくださいね……っ」

「さあな」

「約束してくださいっ」

「できない約束はしない主義だ」

静かな声だった。それこそが、葵皇毅の本質なのかもしれない。

雲が風で流れていく。皇毅は木の葉の散り落ちる中、振り絞るように泣く娘を見下ろした。

（愚かな王だ）

脅そうが、懐柔しようが、罵倒しようが、この娘に官吏を辞めさせることは誰にもできないはずだった。皇毅の知る官吏の中で、この娘ほど『王の官吏』にふさわしい者はいない。

もっとも忠義を尽くし、能力を尽くし、誰が相手でも全霊で庇《かば》い、心身を賭して守ろうとしてくれた『王の官吏』を、あの王は自らの手で切り捨てたのだ。これで来俊臣も見切りをつけるだろう。『本物』に化けるかもしれなかった数少ない官吏を、守るのではなく駒として使い捨てた王。

『──だったら、主上の代わりに臣下がやります。それが官吏の仕事ではないですか』

……愚かな王だ。皇毅は心の中で繰り返した。

この朝廷で、誰よりも王に誠実だった良吏《りょうり》。

誰にも屈服しないこの娘の意志を淡雪のようにとかしてしまう、たった一つの例外。

いくら皇毅や晏樹が仕向けようとも、あの王が踏み留まり、この娘を守ればすんだ話だった。官吏か女か、最後の選択は王の掌《てのひら》にあったものを。

他の誰でもない。あの王だけが、いつでもこの娘の運命を左右する。

「最後の仕事を命じる。──勅使として紅州に行ってこい」

秀麗は驚いて顔を上げた。秀麗には皇毅の胸中など知る由もない。

紅州行きはもとより葵皇毅に志願するつもりでいた。清雅のパシリを覚悟の上で。が、今、勅使──王の名代として行けと、皇毅は命じたのだった。

「……私で……いいんですか。清雅でなくて」

「身内の恥は自分で雪《すす》げといったはずだ。帰ってくるまでは、私の配下だ」

私の配下。

秀麗は涙をぬぐった。

「はい」

「紅州行きは、四人だ。お前と燕青、あと仙洞令君の縹璃桜が行く」

秀麗は驚いた。

「……は⁉　リオウくんも一緒にですか⁉　なんでまた」

「お前の目付役だ」

「お目付役？」

「もともと清雅とお前を勅使として紅家に向かわせるつもりだった。お前一人では紅家側に偏った勅使になるが、清雅のみでも話し合いをぶち壊して帰っ……交渉が決裂しかねない——と、王派と貴族派で割れたのでな」

「……否定できませんね……」

今回葵皇毅が清雅と秀麗を組ませて紅家の捜査に当たらせたのは、最初から双方を紅州へ派遣するのを念頭に置いていたからかもしれない。

だが、清雅の体は今もまだ本調子じゃない。それで皇毅も断念したのだろう。

「……じゃあ、清雅の代わりに、リオウくんを……？」

「ああ。仙洞省は政事と距離を置いている。官位争いとも関係ない。調停は仙洞省の仕事でもある。お前が公平に紅家と交渉に当たるか、同族で勝手な談合をしないか、監視する役目での同行だ。羽羽殿は最近体調を崩しがちということで、仙洞令君が直々に同道を申し出てきた」

「リオウくんが……そうですか」

「本来官位からいえば仙洞令君が勅使で、お前は雑用として随伴するのが筋だが……尚書令が勅使は御史台から立てよと言うんでな」

秀麗はリオウの同行にホッとした。自分の体への奇妙な不安はぬぐい去れてはいなかったから。旅路で倒れたくなかったし、リオウがいれば薬をつくってもらえるかもしれない。

「わかりました」

「お前はどうしようもなく甘くて馬鹿ばっかりしてたが」

皇毅はあるかなきかの微笑を浮かべた。月影の加減だったかもしれない。

「……だいぶマシになった。それも、終わりだな。私を蹴《け》落《お》とせずに、退官だ。残念だったな」

「そんなことばっかりいってるから、屍人《キョンシー》とか悪の親玉っぽく見えるんですよ！　どうして普通に褒められないんですか」

「帰ってきたら、考えてやる」

それまでは皇毅の配下だ。

秀麗はやっと元気がでてきた。

「行ってきます。おみやげ、何がいーですか！」

「いらん。無事に帰れ」

目を丸くした秀麗に、皇毅はいつもの皮肉めいた笑みを唇に刻んだ。

「私は優しい上司だと、いったはずだが」

「…………ええー」

「なんだその不満そうな声は。セミみたいにくっつかれて涙と鼻水でぐしゃぐしゃの顔で官服を汚されても文句も言わない優しい上司だろうが」

「言ってるじゃないですか!!」

秀麗は急に恥ずかしくなって、慌てて離れた。

「……あら？　でも、四人って……あとの一人は？」

「榛蘇芳だ。途中で合流させる」

秀麗は目を点にした。

「え、えええええええ⁉　タンタン――――⁉」

*　　*　　*

――吉日を選び、秀麗は勅使として紅州へ発った。紅州へ流れてゆく秋の雲を追いかけるようにして。

「……秀麗殿が出立してから、ずっと元気がないですね、主上」

楸瑛が劉輝に声をかけた。劉輝は執務の手を止めてボンヤリしていたことに気がついた。沈んだままの劉輝を慰めるためか、楸瑛の声は明るい。

「今頃、州境をすぎて、榛蘇芳くんと合流しているころじゃないですか」

「そうだな……」

「大丈夫ですよ。秀麗殿が行けば、当主の黎深殿はなんでも言うことをきいてくれますよ」

そのために劉輝は秀麗を徹底的に利用したようなものだった。

御史台が百合を人質にとったことは、貴陽の紅一族に大きな動揺を与えた。加えて秀麗の血統をつまびらかにし、勅使の任を終えたのちに退官し、後宮入りすると公にした。貴陽紅家はてんやわんやで、とりまとめる者もおらず混乱の渦中だと絳攸が言っていた。

――秀麗の後宮入りを公にした以上、もはや後戻りはできない。

何度も何度も考えた。なのに本当にこれでよかったのか、劉輝は今もわからないまま。

掌からかけがえのないものが、こぼれおちたようだった。

取り返しのつかないことと知った上で、それでも選んだはずだ。

（……違う）

知っている。

劉輝はただ楽な道を選んだだけだった。

事態を早く収拾するためという名目のもと、いちばん簡単で、手っ取り早く、劉輝への批難が少ない方法を。そして、いちばん楽に秀麗を手に入れる方法を。

今の劉輝は、まるで『薔薇姫』を閉じ込めたあの主《あるじ》そのものだった。

王の力は使わないと、二年前の自分は決めていたはずだった。強引に召し上げることはしない。切り札をもっていても使わない。待てるだけ待つと。薔薇姫の特別な力ではなく、彼女自身を――その心だけを望んで手に入れた人間の男のように。

なのに、劉輝のしたことは、まるで主と同じだった。秀麗の心でなく、『紅家の力』を望んでむりやり召し上げ、自由を奪い籠《かご》の中に閉じ込めた主。

滑稽《こっけい》なほど、どこまでも似ていた。

『私……あなたの赤ちゃんが産めないの』

劉輝の掌からこぼれたものは、たった一つ秀麗に誇れるはずだった『真心』。

秀麗に対しても、十三姫に対しても。

秀麗が紅州から帰ってくれば、劉輝はきっと罪悪感から、秀麗の願いを何でも叶《かな》え、何でも与えるだろう。……薔薇姫の主と同じように。

劉輝は秀麗にとっての『人間の男』であれる権利を、自ら捨ててしまったのだった。

王であることとひきかえに。

その時、静蘭が飛び込んできた。

「――主上、すぐに玉座の間におでましを。大官にも招集がかかりました」

「静蘭？　なんだ、何があった。悪いしらせか」

劉輝と楸瑛は何ごとかと緊張した。が、静蘭は焦眉の急というよりは、ひどく狼狽《ろうばい》していた。

「いえ、悪い話では。悪い話ではないです。断じて。ただその……予想外といいますか……ご自分の目でお確かめを。そのう……」

静蘭はへどもど舌を噛《か》みながら続けた。

「紅家当主がおなりになり、主上にお目通りを願っております。今回の一件の謝罪をと」

「黎深殿が謝罪!?　まさか！　なんの天変地異の前触れだ!!　で、オチは何だ？」

劉輝と楸瑛は信じなかった。全然。黎深の性格からして絶対ありえない。

「いえそれがその。黎深殿ではなく」

静蘭は口ごもった。

「――旦那《だんな》様――邵可様なんです。黎深殿にかわって紅家当主になられたと」

＊　＊　＊

至急の招集ゆえ出てこられる大官のみ、という通達だったが、ほとんどの大官がとるものもとりあえず馳《は》せ参じた。話を聞き、その他の官吏らも呼ばれてないのに押しあいへしあい玉座の間へつめかけた。

工部の二人はあんぐりと口を開け、『紅家当主』を穴があくほど見つめた。

「マジか。マジだ。マジなのか。ほんとに邵可殿じゃねーか」

「いやあれホントに邵可様ですか!?　格好もですが、雰囲気も顔つきも全然違うじゃないですか。使用前・使用後じゃあるまいし。楊修も真っ青のあの変貌《へんぼう》ぶりは何ごとですか」

「糸目を開くとあーなるんだな！　俺のオヤジの若い頃にそっくりだぜ。カッケー」

「あんたのオヤジは伝説の大ヤクザでしょうが。そっからして糸目がどうのの話ですか。糸目を開けばみんながみんなヤクザの大親分そっくりになってたまりますか」

別にその『紅家当主』は怒っているわけでも殴り込みにきたわけでもない。静かに佇《たたず》んでいるだけだ。それだけで、辺りを払う威厳があった。紅家当主たる正装に身を包んでいるのを抜きにしても（そも服など誰も目に入っていない）、府庫でポヤーンと微笑みながら茶を飲んでいた人と同一人物とは思えない。知らなければ別人と思うこと請け合いだ。

王の入殿を告げる声が響く。

それでもざわめきはおさまらない。当の劉輝があんまりにもまじまじ邵可を見過ぎたせいで、玉座に座る前にけつまずいてすってんと転びそうになった。

――本当に邵可だった。

（邵可が紅家当主!?）

アリなのか!?　いや確かにアリかナシか問われれば、むしろ紅黎深が紅家当主というほうが遥《はる》かに「それはナイでしょ」という気もするが、いやしかし。

あまりにも度肝を抜かれたせいで、劉輝はいったい何をいうべきかわからない。

「息災で何よりだ」という何の変哲もない挨拶すらトンチンカンに聞こえそうだ。

劉輝が声をかけるより先に、邵可が両手を組み、膝《ひざ》をついた。

「拝謁をお許しいただき、ありがたく存じます。このたび、わたくし——紅邵可、不肖の弟紅黎深にかわり、新たに紅家当主につきました」

さざなみのように驚きが広がる。

劉輝はかろうじて訊《き》けた。

「紅家当主は……紅黎深殿だったはずだが」

「弟には一連の不始末の責任をとらせ、紅州に帰還後、即刻当主を返上させました」

『返上させる』といういいざまに、邵可と黎深の関係を知らぬ大官たちは聞き間違いかと思った。知っている者にとっても邵可の迅速な手打ちは思いもよらないものだった。黎深の手綱をとれることも、賢明なのも承知していたものの、紅家の長《おさ》として一族をまとめ、重責を担えるかはまた別の話だ。

「もともと私と弟が紅州に馳《は》せ戻ったのは、そのためでもありました。紅本家にて代替わりをすませ、一族への通達もすんでおります。今は私が正式な紅家当主です。そのご報告と、何よりも今回一族がしでかした数々の不祥事に対する謝罪のために参った次第です」

彩七家筆頭名門たる紅家当主じきじきに参内しての謝罪——。

玉座の間はしんと静まりかえった。

一人管尚書だけが感心したようにうんうんと頷《うなず》いた。

「さすが邵可殿。黎深と違ってなんつーマトモな人だ。それが筋ってもんだぜよ」

「ばかですかあんた！　これだからド庶民は！　目の前で何が起こってるかもわかってないとは。全然まともじゃないですよ。紅藍両家の当主が向こうからわざわざ足を運んで頭をさげるなんて――ありえない。――あの先王陛下でさえ最後まで不可能だったことなんですよ!!」

筋とかどうとかの話ではない。

今まで頭を下げることをトコトン嫌い、何でもかんでも『名代』を寄越して適当にすませてきたのが紅藍両家だ。『お願い』すればくることはあっても、当主が自分から朝廷に参じるなど、先王戩華の代でさえなかった。邵可の性格とも関係ない。当主として邵可がここにきている以上、紅一族がそれを認めなければ不可能なのだから。

邵可は黎深のみならず、あの自尊心の高さは万里大山脈を抜く紅一族をどうやってか黙らせ、完全に打ち従えてここにきたのだ。――しかもこの短期間でやってのけた。

王に跪《ひざまず》く紅家当主を目にするとは、欧陽侍郎は夢にも思わなかった。

水を打ったような中で、邵可の声は誰の耳にもはっきり聞こえた。

「陛下、不肖の弟、紅黎深及び一族が引き起こした恥ずべき振る舞いと不祥事の数々、当主として心よりお詫《わ》び申し上げます。他をかえりみぬ驕慢《きょうまん》な愚行の数々、申し開きなどできようはずもありません。名に奢《おご》り、官吏たる本分を見失い、朝廷及び国をいたずらに混乱させたことを思えば、主上のご判断は当然と存じます。紅姓官吏の復職を認めてくださった主上のご厚情に深謝こそすれ、これ以上のご寛恕《かんじょ》を請うつもりは毛頭ございません」

朝廷と御史台の下した処断は妥当であり、怒ってはいない、紅姓官吏の処分を軽くしてくれというつもりもない、すべて甘んじて受け入れると言い切った。

それが意味するもの。

欧陽侍郎の首筋に、じわりと汗が伝った。

「……ちょっと……これは……とんでもないことが起こるかもしれませんよ……」

広間で動じていないのは悠舜と旺季だけだった。

「一両日中には、すべての輸送を再開できるよう指示しました。不行き届きのないよう末弟玖琅及びその子供、伯邑《はくゆう》と世羅《せら》を要所に向かわせ、差配させております。黎深は蟄居《ちっきょ》処分とし、紅本家の目付は玖琅の妻である末の義妹《いもうと》に預けてまいりました」

つまり、黎深をのぞく紅家直系が残らず各地を駆け回っているということだ。

――今まで、紅州しか守らなかったあの紅家が。

「私がここへ参りましたのは、他にも理由があります」

「り、理由」

劉輝は馬鹿みたいに言った。きっと頭の上を飛んでる鸚鵡《おうむ》が答えたに違いない。

邵可は劉輝の面前で、両手を別の形に組みかえ、特別な跪拝《きはい》の仕方をした。

誰もひと言も発さなかった。

劉輝はそれを一度見たことがあった。茶家当主茶克洵《こくじゅん》が捧《ささ》げてくれたもの。

——恭順の礼。

邵可は頭《こうべ》を垂れた。劉輝へと。

「今回の件、すべて王を王と認めぬ非礼によるもの。いつのまにか紅家の誇りは他を見下す、情けのない傲慢《ごうまん》さに落ちてしまっていたようです。ですが主上は紅姓官吏をお赦《ゆる》しくださり、もう一度自らの恥を雪《すす》ぐ機会を与えてくださいました。許されるならば、紅家にもその機会をお与え頂きたく存じます。——我が名と紅一族、紅家直紋〝桐竹鳳麟〟、他ならぬ陛下に捧げることを、どうかお許し願いたいと思います」

劉輝の背筋に震えが走った。劉輝だけでなく、居並ぶ大官すべてに。

——藍家と並ぶ筆頭名門紅家が、いま目の前で「劉輝に忠誠を誓う」といったのだ。

劉輝はまるで別のところから、呆然《ぼうぜん》と呟《つぶや》く自分の声を聞いた。

「余にか……」

「はい。娘が認めた、ただ一人の我が君へ」

——紅秀麗。そう誰かが微《かす》かに呟く声が聞こえた。

いまや秀麗は、紅家当主の一人娘となったのだ。

「お許し願えるでしょうか、主上」

心なしか邵可の声がやわらかくなる。劉輝はうつむいた。

味方のいなくなっていく劉輝のために、邵可が差し出してくれたもの。

劉輝の胸がつまった。かすれて、ほとんど聞こえないくらいの声で呟いた。

「……許す」

邵可は微笑んだ。

「かたじけなく存じます。——これより我が紅一族うちそろい、御君《おんきみ》に忠誠を尽くし、御《み》代《よ》の支えとなることをお誓い申し上げます。紅家直紋〝桐竹鳳麟〟を我が君へ」

——紅家は紫劉輝につくと、邵可は示したのだった。

終章

「邵可……」

「遅くなりまして申し訳なかったですね、劉輝様」

邵可を執務室に招き入れ、人払いする。邵可はくつろいだ表情になった。二人きりになれば、いつもの邵可だった。

劉輝は心底ホッとした。

一方の邵可は眉を寄せた。

「一足遅かった。もう少し早く私が動いていれば、絶大な効果を上げたんですが……」

紅家や紅姓官吏のしでかしたことを思えば、恭順の礼も劉輝にとっての決定打にはならなくなってしまった。

（――いや、それを狙って仕掛けてきたんだろう）

いざとなれば劉輝は確実に紅家をとってしまえると踏み、もしそうなったとしても効果が半減する手を打ってきたのだ。詰め碁のように隙がない鬼謀だ。

夏に邵可が劉輝に同道して藍州に行かなければ、もっと早く当主交代が可能だった。

（……悠舜殿はあのとき劉輝様の藍州行きを止めなかった）

邵可が止めなかったのは、劉輝の精神状態を慮《おもんぱか》ってのことだった。

そのせいで後手に回った。

……悠舜が〝鳳麟〟なら、紅家に関するあらゆる情報を随時得ていたはず。邵可が先王の〝黒狼〟として動いていたことも知られていた可能性はある。霄太師が〝黒狼〟護衛を言い出さなかったら、悠舜が言い出していたかもしれない。邵可への当主交代を遅らせるために。

悠舜は劉輝にとっての敵なのか味方なのか。

彼の真意を推し測れるとしたら、黎深か、あるいは――……。

劉輝の表情がこわばった。

「ところで主上、娘は今どこに？」

邵可は察した。

「……そうですか。秀麗の後宮入りが決まりましたか。忠誠を尽くすと申し上げた以上、ゴネてやっぱりやめさせてくださいとか言えないですからね。撤回は不可能でしょう」

「邵可……!!」

「常になんだかいろいろ間が悪いのが主上の持ち味ですからねぇ」

「モチ……その軽さはなんだ邵可ー！」

「いいんですよ」

娘は泣いたかもしれない。邵可はそう思った。きっと王の知らないところで。

できるならそのとき、傍にいてやりたかった。

泣きじゃくりながら、それでも娘は選んだのだ。大事なものを一つだけ。

かつて妻が邵可でなく娘を選んだように。邵可が紅家でなく妻を選んだように。

邵可は劉輝へ告げた。

「いいんです。決めたのは娘です。あなたではない。官吏も、妃《きさき》も、あの子が考え抜いて出した答えなら、どちらを選んでも娘にとっては間違いではありません。私にとってもね。……フム。ということは、もうすぐあなたは私の義理の息子になるわけですね」

「えっ」

劉輝はドキッとした。そうか！　そういうことになるのか。邵可が父。それはなんだかかなり嬉《うれ》しい。

邵可のほうは心中（あのクソ戩華と親同士になるとは！）と唯一の不満をぶつくさぼやいていた。戩華王が生きていたら断じて秀麗はくれてやらんと突っぱねたろう。うっかり娘婿の父親と死闘を演じてどっちか死んでいたかもしれない。

いきなり父が紅家当主になって帰ってきたことを、いったい娘にどう説明しようと悩みながら、邵可は訊ねた。

「それで、娘はまだ御史台に？」

「いや……その、実はもうすでに紅本家に勅使として立ててしまったのだ。邵可と入れ違いになったのだな。すぐ呼び戻す」

「……なんですって？」

「邵可？　ど、どうしたのだ急に怖い顔をして」

「入れ違うことなどありえません。紅州から貴陽まで、全関塞《せきしょ》で経済封鎖を解いてきました。勅使がきたなら、必ず私に報告があったはず。私が知らないはずがない」

そのとき、静蘭が血相を変えて駆けこんできた。今度は真実緊迫した顔で。

「主上、旦那様！　つい今しがた急報が――」

秀麗とリオウの二人が忽然《こつぜん》と消息を絶ったと報告を受けたとき、劉輝は『薔薇姫』の話を思いだした。閉じこめて自由を奪った主《あるじ》と。

――主から、薔薇姫をさらった人間の男の話を。

アナザーエピソード

地獄の沙汰も君次第

黎深が百合と初めて会ったのは、まだほんの幼いころだ。ひょんなことから百合の存在を知り、黎深は居場所をつきとめて自ら出向いた。

そこは紅家の敷地で禁域とされていた森の奥だった。小さな滝のほとりの、年ふりた一本の李《すもも》の木の下で、百合は一人琵琶《びわ》を弾いていた。真っ白な花片があとからあとから降りつもっていた。

『……お前が百合、か？』

面《おもて》を上げたときの百合の表情《かお》を、黎深は今でもよく覚えている。

誰かの顔がここまで引きつるのを初めて見たものだ。げっと呻《うめ》かなかったのが不思議なくらいの引きつりようだった。なんでいんの、といった顔だった。

黎深はくわっと言った。

『いいか、兄上の許嫁《いいなずけ》など絶対認めないからな!!』

百合の沈黙は僅《わず》かなものだった。ややあって、不機嫌そうに言った。

『……ぼくが決めたコトじゃない。それに君が「百合」に会うことは滅多にないと思うよ』

それきり百合は黎深に目もくれず、林の奥へ消え去った。

――それからすぐ、黎深は百合の言葉の意味を知ることになる。

大叔母《おおおば》・紅玉環は、黎深に一人の少年を引き合わせた。

『これからそなたの傍につかせます。名は譲葉《ユズリハ》。側仕えとしてよきように使いなさい』

黎深は訝《いぶか》しんだ。男装していて、雰囲気も別人のようだが、苦虫を噛《か》み潰《つぶ》したような顔といい、間違いなく李の下で会った少女だった。

『ユズリハ？　ユリでしょう』

大叔母は鈴のように笑った。かつて王の後宮で栄華を誇った彼女の美貌《びぼう》は今も健在だ。

『悪い子ですね、黎深。よくこの子を見つけたこと。ですが、百合は邵可のもの。そなたに仕えるのは譲葉という少年です。心配せずとも、すぐに慣れます。百合には将来のため、色々覚えてもらわねばなりません。今は少年のままのほうが何かと都合がよいのです』

この子は紅家のために育てた子。大事になさいと、大叔母は笑った。

玉環仕込みの百合の変身は徹底していた。ちょっとした仕草や表情、声色も自在に使い分け、一族の誰も「譲葉」と「百合」の兄妹が同一人物だと気づくことはなかった。

そして黎深と二人の時でさえ、彼女は二度とあの時の娘――「百合」になることはなかった。

黎深は確かに、「譲葉」と会った日から、「百合」に会うことはなくなったのだった。

序

……ぼくには生まれたときから、名前が二つある。

ぼくが思い出せる、いちばん古い記憶は、玉環様の言葉だ。

『そなたに名を二つ与えましょう。

男子《おのこ》としての名は、譲葉《ユズリハ》。

女子《おなご》としての名は、百合《ユリ》。

いずれ女子の百合は長男・邵可に、それまでは譲葉として次男・黎深に仕えなさい』

そのときから、ぼくは百合であり、譲葉になった。

『そなたは紅家のもの。紅家のためだけに生き、死になさい』

それが玉環様の口癖。

玉環様が急死したあとも、ぼくは変わらなかった。変われなかった。他に居場所もなく、行くところもなく、ぼくにあったのは玉環様から受け継いだ琵琶と、その言葉だけ。

ぼくはそのまま紅家に残った。そうして黎深の傍付き「譲葉」として、紅本家で長い長い時を過ごすことになる。小さな玖琅をせっせと育てたのも、ほとんどぼく。

……ぼくから見れば、紅黎深という男はとてもわかりやすい。

生まれてから今まで、好きなものがたった一つしかない。

世界は兄のために回ってる。

子供の頃から紅黎深を傍で見てきたが、これほどわかりやすい男もいない。考えていることも丸わかりで、行動もいちいち笑わせてくれる。

（ばっかだなぁ）

つくづくそう思う。幸せなヤツだなぁと苦笑いしたくなる。

けれど不思議なことに、他人はたいてい「何を考えているかわからない」という。

とにもかくにも、黎深の側仕えという立場上ヤツの後始末という名のお鉢はすべてぼくへとまわってくるハメになった。

彼らの父・紅家当主が死去したときも。

一

家人が青い顔で玖琅に追いすがった。

「玖琅様!!　どうかおとどまりくださいっっ！」

「うるさいどけ！　黎兄上には私が会って話をする！　でなければ事態の収拾がつかん!!」

家人たちは泣きそうになった。玖琅が黎深に会いに行けば、余計火に油を注ぐようなものだった。事態はますます悪化するに決まっている。そうはいっても前当主が死去し、紅邵可も玖琅が追い出してしまった今、玖琅に意見できる者は誰も――。

「はい玖琅、落ち着いて。ここで止まって」

一人の若者が回廊の先で途《みち》を塞《ふさ》ぐように現れた。家人たちは安堵《あんど》のあまりへたりこみそうになった。ここ二年ほどは紅州を飛び回り、紅家の全事業の指揮を執って不在だった。帰ってきてくれたのだ！

玖琅はたじろいだ。

「譲葉《ユズリハ》！　今までどこに――」

「止まって。まったくここの三兄弟はどこまで世話を焼かすのかな」

玖琅は渋々止まった。ボンクラ長兄は滅多に帰らず、次兄は気まま。かわりに玖琅と遊び、面倒をみてくれたのは譲葉といっていい。だから玖琅は譲葉には弱かった。

「無茶したね、玖琅。早く黎深を紅家当主にしないと、いなくなってしまうと思った？」

朝賀行きで黎深が紅州不在の隙に邵可を追い出し、一族会議で勝手に紅家当主に据えてしまったと知ったとき、遠方にいた譲葉もさすがに「やっちゃったー」と天を仰いだものだ。黎深が怒らないわけがない。けれど玖琅がなぜそんなことをしたのか、わかっていたから、譲葉は咎《とが》めなかった。

うつむいた玖琅の額を、譲葉は軽くつついた。

「さあ元気出して、玖琅。なんとかするよ。まずはこんなめちゃめちゃな状態のまま、家をおん出てあっさりどこぞへ家族でトンズラこいた邵可様、呼び戻しておいたから」

「譲葉！　余計な――」

「聞く耳持ちません。君は事態の収拾に当たりなさい。黎深がバンバン捺《お》してた紅家当主印、あれ、ぼくが結構前にすり替えておいたニセモノだから。黎深が出した無茶苦茶な命令は全部白紙撤回して無効化できる。本当にマズイところは、先にぼくが拾って対処しておいたけど、ぼくじゃ限界があるから、あとは任せたよ、玖琅」

玖琅はようやく頷《うなず》いた。譲葉の見慣れた十代の少年らしい顔で。

譲葉は黎深のいる離れへ向かった。

（そういえば黎深と会うの、いつ以来だっけ？）

長年『黎深相談窓口』として、夜討ち朝駆けひっきりなしに相談者に泣きつかれまくっていた譲葉だが、それも邵可の帰郷をこれ幸いと「ご相談は邵可様へ」を合言葉に責任転嫁…いやいや転送してすたこら逐電した。譲葉は結局邵可様にも、その妻子にも会っていない。黎深とも二年近く会っていないことになる。その間、一度だけ黎深から「髪が伸びた。お前はいったいどこで何してる」と繋《つな》がりのよくわからない文がきたが、「仕事で紅州を飛び回ってる。君が何もやらないから」と嫌味入りで返してやった。

（いま考えてみれば黎深が文書くのって、珍しいな）

よっぽど暇だったに違いない。

黎深がいるという室《へや》に入るなり、譲葉の首筋にひやりとしたものがふれた。いい予感がしない。少しも。

案の定、二年ぶりに会う黎深は烈火のごとく怒っていた。

「……ようやくきたか、譲葉。とっとと本物の当主印を出せ」

譲葉は息を詰めた。これはかなりきている。

「早く出せ。まさかお前まで私に紅家当主になれというんじゃあるまいな。この機に紅家なんざ根こそぎぶっつぶしてやる。邪魔をするな。いや、むしろお前も手伝え!!」

「何バカいってんのさ君はー!」

譲葉は黎深と向かいあった。小細工をするつもりはなかった。

「渡せないよ。だって君、紅家当主じゃないんだろ。当主じゃない人に印は渡せない。ほしいなら、アレだ。ぼくの屍《しかばね》を越えていけってやつだよ」

「なにヤケッパチになってる」

「そりゃ君だろ！　黎深、真面目な話をするよ。君が当主にならないなら、ぼくは正式に君の傍を離れて玖琅の輔佐《ほさ》をする。玖琅を一人にさせてはおけない。誰も助けないなら、ぼくが助ける。だから君と邵可様はどこにでも行って好きなことすりゃいいさ」

「なんでお前が怒ってるんだ」

譲葉は唖然《あぜん》とした。このひと月、黎深の数々の報復行動で紅一族は壊滅寸前、その余波は無関係の庶民や紅州全体に及び、譲葉と玖琅は対処にかかりきりだったのだ。

「……あのね黎深、ぼくは冗談抜きで君が紅家当主にふさわしーとは全っっ然思ってないよ。君の愉快な奇行の数々を傍で見られなくなるのは残念としても、どーか紅家当主になってくださいなんて頼みこむつもりもない。君が紅家当主になったって、玖琅の荷が減るとも思わないし、何が変わるとも思わない。でも今まで好き放題してきた兄二人のかわりに一人で頑張ってきた玖琅の願いを、一つくらい叶えてやる気もないの。黎深、ここで君がすべてを玖琅に押しつけて紅家当主を蹴《け》ったら、……ぼくは君を一生軽蔑《けいべつ》する」

馬鹿なことをいってしまった、と譲葉は内心嘆息した。

この世で黎深に影響力があるのは邵可のみで、譲葉が黎深を軽蔑しようがしまいが、黎深にとっては何の意味もないのに。

黎深はしばしの沈黙ののち、ぱらりと扇をひらいた。黎深が動揺したときの仕草だ。何が気になったにせよ、譲葉は構う気などなかった。

「それだけ言いにきたんだ。ぼくに君が止められるとは思ってないし。じきに君の大好きな邵可様が帰ってくるから、せめてそのときまではおとなしくしててよ」

＊　＊　＊

それから半月後の晩だった。譲葉は李《すもも》の下で琵琶《びわ》を弾いていた。まるで体の一部のように、しっくり掌《てのひら》におさまる。静かな滝の水音が心地よい。星明かりが手もとを照らしてくれた。新月の闇だとしても、譲葉が琵琶を奏でるのに不自由はなかったが。

この場所で弾くのが、譲葉はいちばん好きだった。小高い場所にひっそり隠れるようにある林で、一方に目を転じれば下に紅邸《てい》の一角が見える。

(……もし黎深が当主になったら……)

譲葉はここしばらく、ずっとそのことを考えていた。玉環の言葉に従って紅家のために生きてきたが、玉環も先代も亡くなった。そろそろ岐路にきているのかもしれない。

(玖琅はともかく、黎深が当主になったら、『譲葉《ぼく》』なんて別に必要ないしなぁ)

黎深の輔佐は玖琅になるだろう。輔佐なら、玖琅一人で充分やっていける。『百合』なんてなおさら誰にも必要がない。

闇にうずくまる巨大な虎のような紅邸の灯火《ともしび》を眼下に眺《なが》めながら、譲葉は世界に一人きりになったような気がした。

だしぬけに木下闇《こしたやみ》からにゅっと黎深が現れた。

「おい譲葉!」

「うわぁ! れ、黎深か。びっくりしたぁ。君はいつもお化けみたいに現れるね」

「お化けとはなんだ!――とっとと当主印を渡せ」

譲葉はまじまじと黎深を見返した。

「受けたんだ。さすが邵可様。君を説得したわけだ」

譲葉は懐から当主印をさぐりだし、黎深に手渡した。

「……すごく嬉《うれ》しいよ。これで玖琅も喜ぶ。ありがとう、黎深」

黎深はふてくされた。

「誰も彼も玖琅玖琅と——」

「そりゃ、玖琅は素直で真面目で思いやりがあって可愛くて、君はワガママで尊大で他人の迷惑顧みないで可愛くないから仕方ないだろ。……でも、君が払った代償も理解してるよ。かなり、見直した。邵可様の説得でも、引き受けるのは五分だと思ってたから」

黎深はその場凌《しの》ぎの嘘は決してつかない。ましてや邵可との約束となれば、破ることはない。黎深はこれで一生、紅家の枷《かせ》から逃れることはできなくなった。

『紅家当主』という軛《くびき》は重い。九族及び、紅家門下貴族、及び紅州すべての責任を負う。その枷の重さは、玖琅とは比ぶべくもない。

「……ぼくが言ったのって『玖琅じゃかわいそうだから、君がやれ』ってことだし。君が、紅家を嫌いなことも知ってる。その大嫌いな紅家の宗主として生きることを選んだんだ。よりにもよってガマンと無縁の君がね。……本当に見直したよ」

黎深は黙っていたが、やや機嫌を直したようだった。

譲葉は少し躊躇《ためら》い、訊《き》いてみた。

「……で、邵可様はまた出て行ったの？」

「ああ」

そっか、と譲葉は呟《つぶや》いた。安堵《あんど》もした。……邵可には、あまり会いたくなかった。

「髪が伸びた」

黎深は唐突に言った。

「伸びたっていうか、伸びすぎだよそれ。なんで切らなかったのさ。ほら、座んなよ」

譲葉は懐から櫛《くし》と剃刀《かみそり》をさぐった。昔から黎深の髪を切るのは譲葉の役目だった。

黎深の背にまわり、髪紐《ひも》をほどく。まっすぐな黎深の黒髪が譲葉の掌に落ちてくる。この髪だけがてんでバラバラな三兄弟唯一の共通点だ。紅家の特徴でもある。兄弟の大叔母《おおおば》である紅玉環も、若い頃は美しいぬばたまの髪の美女として名高かったと聞く。

譲葉の髪も腰まであるが、癖っ毛が入っている。黎深の髪は羨《うらや》ましい。

「うわ……ほんと伸びたね。雑草じゃあるまいし。毛先も切ってないな。あー枝毛発見」

「うるさいぞ」

「はいはい。二年経っても相変わらずワガママ若様だな君は」

滝の水に手巾《てぬぐい》をひたし、黎深の黒髪を濡《ぬ》らしていく。するすると櫛でくしけずる。剃刀にもちかえると、ツヤツヤした髪を一房手にすくい、そいでいく。月が山からのぼった。

黎深はおとなしく座っていたが、ややあって、さっきまで譲葉が弾いていた琵琶を膝へ引き寄せると、無造作に琵琶をかき鳴らしはじめた。

月を明かりに髪を切りながら、譲葉は黎深の琵琶に耳をすませた。

冷たくて、偉そうで、高飛車で、でもどこにも文句のつけようがない音色。まるで黎深そのものだった。黎深の琵琶は、合奏の余地がないほど傲慢《ごうまん》だ。一人ですべてが完成している世界。それでいて、黎深が愛しているのは自分ではない。焦がれるもの以外はいらないという、徹底した拒絶と、いつまでも待ちつづける子供のような切なる願い。そこからくる世界との隔絶。孤独も寂しさも、決してあり合わせで埋めようとはしない。冴《さ》え冴えと冷たく利己的で——どこまでもまっすぐ。何一つ欠けても成り立たない。あやうい均衡に成り立つ、この世で黎深しか出せない音。

　譲葉は漏らした。

「……ああ、本当にうまくなったね、黎深。ぼくは君の琵琶だけは好きだよ」

　邵可の音を知らなかったら、きっと当代一と評していた。碧家でも藍家でも、これほどの名手はいまい。琵琶は紅家のお家芸とはいえ、黎深の琵琶は玉環にも匹敵する。

　ぶつっと琵琶の音が途切れた。褒めたのに、なんでか黎深は不機嫌になった。

「譲葉」

「なに？　なんで怒ってるのさ」

「うるさい。私は国試を受ける。来年には王都に行くからな」

　譲葉は目を点にして、剃刀の手を止めた。

「……来年には王都って、会試ってこと？　今年の国試はもうとっくに始まってるけど」

「裏から手を回してねじこめ」

「そりゃできるけど。いや、何、宮仕えする気なわけ？　君が？　官吏？　正気？」

　天上天下唯我独尊の黎深が？　地道に国試を受けて、進士になって、上下関係の厳しい官吏社会で新入りとして下っ端からお仕事？　譲葉はゾッとした。

「なんで国試！　やめようよ!!　邵可様のそばにいる口実なら他にもっとさ――」

「兄上がおっしゃったんだ。くる気なら国試を受けろと。それ以外は認めないとな」

「……邵可様が？……へぇ」

黎深は兄以外『他人』に興味がない。そこらのぺんぺん草程度にしか思っていない。それゆえ譲葉も黎深に深く踏み込まないできた。面白半分、呆《あき》れ半分に黎深を眺め、尻《しり》ぬぐいをしても、黎深を変えようとは思わなかった。無駄だと思っていたから。

(……でも、邵可様はまだあきらめていないんだ)

否応《いやおう》なく黎深が『他人』と接せざるを得ない場所へ。

譲葉の胸がきしんだ。邵可は肝心なところで本心を口にしない。黎深みたいに、他人なんかどうでもいいという人間ならば、……邵可を嫌うことができるのに。

『百合姫……どうか黎深と玖琅と――紅家を頼む。君がいれば、私も安心して出て行ける』

……邵可の優しさは、時に残酷だ。譲葉は、邵可より黎深のほうが好きだ。

邵可の冷たくて残酷で優しい琵琶より、黎深の優しさの欠片《かけら》もない音のほうが好きだ。

「はいはい、わかったよ。国試ね。んじゃ、裏工作してなんとかしとくけど、他の人に迷惑かけないようにね。まあ絶対かけるだろうけど……心配だなー」

「何言ってる。お前もくるんだ」

「へ？　どこへ」

「王都に決まってるだろう。来年の会試にお前もついてこい。誰が私の世話をする」

譲葉は聞き間違いかと思った。

譲葉は今まで一度も紅州を出たことがない。――それだけは許されなかった。

「ぼくを貴陽に？　でもあの……ぼくを連れてくと面倒なことになるって、知ってるだろ？」

玉環も先代も譲葉を紅州の外へは決して行かせなかった。

黎深はあっさりいった。

「何言ってる。お前一人くらいどうとでもなる」

ふっと、譲葉の胸に小さな希望が萌《きざ》した。これからどうしようと考えていたけれど、その答えが目の前に落ちてきた気がした。……譲葉にはずっと胸に秘めていた願いがある。

――王都。もしも黎深が王都へ連れていってくれるなら。

会いに行きたい人がいる。

その人に会えば、おそらく二度と紅家には戻れないだろう。でも、紅家で『譲葉』と『百合』の役目はもう終わったのだから、これも運命なのかもしれない。

紅家を出ていく機がきたのだ。自分もまた。

（後進に仕事を引き継がせて、あとは……ぎゃー黎深の側仕えの件があったよ）

来年まで猶予はある。草の根わけても探せばなんとか見つかるだろう。

髪を切りそろえ、椿油で艶《つや》が出るまで黎深の髪を丁寧に梳きおろした。黎深がおとなしくしているのは髪を切るときくらいだ。

「わかった。一緒に行くよ。……ありがとう、黎深」

「礼なら口先でなくモノで返せ」

「うわー三下悪役丸出しの台詞《せりふ》。これがぼくの若様なんて泣けてくる。じゃ、返礼は琵琶《びわ》で」

「……お前が自分から弾くのは、珍しいな。私がどんなに言いつけても滅多に弾かないくせに」

「そんな気分になったから」

　譲葉は琵琶を抱いた。今夜くらいは、黎深のために弾こう。

　譲葉はきっと、進士の先の黎深を見ることはない。

　……黎深が変わるかもしれないと、思ったことはなかった。けれど、王都で譲葉が運命に会いに行くように、黎深の運命もまた、待っているかもしれない。

　黎深と逃げずに本気で向き合い、理解し、受け入れる誰か。黎深を変えるような他者と出会い、かたく閉じた彼の世界がそうでなくなる、そんな日がくるだろうか？

　それを見ることができないのを、譲葉は少し残念に思った。

「……黎深、ぼくからひとつだけ忠告。邵可様を追っかけるのもいいけど、他に君の心に少しでも引っかかったものがあるなら、素通りしないこと。掌《てのひら》につかんで、離さないこと。それはきっと君の人生に必要なものだから」

　一人きりの彼の世界の扉を、誰かが叩《たた》く音を、聞き逃さないように。

黎深が不審そうにした。誰をも拒絶する冷たい双眸《そうぼう》は、譲葉に対しても例外ではない。その孤独も、黎深を頭から理解する気のない大人たちに囲まれてきた日々も、譲葉は見てきた。黎深を愛し、理解し、守ってきたのは邵可だけ。それゆえ黎深の世界には邵可しかいない。

だからこそ、譲葉は黎深のために願う。

寂しいという感情さえ知らず、ただ一つの望み以外は価値がないとばかりに切り捨てる傲慢な少年のままの世界に、いつか誰かがむりやりこじあけてでも乗りこみ、ひっぱりだして、幾千の世界の扉の先を、どうか君に――。

「いい男になんなよ、黎深。君は邵可様の弟なんだから、素質はあるよ。……多分ね」

譲葉は琵琶を奏ではじめた。

二

年明け――黎深は会試のために貴陽へ向かった。

「……信っっじられない」

譲葉は馬車に揺られながら、苦虫を噛《か》み潰《つぶ》した。別に黎深が日々変わらず好き放題しながら首席で州試突破したことに対する感想ではない。

「ぼくが側仕えに選んだコ、片っ端からクビにしてどーゆうつもりだよ！」

「ふん、どいつもこいつも気にくわなかったんだから当然だ」

「ふざけんなよ。このぼくが選びに選んだ粒よりだったんだぞ。君の天上天下唯我独尊ぶりにも辛抱強く付き合えるような国宝級に優秀な子たちをなんとかかんとか掘り出してきたってのに――。もうネタ切れ――じゃないタネ切れだよ!!」

仕込むどころか、譲葉が選んだ時点で黎深がクビにすることさえあった。

黎深が何を言ったのかはしらないが、全員、泣いて帰った。譲葉も泣きたい。

仕方なく譲葉が相変わらずすべての世話をしている。

「何が気に入らないかくらい言えよ！　みんなぼくより遥《はる》かに出来がよかったはずだぞ」

「うるさいヤツだな。だいたいお前こそなんだって今ごろそんな真似をするんだ」

「うっっ」

自分が出て行くときのための下準備とはいえない。

「……いやぁ、ハッハッハ。君も紅家当主になったことだし、貴陽で新しい生活を始めることだし、もっと人手増やしてもいいかなぁって」

「いらん。何がハッハッハだ」

「そんな！　雇おうよー！　てかさ、この二年、君どーやって生活してたのさ！」

譲葉が離れていた二年、黎深がらみで泣きつかれて引っ張り出されることは一度もなかった。なのに譲葉が戻ってきた途端、ちょっとでも世話を人任せにするとたちまち不機嫌になる。

「わかった。君、邵可様たちがいたから他はどーでもよかったんだろ！」

「当たり前だ。それにお前がいちばん便利なんだ」

「えーい、なんてやつだ！　大体君が何もしないからぼく一人で旅の手配やら貴陽邸《てい》への家移りの準備やらしなくちゃならなくなって、ここ数ヶ月とんだ忙しさ――っくしゅん」

　譲葉は寒気を覚えてぶるりと身震いした。季節は年が明けたばかりの真冬だ。紅州と比べて冬の紫州は寒いと聞いていたが、思った以上だ。馬車の窓を少しあけると、外は雪が降っていた。雪化粧された峠道を馬車は慎重に進んでいく。山の上のほうはつもっているかもしれない。窓をしめてもぞくぞくする。

（うー。このところなんか体がだるかったけど、風邪ひいたかな……）

　忙殺されていた日々から解放されて、疲労が押し寄せてきたのかもしれない。気づいてしまうとなんだか熱っぽい気もしてきた。病は気から。

　黎深が何かを投げてよこした。扇だった。

「……なんでよりにもよって扇なのさ。優しさを示すなら温石《おんじゃく》とか上衣《うわぎ》とか投げてよ。それともなに、夏炉冬扇とかいって、役立たずって遠回しに嫌味いってんのかね」

「よくわかったな。お前は一足先に貴陽に向かって、邸《やしき》を居心地よく準備万端整えて、私を温かく迎える用意をして待ってろ。私に風邪を移すな」

「くわーっ。ほんっっと最低だな君は！　薄情にもほどがあるよね」

　とはいいつつ、譲葉も貴陽邸の様子は気になっていた。使用人の素性や性格も自分の目で確かめておきたい。ついでに黎深がくるまでにゆっくり養生して風邪を治しておこう。試験を控えている黎深に移すのは確かに避けたい。そんなことになったら、末代まで嫌味をいわれるとんだ厄ネタになってしまう。

後続の馬車に移る旨を馭者に伝えようとした。と、世界がぐにゃりと歪《ゆが》んだ。

（へ……？　あれあれ？）

足に力が入らない。頭の中に真っ白い靄《もや》がかかる。黎深のぎょっとしたような顔を最後に、譲葉の視界は暗転した。

薄れゆく意識の中、黎深に抱き留められたような微《かす》かな感触があった。

＊　　＊　　＊

……どこから、優しい優しい琵琶《びわ》の音《ね》が聞こえる。

（邵可様の琵琶……）

満開の李《すもも》の下、白い花片が、いくつもいくつも散っている。

あの人に初めて会った日から、そこは彼女にとって特別な場所になった。

『……君が、百合姫だね？』

小さな体を丸めて泣いていた百合の前に現れた、年上の少年。

邵可は百合の前にひざまずき、涙をぬぐい、抱きしめてくれた。

『泣かないで……』

そうして琵琶を弾いて百合を慰めてくれた。

百合に琵琶の弾き方を教えてくれたのも、邵可だった。

『待っていて。いつかきっと君を、自由にしてあげるから』

いつかきっと君を、紅家の鳥籠《とりかご》から出してあげるから——……。

……玉環様が亡くなり、邵可は二度と琵琶を弾かなくなった。

百合の掌に残ったのは、琵琶と、もはや記憶の中でしか聞くことのない邵可の音色。そして婚約解消の言葉。

百合は泣いた。

（ひどいわ……）

そんなことをしてほしかったんじゃない。そんな自由はいらない。

（大嫌い）

とめどなく優しくて、あれほど残酷な琵琶を、百合は知らない。

百合は泣きながら目覚めた。どこかの薄暗い天井が、涙にぼやけて歪んでいる。

琵琶の音が、聞こえる……。

横たわったまま顔を向ける。琵琶を奏でていたのは、黎深だった。

黎深は百合が起きたのに気づくと、琵琶を弾くのをやめた。

「起きたか。今度こそ頭はまともだろうな」

「黎深……？　ここどこ？」

「貴陽の紅邸だ。私はいい加減もう寝るからな」

黎深はやたらご機嫌ななめな様子で、ぷいとどこかへ行ってしまった。

百合は首を捻《ひね》りながら身を起こした。ひどく体がだるく、重かった。いや、重すぎる。子泣きじじいでも乗ってるのかと思ったら、子泣きじじいではなく、子供が一人、百合のお腹にうつぶせて眠っていた。手には薬の包み紙らしきものを握りしめている。

百合はまじまじと子供を見た。……見知らぬ少年である。

揺り動かしてみると、子供は目をこすって起きた。

「あ、お姉さん、元気になったんですね。もう何日も高い熱を出して眠っていたんです」

「……あなたはお医者様……じゃないわよね？」

玖琅を育てたこともあり、この年頃の子供にはつい『百合』になってしまう。

「はい。あなたの看病をしろっていわれて……」

「？　誰に？」

少年はハッとしたように慌てて周りを警戒するそぶりを見せた。次いで緊張の糸が切れたように、みるみる大きな目にいっぱい涙をためた。百合はぎょっとした。

「ど、どうしたの？」

「いえ……ぼくも突然……なんだかよくわからないうちに、さっきまでここで琵琶弾いてた男に連れ去られて馬車に放りこまれて、とりあえずあなたの看病しとけっていわれて。逃げたらタヌキのエサにして末代まで祟《たた》ってやるとかなんとか……」

百合は聞かなかったことにしてしまいたいと切に願った。黎深が……な、なんだって？

（え、なに？　私がぶっ倒れたあと、黎深がどこぞでこの子を強奪して馬車に詰めて連れてきたってこと？　なんじゃそりゃー！　完全に子さらいじゃないか!!）

少年はべそべそと涙をぬぐった。よく見ると目鼻立ちの整った美少年である。

「このお邸に連れてこられて、こんな立派な服着せられて……ぼくもうどうしたらいいか……ここ広すぎて、ちょっと厠《かわや》に行こうとすればもうどこ歩いてるんだか全然わからないし……他の人はみんな親切だし……ごはんおいしいし、タヌキのエサもいやだし……」

言っててよくわからなくなってきたらしい。子供は真剣な顔で百合の手をつかんだ。

「逃げましょう！　あのひときっと人さらいで、ぼくとお姉さん、二《ニ》束三文《ソクサンモン》で叩《たた》き売られちゃうんだぁ。お姉さん綺麗《きれい》だから、元気になったらテゴメにされちゃうよ！」

百合は吹きだした。

（紅黎深を人さらい呼ばわり……ブフ……このコ大物になるかも）

「笑ってる場合じゃないんですよ！　お姉さんだってひどいことされたんでしょう？　ウワゴトであの人に『大嫌い』っていってたし……」

「えっ、うわごと？」

「はい。うなされて、あの人さらいに『大嫌い』『琵琶弾いて』『じゃなきゃ眠らない』

『ひどいひと』『最低』『バカ』ってしくしく泣いたりプンプン怒ったり暴れたり。それで、あの人さらい、しょうがなくお姉さんが眠るまで毎回ずっと琵琶弾いてて……あれ、もしかしてイイヒトなのかな？」

百合は赤面した。なんてこと。邵可様のかわりに黎深に八つ当たりしたようだ。

(うわー。どうりで不機嫌だったわけだ。しっかしよく琵琶弾いてくれたな黎深)

知るか！　といって出ていきそうなものなのに。

百合は目の前の少年に改めて向き直った。

「ね、あなた、お名前は？」

「え……こ、コウ、です」

「私は百合」

女とばれているこの状況で、今さら譲葉もない。

百合は指をそろえて、コウに深々と頭を下げた。

「うちの主人が、あなたに大変不躾《ぶしつけ》な振る舞いをしたようです。ごめんなさいね」

「ええーっ!?　主人って、まさかお姉さん、あの怖い人の奥さんなんですか!?」

百合は眉を寄せ、次いでげらげら笑いこけた。

「奥さん!?　奥さんですって……？　ぶっくくくお腹痛い。最高の冗談。ありえない。そんなことになったら人生どん底だわ。あっはははは！」

一方、少年コウは困惑した。

（でもあのひと……）

ものすごく虫の居所は悪そうだったが、馬車ではお姉さんを膝枕《ひざまくら》していたし、このお邸に着いてからはかたわらでずっと琵琶を弾いていた。知り合いとわかれば、心配していたように思える。

（……でも、『大嫌い』とかいわれちゃって……ハッ、もしかして、あの人さらいは何かヘマをしてこのお姉さん怒らせてフラれかけてるとか……）

コウは途端にあの人さらいに同情した。こんなに笑われて、なんて可哀相なひとだろう。この綺麗で優しそうなお姉さんに、一緒になったら人生どん底とまで言われるなんて。

百合はやっと笑いやんだ。

「私は単なる世話係。主従関係だから主人っていったのよ。……ね、コウ」

「はい……？」

「あなた、帰る場所はある？」

コウは答えない。

百合はそれ以上訊《き》かなかった。

「じゃ、ここにいてくれる？」

「……え」

黎深はまかり間違っても同情や憐憫《れんびん》で動くことはない。たとえコウがのたれ死にしかけていても、無関心に横を通り過ぎる男だ。道中で何があったかはわからないが、黎深がコゥを拾い、ここまで連れてきたのは、コゥ自身が黎深の関心を引いたからだ。百合の看病役など、くさるほどいる。

(この子なら)

百合には不思議な予感があった。

百合はコゥの手を握り、ここぞとばかりに脅した。手段を選んではいられない。黎深の関心をひく逸材などこの世に何人いることか。

「あのね、コゥ。可哀相なことをいうけど、あの男を怒らせたらこの世の終わりよ。金と権力だけはアホみたいにあるし性格極悪だし執念深いし、人の話なんかてんで聞かないし、オレ様主義だし、鬼のがまだマシよ。ほんっと人でなしろくでなし超鬼畜野郎だから。おとなしくしてたほうが身のためよ。出て行くなんて考えちゃ駄目。あの男に目をつけられたのが運の尽きと開き直って、前向きに第二の人生を歩むの」

運の尽きって、前向きに開き直れるものなのだろうか。コゥはあとじさった。

このときのコゥは、百合の話を大袈裟《おおげさ》だと思った。

が、のちに絳攸は、これが混じりっけなしの真実だと思い知ることになる。

「お願い。どうかここにいてちょうだい」

「……でも」

コゥは口ごもる。

百合は目を光らせた。

「ふふふ。試しに邸《やしき》を出ようとしてごらんなさい。あなた、ここから出られないわよ。実はこの邸はもともと大妖怪《だいようかい》・化け狸タヌタヌの根城だったのを、黎深が必殺高飛車攻撃でタヌタヌ一味を一網打尽にして奪いとった邸なの。その名残で、今でも脱出しようとすると同じところをぐるぐるぐるぐる回るっていういわくつきの呪いの邸……厠に行くだけで迷ったんでしょ？」

純真なコウは真っ青になった。百合は早速家人や〝影〟たちに命じて、コウの行く先々に先回りし、備品の位置を変えて迷わせるよう指示することにした。それでなくとも紅邸は小さな森がまるまる入るほど広い。子供の足で表門まで辿《たど》り着けはしない。

のちに絳攸の方向感覚がめちゃめちゃに狂いまくる要因は、ひとえにこのときの徹底した百合の指示が原因であった。……百合もさすがに反省したものの、後の祭りであった。

＊　＊　＊

そのあと、百合はコウをちゃんとした布団で寝かせ、黎深を捜しに行った。貴陽の邸は初めてだが、造りは頭に入れてある。黎深の好みそうな室も見当がついた。使用人の数はまだ少ないはずだが、邸の様子はなかなか行き届いており、百合は至極満足した。

「黎深、入るよ？」

目星をつけた一室に断ってから入ると、いた。

黎深は寝台の上で寝ていた。寝ていた、というより転がっていた。上衣《うわぎ》は脱いでいたものの、沓《くつ》も脱がず、髪も解かず、布団も掛けていない。もう何もかも面倒くさくて、ふてくされてごろんと横になったら眠ってしまった、という感じだ。

百合は嘆息した。沓を脱がせ、結ったままの髪をほどいてやった。

（……まったく、大丈夫なのかなー。ちゃんと国試受けられるのかな）

黎深の下敷きになっている毛布をなんとかひっぱりだしてかけてやる。本試験は数日間受験用の官舎に泊まり込み、試験問題を解きつづけねばならないと聞くが、こんな坊ちゃんで大丈夫なのか。

寝顔も偉そうなのが黎深の特徴だ。百合は黎深の鼻を指で弾《はじ》いた。

「迷惑かけてごめん。どうもありがとう。……はー、頼むから、会試までウロウロしないでおとなしくしててね。私もそろそろ出て行く準備にとりかからないと。おやすみ」

――翌日、黎深は行方不明になった。

「黎深が予備宿舎に入った？」

百合は素《す》っ頓狂《とんきょう》な声を上げた。

黎深が忽然《こつぜん》と消えたあと、自分の不手際だとすすり泣く心優しい家令を慰め、情報を集めにかかった百合だったが、黎深の行動は意外なものだった。

どうせ邵可邸の周辺で発見されるだろうと思いきや、違った。黎深は花街をはじめ、都《みやこ》のあちこちで騒ぎを起こしていたが、それも連れがいたのだ。調べによると杖《つえ》をついた青年――紫州州試首席及第・鄭悠舜と、黄州《こうしゅう》州試首席及第・黄鳳珠と一緒だという。

黎深は二人に連行され、予備宿舎に入ったという。予備宿舎は、おもに貴陽で宿がとれない貧しい受験者のために無料開放されている宮城内の宿舎だが――。

自炊。厠《かわや》共同。風呂《ふろ》なし。洗濯も当然自分。狭いボロ室《べや》に机とせんべい布団の寝台のみ。会話筒抜け、ネズミも出るしコウモリも飛ぶ。私的空間当然ナシ。確か湯たんぽもなし。ちなみに会試本番までまだ一ヶ月もある。

百合は黎深が逃げ帰るとは思わなかった。むしろ逃げ出すのは周囲の人間であろう。

（……一ヶ月も黎深と一緒なんて、受かる人も落ちるなこりゃ……みんなごめん）

百合は今年度会試受験者に心底同情した。それからあっさり捜索を打ち切った。

廊下の向こうからコウが小走りでやってきた。

「百合さん、お文が届いてます。えっと、く、クロウ様……ていう人から。でもあの……届ける人が雪に落っことしたらしくて、その、ぬれちゃって……」

「大丈夫よ。何とか読めるでしょ。届けてくれてありがとう。ふむ。玖琅からねぇ」

しかも『譲葉』でなく『百合』宛《あて》とは。はて、いったい何の用件だろう。

「ん……ちょっと、字がにじんで読めないとこが……ナニナニ。『何卒《なにとぞ》ひらにお頼み申し上げます。どうか兄、黎深の嫁……てください』？　さがしてください、かしら？……」

黎深の嫁をさがしてください――!?

(な、なんつー史上最大の難題をぺろっといってくるの玖琅……っ!!)

百合はぷるぷる震えた。

黎深の嫁!! どんな嫁だ。七つの宝をさがすより難しすぎる。

「仕方ない……」百合はぼやいた。黎深の側仕えとしての最後の大仕事と思って、紅家を出ていく前に、やるだけやってみてもいいかもしれない。ダメモトで。

百合は貴陽一の妓楼《ぎろう》と連絡をとることにした。

三

黎深が予備宿舎に勝手に入ってから、十日ほど経ったころ――。

「ゆ、百合さん……あの、ぼくを拾ってくれたひとと……会えないんですか?」

百合はコウと一緒に朝ご飯を食べていた。

百合がしっかり教育をしはじめるや、コウは見違えるように変わっていった。コウは驚くほど飲みこみが早く、とても利発な少年だった。何よりもコウ自身が熱心に教わったことを身につけようと取り組んでいることが大きかった。

百合はその答えにくい問いへの時間稼ぎに、まずコウを褒めた。

「お箸《はし》の使い方がとても上手になってきたわね。偉いわ。ご褒美に栗きんとんをあげる」

　コウは嬉《うれ》しそうにした。

「ぼく……百合さんと、拾ってくれた親切なあの人に、恥ずかしくないようになりたいんです」

　百合は箸を止めた。……今、何か珍妙な単語が聞こえた気がする。

「……コウ……あの、いま、親切な、とか言った？　誰のこと？」

「誰って……勿論《もちろん》れいしん様のことです。ぼくにこんなによくしてくれて……。ぼく、本当に嬉しいんです。百合さん前にひどいこといってましたけど、ぼく知ってるんですよ。あれはテレカクシで、アイジョウのウラガエシっていうんでしょ。れいしん様は、親切で、情け深い、本当にいい人ですよね。百合さんのお世話する人が、悪い人のわけないです。それに、このお邸の人も、みんなすごく立派で、ぼくに優しくいろいろ教えてくれて……。ぼく、恥ずかしいです。ゴカイして、最初に人さらいと間違えるなんて……」

　百合はカラーンと箸を取り落とした。震えが止まらない。なんてこと。

　どうしよう――しばらく黎深と会っていないせいか、コウの脳内でおかしな変換が起こっている――!!（ちなみに黎深と一つ屋根の下で暮らすには大度《たいど》が必要となるため、結果的に紅邸には人間的に素晴らしい使用人ばかり集まる〈残る〉ことになった）

「あれから、れいしん様を見かけませんけど……どうなさったんですか」

「え!?　あ、あのね、事情があって、黎深はしばらく別のところに住むことになって」

　百合は『親切な人』発言に心をかき乱されていた。

コウはしどろもどろに答える百合を見て、ハッとした。

（百合さんおいて別のところに住むって……まさかれいしん様、浮気《ウワキ》してる!?）

コウは百合が大好きだった。そして本当はきっと親切で情け深いれいしん様が、百合さんにムクわれない恋をしているなら、自分がトリモテないかと密《ひそ》かに思っていた。

百合のほうは『予備宿舎《べつのところ》』について案じていた。

人騒がせな黎深は、何ももたず、着の身着のまま予備宿舎に行ってしまった。食べものとて自給自足が原則の宿舎で、まったく十日もどうしていたのか知らないが——いや本当は親切な誰かに迷惑をかけてタカっているに違いないと推測しているが——、さすがにそろそろ限界だろう。

それにしても、十日もうんともすんともいわないのはちょっと驚きだった。

「まあ、近いうち食べものやら着るものやらもってこいって文がくるだろうけれど——」

コウはぎょっとした。れいしん様、それじゃますます百合さんに嫌われちゃうよ。多分れいしん様は百合さんの気を惹《ひ》きたくてこんなことをしてるのだろうけど、逆効果だ。浮《ウ》気《キ》したあげく、のうのうと愛人《アイジン》宅にご飯や着物をもってこいだなんて！　どこからどうみても駄目亭主っぷりを露呈しまくっている。これじゃ百合さんが人生どん底っていうのも仕方ない。

「ゆ、百合さん！　何かれいしん様に、ごはんもっていってあげましょうよ」

好きな人の手料理ほど、ドキッとするものはないはずだ。愛妻《アイサイ》弁当というやつだ。奥さんの手料理で旦那《だんな》はイエに帰ってくるものだと、こないだ侍女さんが話していた。

百合も食糧の差し入れは考えていた。他受験生のなけなしの食糧を、黎深が片っ端から食い尽くしていくのではあるまいかと想像するだにつらい。ここは他受験生のぶんまでもっていってあげよう。

「そうね。じゃ、タマネギ、ニンジン、白菜、ゴボウに大根、カボチャ、保存のきくようなお魚とお肉にお酒を一斗、香辛料——米は十俵ほど積んでこうかしら、そうそう鍋《なべ》とか包丁とかおたまとか、調理器具ももっていって——」

コウは愕然《がくぜん》とした。お弁当じゃなくて、げ、現物支給——⁉　しかも調理器具つきだなんて！　自分で勝手につくって食え、二度と帰ってくるなってこと——⁉

「そっ、そ、そそそんな原材料じゃなくて‼」

百合さん、浮気《ウワキ》を怒ってるんだ‼　コウは必死で百合の気を変えようとした。

「もっとこう——れいしん様のお好きな食べものですよ」

れいしん様のココロが慰められ、悪いことをしたと己を省《カエリミ》るような。

「好きな、ねぇ。あ、みかん忘れてたわ。昔はそうでもなかったのに、近年みかんがお気に入りなのよね。珍しく黎深直々にみかん畑の改良を指示したし。甘くて小さくて種なしって」

「みかんて！　そんなのむいて食べるだけじゃないですか！」

「え？　簡単でいいでしょ？　黎深でも一人でみかんの皮むくことくらいはできるし」

「その、せ、せめておにぎりとか！　握りましょうよ。ぼくも手伝いますから」

なんとか愛妻弁当大作戦を敢行しようと、コウは孤軍奮戦した。

百合は渋った。あと半月以上もむさくるしい宿舎で自炊するというのに――。

「おにぎり？　そんなの今日食べたら終わりじゃない」

「い、いいじゃないですか！　きっとれいしん様は温かい家庭《カテイ》の味に飢《ウ》えてるはずですっ」

百合は考え直した。

黎深はどうでもいいが、周りの人には何かお詫《わ》びのしるしをもっていくつもりでいた。さだめし周囲の被害は甚大なはずだ。おにぎりの差し入れというのは、あまり押しつけがましくもなく、いいかもしれない。百合は、朝廷が黎深に関して苦情一つ言ってこないのに密かに感心していた。あの黎深が騒動を起こしていないわけがないのだが。

　まあそろそろ様子を見に行ってみよう。

「そうね、じゃ、おにぎりを握って差し入れしましょうか。コウも一緒にくる？」

コウは顔を輝かせた。百合さんはなんだかんだいっても、れいしん様のことを気に掛けている。百合さんを逃がしたら、れいしん様は一巻のオワリだ。

「いえ、ぼくはお邪魔ですから、ここでお帰りをお待ちしています」

「本当にコウはよく気のつく、いいコね。偉いわ」

黎深にゃもったいないわ。百合は他受験生のことまで気にかけるコウに心から感激した。

二人の会話はどこまでもトンチンカンに食い違っていたのだった。

コウの前で譲葉になると混乱させそうだったので、百合は『百合』のまま宮城を訪れた。

予備宿舎は宮城の一角に設けられ、試験本番までは家族の援助や差し入れが許される。畢竟《ひっきょう》、お金持ちならドッサリ物品が届くし、貧乏ならそれを横目にチビチビ食いつなぐ。受験生それぞれの生活背景がもろに影響するのが予備宿舎での暮らしだった。

百合は荷馬車に大量の生活用品やら食糧品を積みこんで城へ向かった。

（黎深、ほんっっと一度もなんもいってこなかったなー……）

三日で困ってあれもってこいそれもってこいと音をあげるのを予想していたのだが。

百合が宮城の門で用件と名を告げると、門番の顔が盛大に引きつった。

「ぎょえー！　あ、ああああの、紅黎深殿のお身内でありますか！」

何をやった黎深……。十日でこんなはしっこの門番にまで名が知られているなんて。

（ぎょえーって……）

食糧をたんと積載した荷馬車を紅黎深宛ではなく、『受験生全員で使ってください』と預けたとき、門番がびみょーな顔をしたのもものすごく気になった。

とりあえず顔を見に行こうと、おにぎりを包んだ風呂敷《ふろしき》を背負い、百合は予備宿舎へ向かった。黎深がいるという『十三号棟』は他の予備宿舎とはなぜか非常に距離があり（隔離でもされているよう）ものすごい外れにポツンとあった。百合は深く追及しなかった。

気持ちは非常にわかる。

たどりつくと、百合は『予備宿舎第十三号棟』を見上げた。

　これはすごい。

「……ぼ、ぼろすぎ……」

　紅家の廁《かわや》のほうが遥《はる》かにマシだ。ここで人が暮らせるものなのか。原生林みたいな『今日もにょきにょき元気に伸び放題』な隣の森（森！）にあと一口でのみこまれそうだ。

　宿舎はどう見ても現在形で廃墟《はいきょ》で、肝試しにしか再利用の道はない。つつけば崩れそうな絶妙な傾斜角でやっと踏み留まっているといった様子。鬱蒼《うっそう》とした木の陰に覆われて明るい時分なのに妙に薄暗く、ひゅるひゅると不気味な音を立てて木枯らしがうなじをなでていったときには、さすがの百合も鳥肌がたった。

（なんかいる！　なんかいるよここ――――っ!!）

　昼の今でさえ受験生の無数の怨念《おんねん》がとり憑《つ》いているのが目に見えるようだ。よく見れば建物のそこかしこに悪霊退散のお札が貼られている。隙間風を防ぐためか壁の亀裂にボロ布がつっこんであった。壊れた半蔀にも修理を試みた痕があった（修理のち、また外れたものと見えた）。それらの下手くそな素人修繕だけが唯一人間ぽさを感じさせるところだが――横で、ケーン、カッカッカ、などと、よくわからない野生の王国っぽい動物の鳴き声が聞こえてくる。

　しかも、人の気配がない……。

（……黎深、ほんっっとにここにいるのか？）

百合は疑った。どう考えてもここで坊ちゃん育ちの黎深が暮らせるとは思えない。

そのとき、ギィ……と宿舎の扉が開いた。百合は飛び上がった。きしむ音も怖い——。

と、ひょっこり出てきたのはあまりに建物と不似合いな青年だった。一陣のうららかな東風《はるかぜ》が吹き抜けたと思ったほど穏やかで優しい面差しをしている。

「お客様ですね。どなたかへの差し入れでしょうか？」

「あ、はい。百合と申します。紅黎深がご厄介になっておりまして……」

青年は目をパチクリさせた。まじまじと百合を見る。

「……百合…姫……？　あなたが百合姫ですか？」

「はい。あの……何か？」

「いえ、そうですか。あなたが百合姫なんですね。なるほど」

『百合』に覚えがある風である。百合は怪訝に思った。黎深が『百合』の話をするとは思えないが……。

杖《つえ》をついていたので、彼が鬼才と名高い鄭悠舜とわかった。黎深を予備宿舎に連れていったことからしても、タダモノではないに違いない。

「あの……黎深は、本当にここにいるんですか？」

「ええ。今は洗濯物をとりこみに行ってますが、もう少ししたら戻ってきますよ」

「……………………………洗濯物？」

「ええ。今日はいいお天気ですし」

「確かによく乾きそうですが、あの、うちの黎深が？」

「はい。黄鳳珠という受験生と一緒に。昨日は食事当番ですけど、今日は洗濯物当番で」

百合は踵《きびす》を返した。

「同姓同名の人違いをしたみたいです。すみません帰ります。お邪魔いたしました」

「待ってください、本人ですよ。あなたを勝手に帰したら黎深に怒られます」

「そんな馬鹿な!! うちのは鬼も泣いて逃げる大魔王の再来、存在するだけでこの世の大災厄を次々招来、周囲の人間にバラバラ災禍《さいか》をふりまき後始末は全部私に押しつけるどーしようもないワガママ若様、オレに敵なしこの世はオレノモノ紅黎深ですよ。炊事洗濯なんて!!」

悠舜はおもむろに宿舎にこれでもかと大量に貼られたお札を指さした。

「……あの悪霊退散のお札、九割がた黎深がきてから貼られたものなんです」

「え？」

なるほど、よくよく見れば真新しい。なんでか『安産祈願』の札まである。もうなんでもいいから心の安定をはかりたいという貼った人のすがる思いが目に見えるようだ。

「本当は私も黎深も別の宿舎にいたんですが、黎深がどうやったものか、のうのうと合い鍵《かぎ》をつくって好き勝手に出入りして刑吏や囚人たちのお弁当を横どりしてたらふく飲み食いするわ、弱味を握るわ意地悪放題した挙げ句、囚人たちに多大なる精神的打撃を与えてしまい、隔離政策がとられてついにここに島流しに。あ、でも黎深、いいこともしたんですよ。黎深が牢にいる間に極悪人・最凶悪犯たちが残らず改心『これから真面目に償って、社会に戻ったら人のために貢献する真人間になる。人に迷惑をかけることがどんなに悪いことか思い知った。もう二度としない。あいつと同じ人間にだけは絶対なりたくない』あ、なんでもありません」

なんかうちの黎深かも、と百合は思いはじめた。

「その他にも庖厨所《りょうりどころ》で陛下の御膳《ごぜん》を我が物顔で盗み食い、羽林軍に飛翔と忍び込んでは毎日お酒をかっぱらい、武官たちに追っかけ回されるも常に卑劣な手段で勝利、面白半分に鳳珠を素顔のまま連れ回して他受験生や官吏を突然ドッキリさせて意地悪し、失神した高官の懐を漁《あさ》るという凶悪さ。どこぞをフラフラお散歩しつつ高官たちの醜聞を次々拾ってきてはゆすって賄賂《わいろ》を要求。猫大好き高官の愛猫をつんつるてんに刈り上げたり、無害な女装趣味の高官の秘密を文書でばらまいたり。賭《か》け碁をしては金を巻き上げ、あまつさえ血判を捺《お》させて『なんでもします』念書までつくる有様。今や黎深は極悪非道の代名詞。恐怖の大魔王紅黎深、地獄の沙汰《さた》も黎深次第、渡る世間は黎深ばかり、振り返れば黎深《ヤツ》がいる、ヤツを見たら遺言を書けがいま流行《はや》りの合い言葉で、骨までむしゃぶりつくされるとみんなしくしく泣いてます」

百合は肩を落とした。たった十日でここまでいらん戦果をあげまくるヒト科生物といったら、この世に一人しかいない。間違いない――。

「う、う、うちの…………黎深…………みたい、です…………」

百合は恥ずかしくて穴を掘ってでも埋まりたかった。

「……あの、でも、その黎深、本当に洗濯とか炊事とか、してるんですか？」

「怒ってお説教しましたから」

好青年は笑顔で爽《さわ》やかに言い切った。

百合はあんぐりと口を開けた。あの黎深にお説教して、言うことをきかせた⁉

（ナニモノこのひと――――）

「ぶつくさいいながら、ちゃんとやってますよ。元気すぎるほど元気です。ご心配なく」

百合は言葉がなかった。次いで、自嘲の溜息《ためいき》をついた。

邵可様の狙いは、どんぴしゃだったらしい。『譲葉』が十年以上そばにいてもできなかったことを、この人たちは十日で成し遂げた。嬉《うれ》しいけれど、少し情けなかった。

「……なんでもかんでも、最後はやってあげちゃったから、だめだったのかな……」

「え？」

「いえ。そうだ、これ、差し入れです。おにぎりとお漬《つ》け物とみかんです。皆さんで召し上がってください。他にも入り用なものをとりそろえてさっき荷車で届けましたので、皆さんでお使いください」

百合は担いでいた風呂敷を悠舜に渡し、深々と頭を下げた。

「黎深を、どうかよろしくお願いします。……あんな性格ですけど、どうか見捨てないでください。冷たいのも、やりたい放題なのも、人の心に疎いのも、感情表現がおかしいのも、今まで人と関わらなかっただけなんです。常識もないから、皆さんが頭にくることも、相当あると思います。頭だけはやたらいいのでわかりにくいかと思いますが、……黎深は本当に、子供のままなんです。……大切な人に、置いてけぼりにされたときから、一人きりの世界のままで」

「あなたが、いらっしゃるではありませんか」

「あは、私がいてもいなくても、黎深にとっては何も変わらないですよ。それじゃ」

悠舜が引き止める隙もなく、百合は去っていってしまった。

ちょうど入れ違いに、黎深が洗濯物を抱えて、鳳珠と言い合いながら戻ってきた。

「黎深!!　貴様とゆーやつはフンドシばかり私に押しつけてどういう了見だ！」

「ちっ、うるさいやつだな。いいか、お前はそのフンドシに救われてるのがわからないのか。お前のそのうっとうしい顔も、ショーユで煮しめたよーなフンドシを抱えているせいで相殺されるんだ。今この時ばかりは道行く金づるや飛んでるカラスが目を回してきりきり舞いするのもお前のせいじゃない。洗って干してもますます臭くて汚くなるばかりの奇っ怪なフンドシのせいだ。この私がフンドシを譲ってやったおかげだぞ。むしろ喜べ」

「醤油《しょうゆ》で煮しめたような色になったのも臭くなったのも、もとはといえばお前が竹炭石けんと間違えて馬糞《ばふん》を入れたせいだろうが!!　どうしてくれるんだこの馬鹿!!　これじゃみんな下帯の替えがないまま過ごすハメになるじゃないかっ！」

「どっかからパクってくればいいだろうが。お前の顔があればいくらでも追い剝げる」

「大バカモノが!!　他人のフンドシで試験が受けられるかーっ!!」

悠舜も気の遠のきそうな会話であった。

黎深は悠舜のもつ風呂敷《ふろしき》に目敏《めざと》く気づいた。結び目の間から橙色《だいだいいろ》を見つけたようだ。

「みかんか？　悠舜」

「遅いですよ、黎深。たった今まで、百合姫がいらして——」

黎深の顔色が変わった。

百合はすぐには帰らなかった。宮城内で女の一人歩きは悪目立ちする。ことあるごとに衛兵の足止めを食らったが、紅黎深の身内だと告げると全員飛んで逃げていった。

（黎深の身内でよかったと思ったのは生まれて初めてかも）

紅家には詳細な宮城の見取り図が保管されている。紅玉環が手ずから書きとったもので、先王の後宮で栄華と権力を誇った最後にして最愛の寵姫《ちょうき》として名高い彼女が起こしたものはほぼ実物と相違ないはずだった。

百合はすべての経路を入念に叩きこんできた。描《か》けといわれればそっくり同じ図が描ける。正確さを確かめがてら、百合が向かったのは開かずの仙洞宮だった。

　玉環の図は細部まで極めて精確だった。衛兵に見つからぬよう注意しながらも、ほぼ見込み通りの時間で仙洞宮まで抜けた。

　仙洞宮の付近は閑散として、衛兵の巡回もない——玉環の付記にそうあった。

　衛兵はいなかったが、仙洞宮近くの池の縁に、幼い子供が一人きり、座って池をのぞきこんでいた。コウよりも小さい。

　百合は近寄り、子供をうしろから抱き上げた。

「こら、そんなに池に近寄らないの。落ちたら危ないよ」

　子供は驚いたように百合を振り返った。綺麗《きれい》な顔立ちだったが、表情に乏しかった。

「……おねえちゃん、ぼくが見えるの？」

　おかしなことをいう子だ、と百合は思った。

「ぼくのこと……ショウカ以外、みんな幽霊みたいにみないの……。こないだ、兄上たちがぶったあと『消えちまえ』っていったから……本当に消えたのかもしれないって」

　百合はギクリとした。ショウカ——邵可様のことだろうか。

「この池はシンセイだから、お祈りすれば、会いたい人が映ると聞いたので、せいえん兄上が映ってくれないかと、思って、ずっとここで、お祈りしてたんです」

　——末の第六公子だ。

　百合の胸が刺すように痛んだ。……清苑公子は今、邵可の邸《やしき》で暮らしていると聞いている。この子の目と鼻の先で。

邵可の理性は鋼より強靭《きょうじん》だ。この子が毎日第二公子を慕って泣き暮らすのを知っていても、ただのひと言も漏らすまい。

それが現況において二人の公子の最善だと、百合もわかってはいる。

百合は、ぽつんと呟《つぶや》いていた。

「……おねえちゃんにもね、兄がいるの」

公子は目を丸くした。無表情に近かった目が、輝いた。

「本当ですか？　ちゃんと優しいですか？　せいえん兄上はとても優しかったです」

「私は兄に一度も会ったことがないの」

「いちども……？」

「ええ、ただの一度も。だから、会いにきたの。会えるかどうかわからないけれど」

第六公子は、やせっぽちであちこち古傷だらけで、着物はいつから着たきりなのか、黒ずんでいた。

公子は心配げに百合を見つめる。幼い目はすでに深い悲しみと絶望を知っており、なお捨てられないわずかの希望がまたたいている。言葉少なで、自分も傷ついているのに、百合を思いやれる心を、彼はもっている。それはきっと第二公子が守ってきたもの。

「公子様。私はいつか兄に会いに行くために、毎日ちゃんとご飯を食べて、眠れなくても横になって、早く大人になろうと思ってたわ。たくさん本を読んで勉強もしたわ。足腰も鍛えたし、剣も弓も泳ぎも覚えて、旅に出るときのためにぶたさん貯金箱にお金も貯めてた。泣きたいくらい寂しくて悲しいときは、くじけないように大好きな李《すもも》の木の下で琵琶《びわ》を弾いたわ」

籠《かご》の鳥のようにどこにいても見張られていた。

秘密の場所だと思っていた李の木の下も、こっそり弾いていた琵琶も、ぜんぶ把握されていた。隠していたぶたさん貯金箱はある日こなごなに叩《たた》き壊されていた。百合の自由になる金はそれから一切なくなり、直後に黎深の傍付きにされた。

百合が逃げないように。秘密を漏らさないように、裏切らないように。

計画通りにことを運ぶため。紅家のために。紅州と三兄弟が、百合の鳥籠だった。

けれど、玉環が死に、先代も死んだ。そして今、黎深が鳥籠を開けてくれた。

「公子様、自分を大切にしなさい。お兄さんが守ってくれたあなたを、今度は自分で守りなさい。ご飯を食べて、本を読んで、力をつけて、時々お空を見上げて息を吸って。いつかくる、その時のために。こんなところで一人で池をのぞいて、もし足をすべらせて溺《おぼ》れちゃったら、二度とお兄さんとは会えないのよ」

公子のぼさぼさの前髪の下の大きな瞳《ひとみ》が、丸くなった。

「……あなた、にてる」

「似てる？」

劉輝公子は懐から赤いお手玉を取り出した。手作りで、布《きれ》は古ぼけている。

「……ぼく、大切なお手玉を母上に池に捨てられて……拾おうとしてぼくも池でおぼれちゃったとき……そのとき水から助けてくれた怖いおじちゃんが、このお手玉をかわりにくれて、同じことを言ったんです。大切なものは、自分で守れって。……ぼく……忘れてました」

劉輝は百合にたずねた。

「ぼく、いつかせいえん兄上に会えるでしょうか」

百合は邵可や黎深なら絶対に言わないだろうことを――劉輝の望む答えを、心を込めて返してあげた。たとえその日がこないかもしれなくても、約束が必要な時もあるのだ。

「ええ。きっと会えるわ。だからちゃんと元気でいなさい」

百合は劉輝の鼻をつつくと、愛情を込めて頬《ほお》ずりした。

やにわに劉輝の後頭部を何かが直撃した。

目を回して転がった劉輝とみかんに、百合は仰天した。このみかんは紅州みかん――。

「百合！　なんだそのクソガキは」

「黎深!?　みかん投げつけたの!?　いきなり何するのさ！　ひどいよ君――」

黎深は殺気立ってズカズカ詰め寄ってきた。

「このクソジャリはなんだときいてるんだ。ああ?」

「な、なにって第六公子だよ。ほら、すっごくカワィイ子だろ？　ほっぺたプニプニ」

「ほぉ、こいつが私を差し置いて府庫にいる兄上のお傍をうろちょろしているむかつくガキか。ちょうどいい。今すぐ頭も眉毛《まゆげ》もつんつるてんに剃《そ》って鼻毛も尻毛《しりげ》も残らず抜いて池に捨ててやる。それともみかん畑に埋めて肥やしにするかクックック」

「鬼か君はー！　なんて残虐非道なことをいうんだ。そのへんの兇手《きょうしゅ》のほうが人間味あるよ！」

「だいたいお前はなんだ。初対面のガキをメタメタに甘やかして！　ろくな人間にならん。みかん詰めにして寒中水泳させてフンドシしめあげて木に逆さ吊《づ》りしてやる！」

みかん詰め⁉　なんだかよくわからないところが余計コワイ。

「君がそれをゆーか⁉　いっとくけど君のほうこそ甘やかしすぎたよ！」

「なんだと⁉　いつ甘やかした。言ってみろ。主人たる私に向かって悪口雑言言いたい放題、私の言うことなどろくすっぽきいたためしもないだろうが！」

「そっくりそのまま返すよ！　だいたい君に口うるさくしたって結局こんなんにしか軌道修正できなかったんだぞ！　僕が下手にでてりゃ今ごろ君、宇宙の彼方《かなた》で恐怖の大魔王になって昊《そら》からバラバラ降り注いでこの世はとっくに滅亡してるに決まってる！　それによっぽどでないかぎり最後は君のワガママ聞いてあげてたじゃんか！　文句の百や二百なんだってゆーんだ。少しは相手のことを考えてモノをいえって何度も言ってるだろ！」

「ふざけるな、お前のことなんか知ったことか‼　どうでもいいわ！」

折しも黎深を追って悠舜が杖《つえ》をつきつきその場へやってきて、二人の応酬を耳にした。

黎深と百合は悠舜に気がつかない。

「まったく最低だな君は！　コウのことだってほったらかしで出てっちゃってさ——」

「コウ？　今度はどこのどいつだ」

「ばかー！　君が拾ってきたんだろ。いい機会だから国試が終わるまでの一ヶ月、悠舜さんたちに常識を教わって、少しでもまっとうな人間に近づいてからちゃんとコウと会ってよね。会いたがってるから。それまでぼ——私が育てとくから」

せめてコウの『素晴らしい人』という悲しすぎる勘違いに半歩でも寄せてきてくれないと、コウがかわいそうすぎる。

黎深が急に口を噤《つぐ》んだ。さぐるような目つきになった。

「……百合、貴様はいったいここへ何しにきたんだ」

「はあ？　今さら何いってるの。君が身一つでふらふら予備宿舎に入っちゃったから、身の回りのものと食糧と、あとおにぎりつくって届けたんじゃない」

「おにぎり？」

「みかんと一緒に入ってたでしょ。君の好きな昆布とかシャケとか梅干しとかいろいろ」

「これは邸を出るときもってきたみかんだ。握り飯もまだ食べてない。ふん、そうか」

何やら黎深の機嫌がよくなったと百合は思った。一方悠舜はうろたえた。おそるおそる口を差し挟んだ。

「……黎深……あの、飛翔に……おにぎりの包みを預けてきてしまったので、もしかして今ごろ……全部飛翔のお腹の中かも……」

黎深の顔を見た悠舜は戦慄《せんりつ》した。

(……飛翔……お願いですから、一個でいいですから！　残しておいてくださいね!!)

管飛翔の死因→鄭悠舜の失言になりかねない。

百合はちっとも気にしなかった。

「お構いなく。黎深というよりご迷惑をおかけしている皆さんへの差し入れだったので」

黎深は怒鳴った。飛翔でも悠舜でもなく、百合に。

「いらんわ！　お前のつくったものなんか誰が食うか!!」

平手を打つ音がした。打ったのは百合ではなかった。

悠舜だった。

「——謝りなさい、黎深」

「いやだ」

「黎深」

「百合には何をいってもいいんだ。口出しするな」

悠舜は黙って再度手を上げた。それをかばって二度目の平手を受けたのは百合だった。

「すみません。これでも一応私の主人なので、二発目まで傍観してるわけにはいかなくて」

ちょうどそのとき、なかなか戻ってこない黎深と悠舜をさがしにきた鳳珠も、その光景を目の当たりにした。

黎深は苛立《いらだ》たしげに顔を背け、鳳珠とすれ違うようにして猛然と去っていった。

百合をぶってしまった悠舜はうろたえた。

「百合姫……申し訳ありません」

「大丈夫ですから。……黎深は悠舜さんに八つ当たりしたくなかったみたいですね。あなたに癇癪《かんしゃく》をぶつけて嫌われたくないから、私に怒鳴ったんだと思います。自分で気づいてるかどうかはあやしいですけど」

「余計悪い！」

「いえ、すごい進歩。黎深が誰かの反応を気にかけるなんて」

黎深の姿はもう見えない。

「あの一発、かなり効いてると思います。でも今の黎深には一発にしてやってください。二発だと、立ち直れないかも。……初めて『他人』を好きになって、手探りの状態だと思うから」

「……あなたは黎深のあの人もなげな振る舞いを許すのですか？」

「まさか。私だって説教してましたよ。でもご覧になったでしょう？　私が怒っても、悠舜さんのようにはなりません。……私は黎深と本気で向き合ってこなかったから。そこまで付き合うの、面倒くさくて」

百合は苦笑いした。

「……ひどい傍付きでしょ？　だから黎深とはお互い様なんです。悠舜さん、……黎深は、まだ知らないんです。肉親と違って、『他人』とは、ほんのちょっとしたひと言で粉々に壊れてしまうってこと……」

他人の心を察する術《すべ》をもたないできた黎深には、それを回避しにくい。

世の中は広いけれど、本音で付き合ってくれる友人を見つけるのはとても難しい。

百合は黎深が見つけた可能性を、壊したくなかった。

「……黎深は、私たちにはあそこまでひどい振る舞いをしたことはなかったのに……」

百合にとってはあんなこと日常茶飯事だ。

仕方がない。それが本気で接したかいい加減だったかの違いだ。

そのとき、スッと、横から手巾《てぬぐい》が百合に差し出された。黄鳳珠という受験生のようで、百合に顔を見せないようにしている。池の水で冷やして絞ってきたようで、手巾は濡れていた。百合はありがたく手巾を受けとった。

「ありがとうございます。お借りいたします」

つい、という風に、鳳珠は百合のほうを向いた。

百合は呆気《あっけ》にとられた。噂通り非の打ち所のない美しい造作である。無防備に出くわそうものならうっとりするどころか、そばにいるのがいたたまれなくて逃げ出したくなる類の美貌《びぼう》だ。おじーちゃんおばーちゃんが胸を撃ち抜かれて倒れていくのも仕方がない。

とはいえ百合にとって黎深の性格以上に倒れたくなるものはない。

「試験、頑張ってくださいね。どうぞお体に気をつけて。そこで失神してる男の子、すみませんが介抱してあげてください」

百合は鳳珠にニコッと微笑むと、深々と礼をして帰っていった。

鳳珠をうかがい見た悠舜は、嫌な予感がした。つついてみたが、反応がない。耳もとで呼びかけ、叩《たた》いてみて、揺すってみた。髪もひっぱってみた。目の前で手も振ってみた。微動だにしない。

(どうしてこうも面倒ごとばっかり立て続けに起こるのか……)

悠舜は目を回したままの劉輝を抱き起こした。途方に暮れた気持ちで。

四

「お帰りなさい百合さん」

いそいそと百合を出迎えたコウは、はっとした。

「どうしたんですか、ほっぺた⁉ ぶたれたんですか」

「んー。大丈夫。もう痛くないから」

コウは真っ青になった。きっと愛人にぶたれたに違いない。

(そうだよ、愛人宅《アイジンタク》に本妻《ホンサイ》が出向いて修羅《シュラ》場《バ》にならないわけがなかったんだ!)

自分の浅はかさがうらめしい。一緒についていけばよかった。

「あ、あの、おにぎり、れいしん様、ちゃんと食べてくれましたか?」

「ああ、一緒に暮らしてるひとが全部食べちゃったみたい」

「ええー⁉」

なんて嫉妬《しっと》深《ぶか》い女の人なんだ。あんなにたくさんつくったのに、れいしん様に一個も食べさせないで、全部平らげちゃったなんて！　愛妻弁当大作戦は失敗に終わったのか。

「あの、あの、れいしん様のご様子、どうでしたか？」

「すっごく楽しそうで、のびのびしてたわね。別人みたいに生き生きして、我が目を疑ったわ。普段やらないこともやってて。やっぱり好きな人と一緒にいると違うわね」

コウは激しい衝撃を受けてよろめいた。そんな――‼

まさかれいしん様、愛人《アイジン》に本気⁉

いやきっとれいしん様は性悪女《ショウワルオンナ》に騙《ダマ》されてるのだ。それか一時の気の迷いに決まってる。

「ゆ、百合さん、大丈夫ですよ！　ちゃんとれいしん様、帰ってきますよ‼」

「そうね。でもひと月は帰ってこないと思うわ。ごめんね、会いたがってるのに」

百合はしおらしく言ってみたが、内心では「あーよかった」と胸をなでおろしていた。

（なんてったってコウのこと、どこのどいつだとか言ってやがったもののあのバカたれ……）

友人たちと共同生活するこのひと月に僅かな希望を繋《つな》ぐしかない。少しなりとも成長して帰ってきてくれ――。

コウは胸がじぃんとした。こんなときまでぼくのことを気に掛けてくれるなんて。

（ぼ、ぼくが傍にいて支えてあげなくっちゃ！）

「そんな！　ぼくはいいんです。そうだ、ぼく、今日は『蒼遥姫《そうようき》』を習ったんですよ。全部暗記したんです。ぼく、もっともっと勉強していろいろ知りたいです」

「あら、偉い。『蒼遥姫』なら曲があるわね。弾いてあげる」

百合は紅本家で琵琶を弾くことを玉環に禁じられていたし、弾きたくもなかった。でも貴陽では自由に弾ける。

百合は琵琶《びわ》の調律をしながら、黎深の呼び声を思い返した。

『百合』

黎深にその名を呼ばれるのは、初めて会ったとき以来だった。黎深のほうはまるで百万回呼んででもいたかのように偉そうだったけれど。

(さーて。今日もコウを早めに寝かしつけて、姮娥楼に行ってこなくっちゃ)

その晩——黎深は室で小さな鉢植えの水やりをしていた。隙間風がひゅうと吹きこむたび鉢植えの木も寒そうに震えている。火鉢はない。明かりは天窓の星明かりだけ。

火の気のない暗い室に、悠舜は手燭を灯して入った。黎深は悠舜がボロい筵《むしろ》に手燭と救急箱を置いても気がつかぬ風だった。

あのあと悠舜が十三号棟に戻ってみると、黎深と飛翔は取っ組み合いの大喧嘩《おおげんか》になっていた。

なんといっても飛翔の実家は白州・黒州のならず者たちの総元締め、両州にまたがり強大な縄張りを張る天下御免の極道一家である。白家《はくけ》黒家《こくけ》とも向こうを張る伝説の大ヤクザの総領息子、ついた渾名《あだな》が【九紋龍《くもんりゅう》】管飛翔。こと喧嘩《けんか》となれば黎深などかないはしない。が、なまじっか武術を習っていたため黎深も奮闘し、互いに手加減できず、ともに鼻血したたる喧嘩両成敗の満身創痍《まんしんそうい》の姿になったのだった。

救急箱を開ける音が聞こえたようで、鉢植えの水やりをしていた黎深がぎくっとした。

その鉢植えは、黎深がみかんの他にもってきた唯一の持ち物だった。十三号棟では『黎深の謎』と呼ばれている。

「……飛翔にも、きつく灸《きゅう》を据えて約束させました。二度と勝手に人様の預かりモノを食べるなと。うっかり注意せずに飛翔に預けた私も悪かったです。謝ります。申し訳ありませんでした。でも、百合姫への振る舞いを、許したわけではありませんから」

黎深は振り向かなかったが、鉢植えからドボドボ水があふれているにもかかわらず、まだ水やりをしていた。

綿に消毒液を染みこませながら、悠舜は手助けしてやることにした。

「百合姫はあなたに、謝るときの言葉を教えてはいないのですか？」

ものすごく長い沈黙があった。

悠舜は辛抱強く待った。

やがて、「……悪かった」という言葉がボソッと聞こえた。

悠舜は息をついた。

「はい、よくできました。私ではなく、百合姫に言ってくださいね」

黎深はむっつりしている。悠舜は強制的に約束させようとはしなかった。黎深にとって百合姫という存在は多分――。

悠舜は筵《むしろ》に黎深を座らせ、手燭の灯りを頼りに傷の手当てをしながら、思い切って慣れないさぐりをいれてみた。鳳珠は百合姫と別れてからというもの、ぼーっとしていて何も手につかない状態である。

「ところで黎深、百合姫は、そのぅ、ど、独身です？」

「それがどうかしたか」

「い、いいえー。百合姫のようなかたなら引く手あまたなはずなのに、まだお一人ということは、その、将来を誓い合った幼馴染《おさななじ》みがいるとか……」

悠舜は不自然に『幼馴染み』を強調してみた。黎深は怪訝《けげん》に思った。

「はあ？　あいつにそんなヤツいるわけない」

何せ『百合』は邵可の許嫁《いいなずけ》だったし、『譲葉』は男として周囲から認知されている。

ダメだ、と悠舜は冷や汗をかいた。やっぱり自分は遠回しにこういうことをさぐりだすのにはてんで向いてない。腹をくくり、単刀直入に切りこんだ。

「あなたと百合姫はどんな関係なんですか！」

「主従関係」

「それだけ!?　それだけじゃないでしょう黎深！　正直に打ち明けてくれていいんですよ。

話すのをためらうのもわかります難しい問題ですからね。でも飛翔みたいに言いふらしたり冷やかしたりもしませんし、今どき身分違いなんて時代遅れです」

黎深は不審人物を前にしているような目つきをした。

「はあ？　正直にいってる。それ以上びた一文まからん関係だ。単なる他人だ」

「そんなー！」

「なんだ、そんなーって」

「だってその――」

悠舜は言いかけた言葉を飲みこんだ。

「いえその余計ややこしくなるなって……いえなんでも」

百合姫と黎深が恋人なら、鳳珠もあきらめが……いや全然つかないかもしれないが、黎深からむりやり略奪する性格ではない。百合姫が失恋するのをひたすら待つほうだ。

悠舜は一生懸命状況を整理して考えてみた。計算と違ってパッと出てこない。

（……え、えーと？　百合姫と黎深は単なる主従関係でびた一文まからなくて、鳳珠は百合姫に一目《ひとめ》惚《ぼ》れして、ということは……？　障害なし？）

黎深も黎深で大問題だが、鳳珠も女性と縁があるとは言い難い。いや、まるきりない。

黎深が百合姫のことを何とも思ってないのなら、この機会はものすごく貴重だった。

「そ、それじゃ、百合姫に誰かが懸想しても、大丈夫なんですか……？」

「誰かって、男か、女か」

「何言ってんですか。百合姫は女人なんですから、男に決まってるじゃないですか」

「男か」

黎深は物騒なことを言った。

「……それはそいつの勝手だが、命が惜しかったらあきらめさせたほうが無難だな」

「い、命？」

「百合は面倒な事情があるからな。女なら面倒もないが」

『譲葉』に懸想する娘は大勢いたが、百合はもともと女なので振るしかない。という意味だとはむろん悠舜にはわかるはずもない。

「百合は少々の男じゃ抱えこめないぞ。あいつの背後には厄介なヤツがいるからな。それより、鳳珠のあのザマはなんだ？　いつも以上に使い物にならんぞ」

「えっ⁉　あ、あ、あの、そそそれは……えーと……」

「また顔のことでグダグダ悩んでるのか？　ちっ、バカなやつだな」

百合姫のことなんですとは悠舜は言えなかった。

「そうだ、こないだ飛翔のヤツが花街から帰ってきたあと、面白い話をしてたな」

「え？　ああ、『傾国の琵琶《びわ》姫』の話ですか？」

本試験になれば試験終了までガッチリ警衛が固められて一歩も建物から出られないが、それまでどういうふうに過ごすのかはおのおのの自由だ。予備宿舎を出て街で気分転換に遊ぶのも勿論《もちろん》構わない。……飛翔は明らかに遊びすぎ呑《の》みすぎ賭博《とばく》のしすぎではあるが。

「貴陽一の妓楼《ぎろう》に、どんなに口説いても、お金を積んでも絶対に落ちない傾城《けいせい》の美女がいるという話ですか？　琵琶の名手で、音色を聞くためだけに山ほどお金が積まれてるという」

飛翔がその話をした時、黎深はまるで無関心だったはずだが。

ちょうど暗い、寒々しい廊下を、心ここにあらずといった風の鳳珠がぼーっと横切った(戸などというものはない)。

黎深は魂胆のありそうな笑いを浮かべた。

「よし、今からその妓楼に行くぞ悠舜」

「は!?　ちょっと――ちょっと待ちなさい黎深！」

悠舜の叫びも虚《むな》しく、黎深は灯火を吹き消して足の悪い悠舜を引っぱった。

悠舜が黎深にむりやり引きずられていくのをみれば、鳳珠がついてこないわけがない。

「あっ、黎深!!　貴様また何かやらかすつもりか！　悠舜を巻きこむな!!」

かくして三人はその晩、貴陽一の妓楼――姮娥楼へ足を踏み入れたのだった。

五

「お前というヤツは――受験の最中に妓楼へ遊びにくるヤツがいるか!!　遊びたいなら一人で遊んでろ！　私は悠舜を連れて即刻帰るからな!!」

「ほーお。帰れると思ってるのか？　この状況で」

三人は姮娥楼の庭院《にわ》の繁みでそろって膝《ひざ》を抱えて座っていた。いや、隠れていた。

姮娥楼の大門の外は大騒ぎだった。鳳珠は顔を隠すものをもってこられなかったため、黎深を追うそばから鳳珠の美貌に当てられて失神する無辜《むこ》の通行人が続出した。赤い花灯籠が軒先につらなり、人出でにぎわう夜の花街ともなれば言わずもがな、収拾のつかない事態となり、三人は姮娥楼に逃げこんだのだった。

朱塗りの牆《かき》の向こうでは担架が行き交い、親分衆の配下が血眼で駆け回り「会試の時期にあのクソガキども！　見つけたら今度こそ血祭りに上げてやる！」と口々に叫んでいる。草の根分けてもさがしだす気満々の彼らにつかまったら最後、間違いなく命はない。特に悠舜は足が悪い。

「いま悠舜を連れてノコノコ出て行ってみろ。つかまるに決まってる。みんながみんな今までの受験者みたいにそろって気絶してくれるとは限らないんだからな」

「――――」

「騒ぎがやむまでここで時間つぶして、ついでに飛翔のいってた女をさがして――」

悠舜がとめるまもあらばこそ、鳳珠は繁みから出て猛然とどこかへ行ってしまった。

悠舜は頭を抱えた。

「……黎深、他の受験者が全員落第したこと、鳳珠がどんなに気に病んでいるか知っているでしょう。どうしてあんな言い方をするのです。誰にも落ちない『傾国の琵琶姫』なら、鳳珠の顔にも気おくれせずもてなしてくれるかもしれないと思って、気晴らしに連れてきたんでしょう？」

「…………」

「さがしにいきますよ。いいですね？」

黎深は悠舜に手をひっぱられると、しばらくして立ち上がった。

……一方、鳳珠はめちゃくちゃに姮娥楼の庭院を突っ切っていた。

『みんながみんな今までの受験者みたいにそろって気絶してくれるとは限らないんだからな』

もうどこをどう歩いたかもわからず、気がつけば人気のない外回廊を歩いていた。どこからか琵琶の音が聞こえてきた。鳳珠はろくに考えもせずに、その室《へや》に飛び込んだ。

＊　＊　＊

百合は姮娥楼にいた。

女の噂は女がいちばん正確に知っている。ことに姮娥楼ほどの妓楼ともなれば、客は大貴族・高官・各界の重鎮など、えりぬきのお大尽ぞろいだ。妓楼なら口も軽くなるし、本音も聞ける。どこにどんなお嬢さんがいるかを聞き出すにはうってつけだ。

わけを話して大旦那《おおだんな》に頼み、名妓のそばについて情報を得るつもりだったのだが、何気なく一曲琵琶を弾いたのが運の尽きだった。耳にした客らがあれは誰だと妓女たちを問いつめ、妓女が「金では買えない」などと妙な断り方をしたのもいけなかった。滅法カネと権力のある客たちは『姮娥楼の隠し玉』かと色めきたち、琵琶を弾くだけでもいいからとズンドコ金を積まれ、噂が噂を呼んでとんだことになってしまった。

百合も琵琶を弾くのは好きなので、せがまれれば悪い気はしない。顔を出さず、御簾《みす》ごしならとの条件で当分の間、ある決まった時間だけ、琵琶を弾くことになったのだった。

その夜も百合は、いつものように人のいない室を借り、衝立《ついたて》のうしろで琵琶の調律をしていたところ、だしぬけに誰かが転がり込んできたので仰天した。

酔客かと調律の手を止めて様子をうかがっていると、しばらくしんとしたあと、すすり泣く声がした。

衝立のうしろからそっとのぞいてみる。百合は驚いた。

(あれ、あのひと……昼間に会った、鳳珠さん？)

薄暗くても間違えようもない。百合の胸には、彼に貸してもらった手巾《てぬぐい》が入っている。あのあと、綺麗《きれい》に洗って、火熨斗《ひのし》をあてておいたものだ。

悲しみが伝わってきて、百合は慰めたくなり、琵琶を奏でた。

一曲弾き終えると、すすり泣きはやんでいた。ポツリと声が聞こえた。

「……お前がいたせいで落ちたと、きっとまたいわれるんだ」

城で彼と会った折、顔を背けていたのを百合は思いだした。何となく泣いている理由に見当がついた。

（首席突破っていっても、今年の黄州州試、この人以外受からなかったのよね……）

実際この凶器になりうる傾国の美貌《びぼう》を前にして試験に集中しろというほうが酷だ。ただでさえ受験生はとかくいろいろなものを抑制しているのである（黎深をのぞいて）。

笑い話のようでも、本人にとれば身の置き所がない現実だろう。

鳳珠のほうもまた衝立ごしに誰かがいるのに気がついた。が、今自分がどこにいて誰が琵琶を弾いてようがどうでもよかった。もう人がいても逃げるのに疲れきっていた。

会試が迫っている。鳳珠は迷いながら、結局あきらめきれずに王都まできてしまった。

鳳珠は八家ゆえに優遇されるのを嫌い、国試を受けた。清苑公子が流罪となり、藍姓官吏が朝廷からひきあげ、中央の雲行きがあやしくなってきた今、何か役に立てればと思った。

でも、間違っていたのかもしれない。落第し、泣きながら帰っていった受験者たち。実力が及ばずに落ちたのではない。自分のせいだと罵《ののし》られても、鳳珠は言い返すことができなかった。自分がいなかったら、州試及第した受験者はいたはずだった。

そばで誰かがたずねる。

「……自分の顔、嫌いですか？」

鳳珠は黙った。両親が悲しむから、それだけは絶対口にしないできた。

首を横に振った。微笑む気配が衝立《ついたて》から伝わってきた。

「自分のせいで受かるはずの人がたくさん落ちたと思って落ち込んでるの？　私は落ちたことをあなたのせいにするような人に、この国の官吏になってほしくないわ。落ちてくれて嬉《うれ》しいわ。そうじゃない人は、来年、絶対あなたを追いかけて及第してきます」

鳳珠はハッとした。

『絶対及第してくださいね。私は絶対来年受かって、あなたの顔を見に参りますから。今年は思わぬ不覚をとりましたが、来年はそうはいきません。お城で待っててくださいね～』

景柚梨という、おっとりした年上の受験者は、そうにこにこと声をかけにきてくれた。

そのほんの少しの激励があったからこそ、鳳珠はとうとうここまできてしまった。

「あなた、貴陽に到着したばかりのころ、真夜中にこの花街にきたでしょう」

彼の元気が戻ってきたのを感じて、百合はホッとした。

『行方不明』の黎深を捜す中で、その情報はあった。

「墨を買いに。夜中にお店があいているのは花街だけだから」

黄家の若様は会試に備えて夜遅くまで勉学を怠らず、墨が切れれば、夜も更けて小雪も散っているからと、家人をおもんぱかってわざわざ自分で買いにきたのだ。百合は感動のあまり涙が出そうになった。

（うちのアホタレワガママ大王とはなんたる違い……っ）

なんという好青年なのだ。真冬に爽《さわ》やかな初夏の風が吹き抜けた気がした。ちなみに黎深の傍では木枯らししか吹いたことはない。

「で、墨を買うときも布で顔を隠して慎重にやってきたのに、目の前でおばあちゃんが転んだから手を貸して、寒いからって肩掛けがわりにその布をあげちゃって大騒ぎになったのよね？」

「なっ、なんでそんなことまで知って……？？？」

「あなたの顔は、あなたにとって最高の贈り物だったと思うわ」

　百合は続けた。

「あなたが、一生懸命自分を磨いてきたのって、顔で判断されたくなかったからでしょう？　顔より中身を見て欲しいと思って自分を律してきたから、今のあなたがいる。夜遅くまで勉強して、墨が切れたら自分で買いに出て、転んだおばあちゃんに肩掛けをあげて。あなたの顔は確かに綺麗だと思うけれど、あなたが地道に磨いてきたあなた自身には負けるわ。私はあなたの顔より、あなたの心根と行動に遥かに敬意を払うし、好きだわ。それは容姿と違って、何十年経っても絶対に色あせることのない、あなたの宝物よ。顔なんて、歳をとればみんなくしゃくしゃのおじーちゃんおばーちゃんよ。それまでちょっぴりのガマンだわ。はい」

　百合は衝立から出て、昼間、鳳珠から貸してもらった手巾を彼に差し出した。

「昼間は、ありがとうございました。お返ししますね」

鳳珠はそれが自分の手巾であるのを見てとり、瞠目《どうもく》した。

目の前にいたのは、宮城で出会ったあの女性だった。

「……もうほんと、あなたに比べれば私の主人《あるじ》なんて月とすっぽんだわ……」

「主人？」

「そう。あなたの爪の垢《あか》を煎じて飲ませたいくらい。ワガママ放題、あちこち服は脱ぎ散らかすわ、片付けはしないわ、午《ひる》過ぎまで寝坊はするわ、傍迷惑《はためいわく》し放題だわ、人を顎《あご》で使うわ……はーっ。もうどうしようもないわ」

ここに及んで、やっと鳳珠は目の前のことが現実だと認識しはじめてきた。

いやしかし、こんな絵に描《か》いたような運命的な出会いがあるのだろうか。

「息抜きもいいけれど、ほどほどにね。試験が近いでしょう」

鳳珠は慌てふためいた。妓楼《ぎろう》にいることをトンと忘れていた。

「ち、違う!!　客としてきたわけじゃ——黎——友人にむりやり連れてこられて——」

百合は目を丸くした。黎深が姮娥楼に？

（うわー。てことは、もしかして誰かお目当ての女のコがここにいるのかな!?）

黎深は誰彼構わず女遊びをするような男ではない。

（わーわー。誰に会いにきたんだろう。これは絶対調べなくっちゃ）

あきらめていた嫁候補が浮上してきた。

そのとき、ほとほと扉が叩《たた》かれた。百合は琵琶《びわ》を手に取った。

「行かなくちゃ。大丈夫、会試は絶対あなたの他に及第者がいるから。でしょう？」

百合は請け合った。

うちの黎深が間違いなく迷惑かけるだろうけど、ほんとごめん。めげないで頑張って受かってくれ——百合は心の中でそう付け足し、座敷に呼ばれていったのだった。

二人の会話の一部始終を、悠舜と黎深もまた庭先で立ち聞きしていた。

（なぜ百合姫がこんなところにいるんですか——!!）

悠舜が黎深をうかがうと、至って平然としている。どころか、鳳珠が放心のていで縁側に現れると、意地悪く声をかけた。

「鳳珠、百合に惚《ほ》れたのか？　百合はよっぽどの覚悟がないとムリだぞ」

鳳珠は図星をつかれて赤くなった。

悠舜から、彼女の名前と、黎深の知り合いらしいということしか聞いていなかった鳳珠は、きっと紅家門下のいずれかの女人なのだろうと思っていた。

「わかってる！　彼女も言っていた。自分の主人はワガママ放題、だらしもないわ、人使いが荒いわ、迷惑かけまくりで午《ひる》まで寝こけるわ、とことんどうしようもないヤツだと！」

黎深は青筋を浮かべた。そこは百合が小声でぶつくさいったため、聞こえていなかった。

「ほぉおおおおう」

「まったく黎深みたいな男の風上にもおけないヤツが他にもいたとはな！」

悠舜はおろおろした。どうしよう。ますますおかしなことになってきた——。

「妓女などしているくらいだ。やむにやまれぬ事情があるに違いない。今は国試に専念しなければならないが——なんとしてでもそのどうしようもない主人から百合姫を助けだしてみせる」

「そーかそーか。せいぜい頑張れ」

悠舜は慌てて黎深の袖《そで》を引っ張った。

「い、いいんですか黎深そんなことといって……」

「百合が鳳珠を選ぶのは百合の勝手だ。それに多分そっちのがいい。ただ今の鳳珠じゃ、あれこれ小細工しないと、百合を抱えこめないだろうな」

悠舜は戸惑った。黎深は百合姫のことを真実何とも思っていないのだろうか。

「……百合姫は、あなたにとって必要な人ではないのですか？」

「別に。いてもいなくても構わん」

「本当に？」

重ねて問われ、黎深は子供のように首を傾げた。

「そうだな、いたら何かと便利なのは確かだが、その程度だ」

「……でも黎深——」

悠舜は言い澱《よど》んだ。黎深が水やりをしていた鉢植えを思い出した。

答えはあの鉢植えにあるはずなのに。

（……というか、いま一世一代の国試受験中なのに、こんなんでいいのだろうか……）

思いっきり青春を謳歌《おうか》し始めている。

他の受験生が知ったなら、間違いなくこの二人は刺されていたに違いない。

六

――ひと月後、百合はその結果を受けて、少々驚いた。

『状元《じようげん》及第　鄭悠舜
　榜眼《ぼうげん》及第　紅黎深
　探花《たんか》及第　黄鳳珠　』

（黎深が二位ねぇ……）

百合は城の使者がいと仰々しく捧げもってきた及第通知を読み、目をくるんと上向けた。

「百合さん、なんのお文ですか」

馬まで飾り立てた華麗なる使者がパカラッパカラッと去っていくのを、コウが見送りながらきいてくる。

「今日か明日、黎深、帰ってくるって」

「本当ですか!?」

コウは目を輝かせた。すごい、本当に百合さんの言う通りひと月で愛人宅から帰ってきた。しかもあんなウヤウヤしいお使者を遣わすからには「やっぱり俺にはお前しかいない。バカだった。家に入れてくれ」と反省しきりな様子。

（やっぱりれいしん様のこと、いちばんよく知っているのは百合さんなんだ）

百合さんはこのひと月、なんでもない顔をして生き生き元気に過ごしていたけれど、きっと陰で袂《たもと》を濡《ぬ》らして泣いていたに違いないのだ。

コウは心に決めていた。黎深に会って、百合さんとの仲を絶対とりもつのだ。

百合は百合で、嬉《うれ》しげなコウを横目にいよいよ焦りが募った。コウは相変わらず、『れいしん様は立派で情け深くて素晴らしい人』だととんだ悲しい勘違いをしている。邸《やしき》の家人たちも優しすぎる性格が災いし、誰もコウに真実を教えられないままきてしまった。

（先に黎深に会って、余計なこと言わないようにクギさしとかなきゃ）

でないと、コウが泣いて家出してしまう。

（そろそろ私も、紅家を出なきゃならないし）

黎深にコウを預けられるか確信をもてないことには出て行けない。

――そうしてその晩、黎深が実にひと月半ぶりに紅邸《てい》に帰ってきたのだった。

「お帰り、黎深」

百合が出迎えるや、黎深は怪訝《けげん》そうに眉《まゆ》をひそめた。

「……なんだお前、どうして邸でまで女装してる」

「しーっ。しょうがないでしょ。コウは『百合』しか知らないんだから」

「何？　じゃあれからずっと百合のままでいたのか」

「そうだよ。うう、なんか君の前で改めて百合として話すのこっぱずかしい」

「百合か譲葉かどっちだそれは」

「う、うるさいな。しょーがないだろ……でしょ、こんなの想定してなかったんだから」

十年以上も『譲葉』として黎深の側仕えに徹してきたので面映《おもは》ゆいったらない。なんだか赤面してしまう。あるまじきことに、百合と譲葉ごっちゃになってしまう。

「あっ、ちょっと黎深！　またぽいぽい脱ぎ散らかして！」

黎深が床に景気よく衣服をばらまいていくのを、百合が追っかけながら拾っていく。少しは集団生活を経験して礼儀正しくなったかと思いきや、全然変わってない。ちなみに紅邸の優秀な家人らはどういうわけか、それぞれ柱の陰で微笑ましげに見守っている。

「風呂」

「沸いてる」

「着替え」

「湯殿に置いといた」

「夕飯」

「すぐ出せるよ」

「みかん」

「あるって！　もーほんっっとワガママ若様だな君は！」

　黎深は振り返り、百合をまじまじと見返した。

「なにさ」

「いや、お前がいると確かに便利だな」

「我ながらこの甘やかしっぷりはどーかと思うよ。でも今日はいいよ。君、ちゃんとひと月、頑張ってきたから。ほら、早くお風呂《ふろ》に入ってきなよ」

「髪」

「まったく単語しか言えないのか君は！　ナニサマだほんとに。でもちょうどいいや。ぼくが一生君の髪を切るわけにもいかないから、そろそろ他のコにやらせて――」

　みるみる黎深の機嫌が悪くなった。

　百合はあきらめた。

「わ、わかったよ……ぼくが切るよ……。でもぼくがいなくなったらどーするのさ」

「どうにでもなる」

「それもそうか。誰かが切るよね」

　百合はあっさり納得した。

　逆に黎深はヘンな顔をして、押し黙った。

「？　早く行きなって。髪、ちゃんとふいてくるんだよ。風邪ひくから」

百合は黎深を湯殿にやった。

風呂から上がってきた黎深はぼたぼた髪から水滴を垂らして戻ってきた。

百合は怒りに震えた。

「――嫌がらせしてんのか君はっ！　風邪ひくっつっただろ！」

「ふん。それがどうした。私に命令するな」

国試前と何ら変わってない。百合は嘆息した。

（いや、これって私が悪いの？）

自分が相手だと、途端に黎深はこんな風になる。百合は火鉢を入れておいた室へ黎深を追い立て、濡れそぼつ髪を布で丁寧にぬぐった。

黎深は目を閉じてくつろいだようにおとなしくしている。

「そうだ、榜眼及第おめでとう、黎深」

「ふん」

「わざとでしょ」

ぱちっと黎深が目を開けるのが磨きたてた銀の花瓶に映る。

「黎深、会試の最後の設問、空白で出したんでしょう」

毎年多種多様な問題が出されるなか、最終設問だけはいつも同じ。

『及第したのち、どんな官吏を目指し、この国をどう導いていくつもりか』

正解のない問い。

黎深が落とすとしたら、この最後の出題しかないと、百合は思っていた。

案の定、黎深はムスッとした。

「……それがどうした」

「感心した」

百合は正面にまわり、黎深の顔をのぞきこんだ。

黎深は国にも官吏にも興味がない。単に兄の傍にいたいから国試を受けただけだ。でも、真実国のために官吏になりたいと願いながら、叶《かな》わずに去る受験者は山ほどいる。官吏になるために毎日毎日ひたすら勉学に励み、信念とたゆまぬ努力によって階《きざはし》をのぼってきた者たちにとって、黎深はあまりにも人をバカにした存在だ。信念もなく努力もせず、官吏になりたいわけでもない。国も王も民もどうでもいい。あまつさえ王都にいる理由をつくるためという、落第した者にとっては泣くに泣けない不真面目な受験理由。

努力をしない天才が、努力をする凡人に勝っても価値はない。それが百合の持論だ。

でも百合は黎深の中で唯一、認めていることがある。

決して、嘘をつかないこと。

どこもかしこも不純な動機だらけの黎深の、たった一つだけの誠実な回答。

無回答。

こんなことをたまにするから、百合は今まで黎深と付き合ってこられたのだ。

国に尽くす気なんかサラサラないという意思表示を承知の上で、王と重臣たちが黎深を官吏として拾うと決めたのなら、黎深にやましいところは何もない。

「君みたいな最っ低の受験者が、状元及第なんてふざけてる。君が悠舜さんより上で及第したら、この国は終わりだよ。他の受験者さんが可哀相すぎる。二度と国試受ける気なくすよ。あー榜眼《ぼうげん》でよかった。心からお祝いを言える。おめでとう黎深。偉い！」

百合は黎深の頭に布をのっけてかいぐりした。

黎深はうるさげにしたものの、されるがままにしている。

黎深は百合の白い頬《ほお》を注視した。黎深のかわりに悠舜の平手を受けた左頬だ。百合はからかった。

「私にちゃんと謝れって、悠舜さんに言われたのかしらー？」

「…………う、うるさい」

百合は素知らぬ顔で黎深の髪をぬぐいながら、待ってあげた。

黎深は横を向いて、どうやって百合に謝ったらいいものか、ものすごく葛藤《かっとう》していた。

黎深が百合に謝ったことなど一度たりとてない。黎深の高飛車な性格では、今さらそんなことをするくらいなら豆腐の角に頭をつっこんで死んだほうがマシだと思っているのだろう。

あんまりにも悶々《もんもん》としていて可哀相だったので、百合は折れてしまった。

「いいよ。気にしてない。君が何言いたいかくらい、わかってるから。でも他の人にあんなこと言っちゃダメだからね。ほんっと嫌われるから。絶交されちゃうからね」

　こーゆー甘やかしがダメなんだろうなぁと百合はほとほと自分に呆《あき》れた。それでも黎深が自分に謝る気になっただけで充分奇跡だ。

　黎深は傍目《はため》にもあからさまなくらいホッとした。

「じっとして。前髪切るから。ヘンな前髪になっても知らないからね」

　百合の細くて白い指先が器用に鋏と剃刀《かみそり》を操る。黎深の耳もとで髪の落ちる微《かす》かな音がする。黎深は百合に髪をいじられるのが結構気に入っていた。というか百合以外はなぜか全員ダメだった。赤の他人に髪を好きにさわられると考えるだけで気分が悪い。おかげで二年間伸び放題になった。

「そういえば鳳珠から文を預かってる」

　黎深はポイと文を投げた。百合は文をひらいて読んだ。

「で、行くのか。あさって。そのしるこ屋に」

　百合はガクッとした。なんで黎深が文の中身を知ってるのか。

「黎深!!　ひとさまの文を勝手に読むんじゃない!!　二度とやっちゃダメだからね！」

「行くのか行かないのかどっちだ」

「そうだねぇ。君のことでずいぶん面倒かけたし、お礼がてら行ってくるよ。おしるこ好きだし」

「呆れたヤツだな。鳳珠はお前にホの字なんだぞ。そのつもりでめかしこんで行け。しかしなんでまたしるこ屋なんだ。わけがわからんな。ウケでも狙ってるのか？」

百合はきょとんとした。……ホの字？

「って、ええ!?　だって二回しか会ってないんだよ!?」

「あいつにとっては、あのカオに耐えられてまともに話をしてくれた女は家族以外でお前が人生初めてだったらしい。もうお前を運命の女と決めてかかっている。結婚前提満々だ」

「えー！　ちょっと待って。嬉しいけど、そういうことなら行けないよ!!」

「行け！　私の立場はどーなる!!」

「バカ！　君の立場なんてどーでもいいよ！　よーく考えなよ黎深！　いい、私だよ？　私がこの貴陽でどんな立場にあるか、君がいちばんよくわかってるだろ？　鳳珠さんに迷惑かけるに決まってるじゃないか!!」

「鳳珠は黄家だ。なんとかなるだろ」

「あのね、紅家でさえ、私をずっと紅州に閉じこめておいたくらいなんだよ。黄家じゃムリだよ。私がこのひと月無事でいられたのは、この紅邸《てい》にいたからなんだよ。それと、君がくれたこの扇を肌身離さずにいたおかげ」

百合は馬車の中で黎深から投げられた扇をとりだした。

留め金には〝桐竹鳳麟〟の刻印。これをもっていれば〝影〟の護衛が受けられる。

「一緒に街を出歩いたら、鳳珠さんにとばっちりがいくかもしれない。面白がってる場合じゃないんだよ。友達だろう、初めての」

黎深はしらばっくれた。明らかに面白がっていただけらしい。

「だからお付き合いはできないんだよ。……そりゃ、イイヒトだとは、思うけどさ」

ボソボソと百合は本音を付け足した。

非常識なのは顔だけで、あんな清々しい好青年は見たことがない。もう一度話してみたいとも思う。手巾《てぬぐい》もいつでも返せるように、綺麗《きれい》に洗って火熨斗《ひのし》をあててもっていた。

自分がごく普通の生まれだったなら、このお手紙をきっと素直に喜べたろう。

「わかってるだろ。ぼくの立場は特殊すぎる。ぼくは……本当はいるはずのない人間なんだ」

「何悲愴《ひそう》な顔してるんだ。一度しるこ屋に行くくらいなら別にいーだろうが。お前、さっきは乗り気になってたろう」

「そりゃまあ……」

「だいたい鳳珠はまだお前に何も言ってないだろうが。自意識過剰じゃないのか」

「君が勝手にバラすからだろ!! もう最低だよ。ぼくにどんな顔して行けっての。せっかくのトモダチなくしたくなかったら、これも二度としちゃダメだからね!」

「ふん」

黎深はそっぽを向いた。百合の少し癖のある長い髪が目に留まる。

『イイヒトだとは、思うけどさ』

黎深はなんとなく面白くなくて、ひと房ひっぱってみた。

百合は怒った。

「いたー！　抜けるじゃないか!!　意地悪するなよ。君ねぇ、そんなんじゃ——」

「なんだ」

「……ううん、なんでも」

お嫁さんなんかこないんだからね！　といいかけ、百合は慌てて口を噤《つぐ》んだ。

「そうだ、君、あのとき鳳珠さんと一緒にいたんでしょ。姮娥楼に誰に会いにきたのさ」

百合はわくわくしながら訊ねた。あのあと黎深たちは誰とも遊ばずすぐ帰ってしまって、結局誰に会いにきたのか、さっぱりわからなかったのだ。

「ね、ね、誰？　冷やかしたりしないから、教えて」

黎深は不機嫌になった。「傾国の琵琶姫《びわひめ》」がよりにもよって百合とは。

「うるさい！　お前こそあそこで何してたんだ。簡単に琵琶まで弾いてやって」

紅家にいた頃は、よっぽどでない限り黎深にも弾かなかったというのに。

今度は風向きが悪くなった百合のほうがたじろいだ。まさか「黎深の嫁さんさがし」に通っていたとはいえない。そういう世話を他人に勝手に焼かれるのが黎深は大嫌いなのだ。

二人とも藪《やぶ》の蛇をつつかぬよう、それぞれ話題を棚上げにした。

「あ、そうだ、明日一日出かけるけど、その間約束通りコウと会ってあげてね」

「そういやそんなのもいたな。なんでだ」

百合はあんぐり口を開けた。そういやそんなのもだって!?

「ばかー！　絶対言うなよそれ！　コウにとっちゃ君は大恩人なんだから。このひと月、ものすごい頑張って猛勉強したんだよ。それもこれも君に会って褒めてもらいたいからというこの健気《けなげ》さ。それに免じてせめて半刻くらい取り繕ってコウの妄想……じゃない、夢を壊さないであげてよ！　君のこと、何をどう間違ったか『ものすごくイイヒト』って信じこんでるんだから。君が自分から拾ったくらいなんだから、それなりのわけがあるんでしょ。気まぐれでそんなことする性格じゃないし。とりあえずその理由だけはちゃんと言うんだよ」

百合は念を押した。


次の日の夕方、百合が用事を終えて紅邸に戻ると、邸中がどんよりしていた。

百合はイヤな予感がした。昨日の今日で、思い当たる原因は一つしかない。

「……コウは？」

「それが、黎深様とご面会なさったあと、お室《へや》に閉じこもったきりうんともすんとも言わないのです。どうしましょう百合様、まさか世を儚《はかな》んで、じ、じ、自殺とか……っ！」

人のよい家令はしくしく泣きはじめた。

「で、黎深は？」

「どこぞへルンルンとお出かけに」

「なんつーどうしようもない男だ！　及第したから邵可様のとこにでも行きやがったな」

思わず『譲葉』の言葉遣いになったことにも気づかず、百合は慌ててコウの許《もと》にスッ飛んでいった。鍵《かぎ》がかかっていたので、蝶番《ちょうつがい》を叩《たた》き壊して侵入した。

「コウ！　生きてるわね⁉」

「百合さん……」

コウはたった一日で見る影もなくげっそりやつれていた。

「ぼくの二度目のジンセイは今日この日、終わりを迎えました……。フフ……ジンセイって、ザンコクですよね……アハ、ウフフ……」

「こ、コウー！　しっかりして！　あのバカ何いいやがったの⁉」

コウはこの世の終わりを目の当たりにしたかのような暗い顔で、黎深から聞いたという『拾った理由』を語った。

百合は凍りついた。

(しょ、邵可様が清苑公子拾ったから、自分もテキトーに誰か拾って育てて兄上の苦労をしのぼうとしたですって――っ⁉　ふざけんなよ黎深、君なんも苦労してないじゃん‼)

このひと月半、コウを一生懸命大切に養育してきたのは百合である。黎深はなにもしてないどころか、存在さえ忘れていたではないか。

救い難いことに黎深の言い分は、まったくもって「そんなことないのよコウ。黎深はほんとはね」なんて言い訳がきくようなものではなかった。多分、徹頭徹尾真実だ。

黎深は確かに嘘はつかない。だが真っ正直がすべていいというわけではない。特に黎深のような人もなげな男の「真っ正直」は「人もなげな真っ正直」だ。

もうダメだ。取りなし不可能だ。

「……ご、ごめんね、コウ。あのバカ、見たとおりほんっっとどうしようもなくて……あなたを、すごく傷つけてしまったわね……。……本当に、ごめんなさい」

「百合さん……」

「少し時間をちょうだい。今すぐ、あなたを引き取って、幸せに育ててくれる人と連絡とってみるからね。今度こそ、あなたが傷つかず、幸せになれるところへ、責任をもって連れていくから。約束するわ。黎深みたいな人でなしばかりじゃないのよ世の中。本当よ」

コウはうつむいたまま、しばらく黙りこくっていた。

百合もまたしょんぼりしながら、ためらいがちにコウにもう一度声を掛けた。

「……それとももう、一日たりともこの邸にはいたくない……？　それなら……」

「——百合さん」

コウは決然と顔を上げた。

「ぼく、ここで第三のジンセイをはじめてもいいでしょうか」

「……え？」

「確かにれいしん様は、その、思っていたのとだいぶ違うヒトでしたけど——」

コウは初日の百合の言葉を思い出していた。

あれはテレカクシでもなんでもなく、頭から尻尾《しっぽ》までまぎれもなく真実だったのだ。勘違いした自分が悪かったのだ。賢いコウは絶望しつつも、そのむごい事実を知ったことによって、もう一つの動かしようのない現実に気づいていた。

れいしん様が『親切で情け深くて立派な人』でなく、百合さんの言う通り『性格極悪で執念深くて、人の話なんかてんで聞かなくて、オレ様主義で、鬼のがまだマシな人でなしろくでなし超鬼畜野郎』だったとすると——。

(れいしん様、これで百合さんに捨てられたら、ほんっっっとあとがナイんじゃ……?)

『親切で情け深くて立派な人』だったなら、百合さんに見放されても——そもそもそんな人だったら百合さんに見放されることもないと気づくべきだった——出直せるかもしれないが、コウが見たまんまのヒトだったとなると、まるきり救いようがない。

(だ、ダメだ——。百合さんがいなくなったあとのれいしん様なんて、考えるだに恐ろしすぎるっ！　まがりなりにもぼくを拾ってくれた人なんだ。人としてどん底の底まで抜けてさらに下まで落下していくのを見捨てて逃げるわけにはいかないよ。こ、ここは覚悟を決めて、百合さんの言葉通り、れいしん様に拾われたのが運の尽きだったとあきらめて、第三の人生を歩みつつれいしん様のためにちょっとヒトハダ脱いでみよう)

そうすれば、百合さんとも一緒にいられる。

これが、のちの絳攸の命運を決めた瞬間であった。

あとで百合から、邵可に預けるつもりだったと聞いたとき、絳攸は泣くに泣けなかった。

人生の選択をいつでも間違える男・李絳攸のこれが原点であった。

「ぼく、ここで、れいしん様のお役に立てるように頑張ろうと思います」

百合は聞き間違いかと思って、おそるおそる確かめた。

「こ、コウ……この邸にいてくれるの？　いっとくけどあなたが会った黎深は機嫌が悪かったわけでもなんでもなく素でアレなのよ？　ていうか、アレは氷山の一角にすぎないのよ。本当にいいの？　耐えられる？　波瀾万丈《はらんばんじょう》、山あり谷ありまさかの坂あり奈落ありの激動の人生の幕が上がりっぱなしになるのよ？　二度と引き返せないわよ。今なら間に合うわ。よく考えて」

「う……ゆ、百合さんは、どのくらいれいしん様のお傍にいらしたんですか」

「かれこれ十五年くらい」

「ならぼくだって耐えてみせます！　それに」

どうせ行くところもないですし、とコウはぽつりと呟《つぶや》いた。

百合は悟った。黎深がどんな人間だろうが、結局のところコウには関係ないのだ。

黎深がコウを拾ったとき、この少年の中で黎深は絶対の存在になってしまったのだ。おそらくは黎深にとっての邵可のように。……だから、コウは心を痛めても、側仕え候補の少年たちのように、泣いて逃げ帰りはしなかった。

百合はうなだれた。……黎深、君は自分がしでかしたことの大きさに、気づいてるか？

（君はこの子にとっての邵可様になれるか？　黎深……）

賢く純粋で、絶望を知ってもなお曇ることのない目をした少年の、心の寄るべに。百合のカンは当たった。この子なら、きっと黎深の傍にいてくれるだろう。

(でも、その代償に、この子はずっと傷つきつづけるだろう……)

百合のようにいい加減に付き合うのでなく、本気で黎深の傍にいるつもりなら。百合なら黎深にどんなひどいことをいわれても気にしないが、どこまでも黎深の心に添おうとするコウには、黎深の無自覚で冷たいひと言ひと言がどんなにか突き刺さるだろう。傷だらけになりながらも傍にいつづけるコウの姿が、目に見えるようだった。

「……ありがとう、コウ。ごめんね」

百合はコウの両肩を抱いた。コウにはなぜ百合が謝るのかわからなかった。

「――わかったわ……。君がその覚悟なら、私も頑張ってみる」

コウはハッとした。一緒に頑張るって、もしかして――。

そうだ、ここで何かぼくが一発、百合さんの気をひけば、もう一押しで――。

(ずっとれいしん様と一緒にいてくれるかも!)

百合さんの優しさにつけこむことになるが、れいしん様の現状を見ればここは心をオニにして――。コウはやましさをこらえ、生まれて初めて下手くそな泣き真似をした。

「うえーん。ぼく、ぼく、これで百合さんまでいなくなっちゃったら……」

「コウ、泣かないで。わかってるわ」

百合の心は正義の炎で燃えあがった。

あの黎深がコウにとっての邵可様に？

（なれるわけがないっつーのっっ!!）

間違いない。そんなことはありえない。

黎深に期待していたらコウが白髪のじーさんになる。

コウのために急ぎ救済策を講じておかないことには、このまま出て行けない。

いちばん丸く収まる可能性が高いのはやはり嫁だ。

コウが見つかったんだから、死ぬ気でさがせばこっちも見つかるだろう。コウのいたいけな覚悟を見たら、一縷《いちる》の望みさえなさそうでも撤退するわけにはいかない。

「待っててコウ。私が黎深の嫁を草の根分けても探しだすわ。あなたのお母様にもなってくれるステキな女の人を!!　あなたの今後がいくぶんでも安泰になるよう頑張るからね!!」

コウはその意味を理解するまで、長い長い時間がかかった。

「……………………………え？」

誰が誰のおヨメさんをさがしてくるって……？

…………え？

（そ、そんなぁ――――――っ！）

嘘をつくとバチが当たる――初めて嘘をついた結果がコレだったため、絳攸はこのときの痛恨の教訓から、その後一切嘘をつかなくなるのだが、それはまた別の話である。

七

翌朝、コウは自らの失策を悔いながら、鉢植えの水やりをしていた。昨日黎深と会ったときに、水やりしとけといわれたのだ。変わった木だったので、何の木ですかと訊《き》いたら『金のなる木』だと返ってきた。やはりオカネモチは違う。

紅邸の前栽は美しい木や草花がいくらでも見つかり、珍しい石庭もあれば風雅な四阿《あずまや》もある。池には魚や亀が泳いでいる。でも今日のコウは目もくれなかった。

（どうしようどうしよう。ぼくのせいでれいしん様と百合さんの仲にミゾが！）

仲も何もミゾ以前の問題なのだが、『ホントは二人は相思相愛』と信じているコウにとっては、自分の不用意な嘘が決定的な打撃になったと嘆いていた。

そのとき、どこかから百合の話し声がした。

顔を巡らすと、遠くの外回廊を百合が歩いていた。コウはびっくりした。

（うわー、百合さん、すごくおめかししてる。どこかへお出かけするのかな）

いつも綺麗《きれい》な百合だが、薄化粧をして、華やいだ着物を身につけた百合はとびきり美人だった。

黎深も一緒だったので、コウは目を丸くした。

（もしかして、おめかしして、二人でお出かけ!?　やったー！　逢《あ》い引きだ！）

コウは途端に元気を取り戻した。見つからぬよう注意しながら抜き足差し足で二人の会話が聞けるところまで寄った。

「やけにめかしこんだな」

黎深のトゲトゲしい言葉に、百合はうろたえた。

「え、ほんと？　めかしこみすぎ？　おしるこ屋さんに行くのにおかしい？　わかんないんだよー。女のコとして男の人と二人でどっかに行ったことないんだもん」

「フン。まあお前がどんなに洒落《しゃれ》っ気をだそうが、誰もお前には目もくれないだろうからいいんじゃないのか。隣の男に全部もってかれるだろーからな」

「それもそっか。じゃ、このままでいーよね」

「嫌味だ、気づけバカモノ」

「知ってるよ。でも事実だしねー。それに気にしないから構わないよ。君の隣を歩く方がよっぽど心臓に悪いもん。いつなんどき何をやらかしてくれるのやら……おーヤダ」

綺麗に結った色とりどりの髪紐《かみひも》が楽しげにはねている。

「……ウキウキしてるな」

「してる。お洒落《しゃれ》して出かけるの楽しみだもん。今までこんな平凡でごくごくフツーの休みなんかあったろうか。いやない。何かとゆーと君の世話に呼び戻されてさー」

ピョコピョコしているその髪紐を、黎深は意地悪な気分でひっぱった。

「あー！　何するの!!　せっかく頑張ったのに！　もう結い直す時間ないんだよっ」

「そのまま行けばいーだろが。おい百合、かわいそうな鳳珠を弄《もてあそ》ぶなよ」

自分で橋渡ししといて何いってんの、と百合は思ったが、口には出さなかった。

黎深が友達のために初めてしたお節介（？）だ。それに実際あとは百合の問題だ。

「わかってるよ、特別な約束を交わせないことは……もったいないケド。でも、それまでは楽しんでくるよ。そうだ、帰りは遅くなるかも。なーんて」

「なんだお前、一夜を過ごす気満々だな。暗けりゃあいつの顔の効力も薄れるしな」

「ばかー！　最低だな君は！　他の女のコにそゆことゆーなよ!!　もう行くからね！」

百合はプンスカ怒って出てってしまったのだった。

――一方、隠れて聞いていたコウは青くなった。

逢い引きは逢い引きでも、なんと相手は別の男――。しかも百合さんが嬉《うれ》しそうに逢いに出かけるような人。思えば百合さんみたいなステキな人が、男にメをつけられないわけがないのだ。だというのにれいしん様は止めもせず、ちっちゃい意地悪だけして送り出してしまった。

（ばかばかれいしん様！　こういうときは止めるんだよー！　『行くな！　他の男とするこ屋なんぞに！』って昨日習った強調効果の倒置《トーチ》法とかで！　そしたら絶対チャララ～って音楽が流れて別の物語の幕があがったのに!!　あんなにえばりんぼうなくせに、なんで肝心なときはおとなしく見送っちゃうんだ！　全然なってないよ）

コウが焦《じ》れったい気持ちでいると、黎深は同じく外出の支度を家人に申しつけた。コウは顔を輝かせた。きっと後を追いかけて、ヨコヤリをいれるつもりに違いない。コウも慌てて『金のなる木』をしまった。自分もついて行こう。

勇み立ったコウであるが、ついにその日、邸のなかで迷子になったまま一歩も出られなかった。


黎深はまず悠舜と連絡を取った。

呼び出された悠舜は杖《つえ》をつきつつ、情けない溜息《ためいき》をついた。黎深は桶屋《おけや》の陰に身を潜めてコソコソしていた。

二人の視線の先には、にぎやかな大路をのんびり歩いていく百合の姿がある。

「黎深……私は心が痛みます。こういうの、なんていうか知ってますか?」

「尾行」

「違います出歯亀ですデバガメ。語源は昔々、亀太郎《かめたろう》さんという変態さんが――」

「変態亀太郎の話なんかどーでもいい。お前は気にならないのか」

「な、なりますけど……」

鳳珠よりも、黎深が何をやらかすか気になってでてきたとは言えない。

「だいたいな悠舜、鳳珠はアホだ。なんで初回の逢瀬《おうせ》がしるこ屋なんだ。あいつの顔でまともにしるこ屋でしるこが食えると思うか。百年経ってもしるこなんぞ出てこんわ」

　それはそうかもしれないと悠舜は思った。

「でも鳳珠なりに精一杯頑張ったんですよ」

「しるこ屋がか」

「あれ、聞いたことありませんか黎深？　オモチは切っても切れないから、恋人同士でおしるこを食べさせあうと縁が切れず、末永く甘い生活が送れるそうですよ。紅豆《あずき》も縁起物ですし」

「なんだその甘クソけったくそ悪い怪奇伝承は！　鳳珠も意外と軟派なヤツだな」

　悠舜は吹きだした。軟派。

「鳳珠はそんなおまじない知らないと思いますけどね……それにしても、百合姫は抜群の美人さんですねぇ。道行く男がみんな振り返っていきますよ」

　もの慣れた遊び人もいたずらに声をかけられず、八つぁん熊さんらは惚れ惚れと視線を送っている。黎深は面白くなさそうな顔つきである。

「まとめ髪でなく、おろし髪というのも可愛らしいですね」

「……。ふん！　それも鳳珠がくれば憐《あわ》れにも一顧だにされんのだ。いいか、女より綺麗な鳳珠は存在そのものが女の敵なんだ。常に自滅と隣り合わせの不憫《ふびん》な男だ。だから私とお前がきたわけだ」

「おや。感心ですね。では何ごとか起こったら助太刀するつもりなんですか」

「何か起こってからでは遅いだろうが。ふっ、私に手抜かりはない。明確なる未来事象予測のもとに、すでに鳳珠に助け船は出してある。見てろ。そろそろくる頃合いだ」

悠舜はそこはかとなく不吉な予感がした。

やがて、通りがよどよしはじめた。井戸端会議をしていたおばちゃんたちが、大路の向こうを指さし、眉《まゆ》を寄せてひそひそ話をしはじめた。子連れのお母さんがたは「しっ、あっちを見ちゃ行けません！」と我が子の手を引いて駆け去っていく。

悠舜は首を傾げた。ただならぬ空気である。気になって、桶屋の大桶から首を出して不穏な気配の漂う方向をのぞいてみた。

しるこ屋を目指すように通りの向こうから誰かがやってくる。

『誰か』を認めた悠舜は固まった。頭が真っ白になった。

杖をもつ手が震えた。ま、まさか――。お願いだから嘘だといってください黎深。

「…………………黎深」

「なんだ」

「…………あれはよもや、あなたの『助け船』とやらではないですよね……!?」

「そうだ。昨日脅して泣かせて徹夜でつくらせた。当代一の名彫師《ほりし》雅旬《がじゅん》の突貫傑作だぞ」

黎深は当然褒められてしかるべきだというように、自信満々に胸を張った。

鳳珠はミナミボラボラ鳥がつぶれたようなお面をかぶっていた。南の部族の魔除《まよ》けのお面があんな風だったように思う。

「どうだ、あれで鳳珠も正々堂々百合と一緒にしるこが食える」

「れ、れ、黎深……あなたというひとは記念すべき鳳珠の初逢瀬になんてことを――!!」

何ごとか起こる前にとかいっていたが、当の黎深が問題をばらまきまくっている――。

悲劇はそれだけでは終わらなかった。黎深は間を置かず怒濤《どとう》の追撃をした。

「さて、じゃあ私たちもしるこを食いに行くか。悠舜はこれだ」

「え？　え？　なんです？」

今まで生きてきた人生の範疇《はんちゅう》ではまったく想像しえない世にも奇妙な世界を前に、悠舜はつい混乱した。意気揚々と黎深から手渡されたのは――。

「……………………パンダのお面ですか……………」

「私はみかんのお面だ。手抜かりはないといっただろう。万一鳳珠たちに尾行がばれたらまずいからな。みかん仮面のがいいといっても、こればかりは悠舜の頼みでも譲らないからな」

黎深は天才だ。悠舜はわかっていたつもりだった。

いま、悠舜は確信した。自分は本当に平々凡々な常識人だ。

黎深こそ、バカと紙一重の真の天才である、と。

悠舜はそんな黎深から逃げなかった。かわいいパンダのお面を受けとった。

「……パンダがいいです……」

ちゃんと目があるから、みかんよりいいかな……。

このときこそ、悠舜が黎深の真の友になった瞬間といえるかもしれない。

珍奇な仮面の男は、百合の目の前で立ち止まった。

否応《いやおう》なく威風辺りを払う彼を目撃したときから、もしやと思ったが――。

決定的なのは、冬の風に音を立てて流れる絹の髪であった。あんな美髪をもつ男性は一人しかいまい。好青年だと思ったけれど、なかなか突拍子もない人だ。

(意外な一面が……。いやいや黎深の友達だし、これくらいはするかも)

百合のすべての基準は黎深にあった。鳳珠にとっては幸せなことに、どんな奇っ怪な現実も、黎深を超えさえしなければ百合にはすべて受け入れる大度があった。

お面をかぶるくらいならどうということはない。それに素顔のほうがいいかと言われたら、鳳珠に関してはしばしば返答に窮する。百合は構わないが、周囲の人の繊細な心を慮《おもんぱか》れば仮面つきのほうがいいかもしれない。今のところ鼻血を出して出血多量で運ばれていくおじーちゃんおばーちゃんはまだいない。

「鳳珠さん……ですよね?」

仮面のひとはこっくりと頷《うなず》いた。無言のまま彼は一輪の白い椿を差し出した。

「あ、どうもありがとうございます」

百合ははにかみながら受けとった。ずっと『譲葉』をしてきたので、こんなふうに女のコ扱いされたことがない。花をもらったこともなく、素直に嬉《うれ》しかった。

たとえ相手が不審な仮面の男であっても、そんなことは百合は気にしないのだ。

（えーと、まず『その仮面はどうしたの』と訊《き》くべきなのかな。でもでも触れてはいけないことだったらどうしよう。積もる話はおしるこ屋さんに入ってからするべきかしら……）

百合は悩んだ。百合も逢瀬など初めてなので、勝手がわからない。

鳳珠がおしるこ屋の戸を開けた。先に入らず、百合を待っていてくれる。

「わわ、ありがとう。えと、ごめんくださーい」

「はーい。いらっしゃいませ～」

女給さんが愛想よく百合に声をかける。人気のお店らしく、だいぶにぎわっている。空席をさがして百合が首を巡らしていると、つづいて鳳珠が入った。

「いらっ……」

女給さんの言葉が途切れた。次いで店内のにぎわいがやみ、一気に空気が重くなった。

（え……？）

（なに、なんであの人……古代文明の遺跡から発掘されたみたいな仮面してんの）

（女のコはすごい可愛いけど、……あの後ろの人はイッタイ……芸人……？）

（でもここおしるこ屋さんじゃん……）

（つかあの仮面のほう、やけに艶髪なのが気になんだけど）

百合は気にせずお店の隅にあった空席に、鳳珠をひっぱって行き、腰かけた。

誰も視線を合わせないのに、ものすごい注目されているのがわかる奇妙な現象であった。

女給さんがおそるおそる注文をとりにきた。なんかヘンな客がきてしまった――。

「えっと、おしるこ二つでいいですか？」

百合が訊くと、仮面の鳳珠はこっくり頷いた。

そのとき、また客が入ってきた。

女給さんは天の助けとばかりに満面の笑みで振り返った。

振り返り、凍りついた。

客もいっそうしんと静まり返った。

（……パンダ？）

（みかん……？）

（なぜにパンダとみかんがしるこ屋に……）

（てかみかん仮面不気味じゃね？　みかんに目と口があるぜ……眉もある）

（問題はそこじゃないわよ）

（ねぇ……今日ってなんの日……？）

杖《つえ》つきパンダ仮面は恥ずかしそうにうなだれていたが、みかん仮面はやけにエラソーにふんぞり返ってぐるりと見渡した。その場の誰もが本能的に危険を察知した。このみかんと関わり合ってはいけないという、太古の昔からかよわき者だけがもつ原始的なカンが働いた。

結果、百合と鳳珠以外の客はいなくなった。

みかんとパンダは空席がたくさんできたのにもかかわらず、百合たちと衝立《ついたて》一枚へだてた隣の席にわざわざ陣取った。そして逃げられなかった可哀相な女給さんに、しるこを二杯頼んだ。

百合は二人が入ってきた瞬間に正体を見抜いた。特にみかん。

（わー……またなんかやっちゃってるよ黎深……。あれが私の主人なんて考えると死にたくなっちゃうから考えまい。付き合わされている悠舜さんが不憫でならない……）

でも、お客さんが全員いなくなったので、鳳珠さんの気疲れもだいぶ減ったろう。

黎深もたまにはいいことをする。

（あとでお店の売り上げに響いたぶん、紅家から補償金を出しておこう）

気を取り直して、百合は鳳珠に笑いかけた。

「ええと……今日は誘ってくれてありがとうございます、鳳珠さん」

こっくり。

「おしるこ好きなんですか？　私も好きなんです」

一拍おいて、またこっくり。

「……今日はとってもいいお天気ですね」

こっくり。外はまごうかたなき曇天である。

百合は訝《いぶか》しんだ。いったいどうしたのだろう。ひと言も口をきかない。

「そのお面、とりますよ？」

鳳珠は黙ってじっとしている。百合はお面に手をかけてはずした。

鳳珠は相変わらず絶世の美貌《びぼう》だったが、いつもと違うのは、その耳まで赤く染まっていたことだった。鳳珠は百合の視線を避けるようにふいっと顔を背けた。

「……その、今日は一段ときれいで……何を話したらいいのか……。すまない……」

きゃー。百合まで顔から火が出そうになった。お面とらないほうがよかった。

百合は百合で、こういう状況に不慣れだった。何せ主人の黎深は百合を褒めることなどありえないので。

「あ、そ、そう……あの、褒めてくれてありがとう……ございます」

二人はぎこちなく向かい合って、赤くなり、もじもじと黙りこんでしまった。

隣で様子をうかがっていた悠舜は、思いがけないなりゆきにほのぼのした。

「あららー……これはまた……。青春ですねぇ。お見合いみたいでいい感じじゃないですか。あなたのお面がうまいこと効きましたね」

もしかしてあのお面は妓楼《ぎろう》の時の黎深なりのお詫びのつもりだったのかもしれない。

「まったく見てるほうがこっ恥ずかしくなる二人だな！　少しは何か話せ」

「ふっふっふ。黎深、若い二人には言葉なんかなくてもいいんですよ。愛があれば」

「愛？　なんだそりゃ。しるこもないだろうが」

ちょうど、女給さんがおっかなびっくり不審者集団におしるこ四杯を運んできた。彼女は無防備に鳳珠の素顔を見てしまい、たちまち胸を撃ち抜かれて失神した。

盆がひっくり返り、おしるこ四杯が宙を飛んだ。

二杯はみかん仮面黎深がはっしとつかみ、残りの二杯を鳳珠がすかさず受け止めた。

二人は衝立を挟んでしばし向かい合ったが、鳳珠は何ごともなく百合に視線を戻した。

緊張していた鳳珠は、隣にみかんとパンダがいても、全然不自然に思わなかった。

「どうぞ、百合姫」

「い、いただきます」

鳳珠と百合は顔を赤らめたまま、しばらく黙々としるこをすすった。途中、同時に「あの」と顔を上げては見合って照れ笑いし、「ここのおしるこ、おいしいですね」「ああ、みかんとパンダがわざわざ食べにくることはある」などと大真面目にアホな会話をしては、またしるこをすするという青春を繰り広げた。

隣の黎深は仮面を押し上げ、しるこの椀を片手に呆《あき》れ返った。

「なんだありゃ！　これじゃ本当にしるこ食って帰るだけになるぞ。しょーがないヤツらだな。ここはイッパツ私が明確なる事象予測のもとに事態の転換を――」

「余計なことしなくていいんですよ黎深!!　ああして二人は心の距離を縮めているんです。あれが青春なんです。まったく画《え》に描《か》いたようです」

「ふーん。そうなのか」

「そーなんです。それにしても、百合姫はさすがあなたのお傍付きですね。はー。鳳珠の顔にも仮面にも動じず、一緒におしるこ屋さんに入ってくれる女性なんて彼女くらいですよ……。……よっぽど黎深で苦労してきたんでしょうね……」

「何か言ったか」

「いえ、なんでも。鳳珠が百合姫を運命の人だと思うのもわかるな、と」

「百合もまんざらじゃなさそうだな」

隣の百合は黎深が見たこともないほど女の子らしい顔をしている。

「顔という一線を乗り越えさえすれば、鳳珠は男気のある掘り出し物ですからね。これは案外すんなりうまくいくかもしれませんねぇ」

悠舜は黎深に視線を戻した。

懸念はむしろ目の前のみかん男のほうだ。顔でなく中身にとんだ大問題を抱えるこの年下の天才と付き合っていける女性は、鳳珠の可能性よりもさらに少ないであろう。

悠舜は話を振った。

「で、人のことよりあなた自身はどーなんですか」

「はぁ？」

「だから、もし百合姫が鳳珠と結ばれたとして、そのあとのあなたの未来予想図はいかがなものなんですか。百合姫なしでちゃんとやってけるんですか」

「当たり前だ。だいたいあいつとは二年も音信不通だったんだ。今さらどうもしない」

悠舜は意外に思った。

百合姫がいないとどうなることかと危ぶんでいたが、そうでもなかったらしい。

「どうして音信不通だったんですか？」

「……。……兄上が帰ってきたからな……」

ボソッと黎深が呟《つぶや》いた。

「顔も合わせたくないくらい嫌いで忘れられなくて一度も寄りつかずに逃げ回ってたんだ」

「？」

「髪を切るやつがいなくなるのは困るが、そのときは鳳珠から百合を借りればいいしな」

「はあ？　何バカなこと言ってるんですか黎深。二人が結ばれたら百合姫は鳳珠のものになるんですよ。百合姫が気にかける相手は鳳珠になるんです。もうあなたになにかしてもらう権利はないんですよ。甘えちゃいけません。髪くらい自分で切るか、別な人に切ってもらいなさい」

黎深は面食らった顔をした。

悠舜こそ呆れた。今の今までそんなことを思いもしなかったらしい。今ここに鏡があったらよかったのにと、悠舜は残念に思った。子供のようにまごまごし、うろたえる姿を見せてあげられたのに。

「あの、お祝いを言うのが遅くなってすみません……探花及第、おめでとうございます」

百合がお祝いを伝えると、鳳珠は照れながらも、心の底から誇らしげにした。

「ありがとう。まだ吏部試があるから油断はできないが。……藍姓官吏もいなくなってしまったし、これから大変だろうが、しっかり励みたいと思ってる」

百合は微笑んだ。

「はい。頑張ってください。……まったく、うちの主人とは月とすっぽんだわ」

鳳珠は箸《はし》を止めた。

「……その、君の主人だが」

「はい？」

「正直なところを聞きたい。本当にどうしようもない男なのか」

百合は訝《いぶか》った。それは彼もよく知っていることではないか。文も渡しているし、いまだに黎深が百合のことを傍付きだといってないわけはあるまい。

やにわに百合の全身を落雷のごとく戦慄《せんりつ》が貫いた。

（ま！　まままさか！　まさか鳳珠さん……コウと同じで、黎深のこと『本当はイイヒトかも』なんて一縷《いちる》の希望をもってるんじゃ⁉）

こんなどこもかしこも（顔以外は）清く正しい若者なのだ。世の中にあんな裏も表もいかんともしがたい極悪非道な男がいるなんて、信じられないのかもしれない。

百合は隣のみかんを盗み見た。きっと鳳珠さんがあのみかんについて完全無視を決めこんでいるのも、世の中にあんなバカな榜眼《ぼうげん》及第がいるとはとても信じられないからに違いない。そりゃそうだ。百合だって信じたくない。榜眼といえばこの国をしょって立つ精鋭中の精鋭、末は尚書か宰相かと嘱望される輝かしい期待の星がアレなんて！　星は星でも黒光りを放っている。

鳳珠はこれから黎深と一緒に宮仕えすることになる。友達にもなってしまった。下手をすればその腐れ縁は一生続きかねない。傷の浅いうちに真実を知らせないと――。

（なんてこった。コウの二の舞だ。鳳珠さんが可哀相すぎるよっ）

百合は箸を置き、真剣な顔で頷《うなず》いた。

「ええ。まったくどこをどう切ってもどうしようもなく救いようのないひどい男です。私も長年仕えてきましたが、なんていうか……正直、あんなに人でなしろくでなしな鬼畜男は見たことがありません」

隣から何やらバキベキッと箸が折れるような怪音が聞こえた。パンダ悠舜さんがおろおろしているのが視界の隅に映っている。

百合は構わなかった。これ以上無辜《むこ》の犠牲者を増やすわけにはいかない。

「天上天下唯我独尊、傲岸不遜《ごうがんふそん》、その行いは悪辣《あくらつ》かつ卑劣極まりなく、極道のほうが遥《はる》かにマシです。底意地の悪さは人類史上類を見ず、一度弱味を握られたら最後、まっとうな人生を送る最後の希望さえ潰《つい》えます。他人のモノはオレのモノ、オレのモノもオレのモノを地でいくオレ様っぷりは修正不可能、彼に目をつけられて逃げられた人はただの一人もいません」

鳳珠は呆気《あっけ》にとられた。まるで黎深みたいな男ではないか！

（あんなヤツがこの世に二人もいるとは――!!）

「そ、それで君も逃げられないでここまできたのか！」

「私はいいんです。あきらめてますから。私がいなくなったら被害はさらに拡大しますし」

百合は憂いのある寂しげな微笑を浮かべた。

「唯一の長所といえば、女子供には手を上げないことくらいです。せいぜい髪を引っ張られて嫌味をいわれるくらいで……」

悠舜が白い目で黎深を睨《にら》んだ。黎深は知らんぷりを決めこみ、しるこをすすった。折れた箸《はし》で。

「どこがそれくらいなんだ！　女性になんたるふるまい！　最低の男だな!!」

「ええそうなんですもうほんっとどうしようもなくて。わかっていただけましたか」

「君は断固その男の傍から離れるべきだ!!　君の人生がめちゃめちゃになる」

「いえもうとっくに充分めちゃめちゃです。今さらどうにもこうにもにっちもさっちも」

「――わかった、私がなんとかする。してみせる!!」

「ええ!?」

百合は耳を疑った。

黎深をなんとかする!?

「ムリ！　絶対ムリですから!!　こっぴどく返り討ちにあいますよ!?」

「いや、困ってる君を放ってはおけない」

「いけません危険すぎますっ。お気持ちだけで充分ですから」

「ちなみに訊《き》くが、このあとの予定は？」

「ええと、主人のために花街でちょっとした仕事を……」

「それみたことか!!　君はその横暴な主人に慣れすぎて、自分が不幸ということもわかってないんだ!!　君のような人が若い身空でバカな男のために身を売るなんて！」

ここにおいてようやく百合は、何か食い違っていると気がついた。

（……身を売る……？）

「わかった。五日――五日待ってくれ。それでかなりの金を動かせる。必ずその極悪非道な男から、君を身請けしてみせるからな!!」

鳳珠は宣言すると、珍奇な仮面を装着し、二人分のしるこ代を置いて、おしるこ屋さんを飛び出していった。

百合は呆然《ぼうぜん》とした。

「？？？」

訳がわからずにいると、衝立《ついたて》越しに黎深が言った。

「黄州は経済力に長《た》けた商人たちの都だからな。全商連発祥の地でもある。そこの総元締めの黄家が本気で金をかきあつめたら、天文学的な金額になるぞ。純粋に即時動かせる動産なら紅家より上かもしれん。ひょっとしなくても紅家《うち》の現金《ゲンナマ》はお前のお陰で二倍に増えるかもな」

「黎深……もしかして何か私、とんでもないことした？」

黎深は空になった椀を卓に置いた。

「お前も極悪非道な主人より、あいつのほうがいいだろう。カネと引き替えに身請けされて、あいつのヨメになってやれ」

「……へ？　え!?　ええ!?　今のはそーゆー話!?」

「に、お前がしたんだろうが。鳳珠のことは嫌いじゃないんだろう」

「そ、そりゃそうだけど、でも私の素性が――」

「餞別《せんべつ》がわりになんとかしてやる。鳳珠にも鳳珠の実家にも迷惑がかからないように手を打ってやる。あとはお前が黙ってればすむ話だ」

「……でも私は――」

「お前、あの男に会いにいくつもりだったろう」

百合は不意を打たれて息を呑《の》んだ。黎深に気づかれているとは考えもしなかったので。

「会ったらあの男はお前を殺す。そこまでして会いに行く意味がどこにある。あんな男にわざわざ殺されに行くより、鳳珠の嫁になったほうが遥かに有意義な人生だぞ。紅家とも私とも縁が切れて、好きなだけ琵琶《びわ》も弾ける」

百合はややあって心からポツリともらした。

「……いいね、それ。夢みたいな幸せ。特に極悪非道な若様と縁がきれるとこ」

「少しは恩を感じて惜しめ！」

「だって本当だもん。鳳珠さんのお嫁さんかあ。なんかあんまりまっとうな未来すぎるな」

百合は恥ずかしそうにはにかんで、鳳珠からもらった白椿を見つめた。

「まずはお友だちとして文通からはじめようかな」

「カメよりとろい交際だな」

悠舜は困惑した様子で二人を見守っている。

「決まりだな。六日後にどっかの妓楼《ぎろう》を借りて、極悪非道な主人を演じてやる」

「演じなくてもまんまで大丈夫だよ。演じたらイイヒトになっちゃうよ」

「うるさいわ！　いっとくがカネはびた一文まからんぞ。便利な側仕えぶんの身代金は鳳珠からしっかりもぎとってやる」

悪党のセリフだ、と百合は思った。

「君ねぇ、正直なのはいーけど、好きになった女のコにそのもの言いはダメだからね。ちゃんと優しくしないと嫌われちゃうからね！」

「なんだいきなりくだらんことを」

「邵可様のお嬢さん。泣かせてばっかりだって報告きてたよ」

黎深は飛び上がった。

「なぜお前がそれを!!」

「玖琅から聞いてたもん。女のコは繊細なんだからね。ずけずけやりたい放題だと、ほんっと嫌がられて逃げられるからね。細心の注意を払って接しなよね」

黎深は身に覚えがあるのか、おろおろと青くなった。

百合は苦笑いした。黎深は本当に好きになると、手も出せないくらい大切に大切にする。百合のように邪険にはしないから、そこまで心配してはいない。

「黎深、自由にしてくれるお礼に、最後に一つ教えてあげる。君自身はほんっとどうしようもないけど、琵琶だけはとっても上手だから。今度秀麗様を泣かせたときには、琵琶を弾いてごらん。きっと君を好きになってくれるから」

黎深は別人のように神妙に耳を傾けて、頷いた。

「さて、じゃあ私も花街に行ってくるよ。いろいろ早回しにやることが増えたぞ」

「百合、お前何しに花街へ行ってるんだ」

「ヒミツ。それはあとのお楽しみってことで」

大急ぎで黎深の花嫁兼コウのお母さん候補名簿をつくらねば。百合は肚《はら》をかためた。

そうして、六日がくるまえに、出て行こう。

黎深はああいってくれたけれど、鳳珠に迷惑をかけるわけにはいかない。黄家ではムリだ。いくら黎深が出生を捏造《ねつぞう》したとしても、そんな程度でごまかせるくらいだったら、玉環様は私を閉じこめたりはしなかった。男として育てたりもしなかった。

『紅家のために生き、死になさい。それ以外の人生はそなたにはないのです』

もう百合は疲れていた。

八

「お、お帰り……なさい、百合さん」

「あら、コウ。どうしたの、疲れてるわね」

丸一日、妖怪《ようかい》タヌタヌの邸《やしき》をさまよいつづけたコウは、いったい今日の首尾はどうだったのか、ドキドキしながら聞いてみた。きっと不首尾に違いない。

「今日の逢瀬《おうせ》、楽しかったですか!?」

「あら、誰から聞いたの。うん、とっても。おしるこおいしかったし」

大成功してる――!?　コウは気持ちを励ました。

「れ、れいしん様と、会いましたか!?」

「ええ。隣でお友だちとおしるこ食べてたわ」

コウは愕然《がくぜん》とした。隣!?　隣でお友だちとおしるこ!?　そんなんじゃ全然ヨコヤリになってないじゃないか――。

コウはまだめげずに、さらにつっこんでみた。

「な、何か、れいしん様とお話ししましたか!?」

「好きな女のコとのお付き合いの仕方を教えてあげたわね」

「えー!?」

なんだそりゃー!

「そうだ、コウ。あなた、黎深のお嫁さんはどんな人がいい?」

コウはハッとした。ここが勝負だ。コウは拳《こぶし》を握りしめ、魂こめて力いっぱい叫んだ。

「百合さんみたいな人がいいです!!」

「私? 私みたいねぇ……。ふむ。わかったわ。なるべく私に似た人、さがしてみるわね」

「ちょ、ち、ちが——そういう意味じゃ——」

百合は思案顔で自室へ引っ込んでしまった。

どうして『百合さんがいい』といわなかったのか自分——!!

もうコウはどうしていいかわからなかった。


それからコウは悶々《もんもん》と水やりをして日々を過ごした。

黎深は毎日どこぞへいそいそと出かけ(きっとまたアイジンに違いない)、百合は百合で、同じく毎日精力的に外出していた。明らかに二人の距離《キョリ》は遠《トオ》ざかっていた。

(れいしん様が帰ってきた日から、百合さんに毎日誰かから文が届いてる)

百合さんはそそくさとその文を誰にも見せずに一人で読んでいる。

また、その日を境に百合さんはいよいよ綺《き》麗《れい》になった。

毎日誰かからマメに文が届きはじめ、おめかししてお出かけ。理由は一つしかない。

(百合さん、他に好きな人ができて、誰かとアイビキしてるんじゃ——!?)

れいしん様はアイジン宅通いにいそしみ、百合さんに助言を請う始末。もう全然ダメだ。百合さんがアイソつかしたって仕方ない。れいしん様に他のヨメをあてがって、自分はよそで幸せなケッコンをしようと考えるのは当然だ——。

コウはハッと我に返り、自分を叱咤《しった》した。ここで自分まであきらめてどうする——。

(ダメだよこのままじゃどんどん状況が悪くなるばかりだ!)

コウはその日、一大決心をした。

この深刻な事態を自分の責任においてなんとか打破しなくては!

(そのためにはまず現状ハアクだ。悪《アク》に染まるのも辞《ジ》さないぞ)

コウはまず、こっそり黎深を尾行し、いったいどこの『アイジン』にノボせているのか確認することにしたのだった。

* * *

翌日、早速コウは黎深のあとをつけた。

黎深はあるお邸につくと、なぜか塀の周りをウロウロしはじめた。不審な行動である。

(中に入らないのかな? あれ、なんかのぞきはじめたぞ)

崩れた塀の隙間から、中をのぞこうと一生懸命顔を押しつけている。

見えなかったのか、黎深はつまらなそうに塀を蹴《け》っ飛ばし、再び徘徊《はいかい》する。

（ん？　門番に近寄って何か渡して……げっ、お金!?　ソデのシタを握らせてなんか聞き出してる！）

むろんアイジンの情報に違いない。でもワイロを渡して懐柔《カイジュウ》するなんて！

（なんて悪い人なんだ——！）

いや待て。堂々と会えないということは、もしかしてアイジンじゃなくて片想いなのか？　それなら、相手の女の人がれいしん様を振ってくれれば、れいしん様は百合さんに戻ってくるかも。

またあとを追っていくと、なんと黎深は信じられない行動に出た。どこに隠しもっていたのか、工具を取り出したかと思うと、自分で壁をぶっ壊して覗《のぞ》き穴をつくりはじめたのである。しかも手慣れている。

（ひとさまのおうちの壁を勝手に壊して穴あけるなんて！）

悪い。悪すぎる。最低だ。なんとなく察してはいたけれどなんて極悪人なのだ！

呆然《ぼうぜん》としていると、ちょうど巡邏《じゅんら》していたお役人が黎深の怪しい行動に気がつき、「こらーっ」と見《み》咎《とが》めた。当然である。当の黎深は悪びれるどころか、チッなどと舌打ちをし、スタコラサッサと逃げていってしまった。まるでコソドロのようだ。

「…………………………」

コウは目の当たりにした『れいしん様』の真実の姿に、がっくりと肩を落とした。

こ、ここまでダメダメなひとだったなんて――。

（たとえ他におヨメさんがきたって、すぐ逃げられるに決まってるよこんな人――!!）

塀の向こうから可愛らしい子供の笑い声が聞こえてきた。

コウは興味をもって、さっき黎深がのぞいていた塀の穴に顔を押しつけてみた。

（んーと。木が邪魔……いや、向こうからきてくれたぞ）

三歳くらいの可愛い女のコが、コウより大きな少年と庭で毬《まり》遊びをしている。

（……れいしん様のイレアゲてる人……あの女のコ……なわけないよね）

すると、ひょっこり絶世の美女が現れた。ぬばたまの髪の、目の覚めるような美女だ。

（あっ、あのひとだな！　絶対そうだ）

確かにれいしん様がイレコんでも仕方ないほどの美女である。くそー。

（でもでも百合さんだって綺麗だよ！）

どうかれいしん様をフッてくれますようにと、コウは念波を送った。れいしん様、すごい極悪非道な人なんです。一緒になったら絶対苦労するし、不幸になりますから、どうかれいしん様のこと好きにならないで下さいね。

（……アレ？　てことは、百合さんがれいしん様と一緒になるのも、すごい不幸……？）

賢いコウは気づかなくていい真実に気づいてしまった。

今度はれいしん様より少し年上の男の人がやってきた。みんなで仲良く遊び始め、ここにおいて、コウはイヤな予感がし始めた。なんだか家族の肖像のようではないか。と思ったら、幼い女の子が美女を「母様」と呼んでいる。

（…………え？　あの女の人、まさか人妻《ヒトヅマ》？　てことはれいしん様……）

不倫してる——⁉

コウは戦慄した。そうか、そういうことだったのだ。れいしん様が門番にワイロを渡して聞いていたのは、旦那《だんな》がゴ在宅《ザイタク》かどうかだったに違いない。

コウは青い顔でふらふらと塀から離れた。どうしようどうしよう——。

あんな幸せいっぱいなご家庭を壊すなんて！

（きっと、あのちょっと抜けてそうな旦那さんと、あの可愛い女の子は知らないんだ！）

いや待て。早とちりは自分の悪い癖だ。れいしん様は人妻に片想いしてるだけかもしれない。

こ、ここで自分がとるべき行動は——。

コウは決意し、門番のところへ行って声を張り上げた。

「お、奥様はゴザイタクですか⁉」

「なんだこのガキ。とっとと行け」

犬か何かみたいにコウを追っ払おうとした門番に背後から足払いをかけ、すっ転ばしたあげく踏みつぶし、さらに通りの向こうに蹴り転がしたのは、あの美しい奥様だった。

「うむ。ゴザイタクじゃ。うちの門番が失礼した。どのようなご用件かな、少年」

近くで見ると迫力の美女だった。面白そうにコウに訊ねる。

コウは思い切って告げた。

「奥様！　ふ、ふ、フリンは絶対ダメですっ。火遊びはいけません！　つまんなくても平凡がいちばん幸せなんです！　それにうちのれいしん様は奥様の手に負えるような人じゃなくて、ほんとダメな人なんです！　失礼ですけど、百合さんくらいじゃないとムリだと思うんです!!　れいしん様が言い寄ってきても、ビシッと振ってください。じゃないと百合さん他の男の人と結婚して、れいしん様はお先真っ暗になっちゃうに決まってるんですっ!!　どうか旦那さんとお子さんを大切に、まま間違いを起こさないようにお願いしますーっ!!」

コウは言うだけ言うと、うしろも見ずに駆け去った。

『奥様』がきょとんとコウを見送っていると、『奥様』に冷ややかな声が掛けられた。

「……ふーん、不倫してるのかい、私の奥様は」

「そなたにバレずに不倫ができる相手なぞめったやたらにおるものか。そんなことをしておったら、今ごろ謎の密室惨殺事件で貴陽は大騒ぎになっておるわ」

「相手が見つかったらするのか君は！」

「えーいうるさいぞ邵可！　今のは黎深殿が拾ったというお子ではないのか。つまりあの黎深殿がどこぞの姫と忍ぶ仲になっておるということか。それはぜひ見に行かねば！」

「どこぞの姫？　まさか！」

邵可は笑い飛ばした。

「黎深を引き受けてくれる可能性がある姫君なんてこの世にたった一人しかいないよ。でもその子が貴陽にいるわけが——いや待て、さっきの子は、『百合』といっていた？」

「ああ。わらわはまだ会ったことがないが、あの『百合姫』ではないのか。鉢植えの」

邵可の顔色が変わった。

「どういうことだ。あの子が貴陽にきてるとは聞いてないぞ。それも『譲葉』でなく『百合』として？　黎深は何を考えてるんだ。あの子を貴陽に連れてきたら——」


百合はトボトボとお屋敷町を歩いていた。黎深に悟られぬよう紅家の家人や軒《くるま》を使うのを避けると、たまには運悪く全然軒がつかまらないこともある。

百合は何度も溜息をついた。冬の午後に薄くのびる影法師も疲れた溜息をつく。

（あ〜〜〜参った。ぜんぜん見つからないよー）

軒のことではない。

毎日文を書きまくり、名楼との呼び声の高い妓楼《ぎろう》に片っ端から渡りをつけては通い詰め、情報収集させてもらったが、どうにもこうにもヨメ候補が見つからない。

今まで難題は数あれど、これが極めつきだ。

（ううう、紅姓で榜眼《ぼうげん》及第ならほっといても縁談が山ほどくるはずなのに!!）

見事なくらい一つもない。妓女たちを通して良さそうなお嬢さんのいる旦那たちにそれとなく話を振ってもらっても、ものすごい勢いで拒絶されてくる。

予備宿舎でのモロモロの悪行が災いし、紅黎深と姻戚《いんせき》関係を結んだら破滅すると思われているらしい。実にもっともだ。あんな鬼っ子が義理の息子になるなんて誰だってイヤに決まってる。

（こりゃ、朝廷関係はあきらめるしかないか……。商人系にしぼって当たってみよう。利害が一致すれば、黎深の性格も割り切ってくれる人がいるかも。いやでもやっぱ先に藍家と連絡を取ってみよーかしら。あそこ子だくさんだし、三つ子で性悪慣れしてるだろーし、黎深のお嫁さんになってくれる人が一番いそうなのはあそこなのよね。最初に藍家ってバラさずにお見合いさせて――それならなんとかなるかも。玖琅、私がいなくてもうまくとりもってくれよ～）

百合は通りを見慣れた少年が脇目もふらず駆けていくのを認めて、声を掛けた。

「コウ？　コウでしょ。どうしたの」

「百合さん！」

コウは百合に走り寄ってくるなり、涙と鼻水で顔をぐしゃぐしゃにした。

「百合さん！　れいしん様って、本当にどうしようもない人です」

「あはは、そうねぇ。知ってる。どうしたの、また黎深が何かしたの？　ごめんね」

「見捨てないであげてください」

百合は目を丸くした。

「れいしん様、百合さんじゃなきゃダメなんです。知ってます、百合さんにとってれいしん様は全然最高のアイテじゃないかもしれないけど、れいしん様にとっては、百合さんしかいないんです。絶対そうです。ぼくはれいしん様のお嫁さんは百合さんがいいんです。お母さんになってほしいのは百合さんしかいません。ケッコンしたら苦労するし不幸になるかもしれないけど、ぼくは百合さんと一緒がいい。お願いだからどこにもいかないでください」

「コ――」

百合はギクリとした。道にのびる影法師が増えている……。

いつのまにか、数人の男に囲まれていた。影法師が人に化けたようだった。――玄人《くろうと》だ。

泣きじゃくっているコウはまだ気がついていない。百合は青ざめ、唇を噛《か》みしめた。

「……コウ、ごめんね。ここでさよならだわ。黎深をよろしくね」

「え――」

百合はコウの掌《てのひら》にあるものを握らせ、首筋に手刀を叩《たた》き込んだ。

九

水をぶっかけられ、コウは目を覚ました。夕暮れの眩《まぶ》しい光が目を射た。

目の前にいたのは百合ではなかった。

「れいしん様！」

「通りでなに寝っ転がってる」

コウは飛び起きた。百合はどこにもいない。ただならぬことが起こったと第六感が知らせていた。不吉な予感で心臓が早鐘を打った。

「れいしん様！」

「うるさい。怒鳴るな。聞こえてる。何があった。その扇は百合に渡したはずだ」

コウは知らず掌に扇を握りしめていた。

「百合さんが――」

コウが百合と会ったことを告げるや、黎深の顔つきが変わった。

コウが見たこともないほど怖い顔に。

百合は兇手《きょうしゅ》から逃げ、城のある方向へひた走っていた。

（見つかった――のは仕方ないけど、あの人に会う前に殺されてたまるか―‼）

相手は玄人の兇手。このまま逃げ切れるわけがない。

黎深の扇をコウに渡してしまったから、もう〝影〟も護衛してはくれない。

（こうなったらヤケだ。あの人に会いに行って文句のひとつも言ってやる！）

百合は頭の中で、玉環に叩き込まれた王都の地図をそうざらいした。

城下から王城内に通じる抜け道は、いくつかある。ここから一番近いのは――。

（仙洞宮に出られる道！）

劉輝はそのときも、仙洞宮の池のほとりにいた。またあの優しい女の人がこないかと、淡い期待を抱いて。でももう池のなかで、兄の顔を見ることはしなかった。ちゃんとご飯を食べて、邵可から勉強を教わって、合間にここにくる。

日が西に落ち、池の水面《みなも》や木々が橙《だいだい》色に光りはじめる頃おいだった。ほとりの繁みから奇妙なもの音が聞こえた。

劉輝は首を傾げ、その音のほうに歩いていった。繁みをかき分けた先には、小さな祠《ほこら》がある。仙洞宮の周りに配置してある祠のうちの一つだ。観音開きの戸は閉じている。音はそこから聞こえてくる。

「？」

劉輝が不思議がって近寄ってみると、祠の戸が弾《はじ》け飛ぶように内側から開き、お供え物がどっかに吹っ飛んでいった。そしてなんとにゅっと人の手がでてきたのだ。

「――――っっっ!!」

お化け!!　お化けがでた！　劉輝はあまりの恐怖に声も出なかった。

じたばた手が出たかと思うと、頭が出て、最後に上半身が飛び出した。

「……やっとたどりついた!!　せま、せますぎでしょここ!!　頭おかしくなるかと思った。

くー腰が痛い！　泥だらけできもちわるい。ああ空気がおいしー。って、あれ」

小さな祠の中から出てきたのは、前に会った女の人だった。女の人は半泣きの劉輝へ笑いかけた。

「んっふっふ。前よりふっくらしたじゃない。ちゃんと食べてるわねー。偉い」

このお姉さんは仙人だったのだ!!　劉輝は確信した。でなければ、突然祠の中から転がりでてくるはずがない。

仙女は劉輝に訊ねた。

「ところで劉輝公子、君のお父さんに会いたいんだけど、どこにいるか知ってる？」

背後に気配を感じたので、玉座の戩華王は人払いを命じた。

戩華王一人になると、玉座のうしろの、長い間使われていなかった隠し扉がきしんだ。

「……あなた、息子とロクに会ってないの？　ぼくのお父さんて誰ですかなんて、劉輝公子に逆に聞かれちゃったわよ。叔母としてなんて答えたらよかったか教えてちょうだい」

戩華王は振り向かなかった。玉座に座したまま片頬《かたほお》だけで笑った。

「お前と私の父もろくでなしだったぞ。血だな。仕方あるまい。あきらめろ」

「最っ低。初めて会った異母妹《いもうと》に最初にかける言葉がそれなの、お兄様？」

戩華王の正面まできて向かい合ったのは、若い娘だった。戩華王は初めて目にする歳の離れた妹をしげしげと見た。

百合にとっても初めて目にする兄だった。しぶしぶ認めた。

（……我が兄ながら渋くていー男じゃない）

顔だけは。性格は最悪だ。何せ親兄弟を残らず血祭りに上げた男だ。

「ズタボロだな」

「えーもう誰かさんの殺し屋に追っかけられて大冒険」

「お前が玉環の娘か」

百合は顔を強張らせた。

「玉環は頭のいい野心家だった。おかげでお前だけは殺し損ねた。譲葉か。面白い名だ」

譲葉――古い葉が、新しい葉に座を譲ることから、その名をつけられた。

百合は玉環と先王の間にできた娘であり、戩華王とは半分血の繋《つな》がった兄妹。

正真正銘、蒼玄王《そうげんおう》の血を継ぐ娘だ。

「玉環はいずれ私を追い落とし、お前を女王に据えるつもりだった。陥落する王都から落ちのびて、よく逃げきったものだ」

王家の血を継ぐ娘はたいがい縹家に送られる。才能があれば巫女《みこ》として一生を縹家で過ごし、そうでなければ各家と縁組みされる――だが、玉環はそのどちらも蹴《け》っ飛ばした。

玉環は女でも玉座につけることに気づいていた。だからこそ、百合を紅州の鳥籠《とりかご》に閉じこめ、巫女にされないよう徹底的に縹家の目から隠して育てた。

「玉環は最高の政治家の一人だった。あの女がいたからこそ紅家はなんとか生き残った。お前の夫に邵可を据え、お前を女王にして紅家が裏で最高権力を握る。美しい筋書きだな。馬鹿馬鹿しいと鼻で笑い飛ばせるほどバカな話でもない。実現可能な夢だった」

「だからその前に、あなたがお母様を殺した」

百合は昏《くら》い目をして呟《つぶや》いた。

「なんだ。それを恨んでここまできたのか。私を殺したいのか？」

「違うわよ。お母様は戦ってあなたに負けた。負けたほうが死ぬのは仕方がないわ。先代様にはお母様ほどの才覚はなかったし。私は――ただ、あなたに会ってみたかっただけ」

百合は、たった一人の兄と目を合わせた。

王位を継げる可能性のある者を片っ端から殺し尽くして王位についた殺戮《さつりく》の覇王。

「玉環様も、先代様も、もういない。邵可様はあなたの手下だし、黎深はあの性格で野望とは無縁だし。それじゃ、私は――私は、これからどうしようかなって、思ったわけ」

戩華王は、じっと百合の言葉に耳を傾けている。

「紅州から出なければ、紅家が私を縹家とあなたから一生守ってくれる。でも、じゃあ私のこれからの人生って何？　鳥籠の中で、ただぼへーっと人生を終えるのかなって」

百合のいる意味は、なくなってしまったのだ。

玉環が死に、黎深が当主となったときに百合の存在意義は消失した。

百合が玉環の娘だと知る者はほとんどいない。玉環は百合を産んだとき、その場にいた者を皆殺しにした。切り札は隠しもっておくのが玉環の主義だ。『譲葉』と『百合』の二人をつくったのは、玉環の計算ゆえ。『譲葉』として紅家の輔佐《ほさ》をさせることで、政事手腕を磨かせ、『百合』の隠れ蓑《みの》にもなり、紅家の役にも立って一石三鳥。他方で『百合』を長男邵可の許嫁《いいなずけ》に指名し、『百合』の存在を周囲に認知させ、二人の結婚で一族がもめないように布石を打つ。どこまでも玉環はぬかりなかった。

それも玉環の急死により、すべては夢物語に終わった。

もはや『百合』も『譲葉』も、紅家にとってはなんの価値もなくなった。

邵可は奥さんと結婚し、お嬢さんも生まれ、幸せに暮らしている。黎深はもとより『譲葉』など必要としていない。黎深が当主を継いだ今、輔佐は玖琅の役目になる。

居場所が、なくなってしまったのだ。生きていく目的も。

道はなく、暗闇ばかりで、百合はもう歩く気になれなかった。ふっと考えた。もういいや。疲れちゃった。最後に何かやりたいこと、あったかな、と。

「……そういえば、お兄ちゃん、いたな、って。王位継承者を見つけたら男も女も関係なく片っ端から殺しまくりな噂の鬼畜兄上様が。兄妹愛とかまるっきりないけど——だって会ったことないし——でも、なんとなく、会いたくなったの。会って、私はどう思うだろうって、あなたはどんな顔するだろうって。だから、紅州を出て、ノコノコきたわけ」

百合は玉座への階《きざはし》をのぼった。

一歩一歩、百合に残されたたった一人の兄の許《もと》へ。

戩華王は興がる風情でそんな百合を見ていた。

百合は戩華王のすぐ前に立ち、手を伸ばした。戩華王の長い髪をひっぱる。

「ひっぱるな。痛い」

「……わー。このちょっと癖毛な髪質、私とそっくり……やだわほんっと兄妹なのね……」

百合はペタペタと戩華王の体をさわった。戩華王は好きにさせはしたものの、嫌そうな顔をした。

「お前はなんだ。変態か」

「人生最後かもしれないんだから、やれることやっとかないと」

「じゃあ私にもその権利があるはずだな」

戩華王は無骨で大きな掌《てのひら》を、百合のすべらかな頬に当てた。

「お前は私に殺されにきたのか」

百合の双眸《そうぼう》から涙があふれ、戩華王の掌にしたたった。

「だって、他に何していいかわかんないんだもん」

「子供かお前は」

「あなたが、邵可様にお母様暗殺の命令をだした」

「ああ、そうだ。命令するより先に、邵可から玉環を殺しに行くといってきたがな」

「邵可様、条件出したでしょ。そのかわりに、私のことは見逃せって」

戩華王は、間近で涙を流す妹に答えた。

深い声で。

「――そのとおりだ。だからお前は殺さん」

邵可が遊学という名目の長い旅から帰ってきた直後、玉環は死んだ。

邸《やしき》を不在にしていた百合は訃報を聞いたとき、邵可の言葉を思い出した。

『いつかきっと君を、紅家の鳥籠から出してあげるから――……』

玉環の喪儀で邵可が百合に向けた、まるで小鳥を放すような眼差しを前に、百合は察した。

邵可は黎深と玖琅だけでなく、百合のことも守ったのだ。

――でも、そんなふうに守って欲しかったわけじゃない。どうしていつも一人で決めるの。

「ねえ、どうしてあなたも邵可様も、そんなに残酷なの。最低だわ」

瞬《まばた》きをすれば、涙がいっそう流れた。

「私は、お母様を殺した邵可様も、あなたも、許せない。私まで許したら、殺されたお母様が可哀相すぎる。でも、邵可様も、あなたも、私は憎みきれない。憎んで絶対殺してやるくらいの気持ちがあれば、人生生きて行けたかもしれないけど、ないんだもん。それに私、家族少ないから、お兄ちゃんってだけで殺す気も失《う》せるの。さっきの嘘。ほんとはね、小さい頃からあなたに会ってみたかった。もう……疲れちゃった」

百合は捨て鉢な気分で覇王の首筋に顔を埋《うず》め、啜《すす》り泣いた。

　戩華王は呆れた溜息《ためいき》をついてから、百合を抱き寄せ、あやすように頭を叩《たた》いた。

「……邵可に惚《ほ》れてたのか。バカなヤツだな。あいつは最低の男だぞ」

「知ってるわ。あの人、お母様殺したあと、婚約解消とか言い出しやがったのよ。責任もとんないのよ。最低よ。金輪際顔も合わせたくないわ。弟二人私に預けて毎回トンズラこくし。ふらーっとどっか行ったかと思うと、文句のつけようもない絶世の美女と可愛い娘さん連れて帰ってくるし。も、呆気《あっけ》にとられるしかないじゃないのよ。なんなのあのひと。全然私の気持ちなんか気づいてもいないのよ。ヤケッパチで死にたくなってもしょうがないじゃないのよ」

　戩華王に頭をなでられながら、惨めな気持ちでしゃくり泣く。

　邵可は知っていたのだ。玉環を殺した自分が百合と結婚することはできない。百合も完全に邵可を許すことはない。だから婚約を解消した。もともと百合が邵可の許嫁にされたことを、申し訳ないと思っている節があった。「これで君も好きな人と結婚できるよ」。どこまで唐変木なのか。

「もう、疲れちゃった。この先どうしたいかもわかんないし。あーあ。あ、でも甥《おい》っ子の劉輝公子は可愛かったわ。あなたの子供とは思えないわね」

「聞き飽きた。なら、後宮で劉輝の世話でもするか？　琵琶でも弾いて好きに過ごせ」

「殺さないの」

「今さらお前一人殺してどうする。面倒くさい。王位がほしくなったら、私が死んだあとに頑張ってみろ。お前ならいい女王になるだろう」

「……へ？　じゃ、さっきのあの兇手は何。あなたじゃないの」

「縹家だろう。お前、劉輝と一緒に仙洞宮の池辺りをうろちょろしてたろう。あそこは縹家の縄張りだからな。アレで見つかったんだ。だから紅黎深が血相変えて飛んできた」

「まるきり筒抜けじゃない私の足跡……。黎深がなんで？」

「縹家に巫女として連れていかれたら最後、他家の嫁になるのと違って、もう二度と会えなくなる可能性が高いからだろうが。縹家領は一般人がおいそれと入れる土地じゃない」

「知ってるよ。でもかわりに縹家からたくさんお金入ってくるんじゃなかったっけ。黎深なら喜ぶわよ」

戩華王は話にならんという顔つきになり、鼻水を垂らして泣いている妹に忠告した。

「……お前も邵可のことをクソミソにはいえんだろう。クソかミソどっちかにしとけ」

「？？？」

「さて、そろそろお前の迎えがきたようだな」

「迎え？」

玉座に通じる扉の向こうが、急に騒々しくなり始めた。「とっとっ、止まれ！」「わー魔王がきた！」「ダメだおれ弱味握られてんだよー」「逃げるなばかもんっ」「そういう上官だって奥さんにあのことばらされたら！」「ぎゃー言うなそれを！」などと聞こえてくる。

百合が鼻水をすすっている間に、玉座の間の扉が蹴破《けやぶ》られた。

黎深は殺気立った形相でまっすぐ玉座の間を突っきってくる。近衛らは及び腰で扉の入口付近にわだかまっている。霄宰相や宋将軍が素早く玉座の間に入っていたが、それに気づいたのは戩華王くらいだった。

「百合!!」

「あれ、黎深。何してんの君こんなとこで」

「それは私の台詞《せりふ》だ！　バカか貴様は！　とっとと帰るぞ!!」

「やだ！」

百合は戩華王にしがみついた。

黎深は玉座まで上がり、百合の腕をつかんで王から引っぺがそうとした。

「やだだと!?　何考えてやがるお前は！」

「うるさいな、君との縁が切れるのが多少早くなっただけだよ。紅家での人生は終わったんだよ。余生はここで琵琶《びわ》弾きながら暮らすよ。そうだ、私の室《へや》に君の嫁候補の名簿つくっといたから、ちゃんと見て、お見合いして、いいひと選んでね。コウのお母さんにもなるんだから慎重にね。玖琅にも送ってあるから、これから見合いだらけだと思うけど頑張って。じゃね」

「ヨメだと!?　そんなもんいるか！　何ふて腐れてんだお前は!!」

「ふて腐れてなんかないよ。いい、論理的に考えて私がノンキに一生を過ごせる場所は藍家・紅家・後宮くらいなんだよ。藍家にはもうヨメさんたくさんいるからもらってくれないし、玖琅はもうイイヒトいるしさ。あとは後宮しかないだろ」

「鳳珠ならともかく、こんな野郎にお前をやるくらいなら私がもらってやる！」

「やだよそんなお先真っ暗人生!!　まっぴらごめんだ」

「な、なんだと！」

「だからここで暮らすよ。戩華王のヨメになったと思うことにするよ」

「バカ!!　この男はお前の兄貴だろうが。しかも史上最悪の男だぞ！」

「いいよもう十年以上も極道な君と付き合ってきたし。しょせん私の男運はそーゆー星巡りなんだ。あきらめの境地。いつ殺されても悔いなし」

黎深は戩華王と向き直った。

「貴様、百合に何いいやがった!!　兄上といい、百合といい――貴様はどこまでおれのものを利用するつもりだ。いい加減にしろよ。事と次第によっては戦を覚悟しろ!!」

百合は血の気がひいた。気づけば黎深に平手を打っていた。

「ばか!!　紅家当主が軽々しくそんな言葉をいうな!!　自覚しろっ」

戩華王は相手にする気もないという口ぶりで、言った。

「このケツに卵のカラをくっつけたガキには当分お守《も》りが必要なようだな。帰れ」

「そんな！　ここまでタンカ切っちゃったのにどのツラ下げて」

「どのツラでもいいから下げて帰れ。帰って、本当にお前の居場所がないかどうか、確かめてみろ。なかったら今度こそ城へくればいい。衣食住くらいは用意してやる」

黎深は憎々しげに戩華王を睨みつけた。

戩華王は鼻で笑い飛ばした。先の国試の最終設問で『貴様なんかに仕えるつもりはサラサラない!!』と解答用紙いっぱいに墨汁をしたたらせてデカデカと書いた男が惚《ほ》れたのが、よりにもよってその妹とは笑える。

戩華王は首にしがみついている妹をもぎはなし、乱暴に黎深へと押しやった。

「百合」

初めて兄に名を呼ばれ、百合はドキッとした。

「百合の名の意味を知ってるか」

「ううん。何？」

「『強いからこそ美しい』だ。かつて玉環が後宮で呼ばれていた愛称だ。玉環以後、その名を受け継いだ女はいない。玉環は最後までその名にふさわしい女だった。殺したくなるほどな」

十

黎深は帰りの軒《くるま》の中でひとことも口をきかなかった。

そして紅邸《てい》に帰るや、つむじを曲げたままサッサと行ってしまった。

百合が軒から下りると、もうとっぷり日は暮れ、昊《そら》には冬の星がチラついていた。待っていたのか、コウが走り寄ってきた。

「百合さん！　無事だったんだね!?」

百合はだいぶ頭が冷え、会話を冷静に思い返す余裕ができた。

「えーっと……ただいまコウ……」

（……なんか、黎深、だいぶおかしなこといってなかった？）

私がもらってやるとかなんとか。……空耳？

（ま、まあいいや。もんのすごく黎深怒らせちゃったよー。平手でぶっちゃったし……）

思いがけないことに、コウの後ろから悠舜がやってきた。手に角灯をさげている。

「あら、悠舜さん？」

聞けば、黎深から連絡がきて、悠舜がコウを紅邸まで送り届けたのだという。コウが黎深と百合の帰りを待つのに付き合い、二人して今まで外にいたようだった。

悠舜は百合を手招きした。

「……百合姫、面白いものを見せて差し上げますよ。コウくん、案内してくれますか」

コウが見せてくれたのは、庭先に置かれた小さな鉢植えだった。

悠舜が角灯の火をかざす。盆栽には白い蕾《つぼみ》がたくさんついていて、そろそろ咲きこぼれそうにふくらんでいる。百合はしゃがみこみ、小さな茎に結ばれている硬貨を一つつついた。

「あれ、これ、揺銭樹《ようせんじゅ》……『金のなる木』？　うわー。たっくさん金貨がくっついてる」

「若木の時に小さな葉っぱに硬貨を通しておくと、大きくなったら外れなくなるんです。それを根気よく繰り返すと、こんなふうにたくさんお金がなってるように見えるわけです。そろそろ開花時期なので、今は蕾もたくさんついてますね」

「へーえ。でもこんなのうちにあったかしら？」

悠舜は微笑んだ。

「これ、黎深が国試の時にみかんの他にもってきた唯一のものなんですよ。これだけは自分で世話をしていて、『黎深の謎』っていわれてました」

「……そりゃ確かに謎ですね。黎深、お金で人を脅すのは大好きだけど、特にお金そのものはそんなに好きじゃないはずなんですけど。文字通り掃いて捨てるほどあるから」

「いいえ。この揺銭樹、黎深はなんでか『百合の木』って呼んでたんです」

百合は目を点にした。……百合の木？

「……これ、ユリノキじゃないですよね」

「ええ。ユリノキという植物もありますが、これは揺銭樹です。だからみんな謎だったんですけど、一度だけね、黎深はぽろっとこぼしたことがあるんです。あの百合の木はぶたさん貯金箱のかわりだと」

百合は今度こそ目を丸くした。……ぶたさん貯金箱……。

いつか紅家を出て、殺されてもいいから兄に会いに行こうと思って、百合はそこに硬貨を貯めていた。貯めていたのは小さな夢と希望。でもある日、それは粉々に叩《たた》き壊され、中身も消えていて、そうして百合は、李《すもも》の木の下で泣きながら琵琶《びわ》を弾いた。

（……なんで黎深がぶたさん貯金箱のことを知って――）

ぶたさん貯金箱のかわり。たわわに金貨がぶら下がった揺銭樹。百合の木。

古びた金貨をこすって製造年を見てみると、十年以上前のもの。奥に銅貨もあった。顔を近づけて目を凝らせば、硬貨の隅に小さく「百」と書いてある。これは百合がよく自分のもちものに書いていた印で、ぶたさん貯金箱に貯めていた硬貨にも書いていた。

（……。……今までお母様とばかり思ってたけど、もしかしてあの貯金箱壊したのって……）

「あなたがいらして、納得しました。これは、あなたの木、ということなのかなと。ですから、私はあなたが黎深にとって特別な人なのかもと思ったわけです」

悠舜は心の中で鳳珠に謝り倒した。すみません鳳珠、君は中身がまともでちゃんとしてるから、百合姫でなくてもこの先きっと出会いがあります（多分）。でも中身があんなんな黎深はここで百合姫を逃せば間違いなく後がありませんから勘弁してください――。

「……あなたは、黎深がどんなひどいことをいっても、ぷんぷん怒りつつも傍にいたでしょう。きっと、黎深の隣に必要なのは、そういう人なんです」

「え？」

「黎深を見放さず、決して嫌いにならないでいてくれる人。彼を許し、受け入れ、絶対に好きでいてくれる人」

『百合には何をいってもいいんだ』

あの言葉の、本当の意味。

「黎深はね、あなたで、人との付き合い方を学んできたんですよ。どんな言葉を言ったら嫌われるのか、怒られるのか、その一線を、あなたで覚えてきたんです。だから、私たちには、あなたほどひどい態度をとったことはありません。ちゃんと謝ることも知ってます」

それは黎深が彼女から教わったこと。

百合姫はただ甘やかすだけではない。黙って従うだけでもない。カッカと怒って、言うべきことは言い、そうして最後は黎深を許してきた。だからこそ、黎深は百合姫にだけは何を言ってもいい――許されると思っているのだ。傲慢《ごうまん》で、未成熟な甘ったれ。

子供が無条件に母親にワガママを言いまくるようなもの。

そういう接し方は、悠舜たちにはできない。人として最低限の礼節を守らなければ、決して許さない。

「あなたは言いましたね。黎深は子供のようなものだと。人との付き合いを知らず、感情表現もおかしい。ずっと独りぼっちだったから、と。本当にそうですか？　独りぼっちの黎深の傍に、あなたがいたから、それを知っていたんでしょう。……独りぼっちだから、黎深は無茶もワガママも甘えもきいてくれる人を必要としたのではないですか」

百合は硬貨から指を離した。硬貨は凍りつくようで、百合の指先にジンと痛みを残した。

百合は確かに黎深と玖琅の傍にいた。

でも、ただ傍にいただけだ。百合はそう思っていた。だって何もできたためしはない。

「あなたは、黎深とは適当にしか付き合ってないと仰《おっしゃ》いましたけど、嘘でしょう。あなたが本気で怒って、本気で諫《いさ》めるからこそ、黎深は耳を貸すんです。黎深は確かにどうしようもない男です。あんなどうしようもない男を、今さら一から理解して受け入れてくれる女性はいません。どんな心の広い女性だって、三日で怒って出てくに決まってます」

「……私、お母さんじゃないんですよ。そりゃ、黎深より年上だけど。それに一生あの極悪非道なバカと付き合えっていうんですか。もれなくどん底の人生がくっついてくるのに」

悠舜は痛いところをつかれて返事に窮した。

「で、でも、嫌いじゃないでしょう?」

「嫌いですよ。大嫌い。あんな男と一生付き合うなんて冗談じゃない。ゾッとする」

百合は揺銭樹の蕾をついて、立ち上がった。

「もう寝ます。どっちにせよ、黎深のこと怒らせたから、そんな話にゃなりません」

悠舜とコウに見向きもせず、ぷいっと、百合は去ってしまった。

百合は自室に戻った。

いい話っぽかったが、悠舜は根本的なところを知らない。

百合はこの十余年、ずっと男の『譲葉』として接してきたのである。心の広い男の側仕えとして。今さら理無《わりな》い仲なんぞ笑止千万、愚の骨頂。

あの話にほだされてうっかり「傍にいてもいいかな」なんて思ったら最後だ。

（危ない危ない）

なんてったって相手は黎深だ。不幸になるわ苦労はするわ、もうハチャメチャだ。取り戻せ理性。おかしな気を起こす前に出て行くに限る。遠からず、いやただちに、一番鶏が鳴くのと一緒にだ。まずは中途半端なまま残っている仕事を一晩で片づけねば。

（朝一番で出奔だ。ごめん玖琅、嫁さがしは名簿だけでカンベンして！）

コウのことが気がかりだったが、玖琅に文を書けばきっといいように取りはからってくれるだろう。よし、それでいいや。

『れいしん様、百合さんじゃなきゃダメなんです。知ってます、百合さんにとってれいしん様は全然最高のアイテじゃないかもしれないけど、れいしん様にとっては、百合さんしかいないんです。絶対そうです。ぼくはれいしん様のお嫁さんは百合さんがいいんです』

百合は頭を振ってコウの言葉を追い払った。何とか。

コウが運んできてくれたお茶を飲みながら、百合は精力的に仕事の山を片づけていった。

そのうちどういうわけだか猛烈な眠気がおそってきて、寝てしまった。

＊　＊　＊

百合は夢を見ていた。

　場所は姮娥楼のようである。薫香が漂い、笛や月琴の風雅な音色がゆるゆると流れてくる。百合は御簾《みす》の内にいて、寝椅子で一人横たわっていた。身を起こすものの、頭は霞がかったようにボンヤリしている。百合は貴妃さながらの格好をしていた。無を織ったような生絹《すずし》に華やかな綾織物の衣を重ね、優美な刺繍のほどこされた帯の上から細い腰紐を結んで、長くゆったりたらしてある。裳裾に隠れた足首には真珠のついた環《たまき》が巻かれ、絹の沓を履いていた。寝椅子のかたわらの小卓に鏡があったのでのぞきこむと、白粉《おしろい》と頬紅で薄く化粧し、唇に紅《べに》をさした自分が見返してきた。髪は美しく結われて簪《かんざし》や金歩《きんほ》揺《よう》で飾られ、耳には紅玉の耳環がチリンと揺れている。

　まるでお姫様のような自分の前に現れた夢の公子様は、鳳珠ではなかった。

「……なんでよりにもよって黎深なのさ」

「悪かったな！」

　御簾に入ってきた黎深はものすごく不機嫌そうな顔をした。それからしばらく百合を眺《なが》めた。百合は落ちつかない気持ちになった。黎深の視線から逃れたくなった。

「……馬子にも衣装だな」

　と、黎深が言う。百合の頭の霞が濃くなる。こめかみがズキズキ痛んだ。体がいやに重い。夢なのになんだろう。何かがおかしい気がしたが、頭が痛くてろくに考えられなかった。だいたいどうしてこんなに頭痛がするのだろう。

「いいから座ってろ。すぐ終わる」

「え……？　ああ、うん……」

終わるって、何が？　いや、夢だからいいか。

起きたら朝一で逃げなくちゃ。そういえば、鳳珠が『極悪非道な主人』から身請けしてくれるという話もあった。その日まで待とうかな。

「…………鳳珠さんが身請けしてくれたら、逃げなくていいよね」

黎深が虫の居所を悪くしたことに、ぼんやりしていた百合は気づかなかった。

（お兄様、私のこと殺さないっていったし、縹家も貴陽だと確か術使えないし……もしかして鳳珠さんのお嫁さんになれるかも……黎深もなんとかしてやるっていってくれたし……）

文通からはじめて、またおしるこ屋さんに行って——そんな幸せを夢見てもいいのかな。

夢うつつだった百合は、いつ黎深がいなくなったのかよくわからない。かわりに見覚えのある極上の美少女がそばに付いていた。胡蝶という名の彼女は夢でも絶世の美少女だ。

胡蝶は宝石細工の如き菓子の盛られた小皿と茶を百合のためにととのえながら、まだ子供らしさが残る双眸《そうぼう》を輝かせた。

「貴陽中のお大尽が集まりましてよ。これほどの顔ぶれの身請け合戦、姮娥楼でも史上初だそうですわ。末代までの語りぐさになるって、大旦那《おおだんな》も興奮してますわ。女冥利《おんなみょうり》に尽きますわね、百合様」

「……………………へ？」

香の煙がより濃くなった気がする。楽の音に気が散って頭がうまく働かない。なに……？　いったい何が起こっているのか。貴陽中のお大尽？

いや、そうか、この夢ではきっと例の身請けの日なのだ。

「本命は黄家の仮面若様です。この数日で桁違いのお金を動かしたらしいですわ。今宵は今上陛下も代理を立てていらしてるとか……陛下が本気になったら一騎打ちだともっぱらの噂ですわ。花街はすっかりお祭り気分で夜店まで連ねてましてよ」

お兄様が私を身請け？　夢では兄も参戦しているのか。会ってちょっぴり好きになったせいだろうか。さすが夢。とんだ大袈裟《おおげさ》なことになっている。貴陽中のお大尽が私の身請け合戦をするなんて。そうだ、極悪非道の主人役を務めるはずの黎深はどうしたのか。

（……でも私って、そんなに派手にモテたい願望があったのかしら……なんてこった……）

胡蝶は百合の耳に赤い小さな唇を寄せると、ふふっと囁《ささや》いた。

「でもわたし、百合様をさらっていくのはそのどちらでもないと思っていましてよ。女のカンですけれど、多分、もうお一方――怜悧《れいり》で――意地悪そうな目をなさった――」

百合は激しい頭痛のせいで、それ以上の言葉がまるで入ってこなかった。

思わず寝椅子に沈みこんだ。胡蝶の心配そうな声まで霞がかったよう。

「大丈夫ですか？　これをお飲みになって。よく効くとおっしゃってましたわ」

誰が？　と訊《き》くべきだったのかもしれないが、百合は口に当てられた薬湯をぼうっと飲み干した。香の煙が濃くなる……。

それからの情景は途切れ途切れだ。御簾の向こうのざわめき……月琴と笛の音色……。大旦那の豊かな声がどこか遠くで聞こえてくる。

「……落籍なさった方も、最後に『百合姫』自身に選ばれなければ身請けはなりませぬ。ご承知おき下さいませ。それでは傾国の琵琶《びわ》姫《ひめ》『百合』を落籍するおつもりの方は――」

薬湯を飲んだせいか、頭痛が薄れていくかわりに、強烈な眠気が襲ってきた。夢なのにまだ眠いなんてどういうことだ。夢でも誰が私を身請けするのか気になるのに。瞼《まぶた》がトロトロ下がっていく。御簾の向こうの言葉はほとんど素通りしていった。眠気はますますひどくなっていく。金が積まれていく音と、傍らの胡蝶が固唾《かたず》を呑《の》んでいく様子だけがなんとなくわかった。……そうしてどのくらいたったのか、どよめきがあがった。

しばらくして、百合の前に乱暴に手が突き出された。なぜか隣の胡蝶が息をつめる。

「おい、終わった。帰るぞ」

知った手だったので、百合はポンと自分の手を預け、夢の中でもまた眠った。

*　*　*

……琵琶の音色が聞こえる。

黎深の琵琶……。

百合は寝台に横になっていた。首を巡らせば火鉢で炭が赤々と燃えている。明かりとりからは星灯りが落ちている。夜だった。

なんだ、これも夢かと百合は思った。規則正しい生活の百合が夜に起きることなどまずなかったので。きっとあの姮娥楼の夢のつづきなのだろう。仕事を片づけて、朝一で出て行くための準備を調えて布団で眠り、姮娥楼の夢を見て、そして今度は黎深の琵琶の夢を見ているのだ。

琵琶の旋律は微《かす》かにつづいている。相変わらずとびきり冷たくてワガママな黎深の音。黎深の琵琶を聞けるのもこれが最後かもしれないと思い、夢でもいいから聞きに行こうと体を起こした。妙に気怠《けだる》い。それに、夢なのにおなかが減っている。

（……？　なんかヘンだな……なんだろ。まあいいか。どうせ夢だし）

百合はふらふらと室《へや》を出た。

夜更けのようだった。百合は寒気に身を竦《すく》ませた。

貴陽の紅邸は寝静まり、常夜灯だけが廊下に点々とついている。青白い影法師をひいて、百合は霊妙な音色をたどっていった。

黎深は自室で琵琶を弾いていた。百合がそろりと扉から顔をのぞかせたときに目をあげたものの、あとは無視して弾きつづけている。

百合はトコトコ中へ入った。長椅子にあぐらをかいて琵琶をかき鳴らす黎深の前に勝手に座布団を敷き、両膝《りょうひざ》を抱いて座った。黎深の室は暖がとられていて、あたたかく、気持ちがよかった。

曲が終わるまで百合はまどろむように聞いていた。

「……やっぱり、君の琵琶は好きだなぁ。滅多に聞かせてくれないけど」

「お前もそうだろうが」

「だって弾いたら、ばれちゃうじゃん。お母様の音と似てるっていわれたし。玉環様との血の繋《つな》がりがばれたら、みんなに迷惑かけちゃうもん。〝影〟に殺されちゃうしさ」

だから紅家では弾きたくても、弾けなかった。

百合が母から受け継いだのは、琵琶の音色と名前だけ。

百合が黎深を見ながら呟《つぶや》いた。これは夢だから。

「もし私の好きなときに好きなだけ、君が琵琶を弾いてくれるって約束してくれたら、ヨメになってもいいかなぁ。なーんて」

黎深の琵琶を調律する手が止まった。

「そうか。それくらいなら譲歩してやってもいいぞ」

「あはは。ジョーホだって！　君の口から譲歩!!　何語。やっぱ夢だわこれ。ありえないもん。いやでも夢でも聞けるとは思わなかった。感激」

げらげらと百合は笑い転げた。

黎深はものすごくむかっ腹を立てた顔をしていた。

百合は黎深をとっくりと眺めた。百合はこの顔が嫌いじゃない。

「……そうだねぇ。悠舜さんには君のこと、大っ嫌いだって言ったけど、ホントは嫌いじゃないよ。年下にも目をつぶってあげよう。でも私は君のお母さんじゃないの」

「はあ？　気持ち悪いことをいうな。お前を母親だなんて思ったことは一度もない」

「まあなんでもいいよ。私は起きたらスタコラサッサと朝一で出てくもんね。でも、そーだなぁ。夢だから言ってあげてもいいかな。『わかった、君には負けたよ。降参。傍にいりゃいーんだろ。しょーがないから君とずっと一緒にいてあげるよ』って」

百合はにっこりした。

「君が何しでかしたって、嫌わないでいてあげる。優しくしてくれなくていいし、ひどいこと言われても今さら見限らないよ。慣れてるし、いつものことだし、君に空気を読むなんて高等芸期待してないし。もーほんと最低だな！　ってさんざん思いつつ、十年以上も付き合ったんだ。今さら何があったってちゃんと好きでいてあげるよ。はっきりいって私のなかで君の評価はどん底なんだよ。も、これ以上落ちようがなくて好きでいてあげてんだから、一発グッとくることしてくれたら大好きになってもおかしくないんだけど。不思議だよねぇ。どん底のままってことは、君、この十余年最低なことしかしてないってことだよ。どんな特殊技能さ。……。……知ってるよ。そうやって、世界が終わるまで君の傍にいてあげることは、私にとって難しくもなんともないってこと」

「じゃあやれ」

「夢でもエラソーだね君は！　やだよ。できるけど、今さら君と本気で付き合いたくないもん。どこまでも折れると思ったら大間違いだからね。百合の木ちゃんだけかっぱらって出てくからね。もらってっていいでしょ？　気に入っちゃったからちょうだいね」

「ダメだ。お前はここにいるんだ。どうせ折れる」

　百合はムッとした。

「折れないよ」

「折れる。お前が私のいうことを聞かなかったためしは一度もない」

「……う、うるさいな。でも今回はダメ。ワガママで自己中で冷たい男のヨメになんかなるもんか。それにもう断っちゃったもん。あとあのときは撲《ぶ》ってごめんね」

　百合は指を伸ばし、平手を打ったほうの黎深の頬《ほお》に触れた。

　黎深の双眸が、微《かす》かに揺れた。まるで彼の心が揺すぶられたみたいに。

「今なら白紙撤回を受けつけてやる。そしたら特別に許してやらなくもない」

「だめ」と百合は黎深と目を合わせて答えた。

「私が好きになったのは君のお兄さんなんだもん。あーでも邵可様より君のが好きかも。邵可様の優しいとこが嫌い。君みたいに冷たいほうが、わかりやすくていいわ。傷つかなくてすむから」

　癒えない胸の傷が痛んだ。百合は抱えた膝に顔を埋《うず》めた。

「……ずるいひと。君なら黎深と玖琅を安心して預けられるなんて言われたら、出ていけないじゃない。ねぇ？　女心を弄《もてあそ》んで最低。でも、君と一緒に邵可様を待ってるのは、好きだった。君と玖琅のとこなら、あの人は絶対に帰ってくるから。玖琅かわいーし」

「もう兄上にはヨメと可愛い娘がいるんだ。びた一文まからんぞ。あきらめろ」

「……知ってるもん。感傷にくらい浸らせて。……もう邵可様の琵琶も二度と聞けないんだから」

「好きなときに好きなだけ、私がお前に琵琶を弾いてやる」と黎深が言う。

百合は泣きそうな顔で笑った。夢の黎深はとても優しい。

「……イヤ。君のヨメになんかならない。だってねぇ、君、絶対私より邵可様と秀麗ちゃんのが好きでしょ」

「当たり前だ。びた一文まからん」

「……あのね、それ、求婚するときは絶対言っちゃダメだよ。フラれるから。そうそう、私が選んだコたち、見た？　君のために張りきってさがしたんだよ。かわいー娘《こ》ぞろいなんだよ。次は失敗しないようにね。さよなら黎深」

「何がさよならだ。あのくだらん名簿なら残らず火にくべた」

「えー!?　なんてやつだ。ぼくの苦労をあっさり水の泡——いやさ灰にして!!　もう自分でみつけなよ！」

「——百合！」

百合が立ち上がると、初めて黎深が怒鳴った。

「兄上と秀麗は特別だが、琵琶はお前にしか弾かない。……秀麗にせがまれても、弾かない。……ようになるたけ努力する。…………行くな」

百合は胸をつかれた。さすが夢。黎深がここまでいうとは。

「……まったく、君くらいワガママでゼータクでひどい男はいないよ。私は三番目以下だけど、君のことは一番に考えて好きでいてほしいってんでしょ。なんて厚顔な男なんだ。そんな最低の告白が、君にできる精一杯誠実な告白だなんてわかってくれるのは私くらいなんだよ。なんでもワガママきーて甘やかしちゃったから、こんなヤツになっちゃったんだな。……まあ、君のワガママをきいて甘やかすのはキライじゃなかったけど」

つん、と黎深の前髪をひっぱる。百合は最後に黎深の頭を撫《な》でる。

ずっと子供のままの黎深。その傍にいるのは、そう――キライではなかった。

百合は、一度も黎深を変えようとしなかった。変えなくても傍にいられた。

「……鳥籠《とりかご》は、居心地がよかったよ。君は一度も嘘をつかなかった。鳥籠を開けてくれて、ありがとう。鍵《かぎ》が開いても、留《とど》まって君を甘やかしてあげたいけど、もう出ていかなくっちゃ」

「どこに行く気だ」

「君がいないとこならどこでも。いいよ、縹家で巫女《みこ》修行でもなんでもするよ。これ以上いると、うっかりバカな選択しそう。君はね、私の人生で最低の男なの。そんなのと一緒にいるなんてありえないでしょ。とっつかまったら最後、私の人生終わりよ」

黎深が鼻で笑った。

「もう遅い」

「遅くないよ。君と違って私はちゃーんと紅家の事業に関わってきたもの。手際と段取りの良さは折り紙付き。完璧な逃げ道は考えてある」

「手遅れだ。お前が寝てる間に全部終わってる。お前に頭を使われると厄介だからな、茶に薬を混ぜたが――姮娥楼で飲ませたクスリもだいぶ効きすぎたな。笑いまくってアホなこともさんざん言ってたしな。眠りすぎだ。もう数日経ってる。月もだいぶ太ってるぞ」

一拍おいて、百合は窓に駆け寄った。昨夜は細い三日月だったはずが、のぼっているのは弦月だった。違和感があったのはそのせいだったのだ。いやそんなことより――。

「こ、姮娥楼？　あれ、夢でしょ？　だよね？　そうだっていって」

黎深は夢とも現実とも言わなかった。

「玖琅に現金《ゲンナマ》を用意させた。お前は姮娥楼で私に身請けされたんだ。鳳珠に金が集まらないよう、大々的に身請け合戦を告知させて金を分散させたものを、よくあれだけそろえたもんだ。極悪非道な主人役にくそったれ王を引っ張り出したから鳳珠はお前が王の愛人だったと思いこんでる。黄家・紅家・王家そろいぶみの身請け合戦で『百合』は伝説の妓女になってるぞ」

「なにそれ！　まさか鳳珠さんが私を身請けするべく頑張ったけど、王様に今一歩及ばず、そこをすかさずトモダチの君が助けたとかいううつくしー構図じゃないだろうね？」

「そうだ」

「ちょっと待ってよ!!　いくら動かしたのさ!!」

　黎深の答えに、百合は目の玉が飛び出るかと思った。

「黄家はともかく今の貴陽紅家に即金でそんなに動かせるカネはないはずだ‼」

「つくりゃある」

「そりゃつくりゃね。でも玖琅がそんなバカなこと許すもんか！」

「お前をヨメにとるといったら、いくらでも使っていいと怒濤《どとう》のようにカネを送ってきた」

「嘘だ！　あの可愛い玖琅が私にそんなひどい仕打ちをするなんて！　いや、夢。夢だってこりゃ。焦るな私。布団に戻って起きたら朝一で逃げるんだ。サイナラ」

「ついでにいうならお前はとっくに籍に入れた。コウの母親になってるぞ」

「……。そりゃいいけど、父親はダレさ」

「目の前にいるのがそうだ。明日の朝餉《あさげ》はしるこだ」

「なんでまたおしるこ。いや、いい。余計頭がおかしくなりそう。大丈夫だよ。黎深がトモダチの鳳珠さんを裏切るはずがないんだ。ユメユメ。何が父親だ。バカいってら」

「まあ傷は浅いほうがいい。お前の筆蹟《ひっせき》で代筆しておいた。『その顔の隣で奥さんなんかやってられません。身請けしてくれた黎深様の嫁になります』とな。安心しろ」

　百合は耳を疑った。

「――は⁉　それじゃ私の立場はどーなるのさ！　とんでもない悪女じゃないか‼　最低だな君は――――っ！　友情を失いたくないからってぼくを楯《たて》にするなんて‼　自分だけ全部ええかっこしいで女を悪者にするなんて男の風上にもおけないよっっ‼」

「今ごろ気づいたのか」

「そりゃ知ってたけど冗談じゃないよ！　鳳珠さんも私も可哀相すぎるじゃんか!!　もう顔も合わせられないよ！　なんてことするんだ。絶交だ！　邵可様の他にときめいた初めての人なのに!!」

黎深のほうも頭にきた。新婚だというのに百合の言いぐさはなんだ。

「うるさい！　もとからお前の意思なんかどうでもいい。私が何しようが絶対嫌いにならんとついさっき言ったはずだな」

「撤回！　撤回だよこんなの!!　ひどすぎる。最低だ。大嫌いだ君なんか！」

「子供はもうできたから当分つくらなくていいな」

「ああそうまあコドモつくっちゃったら君一生紅家当主確定だもんね！　いいよ、そりゃ望むとこだよ。誰が君といちゃこくもんかい！　じゃあ新婚早々別居生活だね。やったぁ超幸せ。ぼくは即刻コウを連れて出てくからね！　コウはぼくが立派に育ててみせる」

百合はやけっぱちでバンザイした。何が夢で現実なんだかもわからない。

黎深はバカにした目つきをした。

「何いってる。子供をつくらない子づくりの仕方なんかいくらでもある。知らないのか？　それにお前がいなくなったら誰が私の髪を切るんだ。別居なんぞ認めるか」

「横暴だ！　知りたくもないよそんなの！　教えてくれなくて結構。年下なんかにいいようにされないいんだからね！　いやだよこんなヘンな夫～～～～！　悲劇だ。いや喜劇？

わかんない。私の人生ヤブの中だぁ」

百合はおいおい泣きはじめた。

「ヘンな夫とはなんだ！　泣くほどイヤか！　クスリがヘンな風に効きすぎだ。――寝ろ!!」

黎深は琵琶《びわ》をつま弾いた。

すると百合は泣きやみ、トコトコ琵琶に寄ってきた。そのうちウトウトして、黎深の膝《ひざ》を枕に眠った。どう見ても黎深より琵琶に惹《ひ》かれての行動だった。

「…………」

黎深は腹を立てた。嘘つきめ。

琵琶さえ弾けば絶対好きになるといっていたくせに、全然効きやしない。

＊　＊　＊

『……黎深、ぼくからひとつだけ忠告。邵可様を追っかけるのもいいけど、他に君の心に少しでも引っかかったものがあるなら、素通りしないこと。掌《てのひら》につかんで、離さないこと。それはきっと君の人生に絶対に必要なものだから』

終

琵琶の音色にひかれて薔君が庭院《にわ》に出ると、秀麗のそばで一人の女性が琵琶を弾いていた。

薔君は一目でわかった。

「百合殿か」

女性は手を止めると、立ち上がり、薔君へお辞儀をした。

「ご挨拶《あいさつ》が遅れまして申し訳ありません。百合と申します」

秀麗は琵琶の音色を子守歌にすやすやと寝てしまっていた。百合はくすっとした。

「ふふ、黎深が追っかけまわすのもムリはないわ。とてもかわいらしいお嬢さん」

「そうであろ。むっふっふ。新婚生活はどうじゃ」

百合は顔を引きつらせた。

「…………もうあらゆる意味で最っ低の生活です。人の嫌がることばっかりして。なんでか三日にいっぺんはおしるこ食べさせられるし。ますます日々意味不明」

「邵可のがよかったか？」

「……いやですよ、あんな唐変木なひと。お義姉様《ねえ》にお任せします」

百合は笑った。

薔君が邵可と赤子の秀麗と三人で、紅州の紅本家の片隅に身を寄せていた時のことだ。揺銭樹の水やりをしながら、黎深がぶつぶつ「いつまで待ったら戻ってくるんだあいつは」とぼやくのをたまたま耳にした。薔君は驚いた。黎深が、『他人』を慮《おもんぱか》って『我慢』している。さらにそれを我慢と思っていないらしいと知って、二度驚いた。

薔君はずっと彼女に会ってみたかった。

邵可がただ一人、自分のかわりに大事な弟二人を預けていたという、女性に。

百合は、一人の少年が毛布をもって秀麗に近寄ってくるのに気がついた。

静蘭という名の少年は、百合に軽く一礼した。百合は訊ねた。

「君、ご飯はちゃんと食べてる？」

少年は面食らった顔をして、はい、と答えた。劉輝公子と同じで表情は少ない。

そう、と百合は返した。それならきっといつか、二人は会えるだろう。

百合はその場を離れた。琵琶を抱いて。

百合とすれ違ったとき、少し癖のある髪に既視感を覚えて、静蘭は目で追った。

（父上と……劉輝みたいな髪をした人だな……）

静蘭の心に負った傷が癒えるまで、まだ長い時間がかかる。

百合は最後に邵可に会いに行った。

「百合姫。……久しぶりだね」

邵可は百合へ笑いかける。懐かしい、優しい、かつて百合の胸を苦しくさせた微笑みだった。

「……とても嬉《うれ》しいんだよ。君が黎深と結婚してくれて。……ごめんね。君を自由にしてあげることは、いつだってできたのに、私はそれをしたくなかった。他の誰でもない、君に、黎深と玖琅の傍にいてほしかったから」

ずるい人だわ。百合は心の中で百万回思ったことをもう一度呟《つぶや》いた。

でも、もう胸がしくしく痛むことはない。今は黎深に関する頭痛でそれどころではない。

「私のかわりに、黎深と玖琅の傍にいてくれてありがとう。……怒ってる？」

「怒ってます。紅家の三兄弟は口先で謝っても、結局ぜんぶ確信犯なんですからね」

「………」

邵可は冷や汗をかいた。ばれている。このぶんじゃ、黎深のお嫁さんになってほしいなーと邵可と玖琅が長年祈る思いでいたこともばれているかもしれない。

「百合姫、黎深はいちばん好きなものは口外しない。李《すもも》の花も、君の琵琶も。私が黎深に当主へつくよう説得しに帰ったとき、君に『軽蔑《けいべつ》するといわれた』と呟いたことも、黎深はいうまい。でも、君はちゃんとわかってくれているから、私は安心できる」

黎深が、女性として誰を愛しているかも。その天《あま》の邪鬼《じゃく》でワガママな愛情表現を。

百合が目を泳がせる。邵可は微笑んだ。やっぱり彼女はわかっている。

「黎深を引き受けてくれてありがとう。……どうか幸せに」

百合は抱いていた琵琶を撫《な》でた。

「……さっき、秀麗ちゃんに琵琶を弾きました。あなたのかわりに」

邵可は答えない。

もう二度と弾かないだろう、邵可のかわりに。

百合が邵可から教わった琵琶を。

「たまに、弾きにきます、お義兄《にい》様。お元気で」

邵可邸《てい》を出ると、相変わらず不審な夫（夫！）がうろうろしていた。

ほっといて歩くと、黎深は百合のうしろをくっついてきた。

「おい百合、お前と兄上は単なる義兄妹なんだからな」

「ハイハイ。自分のほうが格上だから仲良くするなとか言いたいんでしょ」

黎深は押し黙った。

百合は意地悪をやめて振り返った。愛する人をひきとめたい気持ちなら、百合もまた知っている。幾度黎深と二人で、邵可を見送ったことだろう。

「……私なら逃げないよ。君を置いて出てったりしない。覚悟決めたから君の傍にいるんだよ。しょーがないから、ちゃんと死ぬまで君に付き合ってあげるよ。約束するから」

黎深は答えのかわりに、ぱらりと扇をひらいた。

「百合、秀麗と兄上の様子を教えろ」

百合はガッカリした。元気になるやコレだ。まったく最低の夫だ。でもまあいいか。

「私のために今夜も琵琶を弾いてくれたら、教えてあげてもいいよ」

約束破りだった邵可と違って、黎深はその約束を——だけは——守ってくれているから。

……そうして譲葉はいなくなった。

＊　＊　＊

ある日、百合がボロボロ泣きながら李の下で琵琶を弾いていた。

黎深は初めて聞いたときから百合の琵琶を気に入っていたが、その日は苛々《いらいら》した。その少し前、百合の室《へや》で『旅費』と書かれたぶたさん貯金箱を見つけた黎深は、むしゃくしゃして壊してしまった。どこに行くつもりだ。でも、百合が泣いているのを見るほうがなぜかいっそう苛立《いらだ》った。大体『譲葉』というのも気に入らない。

兄に会ってそのことを話すと、兄はこう言った。

『じゃあ黎深、この木をあげる。君が壊したぶたさん貯金箱のかわりに君が育てなさい。この木に金貨が鈴なりになったら、彼女に渡しなさい。そのころにはどうしたらいいかくらいはわかっているだろう。まだわからなかったら、わかるまで育ててみなさい』

いつか私たちは彼女をこの家から自由にしないといけない。でも君が百合の琵琶をいつまでも聞きたいなら、そのための方法を考えなさい。ぶたさん貯金箱を壊して、彼女を泣かせて、どこにも行けないようにするのではなく。
鳥籠の鍵を開けても、彼女が君と一緒にいてくれる方法を。

幸せのカタチ

「ね、絳攸、黎深殿の奥方って、どういう方なんだい？」

楸瑛があるとき興味津々に絳攸に訊《き》いてきた。

「なんだ、やぶからぼうに」

「だって気になるじゃないか。あの黎深殿の奥方だなんて。そんじょそこらの女性であるはずがない。噂じゃ絶世の美女で、人なみ秀れた才媛かつ素姓は謎に包まれてるとか……いい！　ねね、一度会いに行ってもいいかい？　ぜひお会いしたい」

「誰がお前みたいな下心丸だしの常春頭《とこはるあたま》に百合さんを会わせるか！　それに残念だったな。百合さんは留守がちなんだ」

「え。なんで？」

絳攸は言葉に詰まったあと、ボソボソと白状した。

「……れ、黎深様が……紅家の仕事をしないので、かわりにあちこち飛び回っている……」

「うわー。すごいできた奥さんだねぇ。それで幸せなんだ、『百合さん』」

絳攸は返す言葉がなかった。

絳攸が黙然《もくねん》と帰宅すると、邸《やしき》全体がさわさわと明るい。絳攸はハッとした。
大妖怪タヌタヌの邸をさまよい、なんとかかんとか百合の私室にたどりつく。

「百合さ――」

案の定、百合が帰っていた。絳攸に目配せし、唇に人差し指をあてている。

見ると、黎深が百合の膝枕《ひざまくら》で寝ていた。百合の手に耳かきが握られているところを見ると、耳かきをしているうちに眠ってしまったらしい。

出直すべきかと思ったが、次いつまた百合とゆっくり会えるかわからない。絳攸が逡《しゅん》巡《じゅん》していると、百合が笑って手招きした。絳攸は足音を忍ばせてそっと近寄った。

「お仕事ご苦労様、絳攸。よかったわ、会えて。吏部は忙しいって聞いていたから。どうしたの、浮かない顔をしているわね」

楸瑛の言葉がよみがえる。

『それで幸せなんだ、「百合さん」』

黎深はともかく、百合にとっては黎深が最良の相手とはまかり間違ってもいえない。黎深は百合に何でもかんでも世話をさせるし、我儘《わがまま》ばかり言う。当主の仕事も山ほど肩代わりさせる。黎深が百合のために何かすることもない。

百合なら、もっと幸せになれる相手は他にいくらでもいる。そう考えるたび絳攸は喉がつかえたようになる。あのとき、自分が懇願しなければ――。

「こ、後悔して……ませんか。黎深様と結婚して……」

「そうねぇ。夫としては最低な相手よね。黎深の代理で飛び回ってるのに、いきなり今すぐ帰って髪を切れとか文がくるし、帰れば帰ったで山ほどワガママに付き合わされるし。今だって帰って一息つくまもなく耳かきしろ、よ。優しい夫とはほど遠いわね」

百合は夫の髪をひっぱる。

「……でも別に、仕方なく一緒にいるわけじゃないのよ。私がちゃんと自分で決めたの」

「どうしてですか……?」

「どうしてかしら」

百合にしか髪を切らせず、百合にしか膝枕をさせない。百合が黎深《じぶん》をいちばんに気にかけないと気がすまない。ちゃんと百合が帰ってくるかどうか、今でも黎深は確かめる。そのワガママで子供っぽい独占欲と、孤独とを、呆《あき》れながらも埋めてあげたいと思うからかもしれない。

「あなたが、いまだに黎深から逃げ出さないでいるのと同じ理由じゃないかしら」

百合は立派な青年に成長した絳攸を嬉《うれ》しく思った。……でも、素直すぎるから、百合のように黎深の言動の裏を読むには、もう少し時間が必要かもしれない。

いつも邵可に置いてけぼりにされていた黎深。今は百合のかわりに絳攸がいてくれるから、黎深は百合が離れることを我慢する。……いつか絳攸は気づくだろうか。

彼が黎深にとって、百合や邵可のように「絶対に裏切らない存在」になっていることに。

「大丈夫。私は自分で決めてここにいるのよ、絳攸。ちゃんと幸せよ。どこにもいかないわ」

黎深の空寝を承知で膝枕をしながら、百合は夫と息子のために言葉をあげた。

本書は、平成二十年十二月、角川ビーンズ文庫より刊行された『彩雲国物語　黒蝶は檻にとらわれる』を加筆修正したものです。「地獄の沙汰も君次第」は平成十九年十一月に角川ビーンズ文庫から刊行された『彩雲国物語　隣の百合は白』より収録しました。

本文中、『新訂　孫子』（金谷治／訳注　岩波文庫）より一部引用しました。

彩《さい》雲《うん》国《こく》物語《ものがたり》

十四、黒蝶《こくちよう》は檻《おり》にとらわれる

雪乃《ゆきの》紗衣《さい》

令和4年 2月25日　初版発行

発行者●堀内大示

発行●株式会社KADOKAWA
〒102-8177　東京都千代田区富士見2-13-3
電話　0570-002-301（ナビダイヤル）

角川文庫 23035

印刷所●株式会社暁印刷
製本所●本間製本株式会社

表紙画●和田三造

●お問い合わせ
https://www.kadokawa.co.jp/（「お問い合わせ」へお進みください）
※内容によっては、お答えできない場合があります。
※サポートは日本国内のみとさせていただきます。
※Japanese text only

ISBN 978-4-04-111058-4　C0193

◇◇◇

角川文庫発刊に際して

角川源義

第二次世界大戦の敗北は、軍事力の敗北であった以上に、私たちの若い文化力の敗退であった。私たちの文化が戦争に対して如何に無力であり、単なるあだ花に過ぎなかったかを、私たちは身を以て体験し痛感した。西洋近代文化の摂取にとって、明治以後八十年の歳月は決して短かすぎたとは言えない。にもかかわらず、近代文化の伝統を確立し、自由な批判と柔軟な良識に富む文化層として自らを形成することに私たちは失敗して来た。そしてこれは、各層への文化の普及滲透を任務とする出版人の責任でもあった。

一九四五年以来、私たちは再び振出しに戻り、第一歩から踏み出すことを余儀なくされた。これは大きな不幸ではあるが、反面、これまでの混沌・未熟・歪曲の中にあった我が国の文化に秩序と確たる基礎を齎らすためには絶好の機会でもある。角川書店は、このような祖国の文化的危機にあたり、微力をも顧みず再建の礎石たるべき抱負と決意とをもって出発したが、ここに創立以来の念願を果すべく角川文庫を発刊する。これまで刊行されたあらゆる全集叢書文庫類の長所と短所とを検討し、古今東西の不朽の典籍を、良心的編集のもとに、廉価に、そして書架にふさわしい美本として、多くのひとびとに提供しようとする。しかし私たちは徒らに百科全書的な知識のジレッタントを作ることを目的とせず、あくまで祖国の文化に秩序と再建への道を示し、この文庫を角川書店の栄ある事業として、今後永久に継続発展せしめ、学芸と教養との殿堂として大成せんことを期したい。多くの読書子の愛情ある忠言と支持とによって、この希望と抱負とを完遂せしめられんことを願う。

一九四九年五月三日

彩雲国物語

四、想いは遙かなる茶都へ

雪乃紗衣

650万部突破の中華風ファンタジー！

彩雲国の王、紫劉輝《しりゅうき》の特別措置で、杜影月《とえいげつ》とともに茶州《さしゅう》州牧《しゅうぼく》に任ぜられた紅秀麗《こうしゅうれい》。新米官吏にはありえない破格の出世だが、赴任先の茶州は今もっとも荒れている地。末席ながら彩七家に名を連ねる豪族茶家と、州府の官吏たちが睨み合う、一触即発の状態が続いていた。万が一を考え、隠密の旅にて茶州を目指す秀麗一行。だが、そんなにうまく事が運ぶはずもなく、次々と想定外の事態に陥り⁉　急展開のシリーズ第4弾！

ISBN 978-4-04-106651-5

彩雲国物語

五、漆黒の月の宴

雪乃紗衣

中華風ファンタジーの金字塔。物語はさらなる高みへ

王命を受けて茶州《さしゅう》の執政者・州牧《しゅうぼく》となった紅秀麗《こうしゅうれい》は、ひたすらに州都・琥璉《これん》入りを目指す。指定期間内に正式に着任できなければ、地位を剥奪されてしまうというのだ。新州牧の介入を面白く思わない地方豪族・茶家は妨害工作を仕掛けてくるが、秀麗はそれに負けることなく、いちかばちかの勝負に出ようとする。そんな彼女の前に、不思議な魅力を湛《たた》える茶《さ》朔洵《さくじゅん》という男が現れた。底が見えぬ男、朔洵の驚くべき真意とは?

角川文庫のキャラクター文芸

ISBN 978-4-04-106652-2

彩雲国物語

七、心は藍よりも深く

雪乃紗衣

迫りくる別れのとき——。超人気ファンタジー！

久々の王都で茶州《さしゅう》のための案件《ゆめ》を形にするため大忙しの紅秀麗《こうしゅうれい》。飛び交う縁談もそっちのけで働く秀麗を、彩雲国国王の紫劉輝《しりゅうき》も複雑な心中を抑えて援護する。しかしそんななか届いた手紙で、秀麗は茶州で奇病が発生したことを知る。しかもその原因と言われているのは予想だにしないことで……。恋をしているヒマもない！　風雲急を告げる、超人気・極彩色ファンタジー第7弾。アナザーエピソード「会試直前大騒動！」を特別収録。

ISBN 978-4-04-107759-7

彩雲国物語

八、光降る碧の大地

雪乃紗衣

超人気ファンタジー、影月篇は衝撃の結末へ

州牧の紅秀麗《こうしゅうれい》は奇病の流行を抑え、また、姿を消したもう一人の州牧・影月《えいげつ》を捜すため、急遽茶州《さしゅう》へ戻ることに。しかし茶州では、奇病の原因は秀麗だという「邪仙教」の教えが広まっていた。「もしも自分のせいなら、私は――」密かに覚悟を決める秀麗。そんな彼女を、副官の燕青《えんせい》と静蘭《せいらん》は必死で守ろうとする。迫りくる邪仙教との対決のとき。そして影月の行方は？ アナザーエピソード「お見舞戦線異状あり？」「薔薇姫」収録。

角川文庫のキャラクター文芸

ISBN 978-4-04-107760-3

彩雲国物語

九、紅梅は夜に香る

雪乃紗衣

ヒラからの再出発を誓う秀麗だが――。新章開幕!

任地の茶州《さしゅう》から王都へ帰ってきた彩雲国初の女性官吏・秀麗《しゅうれい》。彼女は自身の選んだある決断の責任をとるため、高位から一転、無位無官として再出発することになる。さらに登殿禁止を言い渡された秀麗は街で自分にできることを探し始めるが、突然ヘンテコな貴族のお坊ちゃまに求婚されて――? またもや嵐が巻き起こる! 超人気シリーズ第9弾は、満を持しての新章開幕! アナザーエピソード「王都上陸! 龍蓮台風《タイフーン》」を特別収録。

角川文庫のキャラクター文芸

ISBN 978-4-04-108742-8

彩雲国物語

十一、青嵐にゆれる月草

雪乃紗衣

秀麗は新たな難題に立ち向かう——。

新たな職場・御史台で働き始めた紅秀麗《こうしゅうれい》。新米の監察御史として、天才で天敵の美青年・陸清雅《りくせいが》と張り合う秀麗に、大きな仕事が舞い込んだ。それは、王・劉輝《りゅうき》の妃候補として命を狙われている、藍《らん》家の十三姫《じゅうさんひめ》の「身代わり」として、後宮に入ること。劉輝のお妃問題に、揺れる秀麗の乙女心、そして異母妹を後宮に入れる藍楸瑛《しゅうえい》の苦悩の行方は——。アナザーエピソード「心の友へ藍を込めて」「夢は現《うつつ》に降りつもり」を収録したシリーズ第11弾！

角川文庫のキャラクター文芸

ISBN 978-4-04-108744-2